绍兴·鲁迅故里（今浙江省绍兴市越城区鲁迅中路 241 号）

1881 年 9 月 25 日，鲁迅出生于此

绍兴·鲁迅祖居

周家老台门，建于清乾隆年间，是鲁迅祖辈世居之地

绍兴·鲁迅母亲卧室

绍兴·鲁迅祖母卧室

绍兴·鲁迅故居
鲁迅在此度过了他的童年和少年时代

绍兴·百草园

百草园是鲁迅儿时的乐园

绍兴·百草园

在《从百草园到三味书屋》中，鲁迅表达了对百草园的喜爱

绍兴·三味书屋

1892 年，鲁迅入三味书屋读书，师从寿镜吾

绍兴·鲁迅座位

鲁迅在座位上刻"早"字勉励自己的故事便发生于此

绍兴·咸亨酒店

小说《孔乙己》中，鲁迅曾说："我从十二岁起，便在镇口的咸亨酒店里当伙计。"

绍兴·鲁迅卧室

鲁迅自1881年诞生至1898年去南京读书前，一直生活在这里，其第一篇文言文小说《怀旧》在此写就

绍兴·乌篷船

在小说《故乡》的描述中，鲁迅乘坐的船即为乌篷船

北京·鲁迅故居（今北京市西城区阜成门内宫门口二条19号）
1924年5月至1926年8月，鲁迅在此居住

北京·鲁迅故居正间
在北京的这段时间里，鲁迅主编了《语丝》《莽原》等刊物，写下了散文集《野草》、小说集《彷徨》中的大部分作品

北京·鲁迅故居

北京·鲁迅母亲卧室
鲁迅南下后，母亲鲁瑞仍居住于此

北京·《新青年》社编辑部（今北京市东城区北池子大街东侧箭杆胡同20号）
《新青年》是新文化运动最重要的阵地，鲁迅是新文化运动的伟大旗手

广州·鲁迅故居（今广东省广州市越秀区白云路白云楼西侧第一道门2号）
1927年，鲁迅到中山大学任教，居住于此。鲁迅在广州的时间不长，约8个月

上海·鲁迅故居（今上海市虹口区山阴路 132 弄 9 号）
鲁迅于 1933 年 4 月携妻儿迁入，1936 年在这里逝世

上海·鲁迅故居
鲁迅在这里编选了《伪自由书》《南腔北调集》等 7 本杂文集，翻译了《死魂灵》等 4 本外国文学作品

鲁迅全集

第一卷

鲁迅 著

王德领 钱振文 葛涛 等审订

坟

呐喊

野草

中国科学技术出版社

·北 京·

图书在版编目（CIP）数据

鲁迅全集. 第一卷 / 鲁迅著. -- 北京：中国科学
技术出版社, 2024.3
  ISBN 978-7-5236-0206-5

  Ⅰ.①鲁… Ⅱ.①鲁… Ⅲ.①鲁迅著作－全集 Ⅳ.
①I210.1

  中国国家版本馆CIP数据核字（2023）第073756号

本套书的审订人员如下：

王德领、钱振文、葛涛、莫常红、刘建梅、李小贝、吴蔚、
李彦东、李艳爽、薛红云、谭清洋、董媛媛

总 策 划　秦德继
策划编辑　周少敏　胡　怡
责任编辑　胡　怡　赵　耀
封面设计　言　午
正文设计　牛　坤
责任校对　焦　宁　吕传新　邓雪梅　张晓莉
责任印制　马宇晨

出　　　版　中国科学技术出版社
发　　　行　中国科学技术出版社有限公司发行部
地　　　址　北京市海淀区中关村南大街16号
邮　　　编　100081
发行电话　010-62173865
传　　　真　010-62173081
网　　　址　http://www.cspbooks.com.cn

开　　　本　880mm×1230mm　1/32
字　　　数　6378千字
印　　　张　256.5
版　　　次　2024 年 3 月第 1 版
印　　　次　2024 年 3 月第 1 次印刷
印　　　刷　德富泰（唐山）印务有限公司
书　　　号　ISBN 978-7-5236-0206-5 / I・80
定　　　价　1280.00 元（全20册）

鲁迅先生全集序

"行山阴道上，千岩竞秀，万壑争流，令人应接不暇"，有这种环境，所以历代有著名的文学家、美术家，其中如王逸少的书、陆放翁的诗，尤为永久流行的作品。最近时期，为旧文学殿军的有李越缦先生，为新文学开山的有周豫才先生，即鲁迅先生。

鲁迅先生本受清代学者的濡染，所以他杂集会稽郡故书，校《嵇康集》，辑谢承《后汉书》，编汉碑帖、六朝墓志目录、六朝造像目录等，完全用清儒家法。惟[1]彼又深研科学，酷爱美术，故不为清儒所囿，而又有他方面的发展，例如科学小说的翻译，《中国小说史略》《小说旧闻钞》《唐宋传奇集》等，已打破清儒轻视小说之习惯；又金石学为自宋以来较发展之学，而未有注意于汉碑之图案者，鲁迅先生独注意于此项材料之搜罗；推而至于《引玉集》《木刻纪程》《北平笺谱》，等等，均为旧时代的考据家赏鉴家所未曾著手。

先生阅世既深，有种种不忍见不忍闻的事实，而自己又有一种理想的世界，蕴积既久，非一吐不快。但彼既博览而又虚衷，对于世界文学家之作品有所见略同者，尽量的移译，理论的有卢那卡尔斯基、蒲力汗诺夫之《艺术论》等；写实的有阿尔志跋绥夫之《工人绥惠略夫》、果戈理之《死魂灵》等；描写理想的有爱罗先珂及其他作者之童话等，占全集之半，真是谦而勤了。

"借他人之酒杯，浇自己的块垒"，虽也痛快，但人心不同如其面，环境的触发，时间的经过，必有种种蕴积的思想，不能得到一

1　现代汉语常用"唯"。——编者注

种相当的译本，可以发舒[2]的，于是有创作。鲁迅先生的创作，除《坟》《呐喊》《野草》数种外，均成于一九二五至一九三六年中，其文体除小说三种、散文诗一种、书信一种外，均为杂文与短评，以十二年光阴成此多许[3]的作品，他的感想之丰富、观察之深刻、意境之隽永、字句之正确，他人所苦思力索而不易得当的，他就很自然的[4]写出来，这是何等天才！又是何等学力！

综观鲁迅先生全集，虽亦有几种工作与越缦先生相类似的，但方面较多，蹊径独辟，为后学开示无数法门，所以鄙人敢以新文学开山目之。然欤否欤，质诸读者。

民国二十七年六月一日，蔡元培

---

2 现代汉语常用"舒发"。——编者注
3 现代汉语常用"许多"。——编者注
4 现代汉语常用"地"。——编者注

巨匠和经典

——1938年版《鲁迅全集》导读

85年前的1938年，中国第一部《鲁迅全集》（20卷）在上海出版。随后，1958年版（10卷）、1981年版（16卷）和2005年版（18卷）《鲁迅全集》陆续问世。

1938年版的《鲁迅全集》不但在出版之初起到了振奋民族精神的作用，宣示了被誉为"民族魂"的鲁迅在去世后仍然以他的文化英雄身份引领着民族解放的洪流，而且在中国文化史上树立起一座丰碑，其在编辑体例、文本校勘等方面积累的丰富经验，为后来中国作家全集、文集的编辑出版提供了借鉴范本，对鲁迅研究，中国现代出版史、文化史研究都具有重要的参考价值。

一

鲁迅是中国现代文学史、文化史、思想史上的一位巨匠、一座高峰，其著作已经成为中国文化的经典。鲁迅在近现代不同历史时期的中国文学大师排序中总是位居首位，也是作品入选中小学语文教科书最多的作家。

虽然自20世纪80年代以来，鲁迅的地位渐渐受到挑战，不同时期，总有一些人在用这样、那样的方式想把鲁迅遮蔽到幕后、埋葬于尘埃，试图宣判他失去了同当代人对话的可能性。此处可以借用韩愈《调张籍》中评价李白和杜甫的诗句来回应："李杜文章在，光焰万丈长。不知群儿愚，那用故谤伤。蚍蜉撼大树，可笑不自量……"实际上，在鲁迅生前，郁达夫已经在一首七言绝句中化用杜甫和韩愈的诗意回击了那些攻击、污蔑鲁迅的宵小之徒："醉眼朦胧[1]上酒楼，彷徨呐喊两悠悠。群盲竭尽蚍蜉力，不废江河万古流。"

鲁迅生活的时代是中国文化的转型时代，是一个既需要文学巨匠又产生出了文学巨匠的时代。鲁迅以品德、学问、文章成为中国文学史上的经典作家。

鲁迅的经典性是与时代氛围和个人艰苦卓绝的努力分不开的。

鲁迅的经典性基于这样一个明显的事实：关于鲁迅的研究成果显示，他生平事迹中的疑点不多，很难出现造成对其思想和人格产生实质性改变的事实，也就是说，很难有什么隐秘的东西揭发出来而影响他的品格和名声；他的文集出版——1938年版《鲁迅全集》诞生以来，催生无数的文集、选本——不需要亲友或编纂者替他删除或隐藏篇目。虽然间或有佚文、佚信出现，也不足以改变人们从他生前出版的著作中所形成的对他的印象和评判。换句话说，1938年版的《鲁迅全集》已基本确立了鲁迅的整体文学面貌。现今，即便是普通读者也完全可以通过阅读全集文本来了解他的思想形态和文学成就，评估他的道德人品。而且，《鲁迅全集》中的每篇作品都是完整的，没有他本人出于弄虚作假或趋炎附势等动机做过的修改，这在中国现代文学史上实属罕见。

鲁迅童年和少年时代在科举路上跋涉，积累了扎实的国学根底；随后在新式学堂读书，接受工科的训练；又到日本留学，学习医学和从事文艺运动。他早期的翻译和写作活动，在日本文学、西欧文学之外，又特别关注俄国和东欧诸国文学。

鲁迅当过教师，从事过教育行政管理工作，是一位教育家和社会启蒙者。他那将本职工作与启蒙思想紧密结合的自觉，让他在工

1　现代汉语常用"蒙眬"。——编者注

作和写作中得以施展才华、磨炼意志和创新思维。在多年的公共服务之后，他回到民间，成为一个自由职业者。这种身份转换让他对社会形成更为深刻的了解，并对他自己的历史使命有更充分的认识。

鲁迅的文学创作在多方面都具有开拓性：他是白话短篇小说和散文诗的开创者；在诗歌创作方面，他新旧体兼擅；在杂文创作上的巨大贡献更是后无来者；对中国小说史等的研究也具有拓荒意义。

鲁迅提倡新兴版画，保护和赓扬中国传统木刻水印技术，在美育理念上有独到的会心，在艺术设计实践上有不俗的表现。

总之，鲁迅在多个领域做出了创造性转化和创新性发展的业绩。

鲁迅笔力遒劲，言辞犀利，论辩精准，正如蔡元培在《鲁迅全集》序言中所说："他的感想之丰富、观察之深刻、意境之隽永、字句之正确，他人所苦思力索而不易得当的，他就很自然的写出来，这是何等天才！又是何等学力！"鲁迅的语言、思想和他使用的文学体裁是在一种由传统向现代化的转化过程中产生的，而且从一开始就显示出高度的成熟性。

鲁迅的经典作品细致地表现出了本民族的性格和感情，获得了来自社会不同阶层、处于不同境遇的人们的强烈反响和共鸣。鲁迅的作品至今仍具有巨大影响，不仅仅因为他的时代距离我们较近，他所描述、探索的包含着现代性的种种问题容易为我们所感知，更因为他的作品中包含着我们民族性格和感情的一些恒定的品质。

二

鲁迅的经典性当然也要经受检验，在接受读者细读、精读、赞美甚至崇拜的同时，也必须接受质疑和否定。因为经典不是僵死和呆板的，在时间的长河中，经典要经常显示其常新性的生命形态。时移世变，鲁迅笔下的人物形象和社会现象，有些至今仍然在我们中间出现，鲁迅的文化遗产仍有与当今社会对话的能力，这足以证明其文学的普泛性价值。从鲁迅身上，我们应该借鉴其以文学的方式应对和解决问题的办法。从近年有关鲁迅的争论中可以看到，虽然有些争论有炒作之嫌，但其中也不乏围绕鲁迅所开展的关乎中国文化前途的根本性问题思考的有价值的论争。并且有些问题，是因为关于鲁迅的研究本身的薄弱，还没有进行很好的开掘和阐发，如鲁迅如何思考和实践丰富中国语言的问题，在翻译过程中如何为弥补中国语文的不足做出努力等，对后世的文化建设具有启发作用。

鲁迅的经典性作品值得我们取法处有很多，但最重要的是，鲁迅写作的出发点、初心，那就是为人生并要改良人生。鲁迅是一位启蒙思想家，具有英雄主义情怀和积极进取的精神，对中国所处困境有极为深刻的认识，由此上升到对中国国民劣根性的深刻认识和尖锐批判。例如，在描写中国人的生存困境的《阿Q正传》中，阿Q在物质上一无所有，精神上无聊而且麻木，而这恰是中国民众在20世纪初的历史转型期中的普遍状态。鲁迅这部作品反映了那个时代的主要特点，表现出对中国社会的深刻认识。尤其值得注意的是，鲁迅通过叙事角度的变换和反讽的效果，极大地提高了创作者的主体意识。我们今天仍需要这样的描写典型性情景、反映时代特点的作品。

鲁迅秉承中华民族的智慧基因，有深刻的反思能力：他总是首先认识自己，再认识周围的人们，进而认识他所在的社会，认识民族的历史、现实和未来。他言辞刻薄，但解剖自己比解剖别人更严酷。他把这种认识能力和评判智慧运用到普遍的社会层面，而不是针对个人，即"论时事不留面子，砭锢弊常取类型"。

鲁迅早期的翻译吸收外来思想，在翻译文本和评论中使用对比、讽刺等手法，对中国文化进行深刻的剖析与批判。他通过翻译向异域文化学习，并且发展着他所属的文学传统。鲁迅给我们的启示是，在传统中创造经典，也包括在批判传统中创造经典。在认识传统和现代的关系、中外文化的关系、传统与个人的关系的过程中，鲁迅文学的经典地位便生成了。

　　鲁迅正是综合了许多方面的优长，才达到经典作家的高度。如果没有丰富的学识，没有中外文化的碰撞，没有多学科的交叉融合，没有在多个行业中的经历和思考，没有对中国城乡社会的观察和反思，是不可能达到这样的高度、广度和深度的。

　　鲁迅的文学遗产是超越时代和跨越文化的经典文本，在今后相当长的时期里，作家和文化批评者们将从他的作品中解读中国现代人面临的种种问题，从他走过的道路中吸取经验。

　　鲁迅逝世后，郁达夫写了《怀鲁迅》一文，其中有这样的话："没有伟大的人物出现的民族是世界上最可怜的生物之群，虽有了伟大人物，而不知拥护、爱戴、崇拜的国家是没有希望的奴隶之邦。"令人欣慰的是，国人充分认识到了鲁迅的价值，在鲁迅去世后的一两年里，在国难当头的危急时刻，创造了与鲁迅文化奇迹相匹配的一个文化史、出版史奇迹——编辑出版《鲁迅全集》。

　　正当中国文化界人士在上海编辑出版《鲁迅全集》时，日本也启动了《鲁迅全集》的编译工程。日本出版机构改造社邀请鲁迅的好友郁达夫为全集写了广告语。郁达夫写道："如问中国自有新文学运动以来，谁最伟大？谁最能代表这个时代？我将毫不踌躇地回答：是鲁迅。……当我们见到局部时，他见到的却是全面；当我们热衷去掌握现实时，他已把握了古今与未来。要全面了解中国的民族精神，除了读《鲁迅全集》以外，别无捷径。"

三

鲁迅在逝世前的一两年，也曾考虑对自己的文学创作、学术研究等文字做一次集中出版。他在给曹靖华的信中说："回忆《坟》的第一篇，是一九○七年作，到今年足足三十年了，除翻译不算外，写作共有二百万字，颇想集成一部（约十本），印它几百部，以作记念[2]……"鲁迅在是否集印译文问题上还有所踌躇，但对著作已经胸有成竹。

实际上，鲁迅生前已经拟定了两个略有差异的著作目录，略分为十卷：第一卷有《坟》《呐喊》，第二卷有《彷徨》《野草》《朝花夕拾》《故事新编》，第三卷有《热风》《华盖集》《华盖集续编》，第四卷有《而已集》《三闲集》《二心集》，第五卷有《南腔北调集》《伪自由书》《准风月谈》，第六卷有《花边文学》《且介亭杂文》《且介亭杂文二集》，第七卷有《两地书》《集外集》《集外集拾遗》，第八卷有《中国小说史略》《小说旧闻钞》，第九卷有《古小说钩沉》，第十卷有起信三书、《唐宋传奇集》。关于"起信三书"，鲁迅没有列出详目，许广平推测说："或即包括《嵇康集》、谢承《后汉书》《岭表录异》三种。"鲁迅在中国小说史研究方面成就很高，写出划时代的、具有拓荒性质的著作《中国小说史略》，其准备期很长，资料铺垫也很扎实，先后编辑了《古小说钩沉》《小说旧闻钞》《唐宋传奇集》等。"起信三书"应该含有前两种。另一种拟目也将全部著作分为三大类：北京时期及以前的作品称为"人海杂言"，上海时期的杂感集总称为"荆天丛笔"，学术研究的成绩称为"说林偶得"，更强调小说史研究成果。

2　现代汉语常用"纪念"。——编者注

鲁迅还有更大的计划。许钦文在《〈鲁迅日记〉中的我》一书最后一部分"最后的晤谈"中说，1936年7月14日，他去看望病重的鲁迅，"鲁迅先生叫我挨近他坐下，轻声说：'钦文，我写了整整三十年，约略算起来，创作的已有三百万字的样子，翻译的也有三百万字的样子了，一共六百万字的样子，出起全集来，有点像样了！'他又告诉了我编排的方式。""一九三八年出版二十卷的《鲁迅全集》，编排的格式，符合'最后的晤谈'时鲁迅先生对我说的办法。因为鲁迅先生逝世以后，我就把那些话照样地转告了景宋。"

鲁迅去世后，许广平、许寿裳等编辑《鲁迅全集》，当然会参考鲁迅关于《三十年集》及对许钦文讲述的设想。其结果，1938年版《鲁迅全集》前10卷收入创作《呐喊》《彷徨》《故事新编》《朝花夕拾》《野草》，杂文集如《坟》《热风》《南腔北调集》等和学术研究、古籍整理成果如《中国小说史略》《嵇康集》《唐宋传奇集》等。

《三十年集》拟收录的是除翻译以外的所有文字，可见鲁迅没有将译文算作自己的创作。但在对许钦文的交代中，鲁迅明确提到了自己的翻译——字数几乎与创作相当。因此，1938年版的《鲁迅全集》的后10卷即根据鲁迅的这个设想，收入鲁迅翻译的俄苏、日、法、德等十几个国家近百位作者的作品。

鲁迅的"文学遗嘱"没有考虑书信和日记。这可以理解，书信都在别人手中，日记本不算著述，虽然实际上是自己亲笔写下的独一无二的生活记录。

总起来说，1938年版《鲁迅全集》的编纂体例，基本符合鲁迅晚年关于自己著译文集编纂的原意。

阅读和研究鲁迅的人们，经常感觉到鲁迅学识渊博：他既通中国传统文化，又熟悉外国的优秀文化，还涉猎美术、博物等学科。鲁迅堪称他那个时代的一部百科全书。读者可以从这部《鲁迅全集》中看到鲁迅的学养的深厚、文体的多样和题材的丰富。

鲁迅的经典文学作品，当然首推小说创作，《呐喊》《彷徨》《故事新编》，此外有散文诗集《野草》、回忆散文集《朝花夕拾》等。读者阅读这些经典，自然想了解这些作品背后是什么知识和文化背景在支撑，即像批评家所形容的那样，看看冰山下边的底座有多大。

这里特别讲一讲鲁迅文章风格特点和文体的多样性。鲁迅的文风简洁洗练，体现了汉语的审美特点。他在《我怎么做起小说来》中自述写作原则道：

> 我力避行文的唠叨，只要觉得够将意思传给别人了，就宁可什么陪衬拖带也没有。中国旧戏上，没有背景，新年卖给孩子看的花纸上，只有主要的几个人（但现在的花纸却多有背景了），我深信对于我的目的，这方法是适宜的，所以我不去描写风月，对话也决不说到一大篇。我做完之后，总要看两遍，自己觉得拗口的，就增删几个字，一定要它读得顺口；没有相宜的白话，宁可引古语，希望总有人会懂，只有自己懂得或连自己也不懂的生造出来的字句，是不大用的。这一节，许多批评家之中，只有一个人看出来了，但他称我为 Stylist。

阅读鲁迅，自然要碰到小说、散文、诗歌、杂文乃至散文诗等体裁，自然要分门别类地揣摩这些不同体式文章的特色。小说和散文有什么区别？杂文为什么是"杂"？新体诗和旧体诗怎样过渡？鲁迅的书信和日记有什么特点？只有这样揣摩、比较，才能感受文学巨匠的风格。中国古代文学理论重视文体学，鲁迅作为新文学的开山宗师、新文体的创造者，在文体上也有很多贡献，是对中国文论传统的赓续和发扬。就杂文而言，可以分成论说、演讲、序跋、书信等门类。单是书信，情形就颇为复杂，公开发表时叫书，私下交流称作信函、尺牍乃至便笺等。书信可以成为一种文体，古往今来有不少书信体小说名著。鲁迅有时候写文章是以给对方写信的方式发表的，书信是他擅长的一种文体，如《答杨邨人先生公开信的公开信》《答有恒先生》《答〈戏〉周刊编者信》《答徐懋庸并抗日民族统一战线问题》等，都是名篇。还有一种文体叫碑文，也值得一说，虽然鲁迅的文集里不多，但古代很多文人对此颇为擅长，如《韩文公文集》里就有好几卷。鲁迅写过几个碑文，一个为日本内山书店的店员镰田诚一，一个为他在北京的朋友韦素园，还有一个是为他的好朋友曹靖华的父亲所写的《河南卢氏曹先生教泽碑文》。曹靖华的父亲在河南卢氏县的山沟里教书几十年，学生们觉得这个人平凡而又伟大，是一位好老师，商量给他立教泽碑。鲁迅应约写碑文，其实是只能泛泛地说几句好话。因为在鲁迅的时代，"树碑立传"已经不大时兴。鲁迅最好的纪念逝者的文章，就相当于古代的碑文，《记念刘和珍君》《为了忘却的记念》《忆刘半农》《忆韦素园》《太炎先生二三事》等就为广大读者所熟悉。阅读这类文章，可以体会到历史的进展、社会的变化和文章风格演进之间的关系。

阅读鲁迅，当然不能只读一种体裁的文章，也不能只读选本，如果有时间，最好是读《鲁迅全集》。鲁迅作品是一个整体，应该全面阅读，小说、散文、诗歌、杂文，乃至书信都不可忽略。没有对他作品的广泛阅读，就不可能对他有全面的认识，在理解他的思想和文学时就可能出现不足和偏颇。

四

文学家、著译者的身后事，最大最重要者莫过于著作的出版。

古人有句："千秋万岁名，寂寞身后事。"鲁迅身后并不寂寞，逝世后不久便享有最高级别的待遇——出版全集。鲁迅去世没几天，好友许寿裳就在给许广平的信中谈及其遗著出版问题。吴慕鲁给许广平的信中提到具体的全集计划："昨天礼毕，听源兄说叫大家回殡仪馆有事商量……他们商量事情，我想不外两点，一是丧葬费用，二是周先生译著……我赞成把全集向商务印书馆交涉给他们出……"许寿裳最终确定了编纂思路："既名全集，应该全盘计划，网罗无遗，不过可分成若干部，如（一）创作、（二）翻译、（三）纂辑（如谢承《后汉书》《古小说钩沉》《会稽郡故书杂集》及所搜汉唐碑板）、（四）书简、（五）日记……"

这些商议很快付诸行动，上海文化界人士组成《鲁迅全集》编辑委员会，设立了"鲁迅全集出版社"。后因战事迫近，商务印书馆承担项目出现困难，鲁迅纪念委员会决定由"复社"设法组织，由胡愈之、张宗麟总揽全局并筹措经费，许广平与王任叔（巴人）编校，黄幼雄、胡仲持负责出版事务，徐鹤、吴阿盛、陈鳌生联系排版、印刷与装订事宜，发行由陈明负责。许广平在《〈鲁迅全集〉编校后记》中甚至还对印制工人给予表彰："同时承揽排字印刷工作者，一为大丰制版所，一为作者出版事务所。前者主持人为徐寿生先生，后者主持人为朱础成先生，皆不惜减低成本，为文化界服务。"《鲁迅全集》是巨大的出版工程，当然需要很多人通力合作。全集上的署名者有蔡元培任编辑委员会主席，成员有马裕藻、沈兼士、茅盾、周作人。此外还有蔡元培（序言）、许寿裳（"鲁迅年谱""鲁迅译著书目续编""鲁迅先生的名、号、笔名录"）、许广平（《〈鲁迅全集〉编校后记》）等工作署名。

20卷本《鲁迅全集》除印行普及本外，还用预约征订募集资金的方式，印制了纪念本。纪念委员会发布的募集启事说："鲁迅先生为一代文宗，毕生著述，承清代朴学之余绪，奠现代文坛之础石，此次敝会同人，特为编印全集，欲以唤醒国魂，砥砺士气……"胡愈之特地到香港、广州、武汉等地募捐，经胡愈之推销出去的纪念本就有一百多部。孙科、邵力子等都是一次订购 10 部，武汉八路军办事处也积极帮助推销。赞助《鲁迅全集》出版的人很多，这里介绍两位。一位是鲁迅的老友、丝绸商、银行家蒋抑卮，鲁迅留学日本时期，与其多有往来，他资助过鲁迅出版《域外小说集》两册。20 世纪 30 年代初，蒋抑卮患了严重的胃病，常住杭州莫干山疗养。鲁迅病逝，蒋抑卮派儿子代他去万国殡仪馆吊唁。听说要出版鲁迅遗著，蒋抑卮再次慷慨解囊。"复社"将箱装全集纪念本（编号"第七九号"）赠送给蒋抑卮，以表感谢。另一位是鲁迅的同乡好友陈仪。他们在东京相识后，友情不断，在陈仪当上将军后仍然如此。鲁迅逝世时，陈仪正在福建省主席任上。他认为，鲁迅的逝世是中华民族的重大损失，因此致电当局，提议为鲁迅举行国葬，可惜未被采纳。《鲁迅全集》出版时，陈仪订购数套，分送给福建省各图书馆及重点学校，并要求学校选择几篇作为教材，以激励后进。他本人还捐赠 1000 元，又与郁达夫共同募集了 554 元，共计 1554 元，托许寿裳汇寄给许广平，作为"鲁迅纪念文学奖金"。此类令人感动的人物、事件不胜枚举。

因为是第一次全面系统地整理鲁迅的著译及古籍辑录，全集收录不少业已绝版多年的著作、译著如《月界旅行》《会稽郡故书杂集》等，以及《汉文学史纲要》《古小说钩沉》等未刊稿，对保存和传播鲁迅遗著起到了积极作用，为日后编纂各种类型鲁迅著作（全集、译文集、选集、单行本）奠定了基础。

《鲁迅全集》发刊缘起所订出版计划是很庞大的，其中有这样一段："此外还有日记、书简、六朝造像目录、六朝墓志目录、汉碑帖、汉画像等，因影印工程浩大，一时不易问世。"编委会出于对鲁迅的崇敬，用"全"字来统率了鲁迅著译编纂，把所收范围大大扩展了。这当然会引发疑问：鲁迅对《嵇康集》的校勘花了很大功夫，但它毕竟是嵇康的原创。这种编辑理念，在蔡元培的序言中略有说明：

> 鲁迅先生本受清代学者的濡染，所以他杂集会稽郡故书，校《嵇康集》，辑谢承《后汉书》，编汉碑帖、六朝墓志目录、六朝造像目录等，完全用清儒家法。惟彼又深研科学，酷爱美术，故不为清儒所囿，而又有他方面的发展，例如科学小说的翻译，《中国小说史略》《小说旧闻钞》《唐宋传奇集》等，已打破清儒轻视小说之习惯；又金石学为自宋以来较发展之学，而未有注意于汉碑之图案者，鲁迅先生独注意于此项材料之搜罗；推而至于《引玉集》《木刻纪程》《北平笺谱》等等[3]，均为旧时代的考据家、赏鉴家所未曾著手[4]。

蔡元培在《鲁迅全集》的序言中还提到鲁迅对外国版画的研究及对中国新兴木刻的倡导，只是限于篇幅，较为笼统。鲁迅提倡新兴木刻，倾注了极大心血，收藏了近四千幅中外版画，为中国木刻青年出版作品集，为他们举办展览会，还开办木刻讲习班，培养后进。其中，他特别看重德国美术家珂勒惠支夫人的作品，感动于她的表现民生苦难的作品，对这位受着纳粹迫害的艺术家深表同情。鲁迅去世前不久写了一篇文章，题目是《死》，一开头就提到这位画家。鲁迅之所以如此看重她并将其极力推荐给青年木刻工作者，是因为这位画家反映的时代苦难跟鲁迅在晚年感受到的中国的苦难

3　此句式在现代汉语中常用一个"等"。——编者注
4　现代汉语常用"着手"。——编者注

相同。我们从鲁迅与美术的关系中，能够更深刻地理解鲁迅的美术收藏、研究他的美术收藏与他的文学创作的关系。鲁迅还收藏中国历代金石拓本约 6000 幅，初步做了整理，编成了简要目录，对其中的一些还做了考证。因为时间紧迫，又限于人力物力，这些中外美术收藏当时未能收入全集，是一个遗憾。

1951 年，国家出版总署成立了鲁迅著作编刊社，该机构后来并入人民文学出版社，称为鲁迅著作编辑室。经多方努力，新的 10 卷注释本《鲁迅全集》于 1956 年面世。10 卷本全集"专收鲁迅的创作、评论和文学史著作"以及部分书信。鲁迅译文和古籍辑校则另成 10 卷本《鲁迅译文集》（人民文学出版社 1958 年 12 月）和 4 卷本《鲁迅辑录古籍丛编》（人民文学出版社 1999 年 7 月）。从 1981 年的《鲁迅全集》开始，日记、书信作为创作作品收入全集的体例最终确定下来。这个版本，不仅新增收两卷日记，书信也增至 1456 封（另有断简 12 则），篇幅从 10 卷本的 253 万字增至近 400 万字。为便于读者和研究者检索，另加"附集"一卷，收《鲁迅著译年表》《全集篇目索引》《全集注释索引》等。

1981 年版及在其基础上修订而成的 2005 年版《鲁迅全集》，既不是鲁迅"文集"或"作品集"，又不是鲁迅全部文字的总集，体例上仍显出一些混乱。如 2005 年版《鲁迅全集》删去了旧版第 8 卷的《生理实验术要略》。根据出版说明，编委会将来要把《生理实验术要略》与鲁迅其他科学类著述如《中国矿产志》《人生象斁》《地质学残稿》等，一同编入《鲁迅自然科学论著》。实际上，上列几部也属于鲁迅早期著作，且多为原创，不能因为与文学关系不大就不收录。

虽然经过了 80 多年的努力，现行的《鲁迅全集》仍存在一些缺憾和不足，也为鲁迅著作的编辑出版留下了继续完善的空间。编年体、类编体的文集，乃至更大容量如 1938 年《鲁迅全集》编辑委员会所计划的"大全集"，对于鲁迅这样一位文学巨匠来说，都应该尝试。

北京鲁迅博物馆副馆长　黄乔生
2023 年 8 月

出版说明

  1938 年，"鲁迅先生纪念委员会"编订的初版《鲁迅全集》印行，书中收录了鲁迅的小说、散文、杂文、书信、文艺理论、古籍研究及译作等，本版《鲁迅全集》共 20 卷。我们在初版《鲁迅全集》的基础上进行编校，核对原文，注解疑误。此外，本全集在保持原作语言风格的同时，留存了当时的语言文字习惯，按照现代人的阅读方式，订正了标点符号使用不当的问题。

  本版《鲁迅全集》在编校的过程中获得了诸多鲁迅研究界的专家和学者的协助，对于他们所作出的贡献，我们在此表示衷心的感谢。

  《鲁迅全集》体量庞大，内容广泛，虽然我们努力对本书进行编校，但书中难免会有谬误和不当之处，恳请广大读者批评指正，以求不断改进、完善。

中国科学技术出版社

2024 年 3 月

目　录

坟

呐喊

野草

坟

题记

　　将这些体式上截然不同的东西集合了做成一本书样子的缘由，说起来是很没有什么冠冕堂皇的。首先就因为偶尔看见了几篇将近二十年前所做的所谓文章。这是我做的么[1]？我想。看下去，似乎也确是我做的。那是寄给《河南》的稿子。因为那编辑先生有一种怪脾气，文章要长，愈长，稿费便愈多，所以如《摩罗诗力说》那样，简直是生凑。倘在这几年，大概不至于那么做了。又喜欢做怪句子和写古字，这是受了当时的《民报》的影响。现在为排印的方便起见，改了一点，其余的便都由他。这样生涩的东西，倘是别人的，我恐怕不免要劝他"割爱"，但自己却总还想将这存留下来，而且也并不"行年五十而知四十九年非"，愈老就愈进步。其中所说的几个诗人，至今没有人再提起，也是使我不忍抛弃旧稿的一个小原因。他们的名，先前是怎样地使我激昂呵[2]，民国告成以后，我便将他们忘却了，而不料现在他们竟又时时在我的眼前出现。

　　其次，自然因为还有人要看，但尤其是因为又有人憎恶着我的文章。说话说到有人厌恶，比起毫无动静来，还是一种幸福。天下不舒服的人们多着，而有些人却一心一意在造专给自己舒服的世界[3]。这是不能如此便宜的，也给他们放一点可恶的东西在眼前，使他有时小不舒服，知道原来自己的世界也不容易十分美满。苍蝇的飞鸣，是不知道人们在憎恶他的，我却明知道，然而只要能飞鸣就偏要飞鸣。我的

1　现代汉语常用"吗"。——编者注
2　现代汉语常用"啊"。——编者注
3　此处原文为"而有些人们却一心一意在造专给自己舒服的世界"，疑为原文多字，故更正。——编者注

可恶有时自己也觉得，即如我戒酒[4]、吃鱼肝油，以望延长我的生命，倒不尽是为了我的爱人，大大半乃是为了我的敌人——给他们说得体面一点，就是敌人罢[5]——要在他的好世界上多留一些缺陷。君子之徒曰："你何以不骂杀人不眨眼的军阀呢？斯亦卑怯也已！"但我是不想上这些诱杀手段的当的。木皮道人说得好："几年家软刀子割头不觉死。"我就要专指斥那些自称"无枪阶级"而其实是拿着软刀子的妖魔。即如上面所引的君子之徒的话，也就是一把软刀子。假如遭了笔祸了，你以为他就尊你为烈士了么？不，那时另有一番风凉话。倘不信，可看他们怎样评论那死于"三一八"惨杀的青年。

此外，在我自己，还有一点小意义，就是这总算是生活的一部分的痕迹。所以虽然明知道过去已经过去，神魂是无法追蹑的，但总不能那么决绝，还想将糟粕收敛起来，造成一座小小的新坟，一面是埋藏，一面也是留恋。至于不远的踏成平地，那是不想管，也无从管了。

我十分感谢我的几个朋友，替我搜集、抄写、校印，各费去许多追不回来的光阴。我的报答，却只能希望当这书印钉成工时，或者可以博得各人的真心愉快的一笑。别的奢望并没有什么，至多，但愿这本书能够暂时躺在书摊上的书堆里，正如博厚的大地，不至于容不下一点小土块。再进一步，可就有些不安分了，那就是中国人的思想、趣味，目下幸而还未被所谓正人君子所统一，譬如有的专爱瞻仰皇陵，有的却喜欢凭吊荒冢，无论怎样，一时大概总还有不惜一顾的人罢。只要这样，我就非常满足了，那满足，盖不下于取得富家的千金云。

一九二六年十月三十大风之夜，鲁迅记于厦门。

4　此处原文为"即如我的戒酒"，疑为原文多字，故更正。——编者注
5　现代汉语常用"吧"。——编者注

人之历史

——德国海克尔氏种族发生学之一元研究诠释

进化之说，黏灼于希腊智者泰勒斯（Thales），至达尔文（Ch. Darwin）而大定。德之海克尔（E. Haeckel）者，犹赫胥黎（T. H. Huxley）然，亦近世达尔文说之讴歌者也，顾亦不笃于旧，多所更张，作生物进化系图，远追动植之绳迹，明其曼衍之由，间有不足，则补以化石，区分记述，蔚为鸿裁，上自单么，近迄人类，会成一统，征信历然。虽后世学人，或更上征而无底极，然十九世纪末之言进化者，固已大就于斯人矣。中国迩日，进化之语，几成常言，喜新者凭以丽其辞，而笃故者则病侪人类于猕猴，辄沮遏以全力。德哲学家包尔生（Fr. Paulsen）亦曰，读海克尔书者多，吾德之羞也。夫德意志为学术渊薮，包尔生亦爱智之士，而犹有斯言，则中国抱残守阙[1]之辈，耳新声而疾走，固无足异矣。虽然，人类进化之说，实未尝渎灵长也，自卑而高，日进无既，斯益见人类之能，超乎群动，系统何妨，宁足耻乎？黑氏著书至多，辄明斯旨，且立种族发生学（Phylogenie），使与个体发生学（Ontogenie）并，远稽人类由来，及其曼衍之迹，群疑冰泮，大闿犁然，为近日生物学之峰极。今乃敷张其义，先述此论造端，止于近世，而以黑氏所张皇者终。

人类种族发生学者，乃言人类发生及其系统之学，职所治理，在动物种族，何所由妨，事始近四十年来，生物学分支之最新者也。盖古之哲士宗徒，无不目人为灵长，超迈群生，故纵疑官品起原，亦彷徨于神话之歧途，诠释率神閟而不可思议。如中国古说，

---

[1] 现代汉语常用"抱残守缺"。——编者注

谓盘古辟地，女娲死而遗骸为天地，则上下未形，人类已现，冥昭蒙暗，安所措足乎？屈灵均谓鳌载山抃，何以安之，衷怀疑而词见也。西国创造之谭，摩西最古，其《创世记》开篇，即云帝以七日作天地万有，抟埴成男，析其肋为女。当十三世纪时，力大伟于欧土，科学隐耀，妄信横行，罗马法王，又竭全力以塞学者之口，天下为之智昏，海克尔谳之曰世界史之大欺罔者（Die grossten Gaukler Weltgeschichte），非虚言也。已而宗教改萌，景教之迷信亦渐破，哥白尼（Copernicus）首出，知地实绕日而运，恒动不居，于此地球中心之说隳，而考核人类之士，亦稍稍现，如维萨里（A. Vesalius）、欧斯塔奇（Eustachi）等，无不以铧验之术，进知识于光明。至动物系统论，则以林奈出而一振。

林奈（K. von Linné）者，瑞典耆宿也，病其时诸国之治天物者，率以方言命名，繁杂而不可理，则著《天物系统论》，悉名动植以腊丁[2]，立二名法，与以属名与种名二。如猫虎狮三物大同，则谓之猫属（Felis），而三物又各异，则猫曰 Felis domestica，虎曰 Felis tigris，狮曰 Felis leo。又集与此相似者，谓之猫科。科进为目，为纲，为门，为界。界者，动植之判也。且所著书中，复各各记其特点，使一披而了然。惟天物繁多，不可猝尽，故每见新种，必与新名，于是世之欲以得新种博令誉者，皆相竞搜采，所得至多，林奈之名大显，而物种（Arten）者何，与其内容界域之疑问，亦同为学者所注目矣。虽然，林奈于此，固仍袭摩西创造之说也，《创世记》谓今之生物，皆造自世界开辟之初，故《天物系统论》亦云免诺亚时洪水之难，而留遗于今者，是为物种，凡动植种类，绝无增损变化，以殊异于神所手创云。盖林奈仅知现在之生物，而往古无量数年前，尝有生物栖息地球之上，为今日所无有者，则未之觉，故起原之研究，

2　现译"拉丁"。——编者注

遂不可几。并世博物家，亦笃守旧说，无所发挥，即偶有觉者，谓生物种类，经久久年月间，不无微变，而世人闻之皆峻拒，不能昌也。递十九世纪初，乃始诚有知生物进化之事实，立理论以诠释之者，其人曰拉马克，而居维叶实先之。

居维叶（G. Cuvier），法国人，勤学博识，于学术有伟绩，尤所致力者，为动物比较解剖及化石之研究，著《化石骨胳论[3]》，为今日古生物学所由昉。盖化石者，太古生物之遗体，留迹石中，历无数劫以至今，其形了然可识，于以知前世界动植之状态，于以知古今生物之不同，实造化之历史，自泐其业于人间者也。揣古希腊哲人，似不无微知此意者，而厥后则牵强附会之说大行，或谓化石之成，不过造化之游戏，或谓两间精气，中人为胎，迷入石中，则为石蛤石螺之属。逮拉马克查贝类之化石，居维叶查鱼兽之化石，始知化石诚古生物之留蜕，其物已不存于今，而林奈创造以来无增减变迁之说遂失当。然居维叶为人，固仍袭生物种类永住不变之观念者也，前说垂破，则别建"变动说"以解之。其言曰，今日生存动物之种属，皆开辟之时，造自天帝之手者尔。特动植之遭开辟，非止一回，每开辟前，必有大变，水转成陆，海坟为山，于是旧种死而新种生，故今兹化石，悉由神造，惟造之之时不同，则为状自异，其间无系属也。高山之巅，实见鱼贝，足为故海之征，而化石为形，大率撑拒惨苦，人可知其变之剧矣。自开辟以至今，地球表面之大故，至少亦十五六度，每一变动起，旧种悉亡，爰成化石，留后世也。其说逞肊，无实可征，而当时力乃至伟，崇信者满学界，惟圣契黎（E. Geoffroy St. Hilaire）与抗于巴黎学士会院，而居维叶博识，据垒极坚，圣契黎动物进化之说，复不具足。于是千八百三十年七月三十日之讨论，圣契黎遂败。居维叶变动之说，盛行于时。

3　现译"四足动物骨骼化石研究"。——编者注

虽然，不变之说，遂不足久餍学者之心也，十八世纪后叶，已多欲以自然释其疑问，于是有歌德（W. von Goethe）起，建"形蜕论"。歌德者，德之大诗人也，又邃于哲理，故其论虽凭理想以立言，不尽根于事实，而识见[4]既博，思力复丰[5]，则犁然知生物有相互之关系，其由来本于一原。千七百九十年，著《植物形态论》，谓诸种植物，出皆原型，即其机关，亦悉从原官而出。原官者，叶也。次复比较骨胳，造诣至深，知动物之骨，亦当归一，即在人类，更无别于他种动物之型，而外状之异，特缘形变而已。形变之因，有大力之构成作用二：在内谓之求心力，在外谓之离心力，求心力所以归同，离心力所以趋异。归同犹今之遗传，趋异犹今之适应。盖歌德所研究，为从自然哲学深入官品构造及变成之因，虽谓为拉马克、达尔文之先驱，蔑不可也。所憾者则其进化之观念，与康德（I. Kant）、倭堪（L. Oken）诸哲学家立意略同，不能奋其伟力，以撼种族不变说之基础耳。有之，自拉马克始。

拉马克（Jean de Lamarck）者，法之大科学家也，千八百二年所著《生体论》，已言及种族之不恒，与形态之转变，而精力所注，尤在《动物哲学》一书，中所张皇，先在生物种别，由于人为之立异。其言曰，凡在地球之上，无间有生无生，决无差别，空间凡有，悉归于一，故支配非官品之原因，亦即支配有官品之原因，而吾党所执以治非官品者，亦即治有官品之途术。盖世所谓生，仅力学的现象而已。动植诸物，与人类同，无不能诠解以自然之律。惟种亦然，决非[6]如《圣书》所言，出天帝之创造。况居维叶之说，谓经十余回改作者乎？凡此有生，皆自古代联绵[7]继续而来，起于无官，结

4　现代汉语常用"见识"。——编者注
5　现代汉语常用"丰富"。——编者注
6　现代汉语常用"绝非"。——编者注
7　现代汉语常用"连绵"。——编者注

构至简，继随地球之转变，以渐即于高等，如今日也。至最下等生物，渐趋高等之因，则氏有二律，一曰假有动物，雏而未壮，用一官独多，则其官必日强，作用亦日盛。至新能力之大小强弱，则视使用之久暂有差。浅譬之，如锻人之腕，荷夫之胫，初固弗殊于常人，逮就职之日多，则力亦加进，使反是，废而不用，则官渐小弱，能力亦亡，如盲肠者，鸟以转化食品，而无用于人，则日萎，耳筋者，兽以动耳者也，至人而失其用，则留微迹而已：是为适应。二曰凡动物一生中，由外缘所得或失之性质，必依生殖作用，而授诸子孙。官之大小强弱亦然，惟在此时，必其父母之性质相等：是为遗传。适应之说，迄今日学人犹奉为圭臬，遗传之说，则论诤方烈，未有折衷[8]，惟其所言，固进化之大法，即谓以机械作用，进动物于高等是已。试翻《动物哲学》一书，殆纯以一元论眼光，烛天物之系统，而所凭借，则进化论也。故进化论之成，自破神造说始。拉马克亦如圣契黎然，力驳居维叶，而不为世所知。盖当是时，生物学之研究方殷，比较解剖及生理之学亦盛，且细胞说初成，更近于个体发生学者一步，于是萃人心于一隅，遂蒉有致意于物种由来之故者。而一般人士，又笃守旧说，得新见无所动其心，故拉马克之论既出，应者寂然，即居维叶之《动物学年报》中，亦不为一记，则说之孤立无和，可以知矣。迨千八百五十八年而达尔文暨华莱士（A. R. Wallace）之"天择论"现，越一年而达尔文《物种由来[9]》成，举世震动，盖生物学界之光明，扫群疑于一说之下者也。

达尔文治生学之术，不同拉马克，主用内籀，集知识之大成，年二十二，即乘汽舰壁克耳，环世界一周，历审生物，因悟物种所由始，渐而搜集事实，融会贯通，立生物进化之大原，且晓形变之

8　现代汉语常用"折中"。——编者注
9　现译"物种起源"。——编者注

因，本于淘汰，而淘汰原理，乃在争存，建"淘汰论"，亦曰"达尔文说"（Selektionstheorie od. Darwinismus），空前古者也。举其要旨，首为人择，设有人立一定之仪的，择动物之与相近者育之，既得苗裔，则又育其子之近似，历年既永，宜者遂传。古之牧者园丁，已知此术，赫胥黎谓亚美利加有毂羊者，惧羊跳踉，超圈而去，则留短足者而渐汰其他，递生子孙，亦复如是，久之短足者独传，修胫遂绝，此以人力传宜种者也。然此特人择动植而已，天然之力，亦择生物，与人择动植无大殊，所异者人择出人意，而天择则以生物争存之故，行于不知不觉间耳。盖生物增加，皆遵几何级数，设有动物一偶于此，毕生能产四子，四子又育，当得八孙，五传六十四，十传而千二十八，如是递增，繁殖至迅。然时有强物，灭其娆弱，沮其长成，故强之种日昌，而弱之种日耗。时代既久，宜者遂留，而天择即行其中，使生物臻于极适。达尔文言此，所征引信据，盖至繁博而坚实也。故究进化论历史，当首泰勒斯，继乃局脊于神造之论，比至拉马克而一进，得达尔文而大成，迨海克尔出，复总会前此之结果，建官品之种族发生学，于是人类演进之事，昭然无疑影矣。

海克尔以前，凡云发生，皆指个体，至氏而建此学，使与个体发生学对立，著《生物发生学上之根本律》一卷，言二学有至密之关系，种族进化，亦缘遗传及适应二律而来，而尤所置重者，为形蜕论。其律曰，凡个体发生，实为种族发生之反复，特期短而事迅者耳，至所以决定之者，遗传及适应之生理作用也。黑氏以此法治个体发生，知禽兽鱼虫，虽繁不可计，而遂推本原，咸归于一；又以治种族发生，知一切生物，实肇自至简之原官，由进化而繁变，以至于人。盖人类女性之胚卵，亦与他种脊椎动物之胚卵，同为极简之细胞；男性精丝，亦复无异。二性既会，是成根干细胞，此细胞成，而个人之存在遂始。若求诸动物界，为阿弥巴属，构造至简，仅有自动及求食之力而已，继乃分裂，依几何级数成细胞群，如班陀黎那[10]（Pandorina），作桑葚状，甚空其中，渐而内陷，是成原肠，今日淡水沟渠中动物希特拉[11]（Hydra），亦如是也。更进，则由心房生血管四偶，曲向左右，状如鱼鳃，胎儿届此时，适合动物界之鱼类；复次之发达，皆与人类以外之高等动物无微殊，即已有脑髓耳目及足，而以较他种脊椎动物之胎儿，仍无辨也。凡此研究，皆能目击，日审胚胎之发育而得其变化。惟种族发生学独不然，所追迹者，事距今数千万载，其为演进，目不可窥，即直接观察，亦局于至隘之分域，可据者仅间接推理与批判反省二术，及取诸科学所经验荟萃之材，较量孪究之而已。故海克尔曰，此其为学，肆治滋难，决非个体发生学所能较也。

往之言此事者，有达尔文《原人论》，赫胥黎《化中人位论》。海克尔著《人类发生学》，则以古生物学个体发生学及形态学证人类之系统，知动物进化，与人类胎儿之发达同，凡脊椎动物之始为鱼类，见地质学上太古代之傲罗纪，继为迭逢纪之蛙鱼，为石墨纪之两栖，为二叠纪之爬虫，及中古代之哺乳动物，递近古代第三纪，乃见半猿，次生真猿，猿有狭鼻族，由其族生犬猿，次生人猿，人猿生猿人，不能言语，降而能语，是谓之人，此皆比较解剖个体发生及脊椎动物所明证者也。惟个体发达之序亦然，故曰种族发生，为个体发生之反复。然此仅有脊椎动物而已，若更上溯无脊椎动物而探其统系，为业尤艰巨于前。盖此种动物，无骨骼之存，故不见于化石，特据生物学原则，知人类所始为原生动物，与胎孕时之根干细胞相当，下此亦各有相当之动物。于是海克尔乃追进化之迹而识别之，间有不足，则补以化石与悬拟之生物，而自单么以至人类

10　现译"实球藻"。——编者注
11　现译"水螅"。——编者注

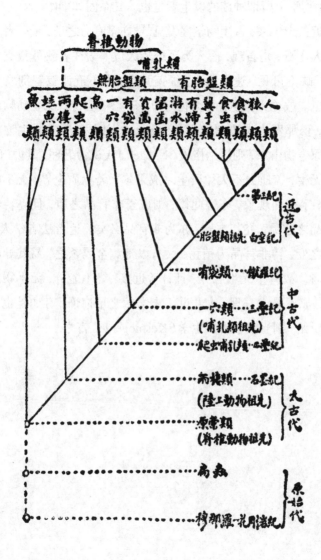

之系图遂成，图中所载，即自穆那罗[12]（Monera）渐进以至人类之历史，生物学上所谓种族的发生者是也。其系图如别幅。

近三十年来，古生物学之发见[13]，亦多有力之证，最著者为爪哇之猿人化石，是石现，而人类系统遂大成。盖往者狭鼻猿类与人之系属，缺不可见，逮得化石，征信弥真，力不逊比较解剖及个体发生学也。故论人类从出，为物至卑，曰原生动物。原生动物出自穆那罗，穆那罗出自泼罗比翁（Probion）。泼罗比翁，原生物也。若更究原生物由来，则以纳格里（Naegeli）氏说为近理，其说曰，有生始于无生，盖质力不灭律所生之成果尔。若物质全界，无不由因果而成，宇宙间现象，亦遵此律，则成于非官品之质，且终转化而为非官品之官品，究其本始，亦为非官品必矣。近者法有学人，能以质力之变，转非官品为植物，又有以毒鸩金属杀之，易其导电传热之性者。故有生无生二界，且日益近接，终不能分，无生物之转有生，是成不易之真理，十九世纪末学术之足惊怖，有如是也。至无生物所始，则当俟宇宙发生学（Kosmogenie）言之。

一九〇七年作

12　现译"原核生物界"。——编者注
13　现代汉语常用"发现"。——编者注

科学史教篇

观于今之世,不瞿然者几何人哉? 自然之力,既听命于人间,发纵指挥,如使其马,束以器械而用之。交通贸迁,利于前时,虽高山大川,无足沮核。饥疠之害减,教育之功全,较以百祀前之社会,改革盖无烈于是也。孰先驱是,孰偕行是? 察其外状,虽不易于犁然,而实则多缘科学之进步。盖科学者,以其知识,历探自然见象之深微,久而得效,改革遂及于社会,继复流衍,来溅远东,浸及震旦,而洪流所向,则尚浩荡而未有止也。观其所发之强,斯足测所蕴之厚,知科学盛大,决不缘于一朝。索其真源,盖远在夫希腊,既而中止,几一千年,递十七世纪中叶,乃复决为大川,状益汪洋,流益曼衍,无有断绝,以至今兹。实益骈生,人间生活之幸福,悉以增进。第相科学历来发达之绳迹,则勤劬艰苦之影在焉,谓之教训。

希腊罗马科学之盛,殊不逊于艺文。尔时巨制,有毕达哥拉斯(Pythagoras)之生理音阶,亚里士多德(Aristoteles)之解剖气象二学,柏拉图(Platon)之《谛妙斯篇[1]》(*Timaeus*)暨《邦国篇》,德谟克利特(Demokritos)之“质点论”,至流质力学则昉于阿基米德(Archimedes),几何则建于宥克立(Eukleides),械具学则成于赫伦(Heron),此他学者,犹难列举。其亚利山德大学,特称学者渊薮,藏书至十万余卷,较以近时,盖无愧色。而思想之伟妙,亦至足以铄今。盖尔时智者,实不仅启上举诸学之端而已,且运其思理,至于精微,冀直解宇宙之元质,泰勒斯(Thales)谓水,阿那克西米尼(Anaximenes)谓气,赫拉克利特(Herakleitos)谓火。其说无当,固不俟言。华惠尔尝言其故曰,探自然必赖夫玄念,而希腊学者无有是,

---

1 现译“蒂迈欧篇”。——编者注

即有亦极微，盖缘定此念之意义，非名学之助不为功也。（中略）而尔时诸士，直欲以今日吾曹滥用之文字，解宇宙之玄纽而去之。然其精神，则毅然起叩古人所未知，研索天然，不肯止于肤廓，方诸近世，直无优劣之可言。盖世之评一时代历史者，褒贬所加，辄不一致，以当时人文所现，合之近今，得其差池，因生不满。若自设为古之一人，返其旧心，不思近世，平意求索，与之批评，则所论始云不妄，略有思理之士，无不然矣。若据此立言，则希腊学术之隆，为至可褒而不可黜。其他亦然。世有哂神话为迷信，斥古教为谫陋者，胥自迷之徒耳，足悯谏也。盖凡论往古人文，加之轩轾，必取他种人与是相当之时劫，相度其所能至而较量之，决论之出，斯近正耳。惟张皇近世学说，无不本之古人，一切新声，胥为绍述，则意之所执，与蔑古亦相同。盖神思一端，虽古之胜今，非无前例，而学则构思验实，必与时代之进而俱升，古所未知，后无可愧，且亦无庸讳也。昔英人设水道于天竺，其国人恶而拒之，有谓水道本创自天竺古贤，久而术失，白人不过窃取而更新之者，水道始大行。旧国笃古之余，每至不惜于自欺如是。震旦死抱国粹之士，作此说者最多，一若今之学术艺文，皆我数千载前所已具。不知意之所在，将如天竺造说之人，聊弄术以入新学，抑诚尸祝往时，视为全能而不可越也？虽然，非是不协不听之社会，亦有罪焉已。

希腊既苓落[2]，罗马亦衰，而亚剌伯[3]人继起，受学于那思得理亚与傲思人，翻译诠释之业大盛。眩其新异，妄信以生，于是科学之观念漠然，而进步亦遂止。盖希腊罗马之科学，在探未知，而亚剌伯之科学，在模前有，故以注疏易征验，以评骘代会通，博览之风兴，而发见之事少，宇宙见象，在当时乃又神秘而不可测矣。怀念既尔，所学遂妄，科学隐，幻术兴，天学不昌，占星代起，所谓点金

2　现代汉语常用"零落"。——编者注
3　现译"阿拉伯"。——编者注

通幽之术，皆以昉也。顾亦有不可贬者，为尔时学士，实非懒散而无为，精神之弛，因入退守。徒以方术之误，结果乃止于无功，至所致力，固有足以惊叹。如当时回教新立，政事学术，相辅而蒸，可尔特跋暨巴格达德之二帝，对峙东西，竞[4]导希腊罗马之学，传之其国，又好读亚里士多德与柏拉图书。而学校亦林立，以治文理数理爱智质学及医药之事。质学有醇酒硝硫酸之发明，数学有代数三角之进步。又复设度测地，以摆计时，星表之作，亦始此顷，其学术之盛，盖几世界之中枢矣。而景教子弟，复多出入于日斯巴尼亚之学校，取亚剌伯科学而传诸宗邦，景教国之学术，为之一振。递十一世纪，始衰微也。赫胥黎作《十九世纪后叶科学进步志》，论之曰，中世学校，咸以天文几何算术音乐为高等教育之四分科，学者非知其一，不足称有适当之教育。今不遇此，吾徒耻之。此其言表，与震旦谋新之士，大号兴学者若同，特中之所指，乃理论科学居其三，非此之重有形应用科学而又其方术者，所可取以自涂泽其说者也。

时亚剌伯虽如是，而景教诸国，则于科学无发扬。且不独不发扬而已，又进而摈斥夭阏之，谓人之最可贵者，无逾于道德上之义务与宗教上之希望，苟致力于科学，斯谬用其所能。有拉克坦提乌斯（Lactantius）者，彼教之能才也，尝曰，探万汇之原因，问大地之动定，谈月表之隆陷，究星辰之悬属，考成天之质分，而焦心苦思于此诸问端者，犹絮陈未见之国都，其愚为不可几及。贤者如是，庸俗可知，科学之光，遂以黯淡。顾大势如是，究亦不起于无因。约翰·丁达尔（J. Tyndall）言，则以其时罗马及他国之都，道德无不颓废，景教适以时起，宣福音于平人，制非极严，不足以矫俗，故宗徒之遭害虽多，而终得以制胜。惟心意之受婴久，斯痕迹之漫漶也难，于是虽奉为灵粮之圣文，亦以供科学之判决。见象如是，夫何进步之可期乎？至厥后教会与列国政府间之冲突，亦于掔究之受

4　现代汉语常用"竟"。——编者注

妨，与有力也。由是观之，可知人间教育诸科，每不即于中道，甲张则乙弛，乙盛则甲衰，迭代往来，无有纪极。如希腊罗马之科学，以极盛称，迨亚刺伯学者兴，则一归于学古。景教诸国，则建至严之教，为德育本根，知识之不绝者如线。特以世事反复，时势迁流，终乃屹然更兴，蒸蒸以至今日。所谓世界不直进，常曲折如螺旋，大波小波，起伏万状，进退久之而达水裔，盖诚言哉。且此又不独知识与道德为然也，即科学与美艺之关系亦然。欧洲中世，画事各有原则，迨科学进，又益以他因，而美术为之中落，迨复遵守，则辄近事耳。惟此消长，论者亦无利害之可言，盖中世宗教暴起，压抑科学，事或足以震惊，而社会精神，乃于此不无洗涤，熏染陶冶，亦胎嘉葩。二千年来，其色益显，或为路德，或为克伦威尔，为弥尔顿，为华盛顿，为卡莱尔，后世瞻思其业，将孰谓之不伟欤？此其成果，以偿沮遏科学之失，绰然有余裕也。盖无间教宗学术美艺文章，均人间曼衍之要旨，定其孰要，今兹未能。惟若眩至显之实利，摹至肤之方术，则准史实所垂，当反本心而获恶果，可决论而已。此何以故？则以如是种人之得久，盖于文明政事二史皆未之见也。

迄今所述，止于昏黄，若去而求明星于尔时，则亦有可言者一二，如十二世纪有摩格那思（A. Magnus），十三世纪有罗杰·培根（Roger Bacon 生一二一四年，中国所习闻者生十六世纪与此异），尝作书论失学之故，画恢复之策，中多名言，至足称述。然其见知于世，去今才百余年耳。书首举失学元因凡四：曰摹古，曰伪智，曰泥于习，曰惑于常。近世华惠尔亦论之，籍当时见象，统归四因，与培根言殊异，因一曰思不坚，二曰卑琐，三曰不假之性，四曰热中之性，且多援例以实之。丁达尔后出，于第四因有违言，谓热中妨学，盖指脑之弱者耳，若其诚强，乃反足以助学。科学者耄，所发见必不多，此非智力衰也，正坐热中之性渐微故。故人有谓知识的事业，当与道德力分者，此其说为不真，使诚脱是力之鞭策而惟知识之依，则所营为，特可悯者耳。

发见之故，此其一也。今更进究发见之深因，则尤有大于此者。盖科学发见，常受超科学之力，易语以释之，亦可曰非科学的理想之感动，古今知名之士，概如是矣。阑喀曰，孰辅相人，而使得至真之知识乎？不为真者，不为可知者，盖理想耳。此足据为铁证者也。英之赫胥黎，则谓发见本于圣觉，不与人之能力相关；如是圣觉，即名曰真理发见者。有此觉而中才亦成宏功，如无此觉，则虽天纵之才，事亦终于不集。说亦至深切而可听也。萧勒那尔以力数学之研究有名，尝柬其友曰，名誉之心，去己久矣。吾今所为，不以令誉，特以吾意之嘉受耳。其恬淡如是。且发见之誉大矣，而威累司逊其成就于达尔文，本生付其勤劬于吉息霍甫，其谦逊又如是。故科学者，必常恬淡，常逊让，有理想，有圣觉，一切无有，而能贻业绩于后世者，未之有闻。即其他事业，亦胥如此矣。若曰，此累叶之言，皆空虚而无当于实软？则曰然亦近世实益增进之母耳。此述其母，为厥子故，即以慰之。

前此黑暗期中，虽有图复古之一二伟人出，而终亦不能如其所期，东方之光，盖实作于十五六两世纪顷。惟苓落既久，思想大荒，虽冀履前人之旧迹，亦不可以猝得，故直近十七世纪中叶，人始诚闻夫晓声，回顾其前，则哥白尼（N. Coppernicus）首出，说太阳系，开普勒（J. Kepler）行星运动之法继之，此他有伽利略·伽利雷（Galileo Galilei），于星力二学，多所发明，又善导人，使事斯学。后复有斯蒂文（S. Stevin）之机械学，吉尔伯特（W. Gilbert）之磁学，哈维（W. Harvey）之生理学。法朗西[5]意大利诸国学校，则解剖之学大盛。科学协会亦始立，意之林舍亚克特美[6]（Accademia dei Lincei）即科学研究之渊薮也。事业之盛，足惊叹矣。夫气运所趣既如此，则桀士自以笃生，故英则有弗朗西斯·培根，法则有笛卡尔。

培根（F. Bacon，1561—1626）著书，序古来科学之进步，与何以

---

5 现译"法兰西"。——编者注
6 现译"意大利猞猁之眼国家科学院"。——编者注

达其主的之法曰《格致新机》。虽后之结果，不如著者所希，而平议其业，决不可云不伟。惟中所张主，为循序内籀之术，而不更云征验：后以是多訾之。顾培根之时，学风至异，得一二琐末之事实，辄视为大法之前因，培根思矫其俗，势自不得不斥前古悬拟夸大之风，而一偏于内籀，则其不崇外籀之事，固非得已矣。况此又特未之语耳，察其思惟[7]，亦非偏废。氏所述理董自然见象者凡二法：初由经验而入公论，次更由公论而入新经验。故其言曰，事物之成，以手乎，抑以心乎？此不完于一。必有机械而辅以其他，乃以具足焉。盖事业者，成以手，亦赖乎心者也。观于此言，则《新机论》第二分中，当必有言外籀者，然其第二分未行世也。顾由是而培根之术为不完，凡所张皇，仅至具足内籀而止。内籀之具足者，不为人所能，其所成就，亦无逾于实历。就实历而探新理，且更进而窥宇宙之大法，学者难之。况悬拟虽培根所不喜，而今日之有大功于科学，致诸盛大之域者，实多悬拟为之乎？然其说之偏于一方，视为匡世之术可耳，无足深难也。

后斯人几三十年，有笛卡尔（R. Descartes，1596—1650）生于法，以数学名，近世哲学之基，亦赖以立。尝屹然扇尊疑之大潮，信真理之有在，于是专心一志，求基础于意识，觅方术于数理。其言有曰，治几何者，能以至简之名理，会解定理之繁多。吾因悟凡人智以内事，亦咸得以如是法解。若不以不真者为真，而履当履之道，则事之不成物之不解者，将无有矣。故其哲理，盖全本外籀而成，扩而用之，即以驭科学，所谓由因入果，非自果导因，为其著《哲学要义》中所自述，亦笛卡尔方术之本根[8]，思理之枢机也。至其方术，则论者亦谓之不完，奉而不贰，弊亦弗异于偏倚培根之内籀，惟于过重经验者，可为救正之用而已。若其执中，则偏于培根之内籀者固非，而笃于笛卡尔之外籀者，亦不云是。二术俱用，真理始昭，而科学之有今日，亦实以有会

7　现代汉语常用"思维"。——编者注
8　现代汉语常用"根本"。——编者注

二术而为之者故。如格里累阿，如哈维，如波义耳（R. Boyle），如牛顿（I. Newton），皆偏内籀不如培根，守外籀不如笛卡尔，卓然独立，居中道而经营者也。培根生时，于国民之富有，与实践之结果，企望极坚，越百年，科学益进而事乃不如其意。牛顿发见至卓，笛卡尔数理亦至精，而世人所得，仅脑海之富而止。国之安舒，生之乐易，未能获也。他若波义耳立质力二学征实之法，帕斯卡（B. Pascal）暨托里拆利（E. Torricelli）测大气之量，马耳皮基（M. Malpighi）等精筹官品之理，而工业如故，交通未良，矿业亦无所进益，惟以机械学之结果，始见极粗之时辰表而已。至十八世纪中叶，英法德意诸国科学之士辈出，质学生学地学之进步，灿然可观，惟所以福社会者若何，则论者尚难于置对。迨酝酿既久，实益乃昭，当同世纪末叶，其效忽大著，举工业之械具资材，植物之滋殖繁养，动物之畜牧改良，无不蒙科学之泽，所谓十九世纪之物质文明，亦即胚胎于是时矣。洪波浩然，精神亦以振，国民风气，因而一新。顾治科学之桀士，则不以是婴心也，如前所言，盖仅以知真理为惟一[9]之仪的，扩脑海之波澜，扫学区之荒秽，因举其身心时力，日探自然之大法而已。尔时之科学名家，无不如是，如赫歇尔（J. Herschel）暨拉普拉斯（S. de Laplace）之于星学，托马斯·杨（Th. Young）暨菲涅尔（A. Fresnel）之于光学，奥斯特（H. C. Oersted）之于力学，拉马克（J. de Lamarck）之于生学，德堪多（A. de Candolle）之于植物学，维尔纳（A. G. Werner）之于矿物学，赫顿（J. Hutton）之于地学，瓦特（J. Watt）之于机械学，其尤著者也。试察所仪，岂在实利哉？然防火灯作矣，汽机出矣，矿术兴矣。而社会之耳目，乃独震惊有此点，日颂当前之结果，于学者独恝然而置之。倒果为因，莫甚于此。欲以求进，殆无异鼓鞭于马勒欤，夫安得如所期？第谓惟科学足以生实业，而实业更无利于科学，人皆慕科学之荣，则又不如是也。社会之事繁，分业之要起，人自不得不有所专，相互为援，于以两进。故实业之蒙

9　现代汉语常用"唯一"。——编者注

益于科学者固多，而科学得实业之助者亦非鲜。今试置身于野人之中，显镜衡机不俟言，即醇酒玻璃，亦不可致，则科学者将何如，仅得运其思理而已。思理孤运，此雅典暨亚历山德府科学之所以中衰也。事多共其悲喜，盖亦诚言也夫。

故震他国之强大，栗然自危，兴业振兵之说，日腾于口者，外状固若成然觉矣，按其实则仅眩于当前之物，而未得其真谛。夫欧人之来，最眩人者，固莫前举二事若，然此亦非本柢而特菶叶耳。寻其根源，深无底极，一隅之学，夫何力焉。顾著者于此，亦非谓人必以科学为先务，待其结果之成，始以振兵兴业也，特信进步有序，曼衍有源，虑举国惟枝叶之求，而无一二士寻其本，则有源者日长，逐末者仍立拨耳。居今之世，不与古同，尊实利可，摹方术亦可，而有不为大潮所漂泛，屹然当横流，如古贤人，能播将来之佳果于今兹，移有根之福祉于宗国者，亦不能不要求于社会，且亦当为社会要求者矣。丁达尔不云乎：止属目于外物，或但以政事之感，而误凡事之真者，每谓邦国安危，一系于政治之思想，顾至公之历史，则立证其不然。夫法之有今日也，宁有他因耶？特以科学之长，胜他国耳。千七百九十二年之变，全欧嚣然，争执干戈以攻法国，联军伺其外，内讧兴于中，武库空虚，战士多死，既不能以疲卒当锐兵，而又无粮以济守者，武人抚剑而视太空，政家饮泪而悲来日，束手衔恨，俟天运矣。而时之振作其国人者何人？震怖其外敌者又何人？曰，科学也。其时学者，无不尽其心力，竭其智能，见兵士不足，则补以发明，武具不足，则补以发明，当防守之际，即知有科学者在，而后之战胜必矣。然此犹可曰丁达尔自治科学，因阿所好而立言耳，然证以阿罗戈之所载书，乃益明其不妄，书所记曰，时公会征九十万人，盖御外敌之四集，实非此不胜用尔。而人不如数，众乃大惧。加以武库久空，战备不足，故目前之急，有非人力所能救者。盖时所必要，首为弹药，而原料硝石，曩悉来自印度，至此时遂穷。次为枪炮，而法地产铜不多，必仰俄英印度之给，至今亦绝。三为钢铁，然平日亦取诸外国，制造之术，无知之者。于是行最后之策，集通国学者，开会议之，其最要而最难得者为火药。政府使者皆知不能成，叹曰，硝石安在？声未绝，学者孟耆即起曰，有之。至适当之地，如马厩土仓中，有硝石无量，为汝所梦想不到者。氏禀天才，加以知识，爱国出于至诚，乃睥睨阖室曰，吾能集其土为之！不越三日，火药就矣，于是以至简之法，晓谕国中，老弱妇稚，悉能制造，俄顷间全法国如大工厂也。此外有质学家，以法化分钟铜，用作武器，而炼铁新法亦昉于是时，凡铸刀剑枪械，无不可用国产。柔皮术亦不日竟成，制履之韦，因以不匮。尔时所称异之气球暨空气中之电报，亦均改良扩张，用之争战，前者即摩洛将军乘之探敌阵，得其情实，因制殊胜者也。丁达尔乃论曰，法国尔时，实生二物，曰：科学与爱国。其至有力者，为蒙日（Monge）与卡诺（Carnot），与有力者，为孚勒克洛、穆勒惠，暨巴列克黎之徒。大业之成，此其枢纽。故科学者，神圣之光，照世界者也，可以遏末流而生感动。时泰，则为人性之光；时危，则由其灵感，生整理者如加尔诺，生强者强于拿破仑之战将云。今试总观前例，本根之要，洞然可知。盖末虽亦能灿烂于一时，而所宅不坚，顷刻可以蕉萃，储能于初，始长久耳。顾犹有不可忽者，为当防社会入于偏，日趋而之一极，精神渐失，则破灭亦随之。盖使举世惟知识之崇，人生必大归于枯寂，如是既久，则美上之感情漓，明敏之思想失，所谓科学，亦同趣于无有矣。故人群所当希冀要求者，不惟牛顿已也，亦希诗人如莎士比亚（Shakespeare）；不惟波义耳，亦希画师如洛菲罗（Raphaelo）；既有康德，亦必有乐人如贝多芬（Beethoven）；既有达尔文，亦必有文人如卡莱尔（Carlyle）。凡此者，皆所以致人性于全，不使之偏倚，因以见今日之文明者也。嗟夫，彼人文史实之所垂示，固如是已！

一九〇七年作

文化偏至论

中国既以自尊大昭闻天下，善诋诹者，或谓之顽固。且将抱守残阙，以底于灭亡。近世人士，稍稍耳新学之语，则亦引以为愧，翻然思变，言非同西方之理弗道，事非合西方之术弗行，掊击旧物，惟恐[1]不力，曰将以革前缪而图富强也。间尝论之：昔者帝轩辕氏之戡蚩尤而定居于华土也，典章文物，于以权舆，有苗裔之繁衍于兹，则更改张皇，益臻美大。其蠢蠢于四方者，胥蕞尔小蛮夷耳，厥种之所创成，无一足为中国法，是故化成发达，咸出于己而无取乎人。降及周秦，西方有希腊罗马起，艺文思理，灿然可观，顾以道路之艰，波涛之恶，交通梗塞，未能择其善者以为师资。洎元明时，虽有一二景教父师，以教理暨历算质学干中国，而其道非盛。故迄于海禁既开，晳人踵至之顷，中国之在天下，见夫四夷之则效上国，革面来宾者有之；或野心怒发，狡焉思逞者有之；若其文化昭明，诚足以相上下者，盖未之有也。屹然出中央而无校雠，则其益自尊大，宝自有而傲睨万物，固人情所宜然，亦非甚背于理极者矣。虽然，惟无校雠故，则宴安日久，苓落以胎，迫拶不来，上征亦辍，使人荼，使人屯，其极为见善而不思式。有新国林起于西，以其殊异之方术来向，一施吹拂，块然踣僵，人心始自危，而轻才小慧之徒，于是竞言武事。后有学于殊域者，近不知中国之情，远复不察欧美之实，以所拾尘芥，罗列人前，谓钩爪锯牙，为国家首事，又引文明之语，用以自文，征印度波兰，作之前鉴。夫以力角盈绌者，于文野亦何关？远之则罗马之于东西戈尔，迩之则中国之于蒙古女真，此程度之离距为何如，

决之不待智者。然其胜负之数，果奈何矣？苟曰是惟往古为然，今则机械其先，非以力取，故胜负所判，即文野之由分也。则曷弗启人智而开发其性灵，使知罟获戈矛，不过以御豺虎，而喋喋誉白人肉攫之心，以为极世界之文明者又何耶？且使如其言矣，而举国犹孱，授之巨兵，奚能胜任，仍有僵死而已矣。嗟夫，夫子盖以习兵事为生，故不根本之图，而仅提所学以干天下。虽兜牟深隐其面，威武若不可陵，而干禄之色，固灼然现于外矣！计其次者，乃复有制造商估立宪国会之说。前二者素见重于中国青年间，纵不主张，治之者亦将不可缕数。盖国若一日存，固足以假力图富强之名，博志士之誉。即有不幸，宗社为墟，而广有金资，大能温饱，即使怙恃既失，或被虐杀如犹太遗黎，然善自退藏，或不至于身受。纵大祸垂及矣，而幸免者非无人，其人又适为己，则能得温饱又如故也。若夫后二，可无论已。中较善者，或诚痛乎外侮迭来，不可终日，自既荒陋，则不得已，姑拾他人之绪余，思鸠大群以抗御，而又飞扬其性，善能攘扰，见异己者兴，必借众以陵寡，托言众治，压制乃尤烈于暴君。此非独于理至悖也，即缘救国是图，不惜以个人为供献，而考索未用，思虑粗疏，茫未识其所以然，辄皈依于众志，盖无殊痼疾之人，去药石摄卫之道弗讲，而乞灵于不知之力，拜祷稽首于祝由之门者哉。至尤下而居多数者，乃无过假是空名，遂其私欲，不顾见诸实事，将事权言议，悉归奔走干进之徒，或至愚屯之富人，否亦善垄断之市侩，特以自长营撴，当列其班，况复掩自利之恶名，以福群之令誉，捷径在目，斯不惮竭蹶以求之耳。呜呼，古之临民者，一独夫也。由今之道，且顿变而为千万无赖之尤，民不堪命矣，于兴国究何与焉。顾若而人者，当其号召张皇，盖蔑弗托近世文明为后盾，有佛戾其说者起，辄谥之曰野人，谓为辱国害群，罪当甚于流放。第不知彼所谓文明者，将已立准则，慎施去取，指善美而可行诸中国之文明乎，抑成事旧章，咸弃捐不顾，独指西方文化而为言乎？物质也，众数也，十九世纪末叶文明之一面或在兹，而论者不以为有当。盖今所成就，无一不绳前时之遗迹，则文明必日有其迁流，又或抗往代之大潮，则文明亦不能无偏至。诚若为今立计，所当稽求既往，相度方来，掊物质而张灵明，任个人而排众数。人既发扬踔厉矣，则邦国亦以兴起。奚事抱枝拾叶，徒金铁国会立宪之云乎？夫势利之念昌狂[2]于中，则是非之辨为之昧，措置张主，辄失其宜，况乎志行污下，将借新文明之名，以大遂其私欲者乎？是故今所谓识时之彦，为按其实，则多数常为盲子，宝赤菽以为玄珠，少数乃为巨奸，垂微饵以冀鲸鲵。即不若是，中心皆中正无瑕玷矣，于是拮据辛苦，展其雄才，渐乃志遂事成，终致彼所谓新文明者，举而纳之中国，而此迁流偏至之物，已陈旧于殊方者，馨香顶礼，吾又何为若是其芒芒哉！是何也？曰物质也，众数也，其道偏至。根史实而见于西方者不得已，横取而施之中国则非也。借曰非乎？请循其本——

夫世纪之元，肇于耶稣出世，历年既百，是为一期，大故若兴，斯即此世纪所有事，盖从历来之旧贯，而假是为区分，无奥义也。诚以人事连绵，深有本柢，如流水之必自原泉，卉木之苗于根荄，倏忽隐见，理之必无。故苟为寻绎其条贯本末，大都蝉联而不可离，若所谓某世纪文明之特色何在者，特举荦荦大者而为言耳。按之史实，乃如罗马统一欧洲以来，始生大洲通有之历史。已而教皇以其权力，制御全欧，使列国靡然受圈，如同社会，疆域之判，等于一区。益以梏亡人心，思想之自由几绝，聪明英特之士，虽摘发新理，怀抱新见，而束于教令，胥缄口结舌而不敢言。虽然，民如大波，受沮益浩，则于是始思脱宗教之系缚，英德二国，不平者多，法皇宫庭，实为怨府，又以居于意也，乃并意大利人而疾之。林林之民，咸

---

2 现代汉语常用"猖狂"。——编者注

致同情于不平者，凡有能阻泥教旨，抗拒法皇，无间是非，辄与赞和。时则有路德（M. Luther）者起于德，谓宗教根元，在乎信仰，制度戒法，悉其荣华，力击旧教而仆之。自所创建，在废弃阶级，黜法皇僧正诸号，而代以牧师，职宣神命，置身社会，弗殊常人。仪式祷祈，亦简其法。至精神所注，则在牧师地位，无所胜于平人也。转轮既始，烈栗遍于欧洲，受其改革者，盖非独宗教而已，且波及于其他人事，如邦国离合，争战原因，后兹大变，多基于是。加以束缚弛落，思索自由，社会蔑不有新色，则有尔后超形气学上之发见，与形气学上之发明。以是胚胎，又作新事：发隐地也，善机械也，展学艺而拓贸迁也，非去羁勒而纵人心，不有此也。顾世事之常，有动无定，宗教之改革已，自必益进而求政治之更张。溯厥由来，则以往者颠覆法皇，一假君主之权力，变革既毕，其力乃张，以一意孤临万民，在下者不能加之抑制，日夕孳孳，惟开拓封域是务，驱民纳诸水火，绝无所动于心：生计绌，人力耗矣。而物反于穷，民意遂动，革命于是见于英，继起于美，复次则大起于法朗西，扫荡门第，平一尊卑，政治之权，主以百姓，平等自由之念，社会民主之思，弥漫于人心。流风至今，则凡社会政治经济上一切权利，义必悉公诸众人，而风俗习惯道德宗教趣味好尚言语暨其他为作，俱欲去上下贤不肖之闲，以大归乎无差别。同是者是，独是者非，以多数临天下而暴独特者，实十九世纪大潮之一派，且曼衍入今而未有既者也。更举其他，则物质文明之进步是已。当旧教盛时，威力绝世，学者有见，大率默然，其有毅然表白于众者，每每获囚戮之祸。递教力堕地，思想自由，凡百学术之事，勃焉兴起，学理为用，实益遂生，故至十九世纪，而物质文明之盛，直傲睨前此二千余年之业绩。数其著者，乃有棉铁石炭之属，产生倍旧，应用多方，施之战斗制造交通，无不功越于往日。为汽为电，咸听指挥，世界之情状顿更，人民之事业益利。久食其赐，信乃弥坚，渐而奉为圭臬，视若一切存在之本根，且将以之范围精神界所有事，现实生活，胶不可移，惟此是尊，惟此是尚，此又十九世纪大潮之一派，且曼衍入今而未有既者也。虽然，教权庞大，则覆之假手于帝王，比大权尽集一人，则又颠之以众庶。理若极于众庶矣，而众庶果足以极是非之端也耶？宴安逾法，则矫之以教宗，递教宗淫用其权威，则又掊之以质力。事若尽于物质矣，而物质果足尽人生之本也耶？平意思之，必不然矣。然而大势如是者，盖如前言，文明无不根旧迹而演来，亦以矫往事而生偏至，缘督校量，其颇灼然，犹孑与戬焉耳。特其见于欧洲也，为不得已，且亦不可去，去孑与戬，斯失孑与戬之德，而留者为空无。不安受宝重之者奈何？顾横被之不相系之中国而膜拜之，又宁见其有当也？明者微睇，察逾众凡，大士哲人，乃蚤识其弊而生愤叹，此十九世纪末叶思潮之所以变矣。德人尼采（Fr. Nietzsche）氏，则假查拉图斯特拉（Zarathustra）之言曰，吾行太远，孑然失其侣，返而观夫今之世，文明之邦国矣，斑斓之社会矣。特其为社会也，无确固之崇信。众庶之于知识也，无作始之性质。邦国如是，奚能淹留？吾见放于父母之邦矣！聊可望者，独苗裔耳。此其深思遐瞩，见近世文明之伪与偏，又无望于今之人，不得已而念来叶者也。

　　然则十九世纪末思想之为变也，其原安在，其实若何，其力之及于将来也又奚若？曰言其本质，即以矫十九世纪文明而起者耳。盖五十年来，人智弥进，渐乃返观[3]前此，得其通弊，察其黮暗，于是淳焉兴作，会为大潮，以反动破坏充其精神，以获新生为其希望，专向旧有之文明，而加之掊击扫荡焉。全欧人士，为之栗然震惊者有之，芒然[4]自失者有之，其力之烈，盖深入于人之灵府矣。然其根

3　现代汉语常用"反观"。——编者注
4　现代汉语常用"茫然"。——编者注

柢，乃远在十九世纪初叶神思一派。递夫后叶，受感化于其时现实之精神，已而更立新形，起以抗前时之现实，即所谓神思宗之至新者也。若夫影响，则眇眇来世，肛测殊难，特知此派之兴，决非突见而靡人心，亦不至突灭而归乌有，据地极固，函义[5]甚深。以是为二十世纪文化始基，虽云早计，然其为将来新思想之朕兆，亦新生活之先驱，则按诸史实所昭垂，可不俟繁言而解者已。顾新者虽作，旧亦未僵，方遍满欧洲，冥通其地人民之呼吸，余力流衍，乃扰远东，使中国之人，由旧梦而入于新梦，冲决嚣叫，状犹狂酲。夫方贱古尊新，而所得既非新，又至偏而至伪，且复横决，浩乎难收，则一国之悲哀亦大矣。今为此篇，非云已尽西方最近思想之全，亦不为中国将来立则，惟疾其已甚，施之抨弹，犹神思新宗之意焉耳。故所述止于二事：曰非物质，曰重个人。

个人一语，入中国未三四年，号称识时之士，多引以为大诟，苟被其谥，与民贼同。意者未遑深知明察，而迷误为害人利己之义欤？夷考其实，至不然矣。而十九世纪末之重个人，则吊诡殊恒，尤不能与往者比论。试案尔时人性，莫不绝异其前，入于自识，趣于我执，刚愎主己，于庸俗无所顾忌。如诗歌说部之所记述，每以骄蹇不逊者为全局之主人。此非操觚之士，独凭神思构架而然也，社会思潮，先发其朕，则迻之载籍而已矣。盖自法朗西[6]大革命以来，平等自由，为凡事首，继而普通教育及国民教育，无不基是以遍施。久浴文化，则渐悟人类之尊严。既知自我，则顿识个性之价值。加以往之习惯坠地，崇信荡摇，则其自觉之精神，自一转而之极端之主我。且社会民主之倾向，势亦大张，凡个人者，即社会之一分子，夷隆实陷，是为指归，使天下人人归于一致，社会之内，荡无高卑。此

5　现代汉语常用"含义"。——编者注
6　现译"法兰西"。——编者注

其为理想诚美矣，顾于个人殊特之性，视之蔑如，既不加之别分，且欲致之灭绝。更举黮暗，则流弊所至，将使文化之纯粹者，精神益趋于固陋，颓波日逝，纤屑靡存焉。盖所谓平社会者，大都夷峻而不湮卑，若信至程度大同，必在前此进步水平以下。况人群之内，明哲非多，伧俗横行，浩不可御，风潮剥蚀，全体以沦于凡庸。非超越尘埃，解脱人事，或愚屯罔识，惟众是从者，其能缄口而无言乎？物反于极，则先觉善斗之士出矣：德人施蒂纳（M. Stirner）乃先以极端之个人主义现于世。谓真之进步，在于己之足下。人必发挥自性，而脱观念世界之执持。惟此自性，即造物主。惟有此我，本属自由。既本有矣，而更外求也，是曰矛盾。自由之得以力，而力即在乎个人，亦即资财，亦即权利。故苟有外力来被，则无间出于寡人，或出于众庶，皆专制也。国家谓吾当与国民合其意志，亦一专制也。众意表现为法律，吾即受其束缚，虽曰为我之舆台，顾同是舆台耳。去之奈何？曰：在绝义务。义务废绝，而法律与偕亡矣。意盖谓凡一个人，其思想行为，必以己为中枢，亦以己为终极：即立我性为绝对之自由者也。至叔本华（A. Schopenhauer），则自既以兀傲刚愎有名，言行奇觚，为世希有[7]。又见夫盲瞽鄙倍之众，充塞两间，乃视之与至劣之动物并等，愈益主我扬己而尊天才也。至丹麦哲人克尔凯郭尔（S. Kierkegaard）则愤发[8]疾呼，谓惟发挥个性，为至高之道德，而顾瞻他事，胥无益焉。其后有显理易卜生（Henrik Ibsen）见于文界，瑰才卓识，以克尔凯郭尔之诠释者称。其所著书，往往反社会民主之倾向，精力旁注，则无间习惯信仰道德，苟有拘于虚而偏至者，无不加之抵排。更睹近世人生，每托平等之名，实乃愈趋于恶浊，庸凡凉薄，日益以深，顽愚之道行，伪诈之势逞，而气宇品性，卓尔不群之

---

7 现代汉语常用"稀有"。——编者注
8 现代汉语常用"奋发"。——编者注

士，乃反穷于草莽，辱于泥涂，个性之尊严，人类之价值，将咸归于无有，则常为慷慨激昂而不能自已也。如其《民敌》一书，谓有人宝守真理，不阿世媚俗，而不见容于人群，狡狯之徒，乃巍然独为众愚领袖，借多陵寡，植党自私，于是战斗以兴，而其书亦止：社会之象，宛然具于是焉。若夫尼采，斯个人主义之至雄桀者矣，希望所寄，惟在大士天才。而以愚民为本位，则恶之不殊蛇蝎。意盖谓治任多数，则社会元气，一旦可隳，不若用庸众为牺牲，以冀一二天才之出世，递天才出而社会之活动亦以萌，即所谓超人之说，尝震惊欧洲之思想界者也。由是观之，彼之讴歌众数，奉若神明者，盖仅见光明一端，他未遍知，因加赞颂，使反而观诸黑暗，当立悟其不然矣。一苏格拉底也，而众希腊人鸩之，一耶稣基督也，而众犹太人磔之，后世论者，孰不云缪，顾其时则从众志耳。设留今之众志，迻诸载籍，以俟评骘于来哲，则其是非倒置，或正如今人之视往古，未可知也。故多数相朋，而仁义之途，是非之端，樊然淆乱。惟常言是解，于奥义也漠然。常言奥义，孰近正矣？是故布鲁多既杀该撒，昭告市人，其词秩然有条，名分大义，炳如观火。而众之受感，乃不如安多尼指血衣之数言。于是方群推为爱国之伟人，忽见逐于域外。夫誉之者众数也，逐之者又众数也，一瞬息中，变易反复，其无特操不俟言。即观现象，已足知不祥之消息矣。故是非不可公于众，公之则果不诚；政事不可公于众，公之则治不郅。惟超人出，世乃太平。苟不能然，则在英哲。嗟夫，彼持无政府主义者，其颠覆满盈，铲除阶级，亦已至矣，而建说创业诸雄，大都以导师自命。夫一导众从，智愚之别即在斯。与其抑英哲以就凡庸，曷若置众人而希英哲？则多数之说，缪不中经，个性之尊，所当张大，盖揆之是非利害，已不待繁言深虑而可知矣。虽然，此亦赖夫勇猛无畏之人，独立自强，去离尘垢，排舆言而弗沦于俗囿者也。

　　若夫非物质主义者，犹个人主义然，亦兴起于抗俗。盖唯物之倾向，固以现实为权舆，浸润人心，久而不止。故在十九世纪，爰为大潮，据地极坚，且被来叶，一若生活本根，舍此将莫有在者。不知纵令物质文明，即现实生活之大本，而崇奉逾度，倾向偏趋，外此诸端，悉弃置而不顾，则按其究竟，必将缘偏颇之恶因，失文明之神旨，先以消耗，终以灭亡，历世精神，不百年而具尽矣。递夫十九世纪后叶，而其弊果益昭，诸凡事物，无不质化，灵明日以亏蚀，旨趣流于平庸，人惟客观之物质世界是趋，而主观之内面精神，乃舍置不之一省。重其外，放其内，取其质，遗其神，林林众生，物欲来蔽，社会憔悴，进步以停，于是一切诈伪罪恶，蔑弗乘之而萌，使性灵之光，愈益就于黯淡：十九世纪文明一面之通弊，盖如此矣。时乃有新神思宗徒出，或崇奉主观，或张皇意力，匡纠流俗，厉如电霆，使天下群伦，为闻声而摇荡。即其他评骘之士，以至学者文家，虽意主和平，不与世迕，而见此唯物极端，且杀精神生活，则亦悲观愤叹，知主观与意力主义之兴，功有伟于洪水之有方舟者焉。主观主义者，其趣凡二：一谓惟以主观为准则，用律诸物；一谓视主观之心灵界，当较客观之物质界为尤尊。前者为主观倾向之极端，力特著于十九世纪末叶，然其趋势，颇与主我及我执殊途，仅于客观之习惯，无所盲从，或不置重，而以自有之主观世界为至高之标准而已。以是之故，则思虑动作，咸离外物，独往来于自心之天地，确信在是，满足亦在是，谓之渐自省其内曜之成果可也。若夫兴起之由，则原于外者，为大势所向，胥在平庸之客观习惯，动不由己，发如机械，识者不能堪，斯生反动。其原于内者，乃实以近世人心，日进于自觉，知物质万能之说，且逸个人之情意，使独创之力，归于槁枯[9]，故不得不以自悟者悟人，冀挽狂澜于

9　现代汉语常用"枯槁"。——编者注

方倒耳。如尼采、易卜生诸人，皆据其所信，力抗时俗，示主观倾
向之极致；而克尔凯郭尔则谓真理准则，独在主观，惟主观性，即
为真理，至凡有道德行为，亦可弗问客观之结果若何，而一任主观
之善恶为判断焉。其说出世，和者日多，于是思潮为之更张，骛外
者渐转而趣内，渊思冥想之风作，自省抒情之意苏，去现实物质与
自然之樊，以就其本有心灵之域。知精神现象实人类生活之极颠，
非发挥其辉光，于人生为无当。而张大个人之人格，又人生之第一
义也。然尔时所要求之人格，有甚异于前者。往所理想，在知见情
操，两皆调整，若主智一派，则在聪明睿智，能移客观之大世界于
主观之中者。如是思惟，迨海克尔（F. Hegel）出而达其极。若罗曼
暨尚古一派，则沙夫茨伯里（Shaftesbury）承卢梭（J. Rousseau）之
后，尚容情感之要求，特必与情操相统一调和，始合其理想之人格。
而席勒（Fr. Schiller）氏者，乃谓必知感两性，圆满无间，然后谓之
全人。顾至十九世纪垂终，则理想为之一变。明哲之士，反省于
内面者深，因以知古人所设具足调协[10]之人，决不能得之今世。惟
有意力轶众，所当希求，能于情意一端，处现实之世，而有勇猛奋
斗之才，虽屡踬屡僵，终得现其理想：其为人格，如是焉耳。故如
叔本华所张主，则以内省诸己，豁然贯通，因曰意力为世界之本体
也；尼采之所希冀，则意力绝世，几近神明之超人也；易卜生之所
描写，则以更革为生命，多力善斗，即近万众不慑之强者也。夫诸
凡理想，大致如斯者，诚以人丁转轮之时，处现实之世，使不若是，
每至舍己从人，沉溺逝波，莫知所届，文明真髓，顷刻荡然。惟有
刚毅不挠，虽遇外物而弗为移，始足作社会桢干。排斥万难，黾勉
上征，人类尊严，于此攸赖，则具有绝大意力之士贵耳。虽然，此
又特其一端而已。试察其他，乃亦以见末叶人民之弱点，盖往之文

10　现代汉语常用"协调"。——编者注

明流弊，浸灌性灵，众庶率纤弱颓靡，日益以甚，渐乃反观诸己，为之歉然，于是刻意求意力之人，冀倚为将来之柱石。此正犹洪水横流，自将灭顶，乃神驰彼岸，出全力以呼善没者尔，悲夫！

由是观之，欧洲十九世纪之文明，其度越前古，凌驾亚东，诚不俟明察而见矣。然既以改革而胎，反抗为本，则偏于一极，固理势所必然。洎夫末流，弊乃自显。于是新宗蹶起[11]，特反其初，复以热烈之情，勇猛之行，起大波而加之涤荡。直至今日，益复浩然。其将来之结果若何，盖未可以率测。然作旧弊之药石，造新生之津梁，流衍方长，曼不遽已，则相其本质，察其精神，有可得而征信者。意者文化常进于幽深，人心不安于固定，二十世纪之文明，当必沉邃[12]庄严，至与十九世纪之文明异趣。新生一作，虚伪道消，内部之生活，其将愈深且强欤？精神生活之光耀，将愈兴起而发扬欤？成然以觉，出客观梦幻之世界，而主观与自觉之生活，将由是而益张欤？内部之生活强，则人生之意义亦愈邃，个人尊严之旨趣亦愈明，二十世纪之新精神，殆将立狂风怒浪之间，恃意力以辟生路者也。中国在今，内密既发，四邻竞集而迫拶，情状自不能无所变迁。夫安弱守雌，笃于旧习，固无以争存于天下。第所以匡救之者，缪而失正，则虽日易故常，哭泣叫号之不已，于忧患又何补矣？此所为明哲之士，必洞达世界之大势，权衡校量，去其偏颇，得其神明，施之国中，翕合无间。外之既不后于世界之思潮，内之仍弗失固有之血脉，取今复古，别立新宗，人生意义，致之深邃，则国人之自觉至，个性张，沙聚之邦，由是转为人国。人国既建，乃始雄厉无前，屹然独见于天下，更何有于肤浅凡庸之事物哉？顾今者翻然思变，历岁已多，青年之所思惟，大都归罪恶于古之文物，甚或斥言文为

11　现代汉语常用"崛起"。——编者注
12　现代汉语常用"深邃"。——编者注

蛮野[13]，鄙思想为简陋，风发浡起，皇皇[14]焉欲进欧西之物而代之，而于适所言十九世纪末之思潮，乃漠然不一措意。凡所张主，惟质为多，取其质犹可也，更按其实，则又质之至伪而偏，无所可用。虽不为将来立计，仅图救今日之阽危，而其术其心，违戾亦已甚矣。况乎凡造言任事者，又复有假改革公名，而阴以遂其私欲者哉？今敢问号称志士者曰，将以富有为文明欤，则犹太遗黎，性长居积，欧人之善贾者，莫与比伦，然其民之遭遇何如矣？将以路矿为文明欤，则五十年来非澳二洲，莫不兴铁路矿事，顾此二洲土著之文化何如矣？将以众治为文明欤，则西班牙、波陀牙[15]二国，立宪且久，顾其国之情状又何如矣？若曰惟物质为文化之基也，则列机括，陈粮食，遂足以雄长天下欤？曰惟多数得是非之正也，则以一人与众禺处，其亦将木居而芋食欤？此虽妇竖，必否之矣。然欧美之强，莫不以是炫天下者，则根柢在人，而此特现象之末，本原深而难见，荣华昭而易识也。是故将生存两间，角逐列国是务，其首在立人，人立而后凡事举。若其道术，乃必尊个性而张精神。假不如是，槁丧且不俟夫一世。夫中国在昔，本尚物质而疾天才矣，先王之泽，日以殄绝，逮蒙外力，乃退然不可自存。而轻才小慧之徒，则又号召张皇，重杀之以物质而囿之以多数，个人之性，剥夺无余。往者为本体自发之偏枯，今则获以交通传来之新疫，二患交伐，而中国之沉沦遂以益速矣。呜呼，眷念方来，亦已焉哉！

一九〇七年作

13　现代汉语常用"野蛮"。——编者注
14　现代汉语常用"惶惶"。——编者注
15　现译"葡萄牙"。——编者注

摩罗诗力说

求古源尽者将求方来之泉,将求新源。嗟我昆弟,新生之作,新泉之涌于渊深,其非远矣。

——尼采

一

人有读古国文化史者,循代而下,至于卷末,必凄以有所觉,如脱春温而入于秋肃,勾萌绝朕,枯槁在前,吾无以名,姑谓之萧条而止。盖人文之留遗后世者,最有力莫如心声。古民神思,接天然之閟宫,冥契万有,与之灵会,道其能道,爰为诗歌。其声度时劫而入人心,不与缄口同绝。且益曼衍,视其种人。递文事式微,则种人之运命[1]亦尽,群生辍响,荣华收光。读史者萧条之感,即以怒起,而此文明史记,亦渐临末页矣。凡负令誉于史初,开文化之曙色,而今日转为影国者,无不如斯。使举国人所习闻,最适莫如天竺。天竺古有《韦陀》四种,瑰丽幽复,称世界大文。其《摩诃波罗多》暨《罗摩衍那》二赋,亦至美妙。厥后有诗人迦梨陀婆(Kalidasa)者出,以传奇鸣世,间染抒情之篇。日耳曼诗宗歌德(W. von Goethe),至崇为两间之绝唱。降及种人失力,而文事亦共零夷,至大之声,渐不生于彼国民之灵府,流转异域,如亡人也。次为希伯来,虽多涉信仰教诫,而文章以幽邃庄严胜,教宗文术,此其源泉,灌溉人心,迄今兹未艾。特在以色列族,则止耶利米(Jeremiah)之声。列王荒矣,帝怒以赫,耶路撒冷遂隳,而种人

---

1 现代汉语常用"命运"。——编者注

之舌亦默。当彼流离异地，虽不遽忘其宗邦，方言正信，拳拳未释，然《哀歌》而下，无赓响矣。复次为伊兰埃及，皆中道废弛，有如断绠，灿烂于古，萧瑟于今。若震旦而逸斯列，则人生大戮，无逾于此。何以故？英人卡莱尔（Th. Carlyle）曰，得昭明之声，洋洋乎歌心意而生者，为国民之首义。意大利分崩矣，然实一统也，彼生但丁（Dante Alighieri），彼有意语。大俄罗斯之札尔，有兵刃炮火，政治之上，能辖大区，行大业。然奈何无声？中或有大物，而其为大也暗。（中略）迨兵刃炮火，无不腐蚀，而但丁之声依然。有但丁者统一，而无声兆之俄人，终支离而已。

尼采（Fr. Nietzsche）不恶野人，谓中有新力，言亦确凿不可移。盖文明之朕，固孕于蛮荒，野人狉獉其形，而隐曜即伏于内。文明如华，蛮野如蕾，文明如实，蛮野如华，上征在是，希望亦在是。惟文化已止之古民不然：发展既央，隳败随起，况久席古宗祖之光荣，尝首出周围之下国，暮气之作，每不自知，自用而愚，污如死海。其煌煌居历史之首，而终匿形于卷末者，殆以此欤？俄之无声，激响在焉。俄如孺子，而非喑人；俄如伏流，而非古井。十九世纪前叶，果有果戈理（N. Gogol）者起，以不可见之泪痕悲色，振其邦人，或以拟英之莎士比亚（W. Shakespeare），即卡莱尔所赞扬崇拜者也。顾瞻人间，新声争起，无不以殊特雄丽之言，自振其精神而绍介 [2] 其伟美于世界。若渊默而无动者，独前举天竺以下数古国而已。嗟夫，古民之心声手泽，非不庄严，非不崇大，然呼吸不通于今，则取以供览古之人，使摩挲咏叹而外，更何物及其子孙？否亦仅自语其前此光荣，即以形迩来之寂寞，反不如新起之邦，纵文化未昌，而大有望于方来之足致敬也。故所谓古文明国者，悲凉之语耳，嘲讽之辞耳！中落之胄，故家荒矣，则喋喋语人，谓厥祖在时，其为智慧武怒者何似，尝有闳宇崇楼，珠玉犬马，尊显胜于凡人。

2　现代汉语常用"介绍"。——编者注

有闻其言，孰不腾笑？夫国民发展，功虽有在于怀古，然其怀也，思理朗然，如鉴明镜，时时上征，时时反顾，时时进光明之长途，时时念辉煌之旧有，故其新者日新，而其古亦不死。若不知所以然，漫夸耀以自悦，则长夜之始，即在斯时。今试履中国之大衢，当有见军人蹀躞而过市者，张口作军歌，痛斥印度、波阑[3]之奴性。有漫为国歌者亦然。盖中国今日，亦颇思历举[4]前有之耿光，特未能言，则姑曰左邻已奴，右邻且死，择亡国而较量之，冀自显其佳胜。夫二国与震旦究孰劣，今姑弗言。若云颂美之什，国民之声，则天下之咏者虽多，固未见有此作法矣。诗人绝迹，事若甚微，而萧条之感，辄以来袭。意者欲扬宗邦之真大，首在审己，亦必知人，比较既周，爰生自觉。自觉之声发，每响必中于人心，清晰昭明，不同凡响。非然者，口舌一结，众语俱沦，沉默之来，倍于前此。盖魂意方梦，何能有言？即震于外缘，强自扬厉，不惟不大，徒增歊耳。故曰国民精神之发扬，与世界识见之广博有所属。

今且置古事不道，别求新声于异邦，而其因即动于怀古。新声之别，不可究详。至力足以振人，且语之较有深趣者，实莫如摩罗诗派。摩罗之言，假自天竺，此云天魔，欧人谓之撒旦，人本以目拜伦（G. Byron）。今则举一切诗人中，凡立意在反抗，指归在动作，而为世所不甚愉悦者悉入之，为传其言行思维，流别影响，始宗主拜伦，终以摩迦（匈加利[5]）文士。凡是群人，外状至异，各禀自国之特色，发为光华。而要其大归，则趣于一：大都不为顺世和乐之音，动吭一呼，闻者兴起，争天拒俗，而精神复深感后世人心，绵延至于无已。虽未生以前，解脱而后，或以其声为不足听。若其生活两间，居天然之掌握，辗转而未得脱者，则使之闻之，固声之最雄桀伟美者矣。然以语平和之民，则言者滋惧。

3　现译"波兰"。——编者注
4　现代汉语常用"列举"。——编者注
5　现译"匈牙利"。——编者注

36

二

平和为物，不见于人间。其强谓之平和者，不过战事方已或未始之时，外状若宁，暗流仍伏，时劫一会，动作始矣。故观之天然，则和风拂林，甘雨润物，似无不以降福祉于人世，然烈火在下，出为地囚，一旦愤兴，万有同坏。其风雨时作，特暂伏之见象，非能永劫安易，如亚当之故家也。人事亦然，衣食家室邦国之争，形现既昭，已不可以讳掩。而二士室处，亦有呼吸，于是生颢气之争，强肺者致胜。故杀机之防，与有生偕，平和之名，等于无有。特生民之始，既以武健勇烈，抗拒战斗，渐进于文明矣，化定俗移，转为新懦，知前征之至险，则爽然思归其雌，而战场在前，复自知不可避，于是运其神思，创为理想之邦，或托之人所莫至之区，或迟之不可计年以后。自柏拉图（Platon）《邦国论 [6]》始，西方哲士作此念者不知几何人。虽自古迄今，绝无此平和之朕，而延颈方来，神驰所慕之仪的，日逐而不舍，要亦人间进化之一因子欤？吾中国爱智之士，独不与西方同，心神所注，辽远在于唐虞，或迳入古初，游于人兽杂居之世。谓其时万祸不作，人安其天，不如斯世之恶浊阽危，无以生活。其说照之人类进化史实，事正背驰。盖古民曼衍播迁，其为争抗劬劳，纵不厉于今，而视今必无所减。特历时既永，史乘无存，汗迹血腥，泯灭都尽，则追而思之，似其时为至足乐耳。傥使置身当时，与古民同其忧患，则颓唐佗傺，复远念盘古未生，斧凿未经之世，又事之所必有者已。故作此念者，为无希望，为无上征，为无努力，较以西方思理，犹水火然。非自杀以从古人，将终其身更无可希冀经营，致人我于所仪之主的，束手浩叹，神质同隳焉而已。且更为忖度其言，又将见古之思士，决不以华土为可乐，如今人所张皇。惟自知良懦无可为，乃独图脱屣尘埃，惝恍古国，任人群堕于虫兽，而己身以隐逸终。思士如是，社会善之，咸谓之高蹈之人，而自云我虫兽我虫兽也。其不然者，乃立言辞，欲致人同归于朴古，老子之辈，盖其枭雄。老子书五千语，要在不撄人心。以不撄人心故，则必先自致槁木之心，立无为之治。以无为之为化社会，而世即于太平。其术善也。然奈何星气既凝，人类既出而后，无时无物，不禀杀机，进化或可停，而生物不能返本。使拂逆其前征，势即入于苓落，世界之内，实例至多，一览古国，悉其信证。若诚能渐致人间，使归于禽虫卉木原生物，复由渐即于无情，则宇宙自大，有情已去，一切虚无，宁非至净。而不幸进化如飞矢，非堕落不止，非著物不止，祈逆飞而归弦，为理势所无有。此人世所以可悲，而摩罗宗之为至伟也。人得是力，乃以发生，乃以曼衍，乃以上征，乃至于人所能至之极点。

中国之治，理想在不撄，而意异于前说。有人撄人，或有人得撄者，为帝大禁，其意在保位，使子孙王千万世，无有底止，故性解（Genius）之出，必竭全力死之。有人撄我，或有能撄人者，为民大禁，其意在安生，宁蜷伏堕落而恶进取，故性解之出，亦必竭全力死之。柏拉图建神思之邦，谓诗人乱治，当放域外。虽国之美污，意之高下有不同，而术实出于一。盖诗人者，撄人心者也。凡人之心，无不有诗，如诗人作诗，诗不为诗人独有，凡一读其诗，心即会解者，即无不自有诗人之诗。无之何以能解？惟有而未能言，诗人为之语，则握拨一弹，心弦立应，其声澈于灵府，令有情皆举其首，如睹晓日，益为之美伟强力高尚发扬，而污浊之平和，以之将破。平和之破，人道蒸也。虽然，上极天帝，下至舆台，则不能不因此变其前时之生活。协力而夭阏之，思永保其故态，殆亦人情已。故态永存，是曰古国。惟诗究不可灭尽，则又设范以囚之。如中国之诗，舜云言志。而后贤立说，乃云持人性情，三百之旨，无邪所蔽。

夫既言志矣，何持之云？强以无邪，即非人志。许自繇于鞭策羁縻之下，殆此事乎？然厥后文章，乃果辗转不逾此界。其颂祝主人，悦媚豪右之作，可无俟言。即或心应虫鸟，情感林泉，发为韵语，亦多拘于无形之囹圄，不能舒两间之真美。否则悲慨世事，感怀前贤，可有可无之作，聊行于世。倘其嗫嚅之中，偶涉眷爱，而儒服之士，即交口非之。况言之至反常俗者乎？惟灵均将逝，脑海波起，通于汨罗，返顾高丘，哀其无女，则抽写哀怨，郁为奇文。茫洋在前，顾忌皆去，怼世俗之浑浊，颂己身之修能，怀疑自遂古之初，直至百物之琐末，放言无惮，为前人所不敢言。然中亦多芳菲凄恻之音，而反抗挑战，则终其篇未能见，感动后世，为力非强。刘彦和所谓才高者菀其鸿裁，中巧者猎其艳辞，吟讽者衔其山川，童蒙者拾其香草。皆着意外形，不涉内质，孤伟自死，社会依然，四语之中，函深哀焉。故伟美之声，不震吾人之耳鼓者，亦不始于今日。大都诗人自倡，生民不耽。试稽自有文字以至今日，凡诗宗词客，能宣彼妙音，传其灵觉，以美善吾人之性情，崇大吾人之思理者，果几何人？上下求索，几无有矣。第此亦不能为彼徒罪也，人人之心，无不涴二大字曰实利，不获则劳，既获便睡。纵有激响，何能撄之？夫心不受撄，非槁死则缩朒耳，而况实利之念，复黏黏热于中，且其为利，又至陋劣不足道，则驯至卑懦俭啬，退让畏葸，无古民之朴野，有末世之浇漓，又必然之势矣，此亦古哲人所不及料也。夫云将以诗移人性情，使即于诚善美伟强力敢为之域，闻者或哂其迂远乎，而事复无形，效不显于顷刻。使举一密栗之反证，殆莫如古国之见灭于外仇矣。凡如是者，盖不止笞击縻系，易于毛角而已，且无有为沉痛著大之声，撄其后人，使之兴起。即间有之，受者亦不为之动，创痛少去，即复营营于治生，活身是图，不恤污下，外仇又至，摧败继之。故不争之民，其遭遇战事，常较好争之民多，而畏死之民，其苓落殇亡，亦视强项敢死之民众。

　　千八百有六年八月，拿破仑大挫普鲁士军，翌年七月，普鲁士乞和，为从属之国。然其时德之民族，虽遭败亡窘辱，而古之精神光耀，固尚保有而未隳。于是有阿恩特（E. M. Arndt）者出，著《时代精神篇[7]》（*Geist der Zeit*），以伟大壮丽之笔，宣独立自繇之音，国人得之，敌忾之心大炽，已而为敌觉察，探索极严，乃走瑞士。递千八百十二年，拿破仑挫于墨斯科[8]之酷寒大火，逃归巴黎，欧土遂为云扰，竞举其反抗之兵。翌年，普鲁士帝威廉三世乃下令召国民成军，宣言为三事战，曰自由正义祖国。英年之学生诗人美术家争赴之。阿恩特亦归，著《国民军者何》暨《莱因为德国大川特非其界》二篇，以鼓青年之意气。而义勇军中，时亦有人曰克尔纳（Theodor Körner），慨然投笔，辞维也纳国立剧场诗人之职，别其父母爱者，遂执兵行；作书贻父母曰，普鲁士之鸷，已以鸷击诚心，觉德意志民族之大望矣。吾之吟咏，无不为宗邦神往。吾将舍所有福祉欢欣，为宗国战死。嗟夫，吾以明神之力，已得大悟。为邦人之自由与人道之善故，牺牲孰大于是？热力无量，涌吾灵台，吾起矣！后此之《竖琴长剑》（*Leier und Schwert*）一集，亦无不以是精神，凝为高响，展卷方诵，血脉已张。然时之怀热诚灵悟如斯状者，盖非止开纳一人也，举德国青年，无不如是。开纳之声，即全德人之声，开纳之血，亦即全德人之血耳。故推而论之，败拿破仑者，不为国家，不为皇帝，不为兵刃，国民而已。国民皆诗，亦皆诗人之具，而德卒以不亡。此岂笃守功利，摈斥诗歌，或抱异域之朽兵败甲，冀自卫其衣食室家者，意料之所能至哉？然此亦仅譬诗力于米盐，聊以震崇实之士，使知黄金黑铁，断不足以兴国家，德法二国之外形，亦非吾邦所可活剥。示其内质，冀略有所悟解而已。此篇本意，固不在是也。

7　现译"时代精神"。——编者注
8　现译"莫斯科"。——编者注

三

由纯文学上言之，则以一切美术之本质，皆在使观听之人，为之兴感怡悦。文章为美术之一，质当亦然，与个人暨邦国之存，无所系属，实利离尽，究理弗存。故其为效，益智不如史乘，诚人不如格言，致富不如工商，弋功名不如卒业之券。特世有文章，而人乃以几于具足。英人道登（E. Dowden）有言曰，美术文章之桀出于世者，观诵而后，似无裨于人间者，往往有之。然吾人乐于观诵，如游巨浸，前临渺茫，浮游波际，游泳既已，神质悉移。而彼之大海，实仅波起涛飞，绝无情愫，未始以一教训一格言相授。顾游者之元气体力，则为之陡增也。故文章之于人生，其为用决不次于衣食、宫室、宗教、道德。盖缘人在两间，必有时自觉以勤劬，有时丧我而惝恍，时必致力于善生，时必并忘其善生之事而入于醇乐，时或活动于现实之区，时或神驰于理想之域，苟致力于其偏，是谓之不具足。严冬永留，春气不至，生其躯壳，死其精魂，其人虽生，而人生之道失。文章不用之用，其在斯乎？约翰·穆勒曰，近世文明，无不以科学为术，合理为神，功利为鹄。大势如是，而文章之用益神。所以者何？以能涵养吾人之神思耳。涵养人之神思，即文章之职与用也。

此他丽于文章能事者，犹有特殊之用一。盖世界大文，无不能启人生之閟机，而直语其事实法则，为科学所不能言者。所谓閟机，即人生之诚理是已。此为诚理，微妙幽玄，不能假口于学子。如热带人未见冰前，为之语冰，虽喻以物理生理二学，而不知水之能凝，冰之为冷如故。惟直示以冰，使之触之，则虽不言质力二性，而冰之为物，昭然在前，将直解无所疑沮。惟文章亦然，虽缕判条分，理密不如学术，而人生诚理，直笼其辞句中，使闻其声者，灵府朗然，与人生即会。如热带人既见冰后，曩之竭研究思索而弗能喻者，今宛在矣。昔阿诺德（M. Arnold）氏以诗为人生评骘，亦正此意。故人若读荷马（Homeros）以降大文，则不徒近诗，且自与人生会，历历见其优胜缺陷之所存，更力自就于圆满。此其效力，有教示意。既为教示，斯益人生。而其教复非常教，自觉勇猛发扬精进，彼实示之。凡苓落颓唐之邦，无不以不耳此教示始。

　　顾有据群学见地以观诗者，其为说复异：要在文章与道德之相关。谓诗有主分，曰观念之诚。其诚奈何？则曰为诗人之思想感情，与人类普遍观念之一致。得诚奈何？则曰在据极溥博之经验。故所据之人群经验愈溥博，则诗之溥博视之。所谓道德，不外人类普遍观念所形成。故诗与道德之相关，缘盖出于造化。诗与道德合，即为观念之诚，生命在是，不朽在是。非如是者，必与群法僻驰。以背群法故，必反人类之普遍观念。以反普遍观念故，必不得观念之诚。观念之诚失，其诗宜亡。故诗之亡也，恒以反道德故。然诗有反道德而竟存者奈何？则曰，暂耳。无邪之说，实与此契。苟中国文事复兴之有日，虑操此说以力削其萌蘖者，当有徒也。而欧洲评骘之士，亦多抱是说以律文章。十九世纪初，世界动于法国革命之风潮，德意志、西班牙、意大利、希腊皆兴起，往之梦意，一晓而苏，惟英国较无动。顾上下相迕，时有不平，而诗人拜伦，实生此际。其前有司各特（W. Scott）辈，为文率平妥翔实，与旧之宗教道德极相容。迨有拜伦，乃超脱古范，直抒所信，其文章无不函刚健抗拒破坏挑战之声。平和之人，能无惧乎？于是谓之撒旦。此言始于骚塞（R. Southey），而众和之。后或扩以称雪莱（P. B. Shelley）以下数人，至今不废。骚塞亦诗人，以其言能得当时人群普遍之诚故，获月桂冠，攻拜伦甚力。拜伦亦以恶声报之，谓之诗商。所著有《纳尔逊传》（*The Life of Lord Nelson*）今最行于世。

　　《旧约》记神既以七日造天地，终乃抟埴为男子，名曰亚当，已而病其寂也，复抽其肋为女子，是名夏娃，皆居伊甸。更益以鸟兽卉木，四水出焉。伊甸有树，一曰生命，一曰知识。神禁人勿食其实，魔乃伪蛇以诱夏娃，使食之，爰得生命知识。神怒，立逐人而诅蛇，蛇腹行而土食。人则既劳其生，又得其死，罚且及于子孙，无不如是。英诗人弥尔顿（J. Milton）尝取其事作《失乐园》（*The Paradise Lost*），有天神与撒旦战事，以喻光明与黑暗之争。撒旦为状，复至狞厉。是诗而后，人之恶撒旦遂益深。然使震旦人士异其信仰者观之，则亚当之居伊甸，盖不殊于笼禽，不识不知，惟帝是悦，使无天魔之诱，人类将无由生。故世间人，当蔑弗秉有魔血，惠之及人世者，撒旦其首矣。然为基督宗徒，则身被此名，正如中国所谓叛道，人群共弃，艰于置身，非强怒善战黠达能思之士，不任受也。亚当、夏娃既去乐园，乃举二子，长曰亚伯，次曰凯因。亚伯牧羊，凯因耕植是事，尝出所有以献神。神喜脂膏而恶果实，斥凯因献不视。以是，凯因渐与亚伯争，终杀之。神则诅凯因，使不获地力，流于殊方。拜伦取其事作传奇，于神多所诘难。教徒皆怒，谓为渎圣害俗，张皇灵魂有尽之诗，攻之至力。迄今日评骘之士，亦尚有以是难拜伦者。尔时独摩尔（Th. Moore）及雪莱二人，深称其诗之雄美伟大。德诗宗歌德亦谓为绝世之文，在英国文章中，此为至上之作。后之劝爱克曼（J. P. Eckermann）治英国语言，盖即冀其直读斯篇云。《约》又记凯因既流，亚当更得一子，历岁永永，人类益繁，于是心所思惟，多涉恶事。主神乃悔，将殄之。有挪亚独善事神，神令致亚斐木为方舟，将眷属动植，各从其类居之。遂作大雨四十昼夜，洪水泛滥，生物灭尽，而挪亚之族独完，水退居地，复生子孙，至今日不绝。吾人记事涉此，当觉神之能悔，为事至奇。而人之恶撒旦，其理乃无足诧。盖既为挪亚子孙，自必力斥抗者，敬事主神，战战兢兢，绳其祖武，冀洪水再作之日，更得密诏而自保于方舟耳。抑吾闻生学家言，有云反种一事，为生物中每现异品,肖其远先,如人所牧马,往往出野物,类之不拉[9](Zebra),盖未驯以前状,复现于今日者。撒旦诗人之出,殆亦如是,非异事也。独众马怒其不伏箱,群起而交踶之,斯足悯叹焉耳。

四

拜伦名乔治·戈登(George Gordon),系出司堪第那比亚[10]海贼蒲隆(Burun)族。其族后居诺曼,从威廉入英,递显理二世时,始用今字。拜伦以千七百八十八年一月二十二日生于伦敦,十二岁即为诗,长游堪勃力俱大学不成,渐决去英国,作汗漫游,始于波陀牙,东至希腊突厥及小亚细亚,历审其天物之美,民俗之异,成《哈洛尔特游草[11]》(Childe Harold's Pilgrimage)二卷,波谲云诡,世为之惊绝。次作《不信者[12]》(The Giaour)暨《阿毕陀斯新妇行[13]》(The Bride of Abydos)二篇,皆取材于突厥。前者记不信者(对回教而言)通哈山之妻,哈山投其妻于水,不信者逸去,后终归而杀哈山,诣庙自忏,绝望之悲,溢于毫素,读者哀之。次为女子苏黎加爱舍林,而其父将以婚他人,女偕舍林出奔,已而被获,舍林斗死,女亦终尽,其言有反抗之音。迨千八百十四年一月,赋《海贼[14]》(The Corsair)之诗。篇中英雄曰康拉德,于世已无一切眷爱,遗一切道德,惟以强大之意志,为贼渠魁,领其从者,建大邦于海上。孤舟利剑,所向悉如其意。独家有爱妻,他更无有,往虽有神,而康拉德早弃之,神亦已弃康拉德矣。故一剑之力,即其权利,国家之法度,社会之道德,视之蔑如。权力若具,即用行其意志,他

9　现译"斑马"。——编者注
10　现译"斯堪的纳维亚"。——编者注
11　现译"恰尔德·哈罗尔德游记"。——编者注
12　现译"异教徒"。——编者注
13　现译"阿拜多斯的新娘"。——编者注
14　现译"海盗"。——编者注

人奈何，天帝何命，非所问也。若问定命之何如？则曰，在鞘中，一旦外辉，彗且失色而已。然康拉德为人，初非元恶，内秉高尚纯洁之想，尝欲尽其心力，以致益于人间。比见细人蔽明，谗谄害聪，凡人营营，多猜忌中伤之性，则渐冷淡，则渐坚凝，则渐嫌厌。终乃以受自或人之怨毒，举而报之全群，利剑轻舟，无间人神，所向无不抗战。盖复仇一事，独贯注其全精神矣。一日攻塞特，败而见囚，塞特有妃爱其勇，助之脱狱，泛舟同奔，遇从者于波上，乃大呼曰，此吾舟，此吾血色之旗也，吾运未尽于海上！然归故家，则银钉[15]暗而爱妻逝矣。既而康拉德亦失去，其徒求之波间海角，踪迹杳然，独有以无量罪恶，系一德义之名，永存于世界而已。拜伦之祖约翰，尝念先人为海王，因投海军为之帅。拜伦赋此，缘起似同。有即以海贼字拜伦者，拜伦闻之窃喜，则篇中康拉德为人，实即此诗人变相，殆无可疑已。越三月，又作赋曰《罗罗[16]》(Lara)，记其人尝杀人不异海贼，后图起事，败而伤，飞矢来贯其胸，遂死。所叙自尊之夫，力抗不可避之定命，为状惨烈，莫可比方。此他犹有所制，特非雄篇。其诗格多师司各特，而司各特由是锐意于小说，不复为诗，避拜伦也。已而拜伦去其妇，世虽不知去之之故，然争难之，每临会议，嘲骂即四起，且禁其赴剧场。其友穆亚为之传，评是事曰，世于拜伦，不异其母，忽爱忽恶，无判决也。顾寁戮天才，殆人群恒状，滔滔皆是，宁止英伦。中国汉晋以来，凡负文名者，多受谤毁，刘彦和为之辩曰，人禀五才，修短殊用，自非上哲，难以求备，然将相以位隆特达，文士以职卑多诮，此江河所以腾涌，涓流所以寸析者。东方恶习，尽此数言。然拜伦之祸，则缘起非如前陈，实反由于名盛，社会顽愚，仇敌窥觇[17]，乘隙立起，众则不察而妄和之，若颂高官而厄寒士者，其污且甚于此矣。顾拜伦由是遂

15　现代汉语常用"钉"。——编者注
16　现译"莱拉"。——编者注
17　现代汉语常用"窥伺"。——编者注

不能居英，自曰，使世之评骘诚，吾在英为无值，若评骘谬，则英于我为无值矣。吾其行乎？然未已也，虽赴异邦，彼且蹑我。已而终去英伦，千八百十六年十月，抵意大利。自此，拜伦之作乃益雄。

拜伦在异域所为文，有《哈洛尔特游草》之续，《堂祥 [18]》（*Don Juan*）之诗，及三传奇称最伟，无不张撒旦而抗天帝，言人所不能言。一曰《曼弗列特 [19]》（*Manfred*），记曼以失爱绝欢，陷于巨苦，欲忘弗能，鬼神见形问所欲，曼云欲忘，鬼神告以忘在死，则对曰，死果能令人忘耶？复衷疑而弗信也。后有魅来降曼弗列特，而曼忽以意志制苦，毅然斥之曰，汝曹决不能诱惑灭亡我。（中略）我，自坏者也。行矣，魅众！死之手诚加我矣，然非汝手也。意盖谓己有善恶，则褒贬赏罚，亦悉在己，神天魔龙，无以相凌，况其他乎？曼弗列特意志之强如是，拜伦亦如是。论者或以拟歌德之传奇《法斯忒 [20]》（*Faust*）云。二曰《凯因》（*Cain*），典据已见于前分，中有魔曰卢希飞勒，导凯因登太空，为论善恶生死之故，凯因悟，遂师摩罗。比行世，大遭教徒攻击，则作《天地》（*Heaven and Earth*）以报之，英雄为耶彼第，博爱而厌世，亦以诘难教宗，鸣其非理者。夫撒旦何由昉乎？以彼教言，则亦天使之大者，徒以陡起大望，生背神心，败而堕狱，是云魔鬼。由是言之，则魔亦神所手创者矣。已而潜入乐园，至善美安乐之伊甸，以一言而立毁，非具大能力，曷克至是？伊甸，神所保也，而魔毁之，神安得云全能？况自创恶物，又从而惩之，且更瓜蔓以惩人，其慈又安在？故凯因曰，神为不幸之因。神亦自不幸，手造破灭之不幸者，何幸福之可言？而吾父曰，神全能也。问之曰，神善，何复恶邪？则曰，恶者，就善之道尔。神之为善，诚如其言：先以冻馁，乃与之衣食；先以疠疫，乃施之救援。手造罪人，而曰吾赦汝矣。人则曰，神可颂哉，神可颂哉！营营而建

18　现译"唐璜"。——编者注

19　现译"曼弗雷德"。——编者注

20　现译"浮士德"。——编者注

伽兰焉。卢希飞勒不然，曰吾誓之两间，吾实有胜我之强者，而无有加于我之上位。彼胜我故，名我曰恶，若我致胜，恶且在神，善恶易位耳。此其论善恶，正异尼采。尼采意谓强胜弱故，弱者乃字其所为曰恶，故恶实强之代名，此则以恶为弱之冤谍。故尼采欲自强，而并颂强者；此则亦欲自强，而力抗强者，好恶至不同，特图强则一而已。人谓神强，因亦至善。顾善者乃不喜华果，特嗜腥膻，凯因之献，纯洁无似，则以旋风振而落之。人类之始，实由主神，一拂其心，即发洪水，并无罪之禽虫卉木而殄之。人则曰，爰灭罪恶，神可颂哉！耶彼第乃曰，汝得救孺子众！汝以为脱身狂涛，获天幸欤？汝曹偷生，逞其食色，目击世界之亡，而不生其悯叹。复无勇力，敢当大波，与同胞之人，共其运命。偕厥考逃于方舟，而建都邑于世界之墓上，竟无惭耶？然人竟无惭也，方伏地赞颂，无有休止，以是之故，主神遂强。使众生去而不之理，更何威力之能有？人既授神以力，复假之以厄撒旦，而此种人，又即主神往所殄灭之同类。以撒旦之意观之，其为顽愚陋劣，如何可言？将晓之欤，则音声未宣，众已疾走，内容何若，不省察也。将任之欤，则非撒旦之心矣，故复以权力现于世。神，一权力也；撒旦，亦一权力也。惟撒旦之力，即生于神，神力若亡，不为之代；上则以力抗天帝，下则以力制众生，行之背驰，莫甚于此。顾其制众生也，即以抗故。倘其众生同抗，更何制之云？拜伦亦然，自必居人前，而怒人之后于众。盖非自居人前，不能使人勿后于众故。任人居后而自为之前，又为撒旦大耻故。故既揄扬威力，颂美强者矣，复曰，吾爱亚美利加，此自由之区，神之绿野，不被压制之地也。由是观之，拜伦既喜拿破仑之毁世，亦爱华盛顿之争自由，既心仪海贼之横行，亦孤援希腊之独立，压制反抗，兼以一人矣。虽然，自由在是，人道亦在是。

五

自尊至者，不平恒继之，忿世嫉俗[21]，发为巨震，与对蹠之徒争衡。盖人既独尊，自无退让，自无调和，意力所如，非达不已，乃以是渐与社会生冲突，乃以是渐有所厌倦于人间。若拜伦者，即其一矣。其言曰，硗确之区，吾侪奚获耶？（中略）凡有事物，无不定以习俗至谬之衡，所谓舆论，实具大力，而舆论则以昏黑蔽全球也。此其所言，与近世诺威[22]文人易卜生（H. Ibsen）所见合，易氏生于近世，愤世俗之昏迷，悲真理之匿耀，假《社会之敌》以立言，使医士斯托克曼为全书主者，死守真理，以拒庸愚，终获群敌之谥。自既见放于地主，其子复受斥于学校，而终奋斗，不为之摇。末乃曰，吾又见真理矣。地球上至强之人，至独立者也！其处世之道如是。顾拜伦不尽然，凡所描绘，皆禀种种思，具种种行，或以不平而厌世，远离人群，宁与天地为侪偶，如哈洛尔特；或厌世至极，乃希灭亡，如曼弗列特；或被人天之楚毒，至于刻骨，乃咸希破坏，以复仇雠，如康拉德与卢希飞勒；或弃斥德义，蹇视淫游，以嘲弄社会，聊快其意，如堂祥。其非然者，则尊侠尚义，扶弱者而平不平，颠仆有力之蠢愚[23]，虽获罪于全群无惧，即拜伦最后之时是已。彼当前时，经历一如上述书中众士，特未欷歔断望，愿自逊于人间，如曼弗列特之所为而已。故怀抱不平，突突上发，则倨傲纵逸，不恤人言，破坏复仇，无所顾忌，而义侠之性，亦即伏此烈火之中，重独立而爱自繇，苟奴隶立其前，必衰悲而疾视，衰悲所以哀其不幸，疾视所以怒其不争，此诗人所为援希腊之独立，而终死于其军中者也。盖拜伦者，自繇主义之人耳，尝有言曰，若为自由故，不必战于宗邦，则当

21　现代汉语常用"愤世嫉俗"。——编者注
22　现译"挪威"。——编者注
23　现代汉语常用"愚蠢"。——编者注

为战于他国。是时意大利适制于墺，失其自由，有秘密政党起，谋独立，乃密与其事，以扩张自由之元气者自任，虽狙击密侦之徒，环绕其侧，终不为废游步驰马之事。后秘密政党破于墺人，企望悉已，而精神终不消。拜伦之所督励，力直及于后日，起马志尼，起加富尔，于是意之独立成。故马志尼曰，意大利实大有赖于拜伦。彼，起吾国者也！盖诚言已。拜伦平时，又至有情愫于希腊，思想所趣，如磁指南。特希腊时自由悉丧，入突厥版图，受其羁縻，不敢抗拒。诗人惋惜悲愤，往往见于篇章，怀前古之光荣，哀后人之零落，或与斥责，或加激励，思使之攘突厥而复兴，更睹往日耀灿庄严之希腊，如所作《不信者》暨《堂祥》二诗中，其怨愤谯责之切，与希冀之诚，无不历然可征信也。比千八百二十三年，伦敦之希腊协会驰书托拜伦，请援希腊之独立。拜伦平日，至不满于希腊今人，尝称之曰世袭之奴，曰自由苗裔之奴，因不即应。顾以义愤故，则终诺之，遂行。而希腊人民之堕落，乃诚如其说，励之再振，为业至难，因羁滞于克弗洛尼亚岛者五月，始向密淑伦其。其时海陆军方奇困，闻拜伦至，狂喜，群集迓之，如得天使也。次年一月，独立政府任以总督，并授军事及民事之全权，而希腊是时，财政大匮，兵无宿粮，大势几去。加以式列阿忒佣兵见拜伦宽大，复多所要索，稍不满，辄欲背去。希腊堕落之民，又诱之使窘拜伦。拜伦大愤，极诋彼国民性之陋劣。前所谓世袭之奴，乃果不可猝救如是也。而拜伦志尚不灰，自立革命之中枢，当四围之艰险，将士内讧，则为之调和，以己为楷模，教之人道，更设法举债，以振其穷，又定印刷之制，且坚堡垒以备战。内争方烈，而突厥果攻密淑伦其，式列阿忒佣兵三百人，复乘乱占要害地。拜伦方病，闻之泰然，力平党派之争，使一心以面敌。特内外迫拶，神质剧劳，久之，疾乃渐革。将死，其从者持楮墨，将录其遗言。拜伦曰否，时已过矣。不之语，已而微呼人名，终乃曰，吾言已毕。从者曰，吾不解公言。拜伦曰，吁，不解乎？呜呼晚矣！状若甚苦。有间，复曰，吾既以吾物暨吾康健，悉付希腊矣。今更付之吾生。他更何有？遂死，时千八百二十四年四月十八日夕六时也。今为反念前时，则拜伦抱大望而来，将以天纵之才，致希腊复归于往时之荣誉，自意振臂一呼，人必将靡然向之。盖以异域之人，犹凭义愤为希腊致力，而彼邦人，纵堕落腐败者日久，然旧泽尚存，人心未死，岂意遂无情愫于故国乎？特至今兹，则前此所图，悉如梦迹，知自由苗裔之奴，乃果不可猝救有如此也。次日，希腊独立政府为举国民丧，市肆悉罢，炮台鸣炮三十七，如拜伦寿也。

　　吾今为案其为作思维，索诗人一生之内阕，则所遇常抗，所向必动，贵力而尚强，尊己而好战，其战复不如野兽，为独立自由人道也，此已略言之前分矣。故其平生，如狂涛如厉风，举一切伪饰陋习，悉与荡涤，瞻顾前后，素所不知；精神郁勃，莫可制抑，力战而毙，亦必自救其精神；不克厥敌，战则不止。而复率真行诚，无所讳掩，谓世之毁誉褒贬是非善恶，皆缘习俗而非诚，因悉措而不理也。盖英伦尔时，虚伪满于社会，以虚文缛礼为真道德，有秉自由思想而探究者，世辄谓之恶人。拜伦善抗，性又率真，夫自不可以默矣，故托凯因而言曰，恶魔者，说真理者也。遂不恤与人群敌。世之贵道德者，又即以此交非之。爱克曼亦尝问歌德以拜伦之文，有无教训。歌德对曰，拜伦之刚毅雄大，教训即函其中，苟能知之，斯获教训。若夫纯洁之云，道德之云，吾人何问焉。盖知伟人者，亦惟伟人焉而已。拜伦亦尝评朋思（R. Burns）曰，斯人也，心情反张，柔而刚，疏而密，精神而质，高尚而卑，有神圣者焉，有不净者焉，互和合也。拜伦亦然，自尊而怜人之为奴，制人而援人之独立，无惧于狂涛而大傲于乘马，好战崇力，遇敌无所宽假，而于累囚之苦，有同情焉。意者摩罗为性，有如此乎？且此亦不独摩罗为然，凡为伟人，大率如是。即一切人，若去其面具，诚心以思，有纯禀世所谓善性而无恶分者，果几何人？遍观众生，必几无有，则拜伦虽负摩罗之号，亦人而已，夫何诧焉。顾其不容于英伦，终放浪颠沛而死异域者，特面具为之害耳。此即拜伦所反抗破坏，而迄今犹杀真人而未有止者也。嗟夫，虚伪之毒，有如是哉！拜伦平时，其制诗极诚，尝曰，英人评骘，不介我心。若以我诗为愉快，任之而已。吾何能阿其所好为？吾之握管，不为妇孺庸俗，乃以吾全心全情感全意志，与多量之精神而成诗，非欲聆彼辈柔声而作者也。夫如是，故凡一字一辞，无不即其人呼吸精神之形现，中于人心，神弦立应，其力之曼衍于欧土，例不能别求之英诗人中，仅司各特所为说部，差足与相伦比而已。若问其力奈何？则意大利希腊二国，已如上述，可毋赘言。此他西班牙德意志诸邦，亦悉蒙其影响。次复入斯拉夫族而新其精神，流泽之长，莫可阐述。至其本国，则犹有雪莱（Percy Bysshe Shelley）一人。济慈（John Keats）虽亦蒙摩罗诗人之名，而与拜伦别派，故不述于此。

六

雪莱生三十年而死，其三十年悉奇迹也，而亦即无韵之诗。时既艰危，性复狷介，世不彼爱，而彼亦不爱世，人不容彼，而彼亦不容人，客意大利之南方，终以壮龄而夭死，谓一生即悲剧之实现，盖非夸也。雪莱者，以千七百九十二年生于英之名门，姿状端丽，夙好静思，比入中学，大为学友暨校师所不喜，虐遇不可堪。诗人之心，乃早萌反抗之朕兆。后作说部，以所得值飨其友八人，负狂人之名而去。次入恶斯佛大学，修爱智之学，屡驰书乞教于名人。而尔时宗教，权悉归于冥顽之牧师，因以妨自由之崇信。雪莱蹶起，著《无神论之要》一篇，略谓惟慈爱平等三，乃使世界为乐园之要素，若夫宗教，于此无功，无有可也。书成行世，校长见之大震，终逐之。其父亦惊绝，使谢罪返校，而雪莱不从，因不能归。天地虽大，故乡已失，于是至伦敦，时年十八，顾已孤立两间，欢爱悉绝,不得不与社会战矣。已而知戈德温(W. Godwin),读其著述,博爱之精神益张。次年入爱尔兰,橄其人士,于政治宗教,皆欲有所更革,顾终不成。逮千八百十五年,其诗《阿刺斯多[24]》(Alastor)始出世,记怀抱神思之人,索求美者,遍历不见,终死旷原,如自叙也。次年乃识拜伦于瑞士。拜伦深称其人,谓奋迅如狮子,又善其诗,而世犹无顾之者。又次年成《伊式阑转轮篇[25]》(The Revolt of Islam)。凡雪莱怀抱,多抒于此。篇中英雄曰罗昂,以热诚雄辩,警其国民,鼓吹自由,掊击压制,顾正义终败,而压制于以凯还,罗昂遂为正义死。是诗所函,有无量希望信仰,暨无穷之爱,穷追不舍,终以殒亡。盖罗昂者,实诗人之先觉,亦即雪莱之化身也。

至其杰作,尤在剧诗。尤伟者二,一曰《解放之普洛美迢斯[26]》(Prometheus Unbound),一曰《黏希[27]》(The Cenci)。前者事本希腊神话,意近拜伦之《凯因》。假普罗米修斯为人类之精神,以爱与正义自由故,不恤艰苦,力抗压制主者傲毕多,窃火贻人,受絷于山顶,猛鸷日啄其肉,而终不降。傲毕多为之辟易,普罗米修斯乃眷女子珂希亚,获其爱而毕。珂希亚者,理想也。《黏希》之篇,事出意大利,记女子黏希之父,酷虐无道,毒虐无所弗至,黏希终杀之,与其后母兄弟,同戮于市。论者或谓之不伦。顾失常之事,不能绝于人间,即中国《春秋》,修自圣人之手者,类此之事,且数数见,又多直书无所讳,吾人独于雪莱所作,乃和众口而难之耶?上述二篇,诗人悉出以全力,尝自言曰,吾诗为众而作,读者将多。又曰,此可登诸剧场者。顾诗成而后,实乃反是,社会以谓不足读,伶人以谓不可为。雪莱抗伪俗弊习以成诗,而诗亦即受伪俗弊习之天阏,此十九禩上叶精神界之战士,所为多抱正义而骈殒者也。虽

---

24 现译"阿拉斯特"。——编者注
25 现译"伊斯兰的反叛"。"伊式阑"现译"伊斯兰"。——编者注
26 现译"解放了的普罗米修斯"。——编者注
27 现译"倩契"。——编者注

52

然，往时去矣，任其自去，若夫雪莱之真值，则至今日而大昭。革新之潮，此其巨派，戈德温书出，初启其端，得诗人之声，乃益深入世人之灵府。凡正义自由真理以至博爱希望诸说，无不化而成醇，或为罗昂，或为普罗米修斯，或为伊式阑之壮士，现于人前，与旧习对立，更张破坏，无稍假借也。旧习既破，何物斯存，则惟改革之新精神而已。十九世纪机运之新，实赖有此。朋思唱于前，拜伦、雪莱起其后，掊击排斥，人渐为之仓皇，而仓皇之中，即亟人生之改进。故世之嫉视破坏，加之恶名者，特见一偏而未得其全体者尔。若为案其真状，则光明希望，实伏于中。恶物悉颠，于群何毒？破坏之云，特可发自冥顽牧师之口，而不可出诸全群者也。若其闻之，则破坏为业，斯愈益贵矣！况雪莱者，神思之人，求索而无止期，猛进而不退转，浅人之所观察，殊莫可得其渊深。若能真识其人，将见品性之卓，出于云间，热诚勃然，无可沮遏，自趁其神思而奔神思之乡。此其为乡，则爱有美之本体。奥古斯丁曰，吾未有爱而吾欲爱，因抱希冀以求足爱者也。惟雪莱亦然，故终出人间而神行，冀自达其所崇信之境；复以妙音，喻一切未觉，使知人类曼衍之大故，暨人生价值之所存，扬同情之精神，而张其上征渴仰之思想，使怀大希以奋进，与时劫同其无穷。世则谓之恶魔，而雪莱遂以孤立。群复加以排挤，使不可久留于人间，于是压制凯还，雪莱以死，盖宛然阿剌斯多之殒于大漠也。

虽然，其独慰诗人之心者，则尚有天然在焉。人生不可知，社会不可恃，则对天物之不伪，遂寄之无限之温情。一切人心，孰不如是。特缘受染有异，所感斯殊，故目睛夺于实利，则欲驱天然为之得金资。智力集于科学，则思制天然而见其法则。若至下者，乃自春徂冬，于两间崇高伟大美妙之见象，绝无所感应于心，自堕神智于深渊，寿虽百年，而迄不知光明为何物，又奚解所谓卧天然之怀，作婴儿之笑矣。雪莱幼时，素亲天物，尝曰，吾幼即爱山河林壑之幽寂，游戏于断厓绝壁之为危险，吾伴侣也。考其生平，诚如自述。方在稚齿，已盘桓于密林幽谷之中，晨瞻晓日，夕观繁星，俯则瞰大都中人事之盛衰，或思前此压制抗拒之陈迹。而芜城古邑，或破屋中贫人啼饥号寒之状，亦时复历历入其目中。其神思之澡雪，既至异于常人，则旷观天然，自感神閟，凡万汇之当其前，皆若有情而至可念也。故心弦之动，自与天籁合调，发为抒情之什，品悉至神，莫可方物，非莎士比亚暨斯宾塞所作，不有足与相伦比者。比千八百十九年春，雪莱定居罗马，次年迁毕撒[28]。拜伦亦至，此他之友多集，为其一生中至乐之时。迨二十二年七月八日，偕其友乘舟泛海，而暴风猝起，益以奔电疾雷，少顷波平，孤舟遂杳。拜伦闻信大震，遣使四出侦之，终得诗人之骸于水裔，乃葬罗马焉。雪莱生时，久欲与生死问题以诠解，自曰，未来之事，吾意已满于柏拉图暨培根之所言，吾心至定，无畏而多望，人居今日之躯壳，能力悉蔽于阴云，惟死亡来解脱其身，则秘密始能阐发。又曰，吾无所知，亦不能证，灵府至奥之思想，不能出以言辞，而此种事，纵吾身亦莫能解尔。嗟乎，死生之事大矣，而理至閟，置而不解，诗人未能，而解之之术，又独有死而已。故雪莱曾泛舟坠海，乃大悦呼曰，今使吾释其秘密矣！然不死。一日浴于海，则伏而不起，友引之出，施救始苏，曰，吾恒欲探井中，人谓诚理伏焉，当我见诚，而君见我死也。然及今日，则雪莱真死矣，而人生之閟，亦以真释，特知之者，亦独雪莱已耳。

七

若夫斯拉夫民族，思想殊异于西欧，而拜伦之诗，亦疾进无所沮核。俄罗斯当十九世纪初叶，文事始新，渐乃独立，日益昭明，今则已有齐驱先觉诸邦之概，令西欧人士，无不惊其美伟矣。顾夷

28　现译"比萨"。——编者注

考权舆，实本三士：曰普希金，曰莱蒙托夫，曰果戈理。前二者以诗名世，均受影响于拜伦，惟果戈理以描绘社会人生之黑暗著名，与二人异趣，不属于此焉。

普希金（A. Pushkin）以千七百九十九年生于墨斯科，幼即为诗，初建罗曼宗于其文界，名以大扬。顾其时俄多内讧，时势方亟，而普希金诗多讽喻，人即借而挤之，将流鲜卑，有数耆宿力为之辩，始获免，谪居南方。其时始读拜伦诗，深感其大，思理文形，悉受转化，小诗亦尝摹拜伦，尤著者有《高加索累囚行²⁹》，至与《哈洛尔特游草》相类。中记俄之绝望青年，因于异域，有少女为释缚纵之行，青年之情意复苏，而厥后终于孤去。其《及泼希³⁰》（Gypsy）一诗亦然，茨冈者，流浪欧洲之民，以游牧为生者也。有失望于世之人曰阿勒戈，慕是中绝色，因入其族，与为婚因³¹，顾多嫉，渐察女有他爱，终杀之。女之父不施报，特令去不与居焉。二者为诗，虽有拜伦之色，然又至殊，凡厥中勇士，等是见放于人群，顾复不离亚历山大时俄国社会之一质分，易于失望，速于奋兴，有厌世之风，而其志至不固。普希金于此，已不与以同情，诸凡切于报复而观念无所胜人之失，悉指摘不为讳饰。故社会之伪善，既灼然现于人前，而茨冈之朴野纯全，亦相形为之益显。论者谓普希金所爱，渐去拜伦式勇士而向祖国纯朴之民，盖实自斯时始也。尔后巨制，曰《阿内庚³²》（Eugiene Onieguine），诗材至简，而文特富丽，尔时俄之社会，情状略具于斯。惟以推敲八年，所蒙之影响至不一，故性格迁流，首尾多异。厥初二章，尚受拜伦之感化，则其英雄阿内庚为性，力抗社会，断望人间，有拜伦式英雄之概，特已不凭神思，渐近真然，与尔时其国青年之性质肖矣。厥后外缘转变，诗人

29　现译"高加索的俘虏"。——编者注
30　现译"茨冈"。——编者注
31　现代汉语常用"婚姻"。——编者注
32　现译"叶普盖尼·奥涅金"。——编者注

之性格亦移，于是渐离拜伦，所作日趣于独立，而文章益妙，著述亦多。至与拜伦分道之因，则为说亦不一：或谓拜伦绝望奋战，意向峻绝，实与普希金性格不相容，曩之信崇，盖出一时之激越，迨风涛大定，自即弃置而返其初；或谓国民性之不同，当为是事之枢纽，西欧思想，绝异于俄，其去拜伦，实由天性，天性不合，则拜伦之长存自难矣。凡此二说，无不近理。特就普希金个人论之，则其对于拜伦，仅摹外状，迨放浪之生涯毕，乃骤返其本然，不能如莱蒙托夫，终执消极观念而不舍也。故旋墨斯科后，立言益务平和，凡足与社会生冲突者，咸力避而不道，且多赞诵，美其国之武功。千八百三十一年波阑抗俄，西欧诸国右波阑，于俄多所憎恶。普希金乃作《俄国之谗谤者》暨《波罗及诺之一周年》二篇，以自明爱国。丹麦评骘家勃兰兑斯（G. Brandes）于是有微辞[33]，谓惟武力之恃而狼藉人之自由，虽云爱国，顾为兽爱。特此亦不仅普希金为然，即今之君子，日日言爱国者，于国有诚为人爱而不坠于兽爱者，亦仅见也。及晚年，与和阑公使子覃提斯连，终于决斗被击中腹，越二日而逝，时为千八百三十七年。俄自有普希金，文界始独立，故文史家芘宾谓真之俄国文章，实与斯人偕起也。而拜伦之摩罗思想，则又经普希金而传莱蒙托夫。

莱蒙托夫（M. Lermontov）生于千八百十四年，与普希金略并世。其先莱蒙托（Learmont）氏，英之苏格兰人，故每有不平，辄云将去此冰雪警吏之地，归其故乡。顾性格全如俄人，妙思善感，惆怅无间，少即能缀德语成诗。后入大学被黜，乃居陆军学校二年，出为士官，如常武士，惟自谓仅于香宾[34]酒中，加少许诗趣而已。及为禁军骑兵小校，始仿拜伦诗纪东方事，且至慕拜伦为人。其自记有曰，今吾读《世胄拜伦传》，知其生涯有同我者，而此偶然之同，

33 现代汉语常用"微词"。——编者注
34 现代汉语常用"香槟"。——编者注

乃大惊我。又曰，拜伦更有同我者一事，即尝在苏格兰，有媪谓拜
伦母曰，此儿必成伟人，且当再娶。而在高加索，亦有媪告吾大母，
言与此同。纵不幸如拜伦，吾亦愿如其说。顾莱蒙托夫为人，又近
雪莱。雪莱所作《解放之普洛美迢》，感之甚力，于人生善恶竞争诸
问，至为不宁，而诗则不之仿。初虽摹拜伦及普希金，后亦自立。
且思想复类德之哲人勘宾赫尔，知习俗之道德大原，悉当改革，因
寄其意于二诗，一曰《神摩 35》（Demon），一曰《谟咏黎 36》（Mtsyri）。
前者托旨于巨灵，以天堂之逐客，又为人间道德之憎者，超越凡情，
因生疾恶，与天地斗争，苟见众生动于凡情，则辄旋以贱视。后者
一少年求自由之呼号也。有孺子焉，生长山寺，长老意已断其情感
希望，而孺子魂梦，不离故园，一夜暴风雨，乃乘长老方祷，潜遁出
寺，彷徨林中者三日，自由无限，毕生莫伦。后言曰，尔时吾自觉
如野兽，力与风雨电光猛虎战也。顾少年迷林中不能返，数日始得
之，惟已以斗豹得伤，竟以是殒。尝语侍疾老僧曰，丘墓吾所弗惧，
人言毕生忧患，将入睡眠，与之永寂，第忧与吾生别耳。吾犹少年。
宁汝尚忆少年之梦，抑已忘前此世间憎爱耶？倘然，则此世于汝，
失其美矣。汝弱且老，灭诸希望矣。少年又为述林中所见，与所觉
自由之感，并及斗豹之事曰，汝欲知吾获自由时，何所为乎？吾生
矣。老人，吾生矣。使尽吾生无此三日者，且将惨淡冥暗，逾汝暮
年耳。及普希金斗死，莱蒙托夫又赋诗以寄其悲，末解有曰，汝侪
朝人，天才自由之屠伯，今有法律以自庇，士师盖无如汝何，第犹有
尊严之帝在天，汝不能以金资为赂……以汝黑血，不能涤吾诗人之
血痕也。诗出，举国传诵，而莱蒙托夫亦由是得罪，定流鲜卑。后
遇援，乃戍高加索，见其地之物色，诗益雄美。惟当少时，不满于世
者义至博大，故作《神摩》，其物犹撒旦，恶人生诸凡陋劣之行，力

35　现译"恶魔"。——编者注
36　现译"童僧"。——编者注

与之敌。如勇猛者,所遇无不庸懦,则生激怒。以天生崇美之感,而众生扰扰,不能相知,爰起厌倦,憎恨人世也。顾后乃渐即于实,凡所不满,已不在天地人间,退而止于一代,后且更变,而猝死于决斗。决斗之因,即肇于莱蒙托夫所为书曰《并世英雄记[37]》。人初疑书中主人,即著者自序,迨再印,乃辨言曰,英雄不为一人,实吾曹并时众恶之象。盖其书所述,实即当时人士之状尔。于是有友摩尔迭诺夫者,谓莱蒙托夫取其状以入书,因与索斗。莱蒙托夫不欲杀其友,仅举枪射空中,顾摩尔迭诺夫则拟而射之,遂死,年止二十七。

前此二人之于拜伦,同汲其流,而复殊别。普希金在厌世主义之外形,莱蒙托夫则直在消极之观念。故普希金终服帝力,入于平和,而莱蒙托夫则奋战力拒,不稍退转。波覃勖迭氏评之曰,莱蒙托夫不能胜来追之运命,而当降伏之际,亦至猛而骄。凡所为诗,无不有强烈弗和与踔厉不平之响者,良以是耳。莱蒙托夫亦甚爱国,顾绝异普希金,不以武力若何,形其伟大。凡所眷爱,乃在乡村大野,及村人之生活,且推其爱而及高加索土人。此土人者,以自由故,力敌俄国者也。莱蒙托夫虽自从军,两与其役,然终爱之,所作《伊思迈尔培[38]》(Ismail-Bey)一篇,即纪其事。莱蒙托夫之于拿破仑,亦稍与拜伦异趣。拜伦初尝责拿破仑对于革命思想之谬,及既败,乃有愤于野犬之食死狮而崇之。莱蒙托夫则专责法人,谓自陷其雄士。至其自信,亦如拜伦,谓吾之良友,仅有一人,即是自己。又负雄心,期所过必留影迹。然拜伦所谓非憎人间,特去之而已,或云吾非爱人少,惟爱自然多耳等意,则不能闻之莱蒙托夫。彼之平生,常以憎人者自命,凡天物之美,足以乐英诗人者,在俄国英雄之目,则长此黯淡,浓云疾雷而不见霁日也。盖二国人之异,亦差可于是见之矣。

---

37 现译"当代英雄"。——编者注
38 现译"伊斯马伊尔·拜"。——编者注

八

丹麦人勃兰兑斯，于波阑之罗曼派，举密茨凯维奇（A. Mickiewicz）、斯洛伐支奇（J. Slowacki）、克拉旬斯奇（S. Krasinski）三诗人。密茨凯维奇者，俄文家普希金同时人，以千七百九十八年生于札希亚小村之故家。村在列图尼亚，与波阑邻比。十八岁出就维尔那大学，治言语之学，初尝爱邻女马理维来苏萨加，而马理他去，密茨凯维奇为之不欢。后渐读拜伦诗，又作诗曰《死人之祭[39]》（*Dziady*）。中数份叙列图尼亚旧俗，每十一月二日，必置酒果于垄上，用享死者，聚村人牧者术士一人，暨众冥鬼，中有失爱自杀之人，已经冥判，每届是日，必更历苦如前此，而诗止断片未成。尔后居加夫诺（Kowno）为教师，二三年返维尔那。递千八百二十二年，捕于俄吏，居囚室十阅月，窗牖皆木制，莫辨昼夜，乃送圣彼得堡，又徙阿兑塞，而其地无需教师，遂之克利米亚，揽其地风物以助咏吟，后成《克利米亚诗集[40]》一卷。已而返墨斯科，从事总督府中，著诗二种，一曰《格罗苏那[41]》（*Grazyna*），记有王子烈泰威尔，与其外父域多勒特迕，将乞外兵为援，其妇格罗苏那知之，不能令勿叛，惟命守者，勿容日耳曼使人入诺华格罗迭克。援军遂怒，不攻域多勒特而引军薄烈泰威尔，格罗苏那自擐甲，伪为王子与战，已而王子归，虽幸胜，而格罗苏那中流丸，旋死。及葬，縶发炮者同置之火，烈泰威尔亦殉焉。此篇之意，盖在假有妇人，第以祖国之故，则虽背夫子之命，斥去援兵，欺其军士，濒国于险，且召战争，皆不为过，苟以是至高之目的，则一切事，无不可为者也。一曰《华

连洛德[42]》(*Wallenrod*),其诗取材古代,有英雄以败亡之余,谋复国仇,因伪降敌陈,渐为其长,得一举而复之。此盖以意大利文人马基亚维利(Machiavelli)之意,附诸拜伦之英雄,故初视之亦第罗曼派言情之作。检文者不喻其意,听其付梓,密茨凯维奇名遂大起。未几得间,因至德国,见其文人歌德。此他犹有《佗兑支氏[43]》(*Pan Tadeusz*)一诗,写苏孛烈加暨诃什支珂二族之事,描绘物色,为世所称。其中虽以佗兑支为主人,而其父约舍克易名出家,实其主的。初记二人熊猎,有名华伊斯奇者吹角,起自微声,以至洪响,自榆度榆,自櫣至櫣,渐乃如千万角声,合于一角,正如密茨凯维奇所为诗,有今昔国人之声,寄于是焉。诸凡诗中之声,清澈弘厉,万感悉至,直至波阑一角之天,悉满歌声,虽至今日,而影响于波阑人之心者,力犹无限。令人忆诗中所云,听者当华伊斯奇吹角久已,而尚疑其方吹未已也。密茨凯维奇者,盖即生于彼歌声反响之中,至于无尽者夫。

密茨凯维奇至崇拿破仑,谓其实造拜伦,而拜伦之生活暨其光耀,则觉普希金于俄国,故拿破仑亦间接起普希金。拿破仑使命,盖在解放国民,因及世界,而其一生,则为最高之诗。至于拜伦,亦极崇仰,谓拜伦所作,实出于拿破仑,英国同代之人,虽被其天才影响,而卒莫能并大。盖自诗人死后,而英国文章,状态又归前纪矣。若在俄国,则善普希金,二人同为斯拉夫文章首领,亦拜伦分支,逮年渐进,亦均渐趣于国粹。所异者,普希金少时欲畔帝力,一举不成,遂以铩羽,且感帝意,愿为之臣,失其英年时之主义,而密茨凯维奇则长此保持,洎死始已也。当二人相见时,普希金有《铜马[44]》一诗,密茨凯维奇则有《大彼得像》一诗为其记念。盖千八百二十九年顷,二人尝避雨像次,密茨凯维奇因赋诗纪所语,

---

42 现译"康拉德·华伦洛德"。——编者注
43 现译"塔杜施先生"。——编者注
44 现译"青铜骑士"。——编者注

假普希金为言，末解曰，马足已虚，而帝不勒之返。彼曳其枚，行且坠碎。历时百年，今犹未堕，是犹山泉喷水，著寒而冰，临悬崖之侧耳。顾自由日出，熏风西集，寒沍之地，因以昭苏，则喷泉将何如，暴政将何如也？虽然，此实密茨凯维奇之言，特托之普希金者耳。波阑破后，二人遂不相见，普希金有诗怀之。普希金伤死，密茨凯维奇亦念之至切。顾二人虽甚稔，又同本拜伦，而亦有特异者，如普希金于晚出诸作，恒自谓少年眷爱自繇之梦，已背之而去，又谓前路已不见仪的之存，而密茨凯维奇则仪的如是，决无疑贰也。

斯洛伐支奇以千八百九年生克尔舍密涅克[45]（Krzemieniec），少孤，育于后父，尝入维尔那大学，性情思想如拜伦。二十一岁入华骚户部为书记，越二年，忽以事去国，不能复返。初至伦敦，已而至巴黎，成诗一卷，仿拜伦诗体。时密茨凯维奇亦来相见，未几而迁。所作诗歌，多惨苦之音。千八百三十五年去巴黎，作东方之游，经希腊、埃及、叙利亚。三十七年返意大利，道出曷尔爱列须阻疫，滞留久之，作《大漠中之疫》一诗。记有亚剌伯人，为言目击四子三女，泊其妇相继死于疫，哀情涌于毫素，读之令人忆希腊尼俄伯（Niobe）事，亡国之痛，隐然在焉。且又不止此苦难之诗而已，凶惨之作，恒与俱起，而斯洛伐支奇为尤。凡诗词中，靡不可见身受楚毒之印象或其见闻，最著者或根史实，如《克垒勒度克》（*Król Duch*）中所述俄帝伊凡四世，以剑钉使者之足于地一节，盖本诸古典者也。

波阑诗人多写狱中戍中刑罚之事，如密茨凯维奇作《死人之祭》第三卷中，几尽绘己身所历，倘读其《契珂夫斯奇》（*Cichowski*）一章，或《娑波卢夫斯奇》（*Sobolewski*）之什，记见少年二十橇，送赴鲜卑事，不为之生愤激者盖鲜也。而读上述二人吟咏，又往往闻报复之声。如《死人祭》第三篇，有囚人所歌者：其一央珂夫斯奇曰，欲我为信徒，必见耶稣马理，先惩污吾国土之俄帝而后可。俄帝若在，无能令我呼耶稣之名。其二加罗珂夫斯奇曰，设吾当受谪放，劳役缧绁，得为俄帝作工，夫何靳耶？吾在刑中，所当力作，自语曰，愿此苍铁，有日为帝成一斧也。吾若出狱，当迎鞑靼女子，语之曰，为帝生一巴棱（杀保罗一世者）。吾若迁居植民地[46]，当为其长，尽吾陇亩，为帝植麻，以之成一苍色巨索，织以银丝，俾阿尔洛夫（杀彼得三世者）得之，可缳俄帝颈也。末为康拉德歌曰，吾神已寂，歌在坟墓中矣。惟吾灵神，已嗅血腥，一噭而起，有如血蝠（Vampire），欲人血也。渴血渴血，复仇复仇！仇吾屠伯！天意如是，固报矣；即不如是，亦报尔！报复诗华，盖萃于是，使神不之直，则彼且自报之耳。

如上所言报复之事，盖皆隐藏，出于不意，其旨在凡窜于天人之民，得用诸术，拯其父国，为圣法也。故格罗苏那虽背其夫而拒敌，义为非谬，华连洛德亦然。苟拒异族之军，虽用诈伪，不云非法，华连洛德伪附于敌，乃歼日耳曼军，故土自由，而自亦忏悔而死。其意盖以为一人苟有所图，得当以报，则虽降敌，不为罪愆。如《阿勒普耶罗斯》（Alpujarras）一诗，益可以见其意。中叙摩亚之王阿勒曼若，以城方大疫，且不得不以格拉那陀地降西班牙，因夜出。西班牙人方聚饮，忽白有人乞见，来者一阿剌伯[47]人，进而呼曰，西班牙人，吾愿奉汝明神，信汝先哲，为汝奴仆！众识之，盖阿勒曼若也。西人长者抱之为吻礼，诸首领皆礼之。而阿勒曼若忽仆地，攫其巾大悦呼曰，吾中疫矣！盖以彼忍辱一行，而疫亦入西班牙之军矣。斯洛伐支奇为诗，亦时责奸人自行诈于国，而以诈术陷敌，则甚美之，如《阑勃罗》（Lambro）《珂尔强》（Kordjan）皆是。《阑勃罗》为希腊人事，其人背教为盗，俾得自由以仇突厥，性至凶酷，为世所无，惟拜伦东方诗中能见之耳。珂尔强者，波阑人谋刺

---

46 现代汉语常用"殖民地"。——编者注
47 现译"阿拉伯"。——编者注

俄帝尼可拉一世者也。凡是二诗，其主旨所在，皆特报复而已矣。

上二士者，以绝望故，遂于凡可祸敌，靡不许可，如格罗苏那之行诈，如华连洛德之伪降，如阿勒曼若之种疫，如珂尔强之谋刺，皆是也。而克拉旬斯奇之见，则与此反。此主力报，彼主爱化。顾其为诗，莫不追怀绝泽，念祖国之忧患。波阑人动于其诗，因有千八百三十年之举。馀忆所及，而六十三年大变，亦因之起矣。即在今兹，精神未忘，难亦未已也。

九

若匈加利当沉默蜷伏之顷，则兴者有裴多菲（A. Petöfi），沽肉者子也，以千八百二十三年生于吉思珂罗（Kis-körös）。其区为匈之低地，有广漠之普斯多（Puszta 此翻平原），道周之小旅以及村舍，种种物色，感之至深。盖普斯多之在匈，犹俄之有斯第孛（Steppe 此亦翻平原），善能起诗人焉。父虽贾人，而殊有学，能解腊丁文。裴多菲十岁出学于科勒多，既而至阿琐特，治文法三年。然生有殊禀，挚爱自繇，愿为俳优，天性又长于吟咏。比至舍勒美支，入高等学校三月，其父闻裴多菲与优人伍，令止读，遂徒步至菩特沛思德，入国民剧场为杂役。后为亲故所得，留养之，乃始为诗咏邻女，时方十六龄。顾亲属谓其无成，仅能为剧，遂任之去。裴多菲忽投军为兵，虽性恶压制而爱自由，顾亦居军中者十八月，以病疟罢。又入巴波大学，时亦为优，生计极艰，译英法小说自度。千八百四十四年访伟罗思摩谛（M. Vörösmarty），伟为梓其诗，自是遂专力于文，不复为优。此其半生之转点，名亦陡起，众目为匈加利之大诗人矣，次年春，其所爱之女死，因旅行北方自遣，及秋始归。洎四十七年，乃访诗人阿兰尼（J. Arany）于萨伦多，而阿兰尼杰作《约尔提》（Joldi）适竣，读之叹赏，订交焉。四十八年以始，裴多菲诗渐倾于政事，盖知革命将兴，不期而感，犹野禽之识地震也。是年三月，墺大利人革命报至沛思德，裴多菲感之，作《兴矣摩迦人》(*Tolpra Magyar*)一诗，次日诵以徇众，至解末迭句云，誓将不复为奴！则众皆和，持至检文之局，逐其吏而自印之，立俟其毕，各持之行。文之脱检，实自此始。裴多菲亦尝自言曰，吾琴一音，吾笔一下，不为利役也。居吾心者，爰有天神，使吾歌且吟。天神非他，即自由耳。顾所为文章，时多过情，或与众忤，尝作《致诸帝》一诗，人多责之。裴多菲自记曰，去三月十五数日而后，吾忽为众恶之人矣，褫夺花冠，独研深谷之中，顾吾终幸不屈也。比国事渐急，诗人知战争死亡且近，极思赴之。自曰，天不生我于孤寂，将召赴战场矣。吾今得闻角声召战，吾魂几欲骤前，不及待令矣。遂投国民军(Honvéd)中，四十九年转隶贝谟将军麾下。贝谟者，波阑武人，千八百三十年之役，力战俄人者也。时轲苏士招之来，使当脱阑希勒伐尼亚一面，甚爱裴多菲，如家人父子然。裴多菲三去其地，而不久即返，似或引之。是年七月三十一日舍俱思跋之战，遂殁于军。平日所谓为爱而歌，为国而死者，盖至今日而践矣。裴多菲幼时，尝治拜伦暨雪莱之诗，所作率纵言自由，诞放激烈，性情亦仿佛如二人。曾自言曰，吾心如反响之森林，受一呼声，应以百响者也。又善体物色，著之诗歌，妙绝人世，自称为无边自然之野花。所著长诗有《英雄约诺斯》(*János Vitéz*)一篇，取材于古传，述其人悲欢畸迹。又小说一卷曰《缢吏之缳》(*A Hóhér Kötele*)，记以眷爱起争，肇生孽障，提尔尼阿遂终陷安陀罗奇之子于法。安陀罗奇失爱绝欢，庐其子垄上，一日得提尔尼阿，将杀之。而从者止之曰，敢问死与生之忧患孰大？曰，生哉！乃纵之使去，终诱其孙令自经，而其为绳，即昔日缳安陀罗奇子之颈者也。观其首引耶和华言，意盖云厥祖罪愆，亦可报诸其苗裔，受施必复，且不嫌加甚焉。至于诗人一生，亦至殊异，浪游变易，殆无宁时。虽少逸豫者一时，而其静亦非真静，殆犹大海漩洑中心之静点而已。设有孤舟，卷于旋风，当有一瞬间忽尔都寂，如风云已息，水波不兴，水色青如微笑，顾漩洑偏急，舟复入卷，乃至破没矣。彼诗人之暂静，盖亦犹是焉耳。

上述诸人，其为品性言行思维，虽以种族有殊，外缘多别，因现种种状，而实统于一宗：无不刚健不挠，抱诚守真，不取媚于群，以随顺旧俗，发为雄声，以起其国人之新生，而大其国于天下。求之华土，孰比之哉？夫中国之立于亚洲也，文明先进，四邻莫之与伦，蹇视高步，因益为特别之发达。及今日虽彫苓[48]，而犹与西欧对立，此其幸也。顾使往昔以来，不事闭关，能与世界大势相接，思想为作，日趣于新，则今日方卓立宇内，无所愧逊于他邦，荣光俨然，可无苍黄变革之事，又从可知尔。故一为相度其位置，稽考其邂逅，则震旦为国，得失滋不云微。得者以文化不受影响于异邦，自具特异之光采[49]，近虽中衰，亦世希有。失者则以孤立自是，不遇校雠，终至堕落而之实利。为时既久，精神沦亡，逮蒙新力一击，即眷然冰泮，莫有起而与之抗。加以旧染既深，辄以习惯之目光，观察一切，凡所然否，谬解为多，此所为呼维新既二十年，而新声迄不起于中国也。夫如是，则精神界之战士贵矣。英当十八世纪时，社会习于伪，宗教安于陋，其为文章，亦摹故旧而事涂饰，不能闻真之心声。于是哲人洛克首出，力排政治宗教之积弊，唱思想言议之自由，转轮之兴，此其播种。而在文界，则有农人朋思生苏格阑[50]，举全力以抗社会，宣众生平等之音，不惧权威，不跽金帛，洒其热血，注诸韵言。然精神界之伟人，非遂即人群之骄子，辗轲流落，终以夭亡。而拜伦、雪莱继起，转战反抗，具如前陈。其力如巨涛，直薄旧社会之柱石。余波流衍，入俄则起国民诗人普希金，至波阑则作报复诗人密茨凯维奇，入匈加利则觉爱国诗人裴多菲。

48　现代汉语常用"凋零"。——编者注
49　现代汉语常用"光彩"。——编者注
50　现译"苏格兰"。——编者注

其他宗徒，不胜具道。顾拜伦、雪莱，虽蒙摩罗之谥，亦第人焉而已。凡其同人，实亦不必曰摩罗宗，苟在人间，必有如是。此盖聆热诚之声而顿觉者也，此盖同怀热诚而互契者也。故其平生，亦甚神肖，大都执兵流血，如角剑之士，转辗于众之目前，使抱战栗与愉快而观其鏖扑。故无流血于众之目前者，其群祸矣；虽有而众不之视，或且进而杀之，斯其为群，乃愈益祸而不可救也！

今索诸中国，为精神界之战士者安在？有作至诚之声，致吾人于善美刚健者乎？有作温煦之声，援吾人出于荒寒者乎？家国荒矣，而赋最末《哀歌》，以诉天下贻后人之耶利米，且未之有也。非彼不生，即生而贼于众，居其一或兼其二，则中国遂以萧条。劳劳独躯壳之事是图，而精神日就于荒落，新潮来袭，遂以不支。众皆曰维新，此即自白其历来罪恶之声也，犹云改悔焉尔。顾既维新矣，而希望亦与偕始，吾人所待，则有介绍新文化之士人。特十余年来，介绍无已，而究其所携将以来归者，乃又舍治饼饵守图圄之术而外，无他有也。则中国尔后，且永续其萧条，而第二维新之声，亦将再举，盖可准前事而无疑者矣。俄文人柯罗连科（V. Korolenko）作《末光》一书，有记老人教童子读书于鲜卑者，曰书中述樱花黄鸟，而鲜卑洉寒，不有此也。翁则解之曰，此鸟即止于樱木，引吭为好音者耳。少年乃沉思。然夫，少年处萧条之中，即不诚闻其好音，亦当得先觉之诠解。而先觉之声，乃又不来破中国之萧条也。然则吾人，其亦沉思而已夫，其亦惟沉思而已夫！

一九〇七年作

我之节烈观

"世道浇漓，人心日下，国将不国"这一类话，本是中国历来的叹声。不过时代不同，则所谓"日下"的事情，也有迁变[1]：从前指的是甲事，现在叹的或是乙事。除了"进呈御览"的东西不敢妄说外，其余的文章议论里，一向就带这口吻。因为如此叹息，不但针砭世人，还可以从"日下"之中除去自己。所以，君子固然相对慨叹，连杀人、放火、嫖妓、骗钱以及一切鬼混的人，也都乘作恶余暇，摇着头说道："他们人心日下了。"

世风人心这件事，不但鼓吹坏事，可以"日下"，即使未曾鼓吹，只是旁观，只是赏玩，只是叹息，也可以叫他"日下"。所以近一年来，居然也有几个不肯徒托空言的人，叹息一番之后，还要想法子来挽救。第一个是康有为，指手画脚的说"虚君共和"才好，陈独秀便斥他不兴；其次是一班灵学派的人，不知何以起了极古奥的思想，要请"孟圣矣乎"的鬼来画策；陈百年、钱玄同、刘半农又道他胡说。

这几篇驳论，都是《新青年》里最可寒心的文章。时候已是二十世纪了，人类眼前早已闪出曙光。假如《新青年》里有一篇和别人辩地球方圆的文字，读者见了，怕一定要发怔。然而现今所辩正和说地体不方相差无几。将时代和事实对照起来，怎能不教人寒心而且害怕？

近来虚君共和是不提了，灵学似乎还在那里捣鬼，此时却又有一群人，不能满足，仍然摇头说道"人心日下"了。于是又想出一种挽救的方法，他们叫作"表彰节烈"！

这类妙法，自从君政复古时代以来，上上下下，已经提倡多年，此刻不过是竖起旗帜的时候。文章议论里也照例时常出现，都嚷道"表

1　现代汉语常用"变迁"。——编者注

彰节烈"！要不说这件事，也不能将自己提拔，出于"人心日下"之中。

节烈这两个字，从前也算是男子的美德，所以有过"节士""烈士"的名称。然而现在的"表彰节烈"，却是专指女子，并无男子在内。据时下道德家的意见，来定界说，大约节是丈夫死了，决不再嫁，也不私奔，丈夫死得愈早，家里愈穷，他便节得愈好。烈可是有两种：一种是无论已嫁未嫁，只要丈夫死了，他也跟着自尽；一种是有强暴来污辱他的时候，设法自戕，或者抗拒被杀，都无不可。这也是死得愈惨、愈苦，他便烈得愈好，倘若不及抵御，竟受了污辱，然后自戕，便免不了议论。万一幸而遇着宽厚的道德家，有时也可以略迹原情，许他一个"烈"字。可是文人学士，已经不甚愿意替他作传，就令勉强动笔，临了也不免加上几个"惜夫惜夫"了。

总而言之，女子死了丈夫，便守着，或者死掉；遇了强暴，便死掉。将这类人物称赞一通，世道人心便好，中国便得救了。大意只是如此。

康有为借重皇帝的虚名，灵学家全靠着鬼话。这表彰节烈却是全权都在人民，大有渐进自力之意了。然而我仍有几个疑问，须得提出，还要据我的意见给他解答。我又认定这节烈救世说，是多数国民的意思，主张的人，只是喉舌。虽然是他发声，却和四支五官神经内脏，都有关系。所以我这疑问和解答，便是提出于这群多数国民之前。

首先的疑问是，不节烈（中国称不守节作"失节"，不烈却并无成语，所以只能合称他"不节烈"）的女子如何害了国家？照现在的情形，"国将不国"，自不消说，丧尽良心的事故层出不穷，刀兵盗贼水旱饥荒又接连而起。但此等现象只是不讲新道德、新学问的缘故，行为思想全钞[2]旧帐[3]。所以种种黑暗，竟和古代的乱世仿佛，况且政界军界学界商界等等里面，全是男人，并无不节烈的女子夹杂在内。也未必是有权力的男子，因为受了他们蛊惑，这才丧了良

---

2 现代汉语常用"抄"。——编者注
3 现代汉语常用"账"。——编者注

心，放手作恶。至于水旱饥荒，便是专拜龙神，迎大王，滥伐森林，不修水利的祸祟，没有新知识的结果，更与女子无关。只有刀兵盗贼，往往造出许多不节烈的妇女。但也是兵盗在先，不节烈在后，并非因为他们不节烈了，才将刀兵盗贼招来。

其次的疑问是，何以救世的责任全在女子？照着旧派说起来，女子是"阴类"，是主内的，是男子的附属品。然则治世救国正须责成阳类，全仗外子，偏劳主体。决不能将一个绝大题目都阁在阴类肩上。倘依新说，则男女平等，义务略同。纵令该担责任，也只得分担。其余的一半男子，都该各尽义务。不特须除去强暴，还应发挥他自己的美德。不能专靠惩劝女子，便算尽了天职。

其次的疑问是：表彰之后，有何效果？据节烈为本，将所有活着的女子分类起来，大约不外三种：一种是已经守节，应该表彰的人（烈者非死不可，所以除出）；一种是不节烈的人；一种是尚未出嫁，或丈夫还在，又未遇见强暴，节烈与否未可知的人。第一种已经很好，正蒙表彰，不必说了；第二种已经不好，中国从来不许忏悔，女子做事一错，补过无及，只好任其羞杀，也不值得说了；最要紧的只在第三种，现在一经感化，他们便都打定主意道："倘若将来丈夫死了，决不再嫁；遇着强暴，赶紧自裁！"试问如此立意，与中国男子做主的世道人心，有何关系？这个缘故，已在上文说明。更有附带的疑问是，节烈的人既经表彰，自是品格最高，但圣贤虽人人可学，此事却有所不能。假如第三种的人虽然立志极高，万一丈夫长寿，天下太平，他便只好饮恨吞声，做一世次等的人物。

以上是单依旧日的常识略加研究，便已发见了许多矛盾。若略带二十世纪气息，便又有两层：

一问节烈是否道德？道德这事，必须普遍，人人应做，人人能行，又于自他两利，才有存在的价值。现在所谓节烈，不特除开男子，绝不相干，就是女子，也不能全体都遇着这名誉的机会。所以决不能认为道德,当作法式。上回《新青年》登出的《贞操论》里已经说过理由。不过贞是丈夫还在,节是男子已死的区别,道理却可类推。只有烈的一件事,尤为奇怪,还须略加研究。

照上文的节烈分类法看来,烈的第一种,其实也只是守节,不过生死不同。因为道德家分类,根据全在死活,所以归入烈类。性质全异的,便是第二种。这类人不过一个弱者(现在的情形,女子还是弱者),突然遇着男性的暴徒,父兄丈夫力不能救,左邻右舍也不帮忙,于是他就死了;或者竟受了辱,仍然死了;或者终于没有死。久而久之,父兄丈夫邻舍,夹着文人学士以及道德家,便渐渐聚集,既不羞自己怯弱无能,也不提暴徒如何惩办,只是七口八嘴议论他死了没有,受污没有,死了如何好,活着如何不好。于是造出了许多光荣的烈女和许多被人口诛笔伐的不烈女。只要平心一想,便觉不像人间应有的事情,何况说是道德。

二问多妻主义的男子有无表彰节烈的资格?替以前的道德家说话,一定是理应表彰。因为凡是男子,便有点与众不同,社会上只配有他的意思。一面又靠着阴阳内外的古典,在女子面前逞能。然而一到现在,人类的眼里不免见到光明,晓得阴阳内外之说,荒谬绝伦。就令如此,也证不出阳比阴尊贵,外比内崇高的道理。况且社会国家又非单是男子造成,所以只好相信真理,说是一律平等。既然平等,男女便都有一律应守的契约,男子决不能将自己不守的事向女子特别要求。若是买卖欺骗贡献的婚姻,则要求生时的贞操,尚且毫无理由,何况多妻主义的男子来表彰女子的节烈。

以上,疑问和解答都完了。理由如此支离,何以直到现今,居然还能存在?要对付这问题,须先看节烈这事何以发生,何以通行,何以不生改革的缘故。

古代的社会,女子多当作男人的物品,或杀或吃,都无不可,男人死后,和他喜欢的宝贝、日用的兵器一同殉葬,更无不可。后来殉葬的风气渐渐改了，守节便也渐渐发生。但大抵因为寡妇是鬼妻，亡魂跟着，所以无人敢娶，并非要他不事二夫。这样风俗，现在的蛮人社会里还有。中国太古的情形，现在已无从详考。但看周末虽有殉葬，并非专用女人，嫁否也任便，并无什么裁制，便可知道脱离了这宗习俗，为日已久。由汉至唐也并没有鼓吹节烈，直到宋朝，那一班"业儒"的才说出"饿死事小，失节事大"的话，看见历史上"重适"两个字，便大惊小怪起来。出于真心还是故意，现在却无从推测。其时也正是"人心日下，国将不国"的时候，全国士民多不像样。或者"业儒"的人想借女人守节的话来鞭策男子，也不一定。但旁敲侧击，方法本嫌鬼祟，其意也太难分明，后来因此多了几个节妇，虽未可知，然而吏民将卒，却仍然无所感动。于是，"开化最早，道德第一"的中国终于归了"长生天气力里大福荫护助里"的什么"薛禅皇帝，完泽笃皇帝，曲律皇帝"了。此后，皇帝换过了几家，守节思想倒反发达。皇帝要臣子尽忠，男人便愈要女人守节。到了清朝，儒者真是愈加利害[4]。看见唐人文章里有公主改嫁的话，也不免勃然大怒道："这是什么事！你竟不为尊者讳，这还了得！"假使这唐人还活着，一定要斥革功名，"以正人心而端风俗"了。

国民将到被征服的地位，守节盛了，烈女也从此着重。因为女子既是男子所有，自己死了，不该嫁人，自己活着，自然更不许被夺。然而自己是被征服的国民，没有力量保护，没有勇气反抗了，只好别出心裁，鼓吹女人自杀。或者妻女极多的阔人、婢妾成行的富翁，乱离时候，照顾不到，一遇"逆兵"（或是"天兵"），就无法可想。只得救了自己，请别人都做烈女，变成烈女，"逆兵"便不要了。他便待事定以后，慢慢回来，称赞几句。好在男子再娶，又是天经地义，别讨女人，便都完事。因此世上遂有了"双烈合传""七姬墓志"，甚而至于钱谦益的集中，也布满了"赵节妇""钱烈女"的传记和歌颂。

---

4 现代汉语常用"厉害"。——编者注

只有自己不顾别人的民情，又是女应守节，男子却可多妻的社会造出如此畸形道德，而且日见精密苛酷，本也毫不足怪。但主张的是男子，上当的是女子。女子本身何以毫无异言呢？原来"妇者，服也"，理应服事于人。教育固可不必，连开口也都犯法。他的精神也同他体质一样，成了畸形。所以对于这畸形道德，实在无甚意见，就令有了异议，也没有发表的机会。做几首"闺中望月""园里看花"的诗，尚且怕男子骂他怀春，何况竟敢破坏这"天地间的正气"？只有说部书上，记载过几个女人，因为境遇上不愿守节，据做书的人说，可是他再嫁以后，便被前夫的鬼捉去，落了地狱，或者世人个个唾骂，做了乞丐，也竟求乞无门，终于惨苦不堪而死了！

如此情形，女子便非"服也"不可。然而男子一面，何以也不主张真理，只是一味敷衍呢？汉朝以后，言论的机关都被"业儒"垄断了[5]。宋元以来，尤其利害，我们几乎看不见一部非业儒的书，听不到一句非士人的话。除了和尚道士，奉旨可以说话的以外，其余"异端"的声音，决不能出他卧房一步。况且世人大抵受了"儒者，柔也"的影响，不述而作，最为犯忌。即使有人见到，也不肯用性命来换真理。即如失节一事，岂不知道必须男女两性才能实现。他却专责女性，至于破人节操的男子，以及造成不烈的暴徒便都含糊过去。男子究竟较女性难惹，惩罚也比表彰为难。其间虽有过几个男人，实觉于心不安，说些室女不应守志殉死的平和话，可是社会不听。再说下去，便要不容，与失节的女人一样看待。他便也只好变了"柔也"，不再开口了。所以节烈这事，到现在不生变革。

（此时，我应声明：现在鼓吹节烈派的里面，我颇有知道的人。敢说确有好人在内，居心也好。可是救世的方法是不对，要向西走了北了。但也不能因为他是好人，便竟能从正西直走到北，所以我又愿他回转身来。）

5　此处原文为"言论的机关都被'业儒'的垄断了"，疑为原文多字，故更正。——编者注其次还有疑问：

节烈难么？答道，很难。男子都知道极难，所以要表彰他。社会的公意，向来以为贞淫与否，全在女性。男子虽然诱惑了女人，却不负责任。譬如甲男引诱乙女，乙女不允，便是贞节，死了，便是烈，甲男并无恶名，社会可算淳古。倘若乙女允了，便是失节，甲男也无恶名，可是世风被乙女败坏了！别的事情，也是如此。所以历史上亡国败家的原因，每每归咎女子。胡胡涂涂[6]的代担全体的罪恶，已经三千多年了。男子既然不负责任，又不能自己反省，自然放心诱惑，文人著作反将他传为美谈。所以女子身旁几乎布满了危险，除却他自己的父兄丈夫以外，便都带点诱惑的鬼气，所以我说很难。

节烈苦么？答道，很苦。男子都知道很苦，所以要表彰他。凡人都想活，烈是必死，不必说了。节妇还要活着，精神上的惨苦，也姑且弗论。单是生活一层，已是大宗的痛楚。假使女子生计已能独立，社会也知道互助，一人还可勉强生存。不幸中国情形却正相反。所以有钱尚可，贫人便只能饿死。直到饿死以后，间或得了旌表，还要写入志书。所以各府各县志书传记类的末尾也总有几卷"烈女"。一行一人，或是一行两人，赵钱孙李，可是从来无人翻读。就是一生崇拜节烈的道德大家，若问他贵县志书里烈女门的前十名是谁，也怕不能说出。其实他是生前死后，竟与社会漠不相关的。所以我说很苦。

照这样说，不节烈便不苦么？答道，也很苦。社会公意，不节烈的女人，既然是下品，他在这社会里，是容不住的。社会上多数古人模模糊糊传下来的道理，实在无理可讲，能用历史和数目的力量挤死不合意的人。这一类无主名、无意识的杀人团里，古来不晓得死了多少人物，节烈的女子也就死在这里。不过他死后间有一回表彰写入志书。不节烈的人，便生前也要受随便什么人的唾骂、无主名的虐待。所以我说也很苦。

---

6 现代汉语常用"糊糊涂涂"。——编者注

女子自己愿意节烈么？答道，不愿。人类总有一种理想、一种希望。虽然高下不同，必须有个意义。自他两利固好，至少也得有益本身。节烈很难很苦，既不利人，又不利己。说是本人愿意，实在不合人情。所以假如遇着少年女人，诚心祝赞他将来节烈，一定发怒，或者还要受他父兄丈夫的尊拳。然而仍旧牢不可破，便是被这历史和数目的力量挤着。可是无论何人都怕这节烈，怕他竟钉到自己和亲骨肉的身上。所以我说不愿。

我依据以上的事实和理由，要断定节烈这事是：极难，极苦，不愿身受，然而不利自他，无益社会国家，于人生将来又毫无意义的行为，现在已经失了存在的生命和价值。

临了还有一层疑问：

节烈这事，现代既然失了存在的生命和价值，节烈的女人岂非白苦一番么？可以答他说，还有哀悼的价值。他们是可怜人，不幸上了历史和数目的无意识的圈套，做了无主名的牺牲。可以开一个追悼大会。

我们追悼了过去的人，还要发愿：要自己和别人都纯洁聪明勇猛向上。要除去虚伪的脸谱。要除去世上害己害人的昏迷和强暴。

我们追悼了过去的人，还要发愿：要除去于人生毫无意义的苦痛。要除去制造并赏玩别人苦痛的昏迷和强暴。

我们还要发愿：要人类都受正当的幸福。

一九一八年七月

我们现在怎样做父亲

我作这一篇文的本意，其实是想研究怎样改革家庭，又因为中国亲权重，父权更重，所以尤想对于从来认为神圣不可侵犯的父子问题发表一点意见。总而言之，只是革命要革到老子身上罢了。但何以大模大样，用了这九个字的题目呢？这有两个理由：

第一，中国的"圣人之徒"，最恨人动摇他的两样东西。一样不必说，也与我辈绝不相干；一样便是他的伦常，我辈却不免偶然发几句议论，所以株连牵扯，很得了许多"铲伦常""禽兽行"之类的恶名。他们以为父对于子，有绝对的权力和威严。若是老子说话，当然无所不可，儿子有话，却在未说之前早已错了。但祖父子孙，本来各各都只是生命的桥梁的一级，决不是固定不易的。现在的子，便是将来的父，也便是将来的祖。我知道我辈和读者，若不是现任之父，也一定是候补之父，而且也都有做祖宗的希望，所差只在一个时间。为想省却许多麻烦起见，我们便该无须客气，尽可先行占住了上风，摆出父亲的尊严，谈谈我们和我们子女的事。不但将来着手实行，可以减少困难，在中国也顺理成章，免得"圣人之徒"听了害怕，总算是一举两得之至的事了。所以说，"我们怎样做父亲"。

第二，对于家庭问题，我在《新青年》的《随感录》（二五，四〇，四九）中，曾经略略说及，总括大意，便只是从我们起，解放了后来的人。论到解放子女，本是极平常的事，当然不必有什么讨论。但中国的老年中了旧习惯旧思想的毒太深了，决定悟不过来。譬如早晨听到乌鸦叫，少年毫不介意，迷信的老人却总须颓唐半天。虽然很可怜，然而也无法可救。没有法，便只能先从觉醒的人开手，各自解放了自己的孩子。自己背着因袭的重担，肩住了黑暗的闸门，放他们到宽阔光明的地方去，此后幸福的度日、合理的做人。

还有，我曾经说，自己并非创作者，便在上海报纸的《新教训》里，挨了一顿骂。但我辈评论事情，总须先评论了自己，不要冒充，才能像一篇说话，对得起自己和别人。我自己知道，不特并非创作者，并且也不是真理的发见者。凡有所说所写，只是就平日见闻的事理里面，取了一点心以为然的道理，至于终极究竟的事，却不能知。便是对于数年以后的学说的进步和变迁，也说不出会到如何地步，单相信比现在总该还有进步还有变迁罢了。所以说，"我们现在怎样做父亲"。

我现在心以为然的道理，极其简单。便是依据生物界的现象，一，要保存生命；二，要延续这生命；三，要发展这生命（就是进化）。生物都这样做，父亲也就是这样做。

生命的价值和生命价值的高下现在可以不论，单照常识判断，便知道既是生物，第一要紧的自然是生命。因为生物之所以为生物，全在有这生命，否则失了生物的意义。生物为保存生命起见，具有种种本能，最显著的是食欲。因有食欲才摄取食品，因有食品才发生温热，保存了生命。但生物的个体总免不了老衰和死亡，为继续生命起见，又有一种本能，便是性欲。因性欲才有性交，因有性交才发生苗裔，继续了生命。所以食欲是保存自己，保存现在生命的事；性欲是保存后裔，保存永久生命的事。饮食并非罪恶，并非不净；性交也就并非罪恶，并非不净。饮食的结果，养活了自己，对于自己没有恩；性交的结果，生出子女，对于子女当然也算不了恩。前前后后，都向生命的长途走去，仅有先后的不同，分不出谁受谁的恩典。

可惜的是中国的旧见解竟与这道理完全相反。夫妇是"人伦之中"，却说是"人伦之始"；性交是常事，却认为不净；生育也是常事，却以为天大的大功。人人对于婚姻，大抵先夹带着不净的思想。亲戚朋友有许多戏谑，自己也有许多羞涩，直到生了孩子，还是躲躲闪闪，怕敢声明，独有对于孩子，却威严十足。这种行径简直可以说是和偷了钱发迹的财主不相上下了。我并不是说——如他们攻击者所意想的——人类的性交也应如别种动物，随便举行，或如无耻流氓，专做些下流举动，自鸣得意。是说，此后觉醒的人，应该先洗净了东方固有的不净思想，再纯洁明白一些，了解夫妇是伴侣，是共同劳动者，又是新生命创造者的意义。所生的子女固然是受领新生命的人，但他也不永久占领，将来还要交付子女，像他们的父母一般，只是前前后后都做一个过付的经手人罢了。

生命何以必需¹继续呢？就是因为要发展，要进化。个体既然免不了死亡，进化又毫无止境，所以只能延续着，在这进化的路上走。走这路须有一种内的努力，有如单细胞动物有内的努力，积久才会繁复，无脊椎动物有内的努力，积久才会发生脊椎。所以后起的生命，总比以前的更有意义，更近完全，因此也更有价值，更可宝贵，前者的生命应该牺牲于他。

但可惜的是，中国的旧见解又恰恰与这道理完全相反。本位应在幼者，却反在长者；置重应在将来，却反在过去。前者做了更前者的牺牲，自己无力生存，却苛责后者又来专做他的牺牲，毁灭了一切发展本身的能力。我也不是说——如他们攻击者所意想的——孙子理应终日痛打他的祖父，女儿必须时时咒骂他的亲娘。是说，此后觉醒的人，应该先洗净了东方古传的谬误思想，对于子女，义务思想须²加多，而权利思想却大可切实核减，以准备改作幼者本位

1　现代汉语常用"必须"。——编者注
2　现代汉语常用"需"。——编者注

的道德。况且幼者受了权利，也并非永久占有，将来还要对于他们的幼者仍尽义务。只是前前后后，都做一切过付的经手人罢了。

"父子间没有什么恩"这一个断语，实是招致"圣人之徒"面红耳赤的一大原因。他们的误点，便在长者本位与利己思想，权利思想很重，义务思想和责任心却很轻。以为父子关系只须"父兮生我"一件事，幼者的全部便应为长者所有。尤其堕落的是因此责望报偿，以为幼者的全部理该做长者的牺牲。殊不知自然界的安排却件件与这要求反对，我们从古以来，逆天行事，于是人的能力十分萎缩，社会的进步也就跟着停顿。我们虽不能说停顿便要灭亡，但较之进步，总是停顿与灭亡的路相近。

自然界的安排虽不免也有缺点，但结合长幼的方法，却并无错误。他并不用"恩"，却给与[3]生物以一种天性，我们称他为"爱"。动物界中除了生子数目太多，——爱不周到的如鱼类之外，总是挚爱他的幼子，不但绝无利益心情，甚或至于牺牲了自己，让他的将来的生命，去上那发展的长途。

人类也不外此，欧美家庭大抵以幼者弱者为本位，便是最合于这生物学的真理的办法。便在中国，只要心思纯白，未曾经过"圣人之徒"作践的人，也都自然而然的能发现这一种天性。例如一个村妇哺乳婴儿的时候，决不想到自己正在施恩；一个农夫娶妻的时候，也决不以为将要放债。只是有了子女，即天然相爱，愿他生存。更进一步的，便还要愿他比自己更好，就是进化。这离绝了交换关系利害关系的爱，便是人伦的索子，便是所谓"纲"。倘如旧说，抹煞了"爱"，一味说"恩"，又因此责望报偿，那便不但败坏了父子间的道德，而且也大反于做父母的实际的真情，播下乖剌的种子。有人做了乐府，说是"劝孝"，大意是什么"儿子上学堂，母亲在家磨

3　现代汉语常用"给予"。——编者注

杏仁，预备回来给他喝，你还不孝么"之类，自以为"拼命卫道"。殊不知富翁的杏酪和穷人的豆浆，在爱情上价值同等，而其价值却正在父母当时并无求报的心思，否则变成买卖行为，虽然喝了杏酪，也不异"人乳喂猪"，无非要猪肉肥美，在人伦道德上丝毫没有价值了。

所以我现在心以为然的，便只是"爱"。

无论何国何人，大都承认"爱己"是一件应当的事。这便是保存生命的要义，也就是继续生命的根基。因为将来的运命早在现在决定，故父母的缺点，便是子孙灭亡的伏线、生命的危机。易卜生做的《群鬼》（有潘家洵君译本，载在《新潮》一卷五号）虽然重在男女问题，但我们也可以看出遗传的可怕。欧士华本是要生活、能创作的人，因为父亲的不检，先天得了病毒，中途不能做人了。他又很爱母亲，不忍劳他服侍，便藏着吗啡，想待发作时候，由使女瑞琴帮他吃下，毒杀了自己，可是瑞琴走了。他于是只好托他母亲了。

> 欧："母亲，现在应该你帮我的忙了。"
>
> 阿夫人："我吗？"
>
> 欧："谁能及得上你。"
>
> 阿夫人："我！你的母亲！"
>
> 欧："正为那个。"
>
> 阿夫人："我，生你的人！"
>
> 欧："我不曾教你生我。并且给我的是一种什么日子？
>
> 　我不要他！你拿回去罢！"

这一段描写，实在是我们做父亲的人应该震惊戒惧佩服的，决不能昧了良心，说儿子理应受罪。这种事情，中国也很多，只要在医院做事，便能时时看见先天梅毒性病儿的惨状，而且傲然的送来的，又大抵是他的父母。但可怕的遗传，并不只是梅毒，另外许多精神上体质上的缺点，也可以传之子孙，而且久而久之，连社会都蒙着影响。我们且不高谈人群，单为子女说，便可以说凡是不爱己的人，实在欠缺做父亲的资格。就令硬做了父亲，也不过如古代的草寇称王一般，万万算不了正统。将来学问发达、社会改造时，他们侥幸留下的苗裔，恐怕总不免要受善种学（Eugenics）者的处置。

倘若现在父母并没有将什么精神上体质上的缺点交给子女，又不遇意外的事，子女便当然健康，总算已经达到了继续生命的目的。但父母的责任还没有完，因为生命虽然继续了，却是停顿不得，所以还须教这新生命去发展。凡动物较高等的，对于幼雏，除了养育保护以外，往往还教他们生存上必需的本领。例如飞禽便教飞翔，鸷兽便教搏击。人类更高几等，便也有愿意子孙更进一层的天性。这也是爱，上文所说的是对于现在，这是对于将来。只要思想未遭锢蔽的人，谁也喜欢子女比自己更强、更健康、更聪明高尚、更幸福，就是超越了自己，超越了过去。超越便须改变，所以子孙对于祖先的事应该改变，"三年无改于父之道可谓孝矣"，当然是曲说，是退婴的病根。假使古代的单细胞动物，也遵着这教训，那便永远不敢分裂繁复，世界上再也不会有人类了。

幸而这一类教训，虽然害过许多人，却还未能完全扫尽了一切人的天性。没有读过"圣贤书"的人，还能将这天性在名教的斧钺底下时时流露，时时萌蘖，这便是中国人虽然凋落萎缩，却未灭绝的原因。

所以觉醒的人，此后应将这天性的爱更加扩张，更加醇化，用无我的爱，自己牺牲于后起新人。开宗第一，便是理解。往昔的欧人对于孩子的误解，是以为成人的预备；中国人的误解，是以为缩小的成人。直到近来，经过许多学者的研究，才知道孩子的世界与成人截然不同，倘不先行理解，一味蛮做，便大碍于孩子的发达。所以一切设施都应该以孩子为本位，日本近来，觉悟的也很不少，对于儿童的设施，研究儿童的事业，都非常兴盛了。第二，便是指导。时势既有改变，生活也必须进化，所以后起的人物，一定尤异于前，决不能用同一模型，无理嵌定。长者须是指导者协商者，却不该是命令者。不但不该责幼者供奉自己，而且还须用全副精神，专为他们自己，养成他们有耐劳作的体力、纯洁高尚的道德、广博自由能容纳新潮流的精神，也就是能在世界新潮流中游泳，不被淹没的力量。第三，便是解放。子女是即我非我的人，但既已分立，也便是人类中的人。因为即我，所以更应该尽教育的义务，交给他们自立的能力。因为非我，所以也应同时解放，全部为他们自己所有，成一个独立的人。

　　这样，便是父母对于子女，应该健全的产生，尽力的教育，完全的解放。

　　但有人会怕，仿佛父母从此以后，一无所有，无聊之极了。这种空虚的恐怖和无聊的感想，也即从谬误的旧思想发生，倘明白了生物学的真理，自然便会消灭。但要做解放子女的父母，也应预备一种能力。便是自己虽然已经带着过去的色采[4]，却不失独立的本领和精神，有广博的趣味、高尚的娱乐。要幸福么？连你的将来的生命都幸福了。要"返老还童"，要"老复丁"么？子女便是"复丁"，都已独立而且更好了。这才是完了长者的任务，得了人生的慰安。倘若思想本领样样照旧，专以"勃谿"为业，行辈自豪，那便自然免不了空虚无聊的苦痛。

　　或者又怕，解放之后，父子间要疏隔了。欧美的家庭，专制不及中国，早已大家知道。往者虽有人比之禽兽，现在却连"卫道"的圣徒，也曾替他们辩护，说并无"逆子叛弟"了。因此可知，惟其解放，所以相亲；惟其没有"拘挛"子弟的父兄，所以也没有反抗"拘挛"的

4　现代汉语常用"色彩"。——编者注

"逆子叛弟"。若威逼利诱，便无论如何，决不能有"万年有道之长"。例便如我中国，汉有举孝，唐有孝悌力田科，清末也还有孝廉方正，都能换到官做。父恩谕之于先，皇恩施之于后，然而割股的人物，究属寥寥。足可证明中国的旧学说旧手段，实在从古以来，并无良效，无非使坏人增长些虚伪，好人无端的多受些人我都无利益的苦痛罢了。

独有"爱"是真的。路粹引孔融说："父之于子，当有何亲？论其本意，实为情欲发耳。子之于母，亦复奚为，譬如寄物瓶中，出则离矣。"（汉末的孔府上，很出过几个有特色的奇人，不像现在这般冷落，这话也许确是北海先生所说，只是攻击他的偏是路粹和曹操，教人发笑罢了）虽然也是一种对于旧说的打击，但实于事理不合。因为父母生了子女，同时又有天性的爱，这爱又很深广很长久，不会即离。现在世界没有大同，相爱还有差等，子女对于父母，也便最爱、最关切，不会即离。所以疏隔一层，不劳多虑。至于一种例外的人，或者非爱所能钩连[5]。但若爱力尚且不能钩连，那便任凭什么"恩威、名分、天经、地义"之类，更是钩连不住。

或者又怕解放之后长者要吃苦了。这事可分两层：第一，中国的社会，虽说"道德好"，实际却太缺乏相爱相助的心思。便是"孝""烈"这类道德，也都是旁人毫不负责，一味收拾幼者弱者的方法。在这样社会中，不独老者难于生活，即解放的幼者也难于生活。第二，中国的男女，大抵未老先衰，甚至不到二十岁，早已老态可掬，待到真实衰老，便更须别人扶持。所以我说，解放子女的父母，应该先有一番预备。而对于如此社会，尤应该改造，使他能适于合理的生活。许多人预备着，改造着，久而久之，自然可望实现了。单就别国的往时而言，斯宾塞未曾结婚，不闻他侘傺无聊，瓦特早没有了子女，也居然"寿终正寝"，何况在将来，更何况有儿女的人呢？

5　现代汉语常用"勾连"。——编者注

　　或者又怕，解放之后，子女要吃苦了。这事也有两层，全如上文所说，不过一是因为老而无能，一是因为少不更事罢了。因此觉醒的人，愈觉有改造社会的任务。中国相传的成法，谬误很多：一种是锢闭，以为可以与社会隔离，不受影响。一种是教给他恶本领，以为如此才能在社会中生活。用这类方法的长者，虽然也含有继续生命的好意，但比照事理，却决定谬误。此外还有一种，是传授些周旋方法，教他们顺应社会。这与数年前讲"实用主义"的人，因为市上有假洋钱，便要在学校里遍教学生看洋钱的法子之类，同一错误。社会虽然不能不偶然顺应，但决不是正当办法。因为社会不良，恶现象便很多，势不能一一顺应。倘都顺应了，又违反了合理的生活，倒走了进化的路。所以根本方法，只有改良社会。

　　就实际上说，中国旧理想的家族关系父子关系之类，其实早已崩溃。这也非"于今为烈"，正是"在昔已然"。历来都竭力表彰"五世同堂"，便足见实际上同居的为难；拼命的劝孝，也足见事实上孝子的缺少。而其原因，便全在一意提倡虚伪道德，蔑视了真的人情。我们试一翻大族的家谱，便知道始迁祖宗大抵是单身迁居，成家立业。一到聚族而居，家谱出版，却已在零落的中途了。况在将来，迷信破了，便没有哭竹、卧冰。医学发达了，也不必尝秽、割股。又因为经济关系，结婚不得不迟，生育因此也迟，或者子女才能自存，父母已经衰落，不及依赖他们供养，事实上也就是父母反尽了义务。世界潮流逼拶着，这样做的可以生存，不然的便都衰落，无非觉醒者多，加些人力，便危机可望较少就是了。

　　但既如上言，中国家庭实际久已崩溃，并不如"圣人之徒"纸上的空谈，则何以至今依然如故，一无进步呢？这事很容易解答。第一，崩溃者自崩溃，纠缠者自纠缠，设立者又自设立，毫无戒心，也不想到改革，所以如故。第二，以前的家庭中间，本来常有勃豀，到了新名词流行之后，便都改称"革命"，然而其实也仍是讨嫖钱，至于相骂，要赌本至于相打之类，与觉醒者的改革截然两途。这一类自称"革命"的勃豀子弟，纯属旧式，待到自己有了子女，也决不解放。或者毫不管理，或者反要寻出《孝经》，勒令诵读，想他们"学于古训"，都做牺牲。这只能全归旧道德旧习惯旧方法负责，生物学的真理决不能妄任其咎。

既如上言，生物为要进化，应该继续生命，那便"不孝有三，无后为大"，三妻四妾，也极合理了。这事也很容易解答。人类因为无后，绝了将来的生命，虽然不幸，但若用不正当的方法手段苟延生命而害及人群，便该比一人无后，尤其"不孝"。因为现在的社会，一夫一妻制最为合理，而多妻主义实能使人群堕落。堕落近于退化，与继续生命的目的，恰恰完全相反。无后只是灭绝了自己，退化状态的有后，便会毁到他人。人类总有些为他人牺牲自己的精神，而况生物自发生以来，交互关联，一人的血统大抵总与他人有多少关系，不会完全灭绝，所以生物学的真理决非多妻主义的护符。

总而言之，觉醒的父母，完全应该是义务的、利他的、牺牲的、很不易做，而在中国尤不易做。中国觉醒的人，为想随顺长者解放幼者，便须一面清结旧账，一面开辟新路。就是开首所说的"自己背着因袭的重担，肩住了黑暗的闸门，放他们到宽阔光明的地方去，此后幸福的度日，合理的做人。"这是一件极伟大的要紧的事，也是一件极困苦艰难的事。

但世间又有一类长者，不但不肯解放子女，并且不准子女解放他们自己的子女，就是并要孙子曾孙都做无谓的牺牲，这也是一个问题。而我是愿意平和的人，所以对于这问题，现在不能解答。

一九一九年十月

宋民间之所谓小说及其后来

　　宋代行于民间的小说，与历来史家所著录者很不同，当时并非文辞，而为属于技艺的"说话"之一种。

　　说话者，未详始于何时，但据故书，可以知道唐时则已有。段成式（《酉阳杂俎续集》四《贬误》）云：

　　"予太和末因弟生日观杂戏，有市人小说，呼扁鹊作褊鹊字，上声。予令任道昇字正之。市人言'二十年前尝于上都斋会设此，有一秀才甚赏某呼扁字与褊同声，云世人皆误。'"

　　其详细虽难晓，但因此已足以推见数端：一小说为杂戏中之一种，二由于市人之口述，三在庆祝及斋会时用之。而郎瑛（《七修类藁[1]》二十二）所谓"小说起宋仁宗，盖时太平盛久，国家闲暇，日欲进一奇怪之事以娱之，故小说'得胜头回'之后，即云话说赵宋某年"者，亦即由此分明证实，不过一种无稽之谈罢了。

　　到宋朝，小说的情形乃始比较的可以知道详细。孟元老在南渡之后，追怀汴梁盛况，作《东京梦华录》，于"京瓦技艺"条下有当时说话的分目，为小说、合生、说诨话[2]、说三分、说《五代史》等。而操此等职业者则称为"说话人"。

　　高宗既定都临安，更历孝光两朝，汴梁式的文物渐已遍满都下，伎艺人也一律完备了。关于说话的记载，在故书中也更详尽，端平年间的著作有灌园耐得翁《都城纪胜》，元初的著作有吴自牧《梦粱录》及周密《武林旧事》，都更详细的有说话的分科：

1　即"七修类稿"。——编者注
2　现代汉语常用"浑话"。——编者注

《都城纪胜》

说话有四家：

一者小说，谓之银字儿，如烟粉灵怪传奇；说公案，皆是搏刀赶棒及发迹变态之事；说铁骑儿，谓士马金鼓之事。

说经，谓演说佛书；说参请，谓宾主参禅悟道等事。

讲史书，讲说前代书史文传兴废争战之事……

合生，与起令随令相似，各占一事。

《梦粱录》（二十）

说话者，谓之舌辩，虽有四家数，各有门庭：

且小说，名银字儿，如烟粉灵怪传奇；公案，朴刀杆棒发发踪参（案此四字当有误）之事……谈论古今，如水之流。

谈经者，谓演说佛书；说参请者，谓宾主参禅悟道等事……又有说诨经者。

讲史书者，谓讲说《通鉴》汉唐历代书史文传兴废争战之事。

合生，与起今随今相似，各占一事也。

但周密所记者又小异，为演史、说经诨经、小说、说诨话，而无合生。唐中宗时，武平一上书言"比来妖伎胡人，街童市子，或言妃主情貌，或列王公名贤，咏歌蹈舞，号曰合生。"（《新唐书》一百十九）则合生实始于唐，且用诨词戏谑，或者也就是说诨话，惟至宋当又稍有迁变，今未详。起今随今之"今"，《都城纪胜》作"令"，明抄本《说郛》中之《古杭梦游录》又作起令随合，何者为是，亦未详。

据耐得翁及吴自牧说，是说话之一科的小说，又因内容之不同而分为三子目：

1. 银字儿　所说者为烟粉（烟花粉黛）、灵怪（神仙鬼怪）、传奇（离合悲欢）等。

2. 说公案　所说者为搏刀赶棒（拳勇）、发迹变态（遇合）之事。

3. 说铁骑儿　所说者为士马金鼓（战争）之事。

惟有小说，是说话中最难的一科，所以说话人"最畏小说，盖小说者，能讲一朝一代故事，顷刻间提破"（《都城纪胜》云。《梦粱录》同，惟"提破"作"捏合"），非同讲史，易于铺张，而且又须有"谈论古今，如水之流"的口辩。然而在临安也不乏讲小说的高手，吴自牧所记有谭淡子等六人，周密所记有蔡和等五十二人，其中也有女流，如陈郎娘枣儿、史蕙英。

临安的文士佛徒多有集会，瓦舍的技艺人也多有，其主意大约是在于磨练[3]技术的。小说专家所立的社会，名曰雄辩社。（《武林旧事》三）

元人杂剧虽然早经销歇，但尚有流传的曲本，来示人以大概的情形。宋人的小说也一样，也幸而借了"话本"偶有留遗，使现在还可以约略想见当时瓦舍中说话的模样。

其话本曰《京本通俗小说》，全书不知凡几卷，现在所见的只有残本，经江阴缪氏影刻，是卷十至十六的七卷，先曾单行，后来就收在《烟画东堂小品》之内了。还有一卷是叙金海陵王的秽行的，或者因为文笔过于碍眼了罢，缪氏没有刻，然而仍有郎园的改换名目的排印本。郎园是长沙叶德辉的园名。

刻本七卷中所收小说的篇目以及故事发生的年代如下列：

卷十　　碾玉观音　　　　"绍兴年间。"

十一　　菩萨蛮　　　　　"大宋高宗绍兴年间。"

十二　　西山一窟鬼　　　"绍兴十年间。"

十三　　志诚张主管　　　无年代，但云东京汴州开封事。

3　现代汉语常用"磨炼"。——编者注

十四　拗相公　　　　　　"先朝。"

十五　错斩崔宁　　　　　"高宗时。"

十六　冯玉梅团圆　　　　"建炎四年。"

每题俱是一全篇，自为起讫，并不相联贯[4]。钱曾《也是园书目》（十）著录的"宋人词话"十六种中，有《错斩崔宁》与《冯玉梅团圆》两种，可知旧刻又有单篇本，而《通俗小说》即是若干单篇本的结集，并非一手所成。至于所说故事发生的时代，则多在南宋之初，北宋已少，何况汉唐。又可知小说取材，须在近时，因为演说古事，范围即属讲史，虽说小说家亦复"谈论古今，如水之流"，但其谈古当是引证及装点，而非小说的本文。如《拗相公》开首虽说王莽，但主意却只在引出王安石，即其例。

七篇中开首即入正文者只有《菩萨蛮》，其余六篇则当讲说之前，俱先引诗词或别的事实，就是"先引下一个故事来，权做个'得胜头回'"。（本书十五）"头回"当即冒头的一回之意，"得胜"是吉语，瓦舍为军民所聚，自然也不免以利市语说之，未必因为进御才如此。

"得胜头回"略有定法，可说者凡四：

1. 以略相关涉的诗词引起本文。　如卷十用《春词》十一首引起延安郡王游春；卷十二用士人沈文述的词逐句解释，引起遇鬼的士人皆是。

2. 以相类之事引起本文。　如卷十四以王莽引起王安石是。

3. 以较逊之事引起本文。　如卷十五以魏生因戏言落职，引起刘贵因戏言遇大祸；卷十六以"交互姻缘"转入"双镜重圆"而"有关风化，到还胜似几倍"皆是。

4. 以相反之事引起本文。　如卷十三以王处厚照镜见白发的词

4　现代汉语常用"连贯"。——编者注

有知足之意，引起不伏老的张士廉以晚年娶妻破家是。

而这四种定法，也就牢笼了后来的许多拟作了。

在日本还传有中国旧刻的《大唐三藏取经记》三卷，共十七章，章必有诗。别一小本则题曰《大唐三藏取经诗话》。《也是园书目》将《错斩崔宁》及《冯玉梅团圆》归入"宋人词话"门，或者此类话本，有时亦称词话，就是小说的别名。《通俗小说》每篇引用诗词之多，实远过于讲史（《五代史平话》《三国志传》《水浒传》等），开篇引首，中间铺叙与证明，临末断结咏叹，无不征引诗词，似乎此举也就是小说的一样必要条件。引诗为证，在中国本是起源很古的，汉韩婴的《诗外传》，刘向的《列女传》，皆早经引《诗》以证杂说及故事，但未必与宋小说直接相关，只是"借古语以为重"的精神，则虽说汉之与宋，学士之与市人，时候学问，皆极相违，而实有一致的处所。唐人小说中也多半有诗，即使妖魔鬼怪，也每能互相酬和，或者做几句即兴诗，此等风雅举动，则与宋市人小说不无关涉，但因为宋小说多是市井间事，人物少有物魅及诗人，于是自不得不由吟咏而变为引证，使事状虽殊，而诗气不脱。吴自牧记讲史高手，为"讲得字真不俗，记问渊源甚广"（《梦粱录》二十），即可移来解释小说之所以多用诗词的缘故的。

由上文推断，则宋市人小说的必要条件大约有三：

1. 须讲近世事；
2. 什九须有"得胜头回"；
3. 须引证诗词。

宋民间之所谓小说的话本，除《京本通俗小说》之外，今尚未见有第二种。《大唐三藏取经诗话》是极拙的拟话本，并且应属于讲史。《大宋宣和遗事》钱曾虽列入"宋人词话"中，而其实也是拟作的讲史，惟因其系钞撮十种书籍而成，所以也许含有小说分子在内。

　　然而在《通俗小说》未经翻刻以前，宋代的市人小说也未尝断绝，他间或改了名目，夹杂着后人拟作而流传。那些拟作则大抵出于明朝人，似宋人话本当时留存尚多，所以拟作的精神形式虽然也有变更，而大体仍然无异。

　　以下是所知道的几部书：

　　1.《喻世明言》。未见。

　　2.《警世通言》。未见。王士禛云："《警世通言》有《拗相公》一篇，述王安石罢相归金陵事，极快人意，乃因卢多逊谪岭南事而稍附益之。"（《香祖笔记》十）《拗相公》见《通俗小说》卷十四，是《通言》必含有宋市人小说。

　　3.《醒世恒言》。四十卷，共三十九事，不题作者姓名。前有天启丁卯（1627）陇西可一居士序云，"六经国史而外，凡著述皆小说也，而尚理或病于艰深，修词[5]或伤于藻绘，则不足以触里耳而振恒心，此《醒世恒言》所以继《明言》《通言》而作也……"因知三言之内，最后出的是《恒言》。所说者汉二事，隋三事，唐八事，宋十一事，明十五事。其中隋唐故事，多采自唐人小说，故唐人小说在元既已侵入杂剧及传奇，至明又侵入了话本。然而悬想古事，不易了然，所以逊于叙述明朝故事的十余篇远甚了。宋事有三篇像拟作，七篇（《卖油郎独占花魁》《灌园叟晚逢仙女》《乔太守乱点鸳鸯谱》《勘皮鞋单证二郎神》《闹樊楼多情周胜仙》《吴衙内邻舟赴约》《郑节使立功神臂弓》）疑出自宋人话本，而一篇（《十五贯戏言成巧祸》）则即是《通俗小说》卷十五的《错斩崔宁》。

　　松禅老人序《今古奇观》云："墨憨斋增补《平妖》，穷工极变，不失本来……至所纂《喻世》《醒世》《警世》三言，极摹人情世态之歧，备写悲欢离合之致……"是纂三言与补《平妖》者为一人。明

5　现代汉语常用"修辞"。——编者注

本《三遂平妖传》有张无咎序，云"兹刻回数倍前，盖吾友龙子犹所补也。"而首叶[6]则题"冯犹龙先生增定"。可知三言亦冯犹龙作，而龙子犹乃其游戏笔墨时的隐名。

冯犹龙名梦龙，长洲人（《曲品》作吴县人），由贡生拔授寿宁知县，有《七乐斋稿》，然而朱彝尊以为"善为启颜之辞，时入打油之调，不得为诗家"（《明诗综》七十一）。盖冯犹龙所擅长的是词曲，既作《双雄记传奇》，又刻《墨憨斋传奇定本十种》，多取时人名曲，再加删订，颇为当时所称，而其中的《万事足》《风流梦》《新灌园》是自作。他又极有意于稗说，所以在小说则纂《喻世》《警世》《醒世》三言，在讲史则增补《三遂平妖传》。

4.《拍案惊奇》。三十六卷，每卷一事，唐六、宋六、元四、明二十。前有即空观主人序云："龙子犹氏所辑《喻世》等书，颇存雅道，时著良规，复取古今来杂碎事，可新听睹，佐谈谐者，演而畅之，得若干卷……"则仿佛此书也是冯犹龙作。然而叙述平板，引证贫辛，"头回"与正文"捏合"不灵，有时如两大段，冯犹龙是"文苑之滑稽"，似乎不至于此。同时的松禅老人也不信，故其序《今古奇观》，于叙墨憨斋编纂三言之下，则云"即空观主人壶矢代兴，爰有《拍案惊奇》之刻，颇费搜获，足供谈塵"了。

5.《今古奇观》。四十卷，每卷一事。这是一部选本，有姑苏松禅老人序，云是抱瓮老人由《喻世》《醒世》《警世》三言及《拍案惊奇》中选刻而成。所选的出于《醒世恒言》者十一篇（第一、二、七、八、十五、十六、十七、二十五、二十六、二十七、二十八回），疑为宋人旧话本之《卖油郎》《灌园叟》《乔太守》在内，而《十五贯》落了选。出于《拍案惊奇》者七篇（第九、十、十八、二十九、三十七、三十九、四十回）。其余二十二篇，当然是出于《喻世明言》及《警世通言》的了，所以现在借了易得的《今古奇观》，还可以推见那希觏的《明言》《通言》的大概。其中还有比汉更古的故事，如俞伯牙，庄子休及羊角哀皆是。但所选并不定佳，大约因为两篇的题目须字字相对，所以去取之间，也就很受了束缚了。

6.《今古奇闻》。二十二卷，每卷一事。前署东壁山房主人编次，也不知是何人。书中提及"发逆"，则当是清咸丰或同治初年的著作。日本有翻刻，王寅（字冶梅）到日本去卖画，又翻回中国来，有光绪十七年序，现在印行的都出于此本。这也是一部选集，其中取《醒世恒言》者四篇（卷一、二、六、十八），《十五贯》也在内，可惜删落了"得胜头回"，取《西湖佳话》者一篇（卷十），余未详，篇末多有自怡轩主人评语，大约是别一种小说的话本，然而笔墨拙涩，尚且及不到《拍案惊奇》。

7.《续今古奇观》。三十卷，每卷一回。无编者名，亦无印行年月，然大约当在同治末或光绪初。同治七年，江苏巡抚丁日昌严禁淫词小说，《拍案惊奇》也在内，想来其时市上遂难得，于是《拍案惊奇》即小加删改，化为《续今古奇观》而出，依然流行世间。但除去了《今古奇观》所已采的七篇，而加上《今古奇闻》中的一篇（《康友仁轻财重义得科名》），改立题目，以足三十卷的整数。

此外，明人拟作的小说也还有，如杭人周楫的《西湖二集》三十四卷，东鲁古狂生的《醉醒石》十五卷皆是。但都与几经选刻，辗转流传的本子无关，故不复论。

一九二三年十一月

娜拉走后怎样

——一九二三年十二月二十六日在北京女子高等师范学校文艺会讲

我今天要讲的是"娜拉走后怎样"。

易卜生是十九世纪后半的瑙威[1]的一个文人。他的著作，除了几十首诗之外，其余都是剧本。这些剧本里面，有一时期是大抵含有社会问题的，世间也称作"社会剧"，其中有一篇就是《娜拉》。

《娜拉》一名 Ein Puppenheim，中国译作《傀儡家庭[2]》。但 Puppe 不单是牵线的傀儡，孩子抱着玩的人形[3]也是。引申开去，别人怎么指挥，他便怎么做的人也是。娜拉当初是满足地生活在所谓幸福的家庭里的，但是她竟觉悟了：自己是丈夫的傀儡，孩子们又是她的傀儡。她于是走了，只听得关门声，接着就是闭幕。这想来大家都知道，不必细说了。

娜拉要怎样才不走呢？或者说易卜生自己有解答，就是 *Die Frau vom Meer*，《海的女人》，中国有人译作《海上夫人》的。这女人是已经结婚的了，然而先前有一个爱人在海的彼岸，一日突然寻来，叫她一同去。她便告知她的丈夫，要和那外来人会面。临末，她的丈夫说："现在放你完全自由，（走与不走）你能够自己选择，并且还要自己负责任。"于是什么事全都改变，她就不走了。这样看来，娜拉倘也得到这样的自由，或者也便可以安住。

但娜拉毕竟是走了的。走了以后怎样？易卜生并无解答，而且他已经死了，即使不死，他也不负解答的责任。因为易卜生是在做

诗，不是为社会提出问题来而且代为解答。就如黄莺一样，因为他自己要歌唱，所以他歌唱，不是要唱给人们听得有趣、有益。易卜生是很不通世故的，相传在许多妇女们一同招待他的筵宴上，代表者起来致谢他作了《傀儡家庭》，将女性的自觉、解放这些事给人心以新的启示的时候，他却答道："我写那篇却并不是这意思，我不过是做诗 [4]。"

娜拉走后怎样？别人可是也发表过意见的。一个英国人曾作一篇戏剧，说一个新式的女子走出家庭，再也没有路走，终于堕落，进了妓院了。还有一个中国人——我称他什么呢？上海的文学家罢——说他所见的《娜拉》是和现译本不同，娜拉终于回来了。这样的本子可惜没有第二人看见，除非是易卜生自己寄给他的。但从事理上推想起来，娜拉或者也实在只有两条路：不是堕落，就是回来。因为如果是一匹 [5] 小鸟，则笼子里固然不自由，而一出笼门，外面便又有鹰，有猫，以及别的什么东西之类。倘使已经关得麻痹了翅子，忘却了飞翔，也诚然是无路可以走。还有一条，就是饿死了，但饿死已经离开了生活，更无所谓问题，所以也不是什么路。

人生最苦痛的是梦醒了无路可以走。做梦的人是幸福的，倘没有看出可走的路，最要紧的是不要去惊醒他。你看，唐朝的诗人李贺，不是困顿了一世的么？而他临死的时候，却对他的母亲说："阿妈，上帝造成了白玉楼，叫我做文章落成去了。"这岂非明明是一个诳、一个梦？然而一个小的和一个老的，一个死的和一个活的，死的高兴地死去，活的放心地活着。说诳和做梦，在这些时候便见得伟大。所以我想，假使寻不出路，我们所要的倒是梦。

但是，万不可做将来的梦。阿尔志跋绥夫曾经借了他所做的小

4　现代汉语常用"作诗"。——编者注
5　现代汉语常用"只"。——编者注

说，质问过梦想将来的黄金世界的理想家，因为要造那世界，先唤起许多人们来受苦。他说："你们将黄金世界预约给他们的子孙了，可是有什么给他们自己呢？"有是有的，就是将来的希望。但代价也太大了，为了这希望，要使人练敏了感觉来更深切地感到自己的苦痛，叫起灵魂来目睹他自己的腐烂的尸骸。惟有说诳和做梦，这些时候便见得伟大。所以我想，假使寻不出路，我们所要的就是梦，但不要将来的梦，只要目前的梦。

然而娜拉既然醒了，是很不容易回到梦境的，因此只得走。可是走了以后，有时却也免不掉堕落或回来。否则，就得问：她除了觉醒的心以外，还带了什么去？倘只有一条像诸君一样的紫红的绒绳的围巾，那可是无论宽到二尺或三尺，也完全是不中用。她还须更富有，提包里有准备，直白地说，就是要有钱。

梦是好的，否则，钱是要紧的。

钱这个字很难听，或者要被高尚的君子们所非笑，但我总觉得人们的议论是不但昨天和今天，即使饭前和饭后，也往往有些差别。凡承认饭需钱买，而以说钱为卑鄙者，倘能按一按他的胃，那里面怕总还有鱼肉没有消化完，须得饿他一天之后，再来听他发议论。

所以为娜拉计，钱——高雅的说罢，就是经济，是最要紧的了。自由固不是钱所能买到的，但能够为钱而卖掉。人类有一个大缺点，就是常常要饥饿。为补救这缺点起见，为准备不做傀儡起见，在目下的社会里，经济权就见得最要紧了。第一，在家应该先获得男女平均的分配；第二，在社会应该获得男女相等的势力。可惜我不知道这权柄如何取得，单知道仍然要战斗，或者也许比要求参政权更要用剧烈的战斗。

要求经济权固然是很平凡的事，然而也许比要求高尚的参政权以及博大的女子解放之类更烦难[6]。天下事尽有小作为比大作为更烦难的。譬如现在似的冬天，我们只有这一件棉袄，然而必须救助一个将要冻死的苦人，否则便须坐在菩提树下冥想普度一切人类的方法去。普度一切人类和救活一人，大小实在相去太远了，然而倘叫我挑选，我就立刻到菩提树下去坐着，因为免得脱下唯一的棉袄来冻杀自己。所以在家里说要参政权，是不至于大遭反对的，一说到经济的平均分配，或不免面前就遇见敌人，这就当然要有剧烈的战斗。

战斗不算好事情，我们也不能责成人人都是战士，那么，平和的方法也就可贵了，这就是将来利用了亲权来解放自己的子女。中国的亲权是无上的，那时候，就可以将财产平匀[7]地分配子女们，使他们平和而没有冲突地都得到相等的经济权，此后或者去读书，或者去生发，或者为自己去享用，或者为社会去做事，或者去花完，都请便，自己负责任。这虽然也是颇远的梦，可是比黄金世界的梦近得不少了。但第一需要记性。记性不佳，是有益于己而有害于子孙的。人们因为能忘却，所以自己能渐渐地脱离了受过的苦痛，也因为能忘却，所以往往照样地再犯前人的错误。被虐待的儿媳做了婆婆，仍然虐待儿媳；嫌恶学生的官吏，每是先前痛骂官吏的学生；现在压迫子女的，有时也就是十年前的家庭革命者。这也许与年龄和地位都有关系罢，但记性不佳也是一个很大的原因。救济法就是各人去买一本 note-book 来，将自己现在的思想举动都记上，作为将来年龄和地位都改变了之后的参考。假如憎恶孩子要到公园去的时候，取来一翻，看见上面有一条道，"我想到中央公园去"，那就即刻心平气和了。别的事也一样。

世间有一种无赖精神，那要义就是韧性。听说拳匪乱后，天津

6　现代汉语常用"繁难"。——编者注
7　现代汉语常用"平均"。——编者注

的青皮，就是所谓无赖者很跋扈，譬如给人搬一件行李，他就要两元，对他说这行李小，他说要两元，对他说道路近，他说要两元，对他说不要搬了，他说也仍然要两元。青皮固然是不足为法的，而那韧性却大可以佩服。要求经济权也一样，有人说这事情太陈腐了，就答道要经济权；说是太卑鄙了，就答道要经济权；说是经济制度就要改变了，用不着再操心，也仍然答道要经济权。

其实，在现在，一个娜拉的出走，或者也许不至于感到困难的，因为这人物很特别，举动也新鲜，能得到若干人们的同情，帮助着生活。生活在人们的同情之下，已经是不自由了，然而倘有一百个娜拉出走，便连同情也减少，有一千一万个出走，就得到厌恶了，断不如自己握着经济权之为可靠。

在经济方面得到自由，就不是傀儡了么？也还是傀儡。无非被人所牵的事可以减少，而自己能牵的傀儡可以增多罢了。因为在现在的社会里，不但女人常作[8]男人的傀儡，就是男人和男人，女人和女人，也相互地作傀儡，男人也常作女人的傀儡，这决不是几个女人取得经济权所能救的。但人不能饿着静候理想世界的到来，至少也得留一点残喘，正如涸辙之鲋，急谋升斗之水一样，就要这较为切近的经济权，一面再想别的法。

如果经济制度竟改革了，那上文当然完全是废话。

然而上文，是又将娜拉当作一个普通的人物而说的，假使她很特别，自己情愿闯出去做牺牲，那就又另是一回事。我们无权去劝诱人做牺牲，也无权去阻止人做牺牲。况且世上也尽有乐于牺牲，乐于受苦的人物。欧洲有一个传说，耶稣去钉十字架时，休息在 Ahasvar 的檐下，Ahasvar 不准他，于是被下了咒诅[9]，使他永世不

8　现代汉语常用"做"。——编者注
9　此处原文为"于是被了咒诅"，疑为原文缺字，故更正。"咒诅"，现代汉语常用"诅咒"。——编者注

得休息，直到末日裁判的时候。Ahasvar 从此就歇不下，只是走，现在还在走。走是苦的，安息是乐的，他何以不安息呢？虽说背着咒诅，可是大约总该是觉得走比安息还适意，所以始终狂走的罢。

只是这牺牲的适意是属于自己的，与志士们之所谓为社会者无涉。群众——尤其是中国的——永远是戏剧的看客。牺牲上场，如果显得慷慨，他们就看了悲壮剧；如果显得觳觫，他们就看了滑稽剧。北京的羊肉铺前常有几个人张着嘴看剥羊，仿佛颇愉快，人的牺牲能给与他们的益处，也不过如此。而况事后走不几步，他们并这一点愉快也就忘却了。

对于这样的群众没有法，只好使他们无戏可看倒是疗救，正无需乎震骇一时的牺牲，不如深沉的韧性的战斗。

可惜中国太难改变了，即使搬动一张桌子，改装一个火炉，几乎也要血。而且即使有了血，也未必一定能搬动，能改装。不是很大的鞭子打在背上，中国自己是不肯动弹的。我想这鞭子总要来，好坏是别一问题，然而总要打到的。但是从那里[10]来，怎么地来，我也是不能确切地知道。

我这讲演也就此完结了。

---

10 现代汉语常用"哪里"。——编者注

未有天才之前

——一九二四年一月十七日在北京师范大学附属中学校友会讲

　　我自己觉得我的讲话不能使诸君有益或者有趣，因为我实在不知道什么事，但推托拖延得太长久了，所以终于不能不到这里来说几句。

　　我看现在许多人对于文艺界的要求的呼声之中，要求天才的产生也可以算是很盛大的了，这显然可以反证两件事：一是中国现在没有一个天才，二是大家对于现在的艺术的厌薄。天才究竟有没有？也许有着罢，然而我们和别人都没有见。倘使据了见闻，就可以说没有。不但天才，还有使天才得以生长的民众。

　　天才并不是自生自长在深林荒野里的怪物，是由可以使天才生长的民众产生，长育出来的，所以没有这种民众，就没有天才。有一回拿破仑过 Alps[1] 山，说：“我比 Alps 山还要高！”这何等英伟，然而不要忘记他后面跟着许多兵。倘没有兵，那只有被山那面的敌人捉住或者赶回，他的举动、言语，都离了英雄的界线，要归入疯子一类了。所以我想，在要求天才的产生之前，应该先要求可以使天才生长的民众。譬如想有乔木，想看好花，一定要有好土，没有土，便没有花木了，所以土实在较花木还重要。花木非有土不可，正同拿破仑非有好兵不可一样。

　　然而现在社会上的论调和趋势，一面固然要求天才，一面却要他灭亡，连预备的土也想扫尽。举出几样来说：

　　其一就是“整理国故”。自从新思潮来到中国以后，其实何尝有力，而一群老头子，还有少年，却已丧魂失魄的来讲国故了，他们说：

1　即“阿尔卑斯”。——编者注

"中国自有许多好东西,都不整理保存,倒去求新,正如放弃祖宗遗产一样不肖。"抬出祖宗来说法,那自然是极威严的,然而我总不信在旧马褂未曾洗净迭[2]好之前,便不能做一件新马褂。就现状而言,做事本来还随各人的自便,老先生要整理国故,当然不妨去埋在南窗下读死书,至于青年,却自有他们的活学问和新艺术,各干各事,也还没有大妨害的,但若拿了这面旗子来号召,那就是要中国永远与世界隔绝了。倘以为大家非此不可,那更是荒谬绝伦!我们和古董商人谈天,他自然总称赞他的古董如何好,然而他决不痛骂画家、农夫、工匠等类,说是忘记了祖宗:他实在比许多国学家聪明得远。

其一是"崇拜创作"。从表面上看来,似乎这和要求天才的步调很相合,其实不然。那精神中,很含有排斥外来思想、异域情调的分子,所以也就是可以使中国和世界潮流隔绝的。许多人对于托尔斯泰、屠格涅夫、陀思妥耶夫斯基的名字,已经厌听了,然而他们的著作,有什么译到中国来?眼光因在一国里,听谈彼得和约翰就生厌,定须张三李四才行,于是创作家出来了,从实说,好的也离不了剽取点外国作品的技术和神情,文笔或者漂亮,思想往往赶不上翻译品,甚者还要加上些传统思想,使他适合于中国人的老脾气,而读者却已为他所牢笼了,于是眼界便渐渐的狭小,几乎要缩进旧圈套里去。作者和读者互相为因果,排斥异流,抬上国粹,那里会有天才产生?即使产生了,也是活不下去的。

这样的风气的民众是灰尘,不是泥土,在他这里长不出好花和乔木来!还有一样是恶意的批评。大家的要求批评家的出现,也由来已久了,到目下就出了许多批评家。可惜他们之中很有不少是不平家,不像批评家,作品才到面前,便恨恨地磨墨,立刻写出很高明的结论道:"唉,幼稚得很。中国要天才!"到后来,连并非批评家也这

---

2 现代汉语常用"叠"。——编者注

样叫喊了,他是听来的。其实即使天才,在生下来的时候的第一声啼哭,也和平常的儿童的一样,决不会就是一首好诗。因为幼稚,当头加以戕贼,也可以萎死的。我亲见几个作者,都被他们骂得寒噤了。那些作者大约自然不是天才,然而我的希望是便是常人也留着。

恶意的批评家在嫩苗的地上驰马,那当然是十分快意的事,然而遭殃的是嫩苗——平常的苗和天才的苗。幼稚对于老成,有如孩子对于老人,决没有什么耻辱。作品也一样,起初幼稚,不算耻辱的。因为倘不遭了戕贼,他就会生长、成熟、老成,独有老衰和腐败,倒是无药可救的事!我以为幼稚的人,或者老大的人,如有幼稚的心,就说幼稚的话,只为自己要说而说,说出之后,至多到印出之后,自己的事就完了,对于无论打着什么旗子的批评,都可以置之不理的!

就是在座的诸君,料来也十之九愿有天才的产生罢,然而情形是这样,不但产生天才难,单是有培养天才的泥土也难。我想,天才大半是天赋的,独有这培养天才的泥土,似乎大家都可以做。做土的功效,比要求天才还切近,否则,纵有成千成百的天才,也因为没有泥土,不能发达,要像一碟子绿豆芽。

做土要扩大了精神,就是收纳新潮,脱离旧套,能够容纳,了解那将来产生的天才,又要不怕做小事业,就是能创作的自然是创作,否则翻译、介绍、欣赏、读、看、消闲都可以。以文艺来消闲,说来似乎有些可笑,但究竟较胜于戕贼他。

泥土和天才比,当然是不足齿数的,然而不是坚苦卓绝者,也怕不容易做,不过事在人为,比空等天赋的天才有把握。这一点,是泥土的伟大的地方,也是反有大希望的地方。而且也有报酬,譬如好花从泥土里出来,看的人固然欣然的赏鉴,泥土也可以欣然的赏鉴,正不必花卉自身,这才心旷神怡的——假如当作泥土也有灵魂的说。

论雷峰塔的倒掉

听说，杭州西湖上的雷峰塔倒掉了，听说而已，我没有亲见。但我却见过未倒的雷峰塔，破破烂烂的映掩于湖光山色之间，落山的太阳照着这些四近的地方，就是"雷峰夕照"，西湖十景之一。"雷峰夕照"的真景我也见过，并不见佳，我以为。

然而一切西湖胜迹的名目之中，我知道得最早的却是这雷峰塔。我的祖母曾经常常对我说，白蛇娘娘就被压在这塔底下。有个叫作许仙的人救了两条蛇，一青一白，后来白蛇便化作女人来报恩，嫁给许仙了，青蛇化作丫鬟，也跟着。一个和尚，法海禅师，得道的禅师，看见许仙脸上有妖气——凡讨妖怪做老婆的人，脸上就有妖气的，但只有非凡的人才看得出——便将他藏在金山寺的法座后，白蛇娘娘来寻夫，于是就"水满金山"。我的祖母讲起来还要有趣得多，大约是出于一部弹词叫作《义妖传》里的，但我没有看过这部书，所以也不知道"许仙""法海"究竟是否这样写。总而言之，白蛇娘娘终于中了法海的计策，被装在一个小小的钵盂里了。钵盂埋在地里，上面还造起一座镇压的塔来，这就是雷峰塔。此后似乎事情还很多，如"白状元祭塔"之类，但我现在都忘记了。

那时我惟一的希望，就在这雷峰塔的倒掉。后来我长大了，到杭州，看见这破破烂烂的塔，心里就不舒服。后来我看看书，说杭州人又叫这塔作保叔塔，其实应该写作"保俶塔"，是钱王的儿子造的。那么，里面当然没有白蛇娘娘了，然而我心里仍然不舒服，仍然希望他倒掉。

现在，他居然倒掉了，则普天之下的人民，其欣喜为何如？

这是有事实可证的。试到吴越的山间海滨，探听民意去。凡有田夫野老、蚕妇村氓，除了几个脑髓里有点贵恙的之外，可有谁不为白娘娘抱不平，不怪法海太多事的？

和尚本应该只管自己念经。白蛇自迷许仙，许仙自娶妖怪，和别人有什么相干呢？他偏要放下经卷，横来招是搬非，大约是怀着嫉妒罢——那简直是一定的。

听说，后来玉皇大帝也就怪法海多事，以至茶毒生灵，想要拿办他了。他逃来逃去，终于逃在蟹壳里避祸，不敢再出来，到现在还如此。我对于玉皇大帝所做的事，腹诽的非常多，独于这一件却很满意，因为"水满金山"一案，的确应该由法海负责，他实在办得很不错的。只可惜我那时没有打听这话的出处，或者不在《义妖传》中，却是民间的传说罢。

秋高稻熟时节，吴越间所多的是螃蟹，煮到通红之后，无论取那一只，揭开背壳来，里面就有黄，有膏，倘是雌的，就有石榴子一般鲜红的子。先将这些吃完，即一定露出一个圆锥形的薄膜，再用小刀小心地沿着锥底切下，取出，翻转，使里面向外，只要不破，便变成一个罗汉模样的东西，有头脸，身子，是坐着的，我们那里的小孩子都称他"蟹和尚"，就是躲在里面避难的法海。

当初，白蛇娘娘压在塔底下，法海禅师躲在蟹壳里。现在却只有这位老禅师独自静坐了，非到螃蟹断种的那一天为止出不来。莫非他造塔的时候，竟没有想到塔是终究要倒的么？

活该。

一九二四年十月二十八日

说胡须

今年夏天游了一回长安，一个多月之后，胡里胡涂[1]的回来了。知道的朋友便问我："你以为那边怎样？"我这才栗然地回想长安，记得看见很多的白杨，很大的石榴树，道中喝了不少的黄河水。然而这些又有什么可谈呢？我于是说："没有什么怎样。"他于是废然而去了，我仍旧废然而住，自愧无以对"不耻下问"的朋友们。

今天喝茶之后，便看书，书上沾了一点水，我知道上唇的胡须又长起来了。假如翻一翻《康熙字典》，上唇的、下唇的、颊旁的、下巴上的各种胡须，大约都有特别的名号谥法的罢，然而我没有这样闲情别致。总之是这胡子又长起来了，我又要照例的剪短他，先免得沾汤带水。于是寻出镜子、剪刀，动手就剪，其目的是在使他和上唇的上缘平齐，成一个隶书的一字。

我一面剪，一面却忽而记起长安，记起我的青年时代，发出连绵不断的感慨来。长安的事，已经不很记得清楚了，大约确乎是游历孔庙的时候，其中有一间房子，挂着许多印画，有李二曲像，有历代帝王像，其中有一张是宋太祖或是什么宗，我也记不清楚了，总之是穿一件长袍，而胡子向上翘起的。于是一位名士就毅然决然地说："这都是日本人假造的，你看这胡子就是日本式的胡子。"

诚然，他们的胡子确乎如此翘上，他们也未必不假造宋太祖或什么宗的画像，但假造中国皇帝的肖像而必须对了镜子，以自己的胡子为法式，则其手段和思想之离奇，真可谓"出乎意表之外"了。清乾隆中，黄易掘出汉武梁祠石刻画像来，男子的胡须多翘上，我

---

1 现代汉语常用"糊里糊涂"。——编者注

们现在所见北魏至唐的佛教造像中的信士像，凡有胡子的也多翘上，直到元明的画像，则胡子大抵受了地心的吸力作用，向下面拖下去了。日本人何其不惮烦，孳孳汲汲地造了这许多从汉到唐的假古董，来埋在中国的齐鲁燕晋秦陇巴蜀的深山邃谷废墟荒地里？

我以为拖下的胡子倒是蒙古式，是蒙古人带来的，然而我们的聪明的名士却当作国粹了。留学日本的学生因为恨日本，便神往于大元，说道："那时倘非天幸，这岛国早被我们灭掉了！"则认拖下的胡子为国粹亦无不可。然而又何以是黄帝的子孙？又何以说台湾人在福建打中国人是奴隶根性？

我当时就想争辩，但我即刻又不想争辩了。留学德国的爱国者X君——因为我忘记了他的名字，姑且以X代之——不是说我的毁谤中国，是因为娶了日本女人，所以替他们宣传本国的坏处么？我先前不过单举几样中国的缺点，尚且要带累"贱内"改了国籍，何况现在是有关日本的问题？好在即使宋太祖或什么宗的胡子蒙些不白之冤，也不至于就有洪水，就有地震，有什么大相干。我于是连连点头，说道："嗡，嗡，对啦。"因为我实在比先前似乎油滑得多了——好了。

我剪下自己的胡子的左尖端毕，想，陕西人费心劳力，备饭化钱[2]，用汽车载，用船装，用骡车拉，用自动车装，请到长安去讲演，大约万料不到我是一个虽对于决无杀身之祸的小事情，也不肯直抒自己的意见，只会"嗡，嗡，对啦"的罢。他们简直是受了骗了。

我再向着镜中的自己的脸，看定右嘴角，剪下胡子的右尖端，撒在地上，想起我的青年时代来——

那已经是老话，约有十六七年了罢。

我就从日本回到故乡来，嘴上就留着宋太祖或什么宗似的向上

2　现代汉语常用"花钱"。——编者注

翘起的胡子，坐在小船里，和船夫谈天。

"先生，你的中国话说得真好。"后来，他说。

"我是中国人，而且和你是同乡，怎么会……"

"哈哈哈，你这位先生还会说笑话。"

记得我那时的没奈何，确乎比看见 X 君的通信要超过十倍。我那时随身并没有带着家谱，确乎不能证明我是中国人。即使带着家谱，而上面只有一个名字，并无画像，也不能证明这名字就是我。即使有画像，日本人会假造从汉到唐的石刻，宋太祖或什么宗的画像，难道偏不会假造一部木版的家谱么？

凡对于以真话为笑话的，以笑话为真话的，以笑话为笑话的，只有一个方法，就是不说话。

于是我从此不说话。

然而，倘使在现在，我大约还要说："嗡，嗡……今天天气多么好呀……那边的村子叫什么名字……"因为我实在比先前似乎油滑得多了——好了。

现在我想，船夫的改变我的国籍，大概和 X 君的高见不同。其原因只在于胡子罢，因为我从此常常为胡子受苦。

国度会亡，国粹家是不会少的，而只要国粹家不少，这国度就不算亡。国粹家者，保存国粹者也，而国粹者，我的胡子是也。这虽然不知道是什么"逻辑"法，但当时的实情确是如此的。

"你怎么学日本人的样子，身体既矮小，胡子又这样……"一位国粹家兼爱国者发过一篇崇论宏议之后，就达到这一个结论。

可惜我那时还是一个不识世故的少年，所以就愤愤地争辩。第一，我的身体是本来只有这样高，并非故意设法用什么洋鬼子的机器压缩，使他变成矮小，希图冒充。第二，我的胡子，诚然和许多日本人的相同，然而我虽然没有研究过他们的胡须样式变迁史，但曾经见过几幅古人的画像，都不向上，只是向外、向下，和我们的国粹差不多。维新以后，可是翘起来了，那大约是学了德国式。你看威廉皇帝的胡须，不是上指眼梢，和鼻梁正作平行么？虽然他后来因为吸烟烧了一边，只好将两边都剪平了。但在日本明治维新的时候，他这一边还没有失火……

这一场辩解大约要两分钟，可是总不能解国粹家之怒，因为德国也是洋鬼子，而况我的身体又矮小乎。而况国粹家很不少，意见又很统一，因此我的辩解也就很频繁，然而总无效，一回、两回，以至十回、十几回，连我自己也觉得无聊而且麻烦起来了。罢了，况且修饰胡须用的胶油在中国也难得，我便从此听其自然了。

听其自然之后，胡子的两端就显出毗心现象来，于是也就和地面成为九十度的直角。国粹家果然也不再说话，或者中国已经得救了罢。

然而接着就招了改革家的反感，这也是应该的。我于是又分疏，一回、两回，以至许多回，连我自己也觉得无聊而且麻烦起来了。

大约在四五年或七八年前罢，我独坐在会馆里，窃悲我的胡须的不幸的境遇，研究他所以得谤的原因，忽而恍然大悟，知道那祸根全在两边的尖端上。于是取出镜子、剪刀，即刻剪成一平，使他既不上翘，也难拖下，如一个隶书的一字。

"阿[3]，你的胡子这样了？"当初也曾有人这样问。

"唔唔，我的胡子这样了。"

他可是没有话。我不知道是否因为寻不着两个尖端，所以失了立论的根据，还是我的胡子"这样"之后，就不负中国存亡的责任了。总之我从此太平无事的一直到现在，所麻烦者，必须时常剪剪而已。

一九二四年十月三十日

3　现代汉语常用"啊"。——编者注

论照相之类

一　材料之类

我幼小时候，在 S 城——所谓幼小时候者，是三十年前，但从进步神速的英才看来，就是一世纪。所谓 S 城者，我不说他的真名字，何以不说之故，也不说。总之，是在 S 城，常常旁听大大小小男男女女谈论洋鬼子挖眼睛。曾有一个女人，原在洋鬼子家里佣工，后来出来了，据说她所以出来的原因，就因为亲见一坛盐渍的眼睛，小鲫鱼似的一层一层积叠着，快要和坛沿齐平了。她为远避危险起见，所以赶紧走。

S 城有一种习惯，就是凡是小康之家，到冬天一定用盐来腌一缸白菜，以供一年之需，其用意是否和四川的榨菜相同，我不知道。但洋鬼子之腌眼睛，则用意当然别有所在，惟独[1]方法却大受了 S 城腌白菜法的影响，相传中国对外富于同化力，这也就是一个证据罢。然而状如小鲫鱼者何？答曰：此确为 S 城人之眼睛也。S 城庙宇中常有一种菩萨，号曰眼光娘娘。有眼病的，可以去求祷。愈，则用布或绸做眼睛一对，挂神龛上或左右，以答神庥。所以只要看所挂眼睛的多少，就知道这菩萨的灵不灵。而所挂的眼睛，则正是两头尖尖，如小鲫鱼，要寻一对和洋鬼子生理图上所画似的圆球形者，决不可得。黄帝岐伯尚矣，王莽诛翟义党，分解肢体，令医生们察看，曾否绘图不可知，纵使绘过，现在已佚，徒令"古已有之"而已。宋的《析骨分经》，相传也据目验，《说郛》中有之，我曾看过它，多

1　现代汉语常用"唯独"。——编者注

是胡说，大约是假的。否则，目验尚且如此胡涂[2]，则 S 城人之将眼睛理想化为小鲫鱼，实也无足深怪了。

然而洋鬼子是吃腌眼睛来代腌菜的么？是不然，据说是应用的。一，用于电线，这是根据别一个乡下人的话，如何用法，他没有谈，但云用于电线罢了。至于电线的用意，他却说过，就是每年加添铁丝，将来鬼兵到时，使中国人无处逃走。二，用于照相，则道理分明，不必多赘，因为我们只要和别人对立，他的瞳子里一定有我的一个小照相的。

而且洋鬼子又挖心肝，那用意，也是应用。我曾旁听过一位念佛的老太太说明理由：他们挖了去，熬成油，点了灯，向地下各处去照去。人心总是贪财的，所以照到埋着宝贝的地方，火头便弯下去了。他们当即掘开来，取了宝贝去，所以洋鬼子都这样的有钱。

道学先生之所谓"万物皆备于我"的事，其实是全国，至少是 S 城的"目不识丁"的人们都知道，所以人为"万物之灵"。所以月经精液可以延年，毛发爪甲可以补血，大小便可以医许多病，臂膊上的肉可以养亲。然而这并非本论的范围，现在姑且不说。况且 S 城人极重体面，有许多事不许说，否则，就要用阴谋来惩治的。

二　形式之类

要之，照相似乎是妖术。咸丰年间，或一省里，还有因为能照相而家产被乡下人捣毁的事情。但当我幼小的时候——即三十年前，S 城却已有照相馆了，大家也不甚疑惧。虽然当闹"义和拳民"时——即二十五年前，或一省里，还以罐头牛肉当作洋鬼子所杀的中国孩子的肉看。然而这是例外，万事万物，总不免有例外的。

2　现代汉语常用"糊涂"。——编者注

要之，S城早有照相馆了，这是我每一经过，总须流连赏玩的地方，但一年中也不过经过四五回。大小长短不同、颜色不同的玻璃瓶，又光滑又有刺的仙人掌，在我都是珍奇的物事，还有挂在壁上的框子里的照片：曾大人、李大人、左中堂、鲍军门。一个族中的好心的长辈曾经借此来教育我，说这许多都是当今的大官，平"长毛"的功臣，你应该学学他们。我那时也很愿意学，然而想，也须赶快仍复有"长毛"。

但是，S城人却似乎不甚爱照相，因为精神要被照去的，所以运气正好的时候，尤不宜照，而精神则一名"威光"：我当时所知道的只有这一点。直到近年来，才又听到世上有因为怕失了元气而永不洗澡的名士，元气大约就是威光罢，那么，我所知道的就更多了：中国人的精神一名威光即元气，是照得去，洗得下的。

然而虽然不多，那时却又确有光顾照相的人们，我也不明白是什么人物，或者运气不好之徒，或者是新党罢。只是半身像是大抵避忌的，因为像腰斩。自然，清朝是已经废去腰斩的了，但我们还能在戏文上看见包爷爷的铡包勉，一刀两段，何等可怕，则即使是国粹乎，而亦不欲人之加诸我也，诚然也以不照为宜。所以他们所照的多是全身，旁边一张大茶几，上有帽架、茶碗、水烟袋、花盆，几下一个痰盂，以表明这人的气管枝[3]中有许多痰，总须陆续吐出。人呢，或立或坐，或者手执书卷，或者大襟上挂一个很大的时表，我们倘用放大镜一照，至今还可以知道他当时拍照的时辰，而且那时还不会用镁光，所以不必疑心是夜里。

然而名士风流，又何代蔑有呢？雅人早不满于这样千篇一律的呆鸟了，于是也有赤身露体装作晋人的，也有斜领丝绦装作X人的，但不多。较为通行的是先将自己照下两张，服饰态度各不

---

3 现代汉语常用"气管支"。——编者注

同，然后合照为一张，两个自己即或如宾主，或如主仆，名曰"二我图"。但设若一个自己傲然地坐着，一个自己卑劣可怜地，向了坐着的那一个自己跪着的时候，名色便又两样了——"求己图"。这类"图"晒出之后，总须题些诗，或者词如"调寄满庭芳""摸鱼儿"之类，然后在书房里挂起。至于贵人富户，则因为属于呆鸟一类，所以决计想不出如此雅致的花样来，即有特别举动，至多也不过自己坐在中间，膝下排列着他的一百个儿子、一千个孙子和一万个曾孙（下略）照一张"全家福"。

Th. Lipps[4] 在他那《伦理学的根本问题》中说过这样意思的话。就是凡是人主，也容易变成奴隶，因为他一面既承认可做主人，一面就当然承认可做奴隶，所以威力一坠，就死心塌地，俯首帖耳于新主人之前了。那书可惜我不在手头，只记得一个大意，好在中国已经有了译本，虽然是节译，这些话应该存在的罢。用事实来证明这理论的最显著的例是孙皓，治吴时候，如此骄纵酷虐的暴主，一降晋，却是如此卑劣无耻的奴才。中国常语说，临下骄者事上必谄，也就是看穿了这把戏的话。但表现得最透彻的却莫如"求己图"，将来中国如要印《绘图伦理学的根本问题》，这实在是一张极好的插画，就是世界上最伟大的讽刺画家也万万想不到，画不出的。

但现在我们所看见的，已没有卑劣可怜地跪着的照相了，不是什么会纪念的一群，即是什么人放大的半个，都很凛凛地。我愿意我之常常将这些当作半张"求己图"看，乃是我的杞忧。

三　无题之类

照相馆选定一个或数个阔人的照相，放大了挂在门口，似乎是

4　即"李普斯"。——编者注

北京特有，或近来流行的。我在 S 城所见的曾大人之流，都不过六寸或八寸，而且挂着的永远是曾大人之流，也不像北京的时时掉换[5]，年年不同。但革命以后，也许撤去了罢，我知道得不真确。

至于近十年北京的事，可是略有所知了，无非其人阔，则其像放大，其人"下野"，则其像不见，比电光自然永久得多。倘若白昼明烛，要在北京城内寻求一张不像那些阔人似的缩小放大挂起挂倒的照相，则据鄙陋所知，实在只有一位梅兰芳君。而该君的麻姑一般的"天女散花""黛玉葬花"像，也确乎比那些缩小放大挂起挂倒的东西标致，即此就足以证明中国人实有审美的眼睛，其一面又放大挺胸凸肚的照相者，盖出于不得已。

我在先只读过《红楼梦》，没有看见"黛玉葬花"的照片的时候，是万料不到黛玉的眼睛如此之凸，嘴唇如此之厚的。我以为她该是一副瘦削的痨病脸，现在才知道她有些福相，也像一个麻姑。然而只要一看那些继起的模仿者们的拟天女照相，都像小孩子穿了新衣服，拘束得怪可怜的苦相，也就会立刻悟出梅兰芳君之所以永久之故了，其眼睛和嘴唇，盖出于不得已，即此也就足以证明中国人实有审美的眼睛。

印度的诗圣泰戈尔先生光临中国之际，像一大瓶好香水似地很熏上了几位先生们以文气和玄气，然而够到陪坐祝寿的程度的却只有一位梅兰芳君：两国的艺术家的握手。待到这位老诗人改姓换名，化为"竺震旦"，离开了近于他的理想境的这震旦之后，震旦诗贤头上的印度帽也不大看见了，报章上也很少记他的消息，而装饰这近于理想境的震旦者，也仍旧只有那巍然地挂在照相馆玻璃窗里的一张"天女散花图"或"黛玉葬花图"。

惟有这一位"艺术家"的艺术，在中国是永久的。

---

5 现代汉语常用"调换"。——编者注

我所见的外国名伶美人的照相并不多，男扮女的照相没有见过，别的名人的照相见过几十张。托尔斯泰、易卜生、罗丹都老了，尼采一脸凶相，叔本华一脸苦相，王尔德穿上他那审美的衣装的时候，已经有点呆相了，而罗曼·罗兰似乎带点怪气，高尔基又简直像一个流氓。虽说都可以看出悲哀和苦斗的痕迹来罢，但总不如天女的"好"得明明白白。假使吴昌硕翁的刻印章也算雕刻家，加以作画的润格如是之贵，则在中国确是一位艺术家了，但他的照相我们看不见。林琴南翁负了那么大的文名，而天下也似乎不甚有热心于"识荆"的人，我虽然曾在一个药房的仿单上见过他的玉照，但那是代表了他的"如夫人"函谢丸药的功效，所以印上的，并不因为他的文章。更就用了"引车卖浆者流"的文字来做文章的诸君而言，南亭亭长、我佛山人往矣，且从略。近来则虽是奋战忿斗，做了这许多作品的如创造社诸君子，也不过印过很小的一张三人的合照，而且是铜板而已。

我们中国的最伟大、最永久的艺术是男人扮女人。

异性大抵相爱。太监只能使别人放心，决没有人爱他，因为他是无性了——假使我用了这"无"字还不算什么语病。然而也就可见虽然最难放心，但是最可贵的是男人扮女人了，因为从两性看来，都近于异性，男人看见"扮女人"，女人看见"男人扮"，所以这就永远挂在照相馆的玻璃窗里，挂在国民的心中。外国没有这样的完全的艺术家，所以只好任凭那些捏锤凿、调采色[6]、弄墨水的人们跋扈。

我们中国的最伟大、最永久，而且最普遍的艺术也就是男人扮女人。

一九二四年十一月十一日

6 现代汉语常用"彩色"。——编者注

再论雷峰塔的倒掉

从崇轩先生的通信（二月份《京报副刊》）里，知道他在轮船上听到两个旅客谈话，说是杭州雷峰塔之所以倒掉，是因为乡下人迷信那塔砖放在自己的家中，凡事都必平安，如意，逢凶化吉，于是这个也挖，那个也挖，挖之久久，便倒了。一个旅客并且再三叹息道："西湖十景这可缺了呵！"

这消息，可又使我有点畅快了，虽然明知道幸灾乐祸，不像一个绅士，但本来不是绅士的，也没有法子来装潢。

我们中国的许多人——我在此特别郑重声明：并不包括四万万同胞全部——大抵患有一种"十景病"，至少是"八景病"，沉重起来的时候大概在清朝。凡看一部县志，这一县往往有十景或八景，如"远村明月""萧寺清钟""古池好水"之类。而且，"十"字形的病菌，似乎已经侵入血管，流布全身，其势力早不在"！"形惊叹亡国病菌之下了。点心有十样锦，菜有十碗，音乐有十番，阎罗有十殿，药有十全大补，猜拳有全福手福手全，连人的劣迹或罪状，宣布起来也大抵是十条，仿佛犯了九条的时候总不肯歇手。现在西湖十景可缺了呵！"凡为天下国家有九经"，九经固古已有之，而九景却颇不习见，所以正是对于十景病的一个针砭，至少也可以使患者感到一种不平常，知道自己的可爱的老病，忽而跑掉了十分之一了。

但仍有悲哀在里面。

其实，这一种势所必至的破坏，也还是徒然的。畅快不过是无聊的自欺。雅人和信士和传统大家，定要苦心孤诣巧语花言地再来补足了十景而后已。

　　无破坏即无新建设，大致是的，但有破坏却未必即有新建设。卢梭、斯泰纳尔、尼采、托尔斯泰、易卜生等辈，若用勃兰兑斯的话来说，乃是"轨道破坏者"。其实他们不单是破坏，而且是扫除，是大呼猛进，将碍脚的旧轨道不论整条或碎片，一扫而空，并非想挖一块废铁古砖挟回家去，预备卖给旧货店。中国很少这一类人，即使有之，也会被大众的唾沫淹死。孔丘先生确是伟大，生在巫鬼势力如此旺盛的时代，偏不肯随俗谈鬼神，但可惜太聪明了，"祭如在祭神如神在"，只用他修《春秋》的照例手段以两个"如"字略寓"俏皮刻薄"之意，使人一时莫明其妙[1]，看不出他肚皮里的反对来。他肯对子路赌咒，却不肯对鬼神宣战，因为一宣战就不和平，易犯骂人——虽然不过骂鬼——之罪，即不免有《衡论》（见一月份《晨报副镌》）作家 TY 先生似的好人，会替鬼神来奚落他道：为名乎？骂人不能得名。为利乎？骂人不能得利。想引诱女人乎？又不能将蚩尤的脸子印在文章上。何乐而为之也欤？

　　孔丘先生是深通世故的老先生，大约除脸子付印问题以外，还有深心，犯不上来做明目张胆的破坏者，所以只是不谈，而决不骂，于是乎俨然成为中国的圣人，道大，无所不包故也。否则，现在供在圣庙里的，也许不姓孔。

　　不过在戏台上罢了，悲剧将人生的有价值的东西毁灭给人看，喜剧将那无价值的撕破给人看。讥讽又不过是喜剧的变简的一支流。但悲壮滑稽，却都是十景病的仇敌，因为都有破坏性，虽然所破坏的方面各不同。中国如十景病尚存，则不但卢梭他们似的疯子决不产生，并且也决不产生一个悲剧作家或喜剧作家或讽刺诗人。所有的，只是喜剧底人物或非喜剧非悲剧底人物，在互相模造的十景中生存，一面各各带了十景病。

1　现代汉语常用"莫名其妙"。——编者注

　　然而十全停滞的生活，世界上是很不多见的事，于是破坏者到了，但并非自己的先觉的破坏者，却是狂暴的强盗，或外来的蛮夷。猃狁早到过中原，五胡来过了，蒙古也来过了。同胞张献忠杀人如草，而满洲[2]兵的一箭就钻进树丛中死掉了。有人论中国说，倘使没有带着新鲜的血液的野蛮的侵入，真不知自身会腐败到如何！这当然是极刻毒的恶谑，但我们一翻历史，怕不免要有汗流浃背的时候罢。外寇来了，暂一震动，终于请他作主子，在他的刀斧下修补老例；内寇来了，也暂一震动，终于请他做主子，或者别拜一个主子，在自己的瓦砾中修补老例。再来翻县志，就看见每一次兵燹之后，所添上的是许多烈妇烈女的氏名。看近来的兵祸，怕又要大举表扬节烈了罢。许多男人们都那里去了？

　　凡这一种寇盗式的破坏，结果只能留下一片瓦砾，与建设无关。

　　但当太平时候，就是正在修补老例，并无寇盗时候，即国中暂时没有破坏么？也不然的，其时有奴才式的破坏作用常川活动着。

　　雷峰塔砖的挖去，不过是极近的一条小小的例。龙门的石佛大半肢体不全，图书馆中的书籍，插图须谨防撕去，凡公物或无主的东西，倘难于移动，能够完全的即很不多。但其毁坏的原因则非如革除者的志在扫除，也非如寇盗的志在掠夺或单是破坏，仅因目前极小的自利，也肯对于完整的大物暗暗的加一个创伤。人数既多，创伤自然极大，而倒败之后，却难于知道加害的究竟是谁。正如雷峰塔倒掉以后，我们单知道由于乡下人的迷信。共有的塔失去了，乡下人的所得，却不过一块砖，这砖将来又将为别一自利者所藏，终究至于灭尽。倘在民康物阜时候，因为十景病的发作，新的雷峰塔也会再造的罢。但将来的运命不也就可以推想而知么？如果乡

2　该词的使用并无贬义，共有两种含义。一是满族的旧称。1635 年，皇太极改女真为满洲，辛亥革命后称满族。二是旧时指我国东北一带，清末日俄势力入侵，称东三省为满洲。——编者注

下人还是这样的乡下人，老例还是这样的老例。

这一种奴才式的破坏，结果也只能留下一片瓦砾，与建设无关。

岂但乡下人之于雷峰塔，日日偷挖中华民国的柱石的奴才们，现在正不知有多少！

瓦砾场上还不足悲，在瓦砾场上修补老例是可悲的。我们要革新的破坏者，因为他内心有理想的光。我们应该知道他和寇盗奴才的分别，应该留心自己堕入后两种。这区别并不烦难，只要观人、省己，凡言动中、思想中，含有借此据为己有的朕兆者是寇盗，含有借此占些目前的小便宜的朕兆者是奴才，无论在前面打着的是怎样鲜明好看的旗子。

一九二五年二月六日

看镜有感

因为翻衣箱，翻出几面古铜镜子来，大概是民国初年初到北京时候买在那里的，"情随事迁"，全然忘却，宛如见了隔世的东西了。

一面圆径不过二寸，很厚重，背面满刻蒲陶[1]，还有跳跃的鼦鼠，沿边是一圈小飞禽，古董店家都称为"海马葡萄镜"。但我的一面并无海马，其实和名称不相当。记得曾见过别一面，是有海马的，但贵极，没有买。这些都是汉代的镜子，后来也有模造或翻沙者，花纹可造粗拙得多了。汉武通大宛安息，以致天马蒲萄[2]，大概当时是视为盛事的，所以便取作什器的装饰。古时，于外来物品，每加海字，如海榴、海红花、海棠之类。海即现在之所谓洋，海马译成今文，当然就是洋马。镜鼻是一个虾蟆[3]，则因为镜如满月，月中有蟾蜍之故，和汉事不相干了。

遥想汉人多少闳放，新来的动植物，即毫不拘忌，来充装饰的花纹。唐人也还不算弱，例如汉人的墓前石兽，多是羊、虎、天禄、辟邪，而长安的昭陵上，却刻着带箭的骏马，还有一匹驼鸟[4]，则办法简直前无古人。现今在坟墓上不待言，即平常的绘画，可有人敢用一朵洋花一只洋鸟，即私人的印章，可有人肯用一个草书一个俗字么？许多雅人，连记年月也必是甲子，怕用民国纪元。不知道是没有如此大胆的艺术家，还是虽有而民众都加迫害，他于是乎只得萎缩、死掉了？

宋的文艺，现在似的国粹气味就熏人。然而辽金元陆续进来了，这消息很耐寻味。汉唐虽然也有边患，但魄力究竟雄大，人民

---

1 现代汉语常用"葡萄"。——编者注
2 现代汉语常用"葡萄"。——编者注
3 现代汉语常用"蛤蟆"。——编者注
4 现代汉语常用"鸵鸟"。——编者注

具有不至于为异族奴隶的自信心，或者竟毫未想到，凡取用外来事物的时候，就如将彼俘来一样，自由驱使，绝不介怀。一到衰弊陵夷之际，神经可就衰弱过敏了，每遇外国东西，便觉得仿佛彼来俘我一样，推拒、惶恐、退缩、逃避、抖成一团，又必想一篇道理来掩饰，而国粹遂成为屠王和屠奴的宝贝。

无论从那里来的，只要是食物，壮健者大抵就无需思索，承认是吃的东西。惟有衰病的，却总常想到害胃、伤身，特有许多禁条、许多避忌。还有一大套比较利害而终于不得要领的理由，例如吃固无妨，而不吃尤稳，食之或当有益，然究以不吃为宜云云之类。但这一类人物总要日见其衰弱的，因为他终日战战兢兢，自己先已失了活气了。

不知道南宋比现今如何，但对外敌，却明明已经称臣，惟独在国内特多繁文缛节以及唠叨的碎话。正如倒霉人物偏多忌讳一般，豁达闳大之风消歇净尽了。直到后来，都没有什么大变化。我曾在古物陈列所所陈列的古画上看见一颗印文，是几个罗马字母。但那是所谓"我圣祖仁皇帝"的印，是征服了汉族的主人，所以他敢，汉族的奴才是不敢的。便是现在，便是艺术家，可有敢用洋文的印的么？

清顺治中，时宪书上印有"依西洋新法"五个字，痛哭流涕来劾洋人汤若望的偏是汉人杨光先。直到康熙初，争胜了，就教他做钦天监正去，则又叩阍以"但知推步之理不知推步之数"辞。不准辞，则又痛哭流涕地来做《不得已》，说道"宁可使中夏无好历法，不可使中夏有西洋人。"然而终于连闰月都算错了，他大约以为好历法专属于西洋人，中夏人自己是学不得，也学不好的。但他竟论了大辟，可是没有杀，放归，死于途中了。汤若望入中国还在明崇祯初，其法终未见用。后来阮元论之曰："明季君臣以大统寖疏，开局修正，既知新法之密，而讫未施行。圣朝定鼎，以其法造时宪书，颁行天下。彼十余年辩论翻译之劳，若以备我朝之采用者，斯亦奇矣！……我国家圣圣相传，用人行政，惟求其是，而不先设成心。

即是一端，可以仰见如天之度量矣！"（《畸人传》四十五）

现在流传的古镜们，出自冢中者居多，原是殉葬品。但我也有一面日用镜，薄而且大，规抚汉制，也许是唐代的东西。那证据是：一，镜鼻已多磨损；二，镜面的沙眼都用别的铜来补好了。当时在妆阁中，曾照唐人的额黄和眉绿，现在却监禁在我的衣箱里，它或者大有今昔之感罢。

但铜镜的供用，大约道光咸丰时候还与玻璃镜并行，至于穷乡僻壤，也许至今还用着。我们那里，则除了婚丧仪式之外，全被玻璃镜驱逐了。然而也还有余烈可寻，倘街头遇见一位老翁，肩了长凳似的东西，上面缚着一块猪肝色石和一块青色石，试伫听他的叫喊，就是"磨镜，磨剪刀！"

宋镜我没有见过好的，什九并无藻饰，只有店号或"正其衣冠"等类的迂铭词，真是"世风日下"。但是要进步或不退步，总须时时自出新裁[5]，至少也必取材异域，倘若各种顾忌，各种小心，各种唠叨，这么做即违了祖宗，那么做又像了夷狄，终生惴惴如在薄冰上，发抖尚且来不及，怎么会做出好东西来。所以事实上"今不如古"者，正因为有许多唠叨着"今不如古"的诸位先生们之故。现在情形还如此。倘再不放开度量，大胆地、无畏地将新文化尽量地吸收，则杨光先似的向西洋主人沥陈中夏的精神文明的时候，大概是不劳久待的罢。

但我向来没有遇见过一个排斥玻璃镜子的人。单知道咸丰年间，汪曰桢先生却在他的大著《湖雅》里攻击过的。他加以比较研究之后，终于决定还是铜镜好。最不可解的是，他说，照起面貌来，玻璃镜不如铜镜之准确。莫非那时的玻璃镜当真坏到如此，还是因为他老先生又带上了国粹眼镜之故呢？我没有见过古玻璃镜。这一点终于猜不透。

一九二五年二月九日

---

5 现代汉语常用"别出心裁"。——编者注

春末闲谈

北京正是春末，也许我过于性急之故罢，觉着夏意了，于是突然记起故乡的细腰蜂。那时候大约是盛夏，青蝇密集在凉棚索子上，铁黑色的细腰蜂就在桑树间或墙角的蛛网左近往来飞行，有时衔一支小青虫去了，有时拉一个蜘蛛。青虫或蜘蛛先是抵抗着不肯去，但终于乏力，被衔着腾空而去了，坐了飞机似的。

老前辈们开导我，那细腰蜂就是书上所说的果蠃，纯雌无雄，必须捉螟蛉去做继子的。她将小青虫封在窠里，自己在外面日日夜夜敲打着，祝道"像我像我"，经过若干日——我记不清了，大约七七四十九日罢——那青虫也就成了细腰蜂了，所以《诗经》里说："螟蛉有子，果蠃负之。"螟蛉就是桑上小青虫。蜘蛛呢？他们没有提。我记得有几个考据家曾经立过异说，以为她其实自能生卵，其捉青虫，乃是填在窠里，给孵化出来的幼蜂做食料的。但我所遇见的前辈们都不采用此说，还道是拉去做女儿。我们为存留天地间的美谈起见，倒不如这样好。当长夏无事，遣暑林阴，瞥见二虫一拉一拒的时候，便如睹慈母教女，满怀好意，而青虫的宛转抗拒，则活像一个不识好歹的毛鸦头[1]。

但究竟是夷人可恶，偏要讲什么科学。科学虽然给我们许多惊奇，但也搅坏了我们许多好梦。自从法国的昆虫学大家法布尔（Fabre）仔细观察之后，给幼蜂做食料的事可就证实了。而且，这细腰蜂不但是普通的凶手，还是一种很残忍的凶手，又是一个学识技术都极高明的解剖学家。她知道青虫的神经构造和作用，用了神

1　现代汉语常用"丫头"。——编者注

奇的毒针，向那运动神经球上只一螫，它便麻痹为不死不活状态，这才在它身上生下蜂卵，封入窠中。青虫因为不死不活，所以不动，但也因为不活不死，所以不烂，直到她的子女孵化出来的时候，这食料还和被捕当日一样的新鲜。

三年前，我遇见神经过敏的俄国的 E 君。有一天，他忽然发愁道，不知道将来的科学家，是否不至于发明一种奇妙的药品，将这注射在谁的身上，则这人即甘心永远去做服役和战争的机器了？那时我也就皱眉叹息，装作一齐发愁的模样，以示"所见略同"之至意，殊不知我国的圣君、贤臣、圣贤、圣贤之徒，却早已有过这一种黄金世界的理想了。不是"唯辟作福，唯辟作威，唯辟玉食"么？不是"君子劳心，小人劳力"么？不是"治于人者食（去声）人，治人者食于人"么？可惜理论虽已卓然，而终于没有发明十全的好方法。要服从作威就须不活，要贡献玉食就须不死，要被治就须不活，要供养治人者又须不死。人类升为万物之灵，自然是可贺的，但没有了细腰蜂的毒针，却很使圣君、贤臣、圣贤、圣贤之徒，以至现在的阔人、学者、教育家觉得棘手。将来未可知，若已往，则治人者虽然尽力施行过各种麻痹术，也还不能十分奏效，与果蠃并驱争先。即以皇帝一伦而言，便难免时常改姓易代，终没有"万年有道之长"，"二十四史"而多至二十四，就是可悲的铁证。现在又似乎有些别开生面了，世上挺生了一种所谓"特殊知识阶级"的留学生，在研究室中研究之结果，说医学不发达是有益于人种改良的，中国妇女的境遇是极其平等的，一切道理都已不错，一切状态都已够好。E 君的发愁，或者也不为无因罢，然而俄国是不要紧的，因为他们不像我们中国，有所谓"特别国情"，还有所谓"特殊知识阶级"。

但这种工作，也怕终于像古人那样，不能十分奏效的罢，因为这实在比细腰蜂所做的要难得多。她于青虫，只须不动，所以仅在运动神经球上一螫,即告成功。而我们的工作却求其能运动,无知觉,该在知觉神经中枢,加以完全的麻醉的。但知觉一失,运动也就随之失却主宰,不能贡献玉食,恭请上自"极峰",下至"特殊知识阶级"的赏收享用了。就现在而言,窃以为除了遗老的圣经贤传法、学者的进研究室主义、文学家和茶摊老板的莫谈国事律,教育家的勿视勿听勿言勿动论之外,委实还没有更好、更完全、更无流弊的方法。便是留学生的特别发见,其实也并未轶出了前贤的范围。

那么,又要"礼失而求诸野"了。夷人,现在因为想去取法,姑且称之为外国,他那里可有较好的法子么?可惜,也没有。所有者,仍不外乎不准集会、不许开口之类,和我们中华并没有什么很不同。然亦可见至道嘉猷,人同此心,心同此理,固无华夷之限也。猛兽是单独的,牛羊则结队,野牛的大队就会排角成城以御强敌了,但拉开一匹,定只能牟牟[2]地叫。人民与牛马同流——此就中国而言,夷人别有分类法云——治之之道,自然应该禁止集合:这方法是对的。其次要防说话。人能说话,已经是祸胎了,而况有时还要做文章,所以苍颉[3]造字,夜有鬼哭,鬼且反对,而况于官?猴子不会说话,猴界即向无风潮——可是猴界中也没有官,但这又作别论——确应该虚心取法,反朴归真[4],则口且不开,文章自灭。这方法也是对的,然而上文也不过就理论而言,至于实效,却依然是难说。最显著的例,是连那么专制的俄国,而尼古拉二世"龙御上宾"之后,罗马诺夫氏竟已"覆宗绝祀"了。要而言之,那大缺点就在虽有二大良法,而还缺其一,便是:无法禁止人们的思想。

于是我们的造物主——假如天空真有这样的一位"主子"——就可恨了:一恨其没有永远分清"治者"与"被治者";二恨其不给

---

2 现代汉语常用"哞哞"。——编者注
3 现代汉语常用"仓颉"。——编者注
4 现代汉语常用"返璞归真"。——编者注治者生一枝⁵细腰蜂那样的毒针；三恨其不将被治者造得即使砍去了藏着的思想中枢的脑袋而还能动作——服役。三者得一，阔人的地位即永久稳固，统御也永久省了气力，而天下于是乎太平。今也不然，所以即使单想高高在上，暂时维持阔气，也还得日施手段，夜费心机，实在不胜其委屈劳神之至……

假使没有了头颅，却还能做服役和战争的机械，世上的情形就何等地醒目呵！这时再不必用什么制帽勋章来表明阔人和窄人了，只要一看头之有无，便知道主奴、官民、上下、贵贱的区别。并且也不至于再闹什么革命、共和、会议等等的乱子了，单是电报，就要省下许多许多来。古人毕竟聪明，仿佛早想到过这样的东西，《山海经》上就记载着一种名叫"刑天"的怪物。他没有了能想的头，却还活着，"以乳为目，以脐为口"——这一点想得很周到，否则他怎么看，怎么吃呢——实在是很值得奉为师法的。假使我们的国民都能这样，阔人又何等安全快乐？但他又"执干戚而舞"，则似乎还是死也不肯安分，和我那专为阔人图便利而设的理想底好国民又不同。陶潜先生又有诗道："刑天舞干戚，猛志固常在。"连这位貌似旷达的老隐士也这么说，可见无头也会仍有猛志，阔人的天下一时总怕难得太平的了。但有了太多的"特殊知识阶级"的国民，也许有特在例外的希望，况且精神文明太高了之后，精神的头就会提前飞去，区区物质的头的有无也算不得什么难问题。

一九二五年四月二十二日

---

5 现代汉语常用"支"。——编者注

灯下漫笔

一

有一时，就是民国二三年时候，北京的几个国家银行的钞票，信用日见其好了，真所谓蒸蒸日上。听说连一向执迷于现银的乡下人也知道这既便当，又可靠，很乐意收受、行使了。至于稍明事理的人，则不必是"特殊知识阶级"，也早不将沉重累坠[1] 的银元装在怀中，来自讨无谓的苦吃。想来，除了多少对于银子有特别嗜好和爱情的人物之外，所有的怕大都是钞票了罢，而且多是本国的。但可惜后来忽然受了一个不小的打击。

就是袁世凯想做皇帝的那一年，蔡松坡先生溜出北京，到云南去起义。这边所受的影响之一是中国和交通银行的停止兑现。虽然停止兑现，政府勒令商民照旧行用的威力却还有的，商民也自有商民的老本领，不说不要，却道找不出零钱。假如拿几十几百的钞票去买东西，我不知道怎样，但倘使只要买一枝笔、一盒烟卷呢？难道就付给一元钞票么？不但不甘心，也没有这许多票。那么，换铜元，少换几个罢，又都说没有铜元。那么，到亲戚朋友那里借现钱去罢，怎么会有？于是降格以求，不讲爱国了，要外国银行的钞票。但外国银行的钞票这时就等于现银，他如果借给你这钞票，也就借给你真的银元了。

我还记得那时我怀中还有三四十元的中交票，可是忽而变了一个穷人，几乎要绝食，很有些恐慌。俄国革命以后的藏着纸卢布的

1　现代汉语常用"累赘"。——编者注

富翁的心情，恐怕也就这样的罢，至多，不过更深更大罢了。我只得探听，钞票可能折价换到现银呢？说是没有行市。幸而终于，暗暗地有了行市了：六折几。我非常高兴，赶紧去卖了一半。后来又涨到七折了，我更非常高兴，全去换了现银，沉垫垫[2]地坠在怀中，似乎这就是我的性命的斤两。倘在平时，钱铺子如果少给我一个铜元，我是决不答应的。

但我当一包现银塞在怀中，沉垫垫地觉得安心，喜欢的时候，却突然起了另一思想，就是：我们极容易变成奴隶，而且变了之后，还万分喜欢。

假如有一种暴力，"将人不当人"，不但不当人，还不及牛马，不算什么东西。待到人们羡慕牛马，发生"乱离人，不及太平犬"的叹息的时候，然后给与他略等于牛马的价格，有如元朝定律，打死别人的奴隶，赔一头牛，则人们便要心悦诚服，恭颂太平的盛世。为什么呢？因为他虽不算人，究竟已等于牛马了。

我们不必恭读《钦定二十四史》，或者入研究室，审察精神文明的高超。只要一翻孩子所读的《鉴略》——还嫌烦重[3]，则看《历代纪元编》，就知道"三千余年古国古"的中华，历来所闹的就不过是这一个小玩艺[4]。但在新近编纂的所谓"历史教科书"一流东西里，却不大看得明白了，只仿佛说：咱们向来就很好的。

但实际上，中国人向来就没有争到过"人"的价格，至多不过是奴隶，到现在还如此，然而下于奴隶的时候，却是数见不鲜的。中国的百姓是中立的，战时连自己也不知道属于那一面，但又属于无论那一面。强盗来了，就属于官，当然该被杀掠。官兵既到，该是自家人了罢，但仍然要被杀掠，仿佛又属于强盗似的。这时候，百姓就希

2　现代汉语常用"沉甸甸"。——编者注
3　现代汉语常用"繁重"。——编者注
4　现代汉语常用"玩意""玩意儿"。——编者注

望有一个一定的主子，拿他们去做百姓——不敢，是拿他们去做牛马，情愿自己寻草吃，只求他决定他们怎样跑。

假使真有谁能够替他们决定，定下什么奴隶规则来，自然就"皇恩浩荡"了。可惜的是往往暂时没有谁能定。举其大者，则如五胡十六国的时候、黄巢的时候、五代时候、宋末元末时候，除了老例的服役纳粮以外，都还要受意外的灾殃。张献忠的脾气更古怪了，不服役纳粮的要杀，服役纳粮的也要杀，敌他的要杀，降他的也要杀：将奴隶规则毁得粉碎。这时候，百姓就希望来一个另外的主子，较为顾及他们的奴隶规则的，无论仍旧，或者新颁，总之是有一种规则，使他们可上奴隶的轨道。

"时日曷丧，余及汝偕亡！"愤言而已，决心实行的不多见。实际上大概是群盗如麻，纷乱至极之后，就有一个较强，或较聪明，或较狡猾，或是外族的人物出来，较有秩序地收拾了天下。厘定规则：怎样服役，怎样纳粮，怎样磕头，怎样颂圣。而且这规则是不像现在那样朝三暮四的。于是便"万姓胪欢"了，用成语来说，就叫作"天下太平"。

任凭你爱排场的学者们怎样铺张，修史时候设些什么"汉族发祥时代""汉族发达时代""汉族中兴时代"的好题目，好意诚然是可感的，但措辞太绕弯子了。有更其直捷了当[5]的说法在这里——

一，想做奴隶而不得的时代。

二，暂时做稳了奴隶的时代。

这一种循环，也就是"先儒"之所谓"一治一乱"，那些作乱人物，从后日的"臣民"看来，是给"主子"清道辟路的，所以说："为圣天子驱除云尔。"

现在人了那一时代，我也不了然。但看国学家的崇奉国粹，文

5　现代汉语常用"直截了当"。——编者注

学家的赞叹固有文明，道学家的热心复古，可见于现状都已不满了。然而我们究竟正向着那一条路走呢？百姓是一遇到莫名其妙的战争，稍富的迁进租界，妇孺则避入教堂里去了，因为那些地方都比较的"稳"，暂不至于想做奴隶而不得。总而言之，复古的、避难的，无智愚贤不肖，似乎都已神往于三百年前的太平盛世，就是"暂时做稳了奴隶的时代"了。

但我们也就都像古人一样，永久满足于"古已有之"的时代么？都像复古家一样，不满于现在，就神往于三百年前的太平盛世么？

自然，也不满于现在的，但是，无须反顾，因为前面还有道路在。而创造这中国历史上未曾有过的第三样时代，则是现在的青年的使命！

二

但是赞颂中国固有文明的人们多起来了，加之以外国人。我常常想，凡有来到中国的，倘能疾首蹙额而憎恶中国，我敢诚意地捧献我的感谢，因为他一定是不愿意吃中国人的肉的！

鹤见祐辅氏在《北京的魅力》中，记一个白人将到中国，预定的暂住时候是一年，但五年之后，还在北京，而且不想回去了。有一天，他们两人一同吃晚饭——

在圆的桃花心木的食桌前坐定，川流不息地献着山海的珍味，谈话就从古董、画、政治这些开头。电灯上罩着支那[6]式的灯罩，淡淡的光洋溢于古物罗列的屋子中。什么无产阶级呀、

6　此为鲁迅原译，原文并无贬义。"支那"一词是古代印度梵文中的支那（China）的音译，也是古代欧亚大陆诸国对中国最流行的称呼。一般认为，中日签订《马关条约》后，日本侵略者开始使用"支那"称呼中国，并带有蔑视和贬义。——编者注

Proletariat 呀那些事，就像不过在什么地方刮风。

我一面陶醉在支那生活的空气中，一面深思着对于外人有着'魅力'的这东西。元人也曾征服支那，而被征服于汉人种的生活美了；满人也征服支那，而被征服于汉人种的生活美了。现在西洋人也一样，嘴里虽然说着 democracy 呀，什么什么呀，而却被魅于支那人费六千年而建筑起来的生活的美。一经住过北京，就忘不掉那生活的味道。大风时候的万丈的沙尘，每三月一回的督军们的开战游戏，都不能抹去这支那生活的魅力。

这些话我现在还无力否认他。我们的古圣先贤既给与我们保古守旧的格言，但同时也排好了用子女玉帛所做的奉献于征服者的大宴。中国人的耐劳、中国人的多子，都就是办酒的材料，到现在还为我们的爱国者所自诩的。西洋人初入中国时，被称为蛮夷，自不免个个蹙额，但是，现在则时机已至，到了我们将曾经献于北魏、献于金、献于元、献于清的盛宴来献给他们的时候了。出则汽车，行则保护：虽遇清道，然而通行自由的；虽或被劫，然而必得赔偿的。孙美瑶掳去他们站在军前，还使官兵不敢开火。何况在华屋中享用盛宴呢？待到享受盛宴的时候，自然也就是赞颂中国固有文明的时候。但是我们的有些乐观的爱国者，也许反而欣然色喜，以为他们将要开始被中国同化了罢。古人曾以女人作苟安的城堡，美其名以自欺曰"和亲"，今人还用子女玉帛为作奴的赞敬，又美其名曰"同化"。所以倘有外国的谁，到了已有赴宴的资格的现在，而还替我们诅咒中国的现状者，这才是真有良心的真可佩服的人！

但我们自己是早已布置妥帖了，有贵贱，有大小，有上下。自己被人凌虐，但也可以凌虐别人；自己被人吃，但也可以吃别人。一级一级的制驭着，不能动弹，也不想动弹了。因为倘一动弹，虽或有利，然而也有弊。我们且看古人的良法美意罢——

> 天有十日，人有十等。下所以事上，上所以共神也。故王臣公，公臣大夫，大夫臣士，士臣皂，皂臣舆，舆臣隶，隶臣僚，僚臣仆，仆臣台。（《左传·昭公七年》）

但是"台"没有臣，不是太苦了么？无须担心的，有比他更卑的妻、更弱的子在。而且其子也很有希望，他日长大，升而为"台"，便又有更卑更弱的妻子供他驱使了。如此连环，各得其所，有敢非议者，其罪名曰不安分！

虽然那是古事，昭公七年离现在也太辽远了，但"复古家"尽可不必悲观的。太平的景象还在：常有兵燹，常有水旱，可有谁听到大叫唤么？打的打，革的革，可有处士来横议么？对国民如何专横，向外人如何柔媚，不犹是差等的遗风么？中国固有的精神文明，其实并未为共和二字所埋没，只有满人已经退席，和先前稍不同。

因此我们在目前，还可以亲见各式各样的筵宴，有烧烤、有翅席、有便饭、有西餐。但茅檐下也有淡饭，路傍也有残羹，野上也有饿莩，有吃烧烤的身价不资的阔人，也有饿得垂死的每斤八文的孩子（见《现代评论》二十一期）。所谓中国的文明者，其实不过是安排给阔人享用的人肉的筵宴。所谓中国者，其实不过是安排这人肉的筵宴的厨房。不知道而赞颂者是可恕的，否则，此辈当得永远的诅咒！

外国人中，不知道而赞颂者，是可恕的；占了高位，养尊处优，因此受了蛊惑，昧却灵性而赞叹者，也还可恕的。可是还有两种，其一是以中国人为劣种，只配悉照原来模样，因而故意称赞中国的旧物。其一是愿世间人各不相同以增自己旅行的兴趣，到中国看辫子，到日本看木屐，到高丽看笠子，倘若服饰一样，便索然无味了，因而来反对亚洲的欧化，这些都可憎恶。至于罗素在西湖见轿夫含笑，便赞美中国人，则也许别有意思罢。但是，轿夫如果能对坐轿的人不含笑，中国也早不是现在似的中国了。

这文明，不但使外国人陶醉，也早使中国一切人们无不陶醉而且至于含笑。因为古代传来而至今还在的许多差别，使人们各各分离，遂不能再感到别人的痛苦，并且因为自己各有奴使别人、吃掉别人的希望，便也就忘却自己同有被奴使被吃掉的将来。于是大小无数的人肉的筵宴，即从有文明以来一直排到现在，人们就在这会场中吃人、被吃，以凶人的愚妄的欢呼，将悲惨的弱者的呼号遮掩，更不消说女人和小儿。

这人肉的筵宴现在还排着，有许多人还想一直排下去。扫荡这些食人者，掀掉这筵席，毁坏这厨房，则是现在的青年的使命！

一九二五年四月二十九日

杂忆

一

有人说 G. Byron[1] 的诗多为青年所爱读，我觉得这话很有几分真。就自己而论，也还记得怎样读了他的诗而心神俱旺，尤其是看见他那花布裹头，去助希腊独立时候的肖像。这像，去年才从《小说月报》传入中国了。可惜我不懂英文，所看的都是译本。听近今的议论，译诗是已经不值一文钱，即使译得并不错。但那时大家的眼界还没有这样高，所以我看了译本，倒也觉得好，或者就因为不懂原文之故，于是便将臭草当作芳兰。《新罗马传奇》中的译文也曾传诵一时，虽然用的是词调，又译 Sappho 为"萨芷波"，证明着是根据日文译本的重译。

苏曼殊先生也译过几首，那时他还没有做诗"寄弹筝人"，因此与 Byron 也还有缘。但译文古奥得很，也许曾经章太炎先生的润色的罢，所以真像古诗，可是流传倒并不广。后来收入他自印的绿面金签的《文学因缘》中，现在连这《文学因缘》也少见了。

其实，那时 Byron 之所以比较的为中国人所知，还有别一原因，就是他的助希腊独立。时当清的末年，在一部分中国青年的心中，革命思潮正盛，凡有叫喊复仇和反抗的，便容易惹起感应。那时我所记得的人，还有波兰的复仇诗人 Adam Mickiewicz[2]、匈牙利的爱国

1　现译"拜伦"。——编者注
2　现译"亚当·密茨凯维奇"。——编者注

诗人 Petöfi Sándor[3]、飞猎滨[4]的文人而为西班牙政府所杀的黎刹——他的祖父还是中国人，中国也曾译过他的绝命诗。Hauptmann[5]，Sudermann[6]，Ibsen[7] 这些人虽然正负盛名，我们却不大注意。别有一部分人，则专意搜集明末遗民的著作、满人残暴的记录，钻在东京或其他的图书馆里，抄写出来，印了，输入中国，希望使忘却的旧恨复活，助革命成功。于是《扬州十日记》《嘉定屠城记略》《朱舜水集》《张苍水集》都翻印了，还有《黄萧养回头》及其他单篇的汇集，我现在已经举不出那些名目来。别有一部分人，则改名"扑满""打清"之类，算是英雄。这些大号，自然和实际的革命不甚相关，但也可见那时对于光复的渴望之心是怎样的旺盛。

不独英雄式的名号而已，便是悲壮淋漓的诗文，也不过是纸片上的东西，于后来的武昌起义怕没有什么大关系。倘说影响，则别的千言万语，大概都抵不过浅近直截的"革命军马前卒邹容"所做的《革命军》。

二

待到革命起来，就大体而言，复仇思想可是减退了。我想，这大半是因为大家已经抱着成功的希望，又服了"文明"的药，想给汉人挣一点面子，所以不再有残酷的报复。但那时的所谓文明却确是洋文明，并不是国粹。所谓共和，也是美国法国式的共和，不是周召共和的共和。革命党人也大概竭力想给本族增光，所以兵队倒

3　即"裴多菲·山陀尔"。——编者注
4　即"菲律宾"。——编者注
5　即"豪普特曼"。——编者注
6　即"苏德曼"。——编者注
7　即"易卜生"。——编者注

不大抢掠。南京的土匪兵小有劫掠，黄兴先生便勃然大怒，枪毙了许多，后来因为知道土匪是不怕枪毙而怕枭首的，就从死尸上割下头来，草绳络住了挂在树上。从此也不再有什么变故了，虽然我所住的一个机关的卫兵，当我外出时举枪立正之后，就从窗门洞爬进去取了我的衣服，但究竟手段已经平和得多，也客气得多了。

南京是革命政府所在地，当然格外文明。但我去一看先前的满人的驻在处，却是一片瓦砾，只有方孝孺血迹石的亭子总算还在。这里本是明的故宫，我做学生时骑马经过，曾很被顽童骂詈和投石——犹言你们不配这样，听说向来是如此的。现在却面目全非了，居民寥寥，即使偶有几间破屋，也无门窗，若有门，则是烂洋铁做的。总之，是毫无一点木料。

那么，城破之时，汉人大大的发挥了复仇手段了么？并不然。知道情形的人告诉我：战争时候自然有些损坏，革命军一进城，旗人中间便有些人定要按古法殉难，在明的冷宫的遗址的屋子里使火药炸裂，以炸杀自己，恰巧一同炸死了几个适从近旁经过的骑兵。革命军以为埋藏地雷反抗了，便烧了一回，可是燹余的房子还不少。此后是他们自己动手，拆屋材出卖，先拆自己的，次拆较多的别人的，待到屋无尺材寸椽，这才大家流散，还给我们一片瓦砾场——但这是我耳闻的，保不定可是真话。

看到这样的情形，即使你将《扬州十日记》挂在眼前，也不至于怎样愤怒了罢。据我感得，民国成立以后，汉满的恶感仿佛很是消除了，各省的界限也比先前更其轻淡了。然而"罪孽深重不自殒灭"的中国人，不到一年，情形便又逆转：有宗社党的活动和遗老的谬举而两族的旧史又令人忆起，有袁世凯的手段而南北的交恶加甚，有阴谋家的狡计而省界又被利用，并且此后还要增长起来！

三

不知道我的性质特别坏，还是脱不出往昔的环境的影响之故，我总觉得复仇是不足为奇的，虽然也并不想诬无抵抗主义者为无人格。但有时也想：报复，谁来裁判？怎能公平呢？便又立刻自答：自己裁判，自己执行。既没有上帝来主持，人便不妨以目偿头，也不妨以头偿目。有时也觉得宽恕是美德，但立刻也疑心这话是怯汉所发明，因为他没有报复的勇气。或者倒是卑怯的坏人所创造，因为他贻害于人而怕人来报复，便骗以宽恕的美名。

因此我常常欣慕现在的青年，虽然生于清末，而大抵长于民国，吐纳共和的空气，该不至于再有什么异族轭下的不平之气和被压迫民族的合辙之悲罢。果然，连大学教授也已经不解何以小说要描写下等社会的缘故了，我和现代人要相距一世纪的话，似乎有些确凿。但我也不想湔洗——虽然很觉得惭惶。

当爱罗先珂君在日本未被驱逐之前，我并不知道他的姓名。直到已被放逐，这才看起他的作品来，所以知道那迫辱放逐的情形的，是由于登在《读卖新闻》上的一篇江口涣氏的文字。于是将这译出，还译他的童话，还译他的剧本《桃色的云》。其实，我当时的意思，不过要传播被虐待者的苦痛的呼声和激发国人对于强权者的憎恶和愤怒而已，并不是从什么"艺术之宫"里伸出手来，拔了海外的奇花瑶草，来移植在华国的艺苑。

日文的《桃色的云》出版时，江口氏的文章也在，可是已被检查机关（警察厅？）删节得很多。我的译文是完全的，但当这剧本印成本子时，却没有印上去。因为其时我又见了别一种情形，起了别一种意见，不想在中国人的愤火上再添薪炭了。

四

孔老先生说过："毋友不如己者。"其实这样的势利眼睛，现在的世界上还多得很。我们自己看看本国的模样，就可知道不会有什么友人的了，岂但没有友人，简直大半都曾经做过仇敌。不过仇甲的时候，向乙等候公论，后来仇乙的时候，又向甲期待同情，所以片段的看起来，倒也似乎并不是全世界都是怨敌。但怨敌总常有一个，因此每一两年，爱国者总要鼓舞一番对于敌人的怨恨与愤怒。

这也是现在极普通的事情，此国将与彼国为敌的时候，总得先用了手段，煽起国民的敌忾心来，使他们一同去扞御或攻击。但有一个必要的条件，就是：国民是勇敢的。因为勇敢，这才能勇往直前，肉搏强敌，以报仇雪恨。假使是怯弱的人民，则即使如何鼓舞，也不会有面临强敌的决心，然而引起的怒火却在，仍不能不寻一个发泄的地方，这地方就是眼见得比他们更弱的人民，无论是同胞或是异族。

我觉得中国人所蕴蓄的怨愤已经够多了，自然是受强者的蹂躏所致的。但他们却不很向强者反抗，而反在弱者身上发泄，兵和匪不相争，无枪的百姓却并受兵匪之苦，就是最近便的证据。再露骨地说，怕还可以证明这些人的卑怯。卑怯的人，即使有万丈的愤火，除弱草以外，又能烧掉甚么[8]呢？

或者要说，我们现在所要使人愤恨的是外敌，和国人不相干，无从受害。可是这转移是极容易的，虽曰国人，要借以泄愤的时候，只要给与一种特异的名称，即可放心割刃。先前则有异端、妖人、奸党、逆徒等类名目，现在就可用国贼、汉奸、二毛子、洋狗或

8　现代汉语常用"什么"。——编者注

洋奴。庚子年的义和团捉住路人，可以任意指为教徒，据云这铁证是他的神通眼已在那人的额上看出一个"十"字。

然而我们在"毋友不如己者"的世上，除了激发自己的国民，使他们发些火花，聊以应景之外，又有什么良法呢？可是我根据上述的理由，更进一步而希望于点火的青年的，是对于群众，在引起他们的公愤之余，还须设法注入深沉的勇气，当鼓舞他们的感情的时候，还须竭力启发明白的理性，而且还得偏重于勇气和理性，从此继续地训练许多年。这声音，自然断乎不及大叫宣战杀贼的大而闳，但我以为却是更紧要而更艰难伟大的工作。

否则，历史指示过我们，遭殃的不是什么敌手而是自己的同胞和子孙。那结果，是反为敌人先驱，而敌人就做了这一国的所谓强者的胜利者，同时也就做了弱者的恩人。因为自己先已互相残杀过了，所蕴蓄的怨愤都已消除，天下也就成为太平的盛世。

总之，我以为国民倘没有智，没有勇，而单靠一种所谓"气"，实在是非常危险的。现在，应该更进而着手于较为坚实的工作了。

一九二五年六月十六日

论"他妈的！"

无论是谁，只要在中国过活，便总得常听到"他妈的"或其相类的口头禅。我想：这话的分布，大概就跟着中国人足迹之所至罢；使用的遍数，怕也未必比客气的"您好呀"会更少。假使依或人所说，牡丹是中国的"国花"，那么，这就可以算是中国的"国骂"了。

我生长于浙江之东，就是西滢先生之所谓"某籍"。那地方通行的"国骂"却颇简单：专一以"妈"为限，决不牵涉余人。后来稍游各地，才始惊异于国骂之博大而精微：上溯祖宗，旁连姊妹[1]，下递子孙，普及同性，真是"犹河汉而无极也"。而且，不特用于人，也以施之兽。前年，曾见一辆煤车的只轮陷入很深的辙迹里，车夫便愤然跳下，出死力打那拉车的骡子道："你姊姊的！你姊姊的！"

别的国度里怎样，我不知道。单知道诺威人 Hamsun[2] 有一本小说叫《饥饿》，粗野的口吻是很多的，但我并不见这一类话。Gorky[3] 所写的小说中多无赖汉，就我所看过的而言，也没有这骂法。惟独 Artzybashev[4] 在《工人绥惠略夫》里，却使无抵抗主义者亚拉藉夫骂了一句"你妈的"。但其时他已经决计为爱而牺牲了，使我们也失却笑他自相矛盾的勇气。这骂的翻译，在中国原极容易的，别国却似乎为难，德文译本作"我使用过你的妈"，日文译本作"你的妈是

---

1 现代汉语常用"姐妹"。——编者注
2 即"汉姆生"。——编者注
3 即"高尔基"。——编者注
4 即"阿尔志跋绥夫"。——编者注

我的母狗"。这实在太费解——由我的眼光看起来。

那么，俄国也有这类骂法的了，但因为究竟没有中国似的精博，所以光荣还得归到这边来。好在这究竟又并非什么大光荣，所以他们大约未必抗议，也不如"赤化"之可怕，中国的阔人、名人、高人，也不至于骇死的。但是，虽在中国，说的也独有所谓"下等人"，例如"车夫"之类，至于有身份的上等人，例如"士大夫"之类，则决不出之于口，更何况笔之于书。"予生也晚"，赶不上周朝，未为大夫，也没有做士，本可以放笔直干的，然而终于改头换面，从"国骂"上削去一个动词和一个名词，又改对称为第三人称者，恐怕还因为到底未曾拉车，因而也就不免"有点贵族气味"之故。那用途，既然只限于一部分，似乎又有些不能算作"国骂"了，但也不然，阔人所赏识的牡丹，下等人又何尝以为"花之富贵者也"？

这"他妈的"的由来以及始于何代，我也不明白。经史上所见骂人的话，无非是"役夫""奴""死公"；较厉害的，有"老狗""貉子"；更厉害，涉及先代的，也不外乎"而母婢也""赘阉遗丑"罢了！还没见过什么"妈的"怎样，虽然也许是士大夫讳而不录。但《广弘明集》（七）记北魏邢子才"以为妇人不可保。谓元景曰，'卿何必姓王？'元景变色。子才曰，'我亦何必姓邢，能保五世耶？'"则颇有可以推见消息的地方。

晋朝已经是大重门第，重到过度了，华胄世业，子弟便易于得官，即使是一个酒囊饭袋，也还是不失为清品。北方疆土虽失于拓跋氏，士人却更其发狂似的讲究阀阅，区别等第，守护极严。庶民中纵有俊才，也不能和大姓比并。至于大姓，实不过承祖宗余荫，以旧业骄人，空腹高心，当然使人不耐。但士流既然用祖宗做护符，被压迫的庶民自然也就将他们的祖宗当作仇敌。邢子才的话虽然说不定是否出于愤激，但对于躲在门第下的男女，却确是一个致命的重伤。势位声气，本来仅靠了"祖宗"这惟一的护符而存，"祖宗"倘一被毁，便什么都倒败了。这是倚赖"余荫"的必得的果报。

同一的意思，但没有邢子才的文才，而直出于"下等人"之口的，就是："他妈的！"

要攻击高门大族的坚固的旧堡垒，却去瞄准他的血统，在战略上，真可谓奇谲的了。最先发明这一句"他妈的"的人物，确要算一个天才——然而是一个卑劣的天才。

唐以后，自夸族望的风气渐渐消除，到了金元，已奉夷狄为帝王，自不妨拜屠沽作卿士，"等"的上下本该从此有些难定了，但偏还有人想辛辛苦苦地爬进"上等"去。刘时中的曲子里说："堪笑这没见识街市匹夫，好打那好顽劣。江湖伴侣，旋将表德官名相体呼，声音多厮称，字样不寻俗。听我一个个细数：粜米的唤子良、卖肉的呼仲甫……开张卖饭的呼君宝、磨面登罗底叫德夫：何足云乎？"（《乐府新编阳春白雪》三）这就是那时的暴发户的丑态。

"下等人"还未暴发之先，自然大抵有许多"他妈的"在嘴上，但一遇机会，偶窃一位，略识几字，便即文雅起来：雅号也有了，身分[5]也高了，家谱也修了，还要寻一个始祖，不是名儒便是名臣。从此化为"上等人"，也如上等前辈一样，言行都很温文尔雅。然而愚民究竟也有聪明的，早已看穿了这鬼把戏，所以又有俗谚说："口上仁义礼智，心里男盗女娼！"他们是很明白的。

于是他们反抗了，曰："他妈的！"

但人们不能蔑弃扫荡人我的余泽和旧荫，而硬要去做别人的祖宗，无论如何，总是卑劣的事。有时，也或加暴力于所谓"他妈的"

---

5 现代汉语常用"身份"。——编者注

的生命上，但大概是乘机，而不是造运会，所以无论如何，也还是卑劣的事。

中国人至今还有无数"等"，还是依赖门第，还是倚仗祖宗。倘不改造，即永远有无声的或有声的"国骂"，就是"他妈的"，围绕在上下和四旁，而且这还须在太平的时候。

但偶尔也有例外的用法：或表惊异，或表感服。我曾在家乡看见乡农父子一同午饭，儿子指一碗菜向他父亲说："这不坏，妈的你尝尝看！"那父亲回答道："我不要吃，妈的你吃去罢！"则简直已经醇化为现在时行的"我的亲爱的"的意思了。

一九二五年七月十九日

论睁了眼看

虚生先生所做的时事短评中，曾有一个这样的题目：《我们应该有正眼看各方面的勇气》（《猛进》十九期）。诚然，必须敢于正视，这才可望、敢想、敢说、敢作、敢当。倘使并正视而不敢，此外还能成什么气候。然而，不幸这一种勇气是我们中国人最所缺乏的。

但现在我所想到的是别一方面——

中国的文人，对于人生——至少是对于社会现象，向来就多没有正视的勇气。我们的圣贤，本来早已教人"非礼勿视"的了，而这"礼"又非常之严，不但"正视"，连"平视""斜视"也不许。现在青年的精神未可知，在体质，却大半还是弯腰曲背、低眉顺眼，表示着老牌的老成的子弟、驯良的百姓——至于说对外却有大力量，乃是近一月来的新说，还不知道究竟是如何。

再回到"正视"问题去：先既不敢，后便不能，再后，就自然不视、不见了。一辆汽车坏了，停在马路上，一群人围着呆看，所得的结果是一团乌油油的东西。然而由本身的矛盾或社会的缺陷所生的苦痛，虽不正视，却要身受的。文人究竟是敏感人物，从他们的作品上看来，有些人确也早已感到不满，可是一到快要显露缺陷的危机一发之际，他们总即刻连说"并无其事"，同时便闭上了眼睛。这闭着的眼睛便看见一切圆满，当前的苦痛不过是"天之将降大任于是人也，必先苦其心志，劳其筋骨，饿其体肤，空乏其身，行拂乱其所为。"于是无问题，无缺陷，无不平，也就无解决，无改革，无反抗。因为凡事总要"团圆"，正无须我们焦躁，放心喝茶，睡觉大吉。再说费话[1]，就有"不合时宜"之咎，免不了要受大学教授的纠正了。呸！

我并未实验过，但有时候想：倘将一位久蛰洞房的老太爷抛在夏天正午的烈日底下，或将不出闺门的千金小姐拖到旷野的黑夜里，大概只好闭了眼睛，暂续他们残存的旧梦，总算并没有遇到暗或光，虽然已经是绝不相同的现实。中国的文人也一样，万事闭眼睛，聊以自欺，而且欺人，那方法是：瞒和骗。

中国婚姻方法的缺陷，才子佳人小说作家早就感到了，他于是使一个才子在壁上题诗，一个佳人便来和，由倾慕——现在就得称恋爱——而至于有"终身之约"。但约定之后，也就有了难关。我们都知道，"私订终身"在诗和戏曲或小说上尚不失为美谈（自然只以与终于中状元的男人私订为限），实际却不容于天下的，仍然免不了要离异。明末的作家便闭上眼睛，并这一层也加以补救了，说是：才子及第，奉旨成婚。"父母之命，媒妁之言"经这大帽子来一压，便成了半个铅钱也不值，问题也一点没有了。假使有之，也只在才子的能否中状元，而决不在婚姻制度的良否。

（近来有人以为新诗人的做诗发表，是在出风头，引异性，且迁怒于报章杂志之滥登。殊不知即使无报，墙壁实"古已有之"，早做过发表机关了。据《封神演义》，纣王已曾在女娲庙壁上题诗，那起源实在非常之早。报章可以不取白话，或排斥小诗，墙壁却拆不完，管不及的，倘一律刷成黑色，也还有破磁可划，粉笔可书，真是穷于应付。做诗不刻木板，去藏之名山，却要随时发表，虽然很有流弊，但大概是难以杜绝的罢。）

《红楼梦》中的小悲剧，是社会上常有的事，作者又是比较的敢于实写的，而那结果也并不坏。无论贾氏家业再振，兰桂齐芳，即

---

1 现代汉语常用"废话"。——编者注

宝玉自己，也成了个披大红猩猩毡斗篷的和尚。和尚多矣，但披这样阔斗篷的能有几个，已经是"入圣超凡"无疑了。至于别的人们，则早在册子里一一注定，末路不过是一个归结：是问题的结束，不是问题的开头。读者即小有不安，也终于奈何不得。然而后来或续或改，非借尸还魂，即冥中另配，必令"生旦当场团圆"，才肯放手者，乃是自欺欺人的瘾太大，所以看了小小骗局，还不甘心，定须闭眼胡说一通而后快。海克尔（E. Haeckel）说过，人和人之差，有时比类人猿和原人之差还远。我们将《红楼梦》的续作者和原作者一比较，就会承认这话大概是确实的。

"作善降祥"的古训，六朝人本已有些怀疑了，他们作墓志，竟会说"积善不报，终自欺人"的话。但后来的昏人，却又瞒起来。元刘信将三岁痴儿抛入醮纸火盆，妄希福祐，是见于《元典章》的，剧本《小张屠焚儿救母》却道是为母延命，命得延，儿亦不死了。一女愿侍瘤疾之夫，《醒世恒言》中还说终于一同自杀的，后来改作的却道是有蛇坠入药罐里，丈夫服后便全愈[2]了。凡有缺陷，一经作者粉饰，后半便大抵改观，使读者落诬妄中，以为世间委实尽够光明，谁有不幸，便是自作，自受。

有时遇到彰明的史实，瞒不下，如关羽岳飞的被杀，便只好别设骗局了。一是前世已造凶因，如岳飞；一是死后使他成神，如关羽。定命不可逃，成神的善报更满人意，所以杀人者不足责，被杀者也不足悲，冥冥中自有安排，使他们各得其所，正不必别人来费力了。

中国人的不敢正视各方面，用瞒和骗，造出奇妙的逃路来，而自以为正路。在这路上，就证明着国民性的怯弱、懒惰，而又巧滑。一天一天的满足着，即一天一天的堕落着，但却又觉得日见其

2　现代汉语常用"痊愈"。——编者注

光荣。在事实上，亡国一次，即添加几个殉难的忠臣，后来每不想光复旧物，而只去赞美那几个忠臣；遭劫一次，即造成一群不辱的烈女，事过之后，也每每不思惩凶、自卫，却只顾歌咏那一群烈女。仿佛亡国遭劫的事，反而给中国人发挥"两间正气"的机会，增高价值，即在此一举，应该一任其至，不足忧悲似的。自然，此上也无可为，因为我们已经借死人获得最上的光荣了。沪汉烈士的追悼会中，活的人们在一块很可景仰的高大的木主下互相打骂，也就是和我们的先辈走着同一的路。

文艺是国民精神所发的火光，同时也是引导国民精神的前途的灯火。这是互为因果的，正如麻油从芝麻榨出，但以浸芝麻，就使它更油。倘以油为上，就不必说。否则，当参入别的东西，或水或碱去。中国人向来因为不敢正视人生，只好瞒和骗，由此也生出瞒和骗的文艺来，由这文艺，更令中国人更深地陷入瞒和骗的大泽中，甚而至于已经自己不觉得。世界日日改变，我们的作家取下假面，真诚地、深入地、大胆地看取人生并且写出他的血和肉来的时候早到了，早就应该有一片崭新的文场，早就应该有几个凶猛的闯将！

现在，气象似乎一变，到处听不见歌吟花月的声音了，代之而起的是铁和血的赞颂。然而倘以欺瞒的心，用欺瞒的嘴，则无论说A和O，或Y和Z，一样是虚假的，只可以吓哑了先前鄙薄花月的所谓批评家的嘴，满足地以为中国就要中兴。可怜他在"爱国"的大帽子底下又闭上了眼睛了——或者本来就闭着。

没有冲破一切传统思想和手法的闯将，中国是不会有真的新文艺的。

一九二五年七月二十二日

从胡须说到牙齿

一

一翻《呐喊》，才又记得我曾在中华民国九年双十节的前几天做过一篇《头发的故事》。去年，距今快要一整年了罢，那时是《语丝》出世未久，我又曾为它写了一篇《说胡须》。实在似乎很有些章士钊之所谓"每况愈下"了——自然，这一句成语，也并不是章士钊首先用错的，但因为他既以擅长旧学自居，我又正在给他打官司，所以就栽在他身上。当时就听说——或者也是时行的"流言"——一位北京大学的名教授就愤慨过，以为从胡须说起，一直说下去，将来就要说到屁股，则于是乎便和上海的《晶报》一样了。为什么呢？这须是熟精今典的人们才知道，后进的"束发小生"是不容易了然的。因为《晶报》上曾经登过一篇《太阳晒屁股赋》，屁股和胡须又都是人身的一部分，既说此部，即难免不说彼部，正如看见洗脸的人，敏捷而聪明的学者即能推见他一直洗下去，将来一定要洗到屁股。所以有志于做 gentleman 者，为防微杜渐起见，应该在背后给一顿奚落的——如果说此外还有深意，那我可不得而知了。

昔者窃闻之：欧美的文明人讳言下体以及和下体略有渊源的事物。假如以生殖器为中心而画一正圆形，则凡在圆周以内者均在讳言之列，而圆之半径，则美国者大于英。中国的下等人，是不讳言的，古之上等人似乎也不讳，所以虽是公子而可以名为黑臀。讳之始，不知在什么时候，而将英美的半径放大，直至于口鼻之间或更在其上，则昉于一千九百二十四年秋。

文人墨客大概是感性太锐敏了之故罢，向来就很娇气，什么也给他说不得，见不得，听不得，想不得。道学先生于是乎从而禁之，虽然很像背道而驰，其实倒是心心相印。然而他们还是一看见堂客的手帕或者姨太太的荒冢就要做诗。我现在虽然也弄弄笔墨做做白话文，但才气却仿佛早经注定是该在"水平线"之下似的，所以看见手帕或荒冢之类，倒无动于中[1]，只记得在解剖室里第一次要在女性的尸体上动刀的时候，可似乎略有做诗之意——但是，不过"之意"而已，并没有诗，读者幸勿误会，以为我有诗集将要精装行世，传之其人，先在此预告。后来，也就连"之意"都没有了，大约是因为见惯了的缘故罢，正如下等人的说惯一样。否则，也许现在不但不敢说胡须，而且简直非"人之初性本善论"或"天地玄黄赋"便不屑做。遥想土耳其革命后，撕去女人的面幕，是多么下等的事？呜呼，她们已将嘴巴露出，将来一定要光着屁股走路了！

二

虽然有人数我为"无病呻吟"党之一，但我以为自家有病自家知，旁人大概是不很能够明白底细的。倘没有病，谁来呻吟？如果竟要呻吟，那就已经有了呻吟病了，无法可医——但模仿自然又是例外。即如自胡须直至屁股等辈，倘使相安无事，谁爱去纪念它们？我们平居无事时，从不想到自己的头、手、脚以至脚底心。待到慨然于"头颅谁斫""髀肉（又说下去了，尚希绅士淑女恕之）复生"的时候，是早已别有缘故的了，所以，"呻吟"。而批评家们曰："无病"。我实在艳羡他们的健康。

譬如腋下和胯间的毫毛，向来不很肇祸，所以也没有人引为题目来呻吟一通。头发便不然了，不但白发数茎，能使老先生揽镜慨然，赶紧拔去，清初还因此杀了许多人。民国既经成立，辫子总算剪定了，即使保不定将来要翻出怎样的花样来，但目下总不妨说是已经告一段落。于是我对于自己的头发，也就淡然若忘，而况女子应否剪发的问题呢？因为我并不预备制造桂花油或贩卖烫剪；事不干己，是无所容心于其间的。但到民国九年，寄住在我的寓里的一位小姐考进高等女子师范学校去了，而她是剪了头发的，再没有法可梳盘龙髻或 S 髻。到这时，我才知道虽然已是民国九年，而有些人之嫉视剪发的女子，竟和清朝末年之嫉视剪发的男子相同。校长 M 先生虽被天夺其魄，自己的头顶秃到近乎精光了，却偏以为女子的头发可系千钧，示意要她留起。设法去疏通了几回，没有效，连我也听得麻烦起来，于是乎"感慨系之矣"了，随口呻吟了一篇《头发的故事》。但是，不知怎的，她后来竟居然并不留长，现在还是蓬蓬松松的在北京道上走。

本来，也可以无须说下去了，然而连胡须样式都不自由，也是我平生的一件感愤，要时时想到的。胡须的有无、式样、长短，我以为除了直接受着影响的人以外，是毫无容喙的权利和义务的，而有些人们偏要越俎代谋，说些无聊的废话，这真和女子非梳头不可的教育，"奇装异服"者要抓进警厅去办罪的政治一样离奇。要人没有反拨，总须不加刺激，乡下人捉进知县衙门去，打完屁股之后，叩一个头道："谢大老爷！"这情形是特异的中国民族所特有的。

不料恰恰一周年，我的牙齿又发生问题了，这当然就要说牙齿。这回虽然并非说下去，而是说进去，但牙齿之后是咽喉，下面是食道、胃、大小肠、直肠，和吃饭很有相关，仍将为大雅所不齿，更何况直肠的邻近还有膀胱呢，呜呼！

三

中华民国十四年十月二十七日，即夏历之重九，国民因为主张关税自主，游行示威了。但巡警却断绝交通，至于发生冲突，据说两面"互有死伤"。次日，几种报章（《社会日报》《世界日报》《舆论报》《益世报》《顺天时报》等）的新闻中就有这样的话：

> 学生被打伤者，有吴兴身（第一英文学校），头部刀伤甚重……周树人（北大教员）齿受伤，脱门牙二。其他尚未接有报告……

这样还不够，第二天，《社会日报》《舆论报》《黄报》《顺天时报》又道：

> ……游行群众方面，北大教授周树人（即鲁迅）门牙确落二个……

舆论也好，指导社会机关也好，"确"也好，不确也好，我是没有修书更正的闲情别致的。但被害苦的是先有许多学生们，次日我到L学校去上课，缺席的学生就有二十余，他们想不至于因为我被打落门牙，即以为讲义也跌了价的，大概是预料我一定请病假。还有几个尝见和未见的朋友，或则面问，或则函问，尤其是朋其君，先行肉薄中央医院，不得，又到我的家里，目睹门牙无恙，这才重回东城，而"昊天不吊"，竟刮起大风来了。

假使我真被打落两个门牙，倒也大可以略平"整顿学风"者和其党徒之气罢，或者算是说了胡须的报应——因为有说下去之嫌，所以该得报应——依博爱家言，本来也未始不是一举两得的事，但可惜那一天我竟不在场。我之所以不到场者，并非遵了胡适教授的指示在研究室里用功，也不是从了江绍原教授的忠告在推敲作品，更不是依着易卜生博士的遗训正在"救出自己"，惭愧我全没有做那些大工作，从实招供起来，不过是整天躺在窗下的床上而已。为什么呢？曰：生些小病，非有他也。

然而我的门牙，却是"确落二个"的。

四

这也是自家有病自家知的一例，如果牙齿健全的，决不会知道牙痛的人的苦楚，只见他歪着嘴角吸风，模样着实可笑。自从盘古开辟天地以来，中国就未曾发明过一种止牙痛的好方法，现在虽然很有些什么"西法镶牙补眼"的了，但大概不过学了一点皮毛，连消毒去腐的粗浅道理也不明白。以北京而论，以中国自家的牙医而论，只有几个留美出身的博士是好的，但是，yes，贵不可言。至于穷乡僻壤，却连皮毛家也没有，倘使不幸而牙痛，又不安本分而想医好，怕只好去叩求城隍土地爷爷罢。

我从小就是牙痛党之一，并非故意和牙齿不痛的正人君子们立异，实在是"欲罢不能"。听说牙齿的性质的好坏，也有遗传的，那么，这就是我的父亲赏给我的一份遗产，因为他牙齿也很坏。于是或蛀，或破……终于牙龈上出血了，无法收拾。住的又是小城，并无牙医。那时也想不到天下有所谓"西法……"也者，惟有《验方新编》是唯一的救星，然而试尽"验方"都不验。后来，一个善士传给我一个秘方：择日将栗子风干，日日食之，神效。应择那一日，现在已经忘却了，好在这秘方的结果不过是吃栗子，随时可以风干的，我们也无须再费神去查考。自此之后，我才正式看中医，服汤药，可惜中医仿佛也束手了，据说这是叫"牙损"，难治得很呢。还记得有一天一个长辈斥责我，说，因为不自爱，所以会生这病的。医生能有什么法？我不解，但从此不再向人提起牙齿的事了，似乎这病是我的一件耻辱。如此者久而久之，直至我到日本的长崎，再去寻牙医，他给我刮去了牙后面的所谓"齿垔"，这才不再出血了，化去的医费是两元，时间是约一小时以内。

我后来也看看中国的医药书，忽而发见触目惊心的学说了。它说，齿是属于肾的，"牙损"的原因是"阴亏"。我这才顿然悟出先前的所以得到申斥的原因来，原来是他们在这里这样诬陷我。到现在，即使有人说中医怎样可靠，单方怎样灵，我还都不信。自然，其中大半是因为他们耽误了我的父亲的病的缘故罢，但怕也很挟带些切肤之痛的自己的私怨。

事情还很多哩，假使我有 Victor Hugo[2] 先生的文才，也许因此可以写出一部 *Les Misérables* 的续集。然而岂但没有而已么，遭难的又是自家的牙齿，向人分送自己的冤单，是不大合式[3]的，虽然所有文章，几乎十之九是自身的暗中的辩护。现在还不如迈开大步一跳，一径来说"门牙确落二个"的事罢：

袁世凯也如一切儒者一样，最主张尊孔。做了离奇的古衣冠，盛行祭孔的时候，大概是要做皇帝以前的一两年。自此以来，相承不废，但也因秉政者的变换，仪式上，尤其是行礼之状有些不同：大概自以为维新者出则西装而鞠躬，尊古者兴则古装而顿首。我曾经是教育部的佥事，因为"区区"，所以还不入鞠躬或顿首之列的，

2　现译"维克多·雨果"。——编者注
3　现代汉语常用"合适"。——编者注

但届春秋二祭，仍不免要被派去做执事。执事者，将所谓"帛"或"爵"递给鞠躬或顿首之诸公的听差之谓也。民国十一年秋，我"执事"后坐车回寓去，既是北京，又是秋，又是清早，天气很冷，所以我穿着厚外套，带⁴了手套的手是插在衣袋里的。那车夫，我相信他是因为瞌睡⁵、胡涂，决非章士钊党，但他却在中途用了所谓"非常处分"，以"迅雷不及掩耳之手段"，自己跌倒了，并将我从车上摔出。我手在袋里，来不及抵按，结果便自然只好和地母接吻，以门牙为牺牲了。于是无门牙而讲书者半年，补好于十二年之夏，所以现在使朋其君一见放心，释然回去的两个，其实却是假的。

五

孔二先生说："虽有周公之才之美，使骄且吝，其余，不足观也矣。"这话，我确是曾经读过的，也十分佩服。所以如果打落了两个门牙，借此能给若干人们从旁快意，"痛快"，倒也毫无吝惜之心。而无如门牙，只有这几个，而且早经脱落何？但是将前事拉成今事，却也是不甚愿意的事，因为有些事情，我还要说真实，便只好将别人的"流言"抹杀了，虽然这大抵也以有利于己，至少是无损于己者为限。准此，我便顺手又要将章士钊的将后事拉成前事的胡涂帐揭出来。

又是章士钊。我之遇到这个姓名而摇头，实在由来已久。但是，先前总算是为"公"，现在却像憎恶中医一样，仿佛也挟带一点私怨了，因为他"无故"将我免了官，所以，在先已经说过：我正在给他打官司。近来看见他的古文的答辩书了，很斥斥于"无故"之

4　现代汉语常用"戴"。——编者注
5　现代汉语常用"瞌睡"。——编者注

辩，其中有一段：

> ……又该伪校务维持会擅举该员为委员，该员又不声明否
> 认，显系有意抗阻本部行政，既情理之所难容，亦法律之所不
> 许……不得已于八月十二日，呈请执政将周树人免职，十三日
> 由　执政明令照准……

于是乎我也"之乎者也"地驳掉他：

> 查校务维持会公举树人为委员，系在八月十三日，而该总
> 长呈请免职，据称在十二日。岂先预知将举树人为委员而先为
> 免职之罪名耶？……

其实，那些什么"答辩书"也不过是中国的胡牵乱扯的照例
的成法，章士钊未必一定如此胡涂，假使真只胡涂，倒还不失为胡
涂人，但他是知道舞文玩法的。他自己说过："挽近政治，内包甚
复，一端之起，其真意往往难于迹象求之，执法抗争，不过迹象间
事……"所以倘若事不干己，则与其听他说政法，谈逻辑，实在远
不如看《太阳晒屁股赋》，因为欺人之意，这些赋里倒没有的。

离题愈说愈远了：这并不是我的身体的一部分。现在即此收
住，将来说到那里，且看民国十五年秋罢。

一九二五年十月三十日

坚壁清野主义

新近，我在中国社会上发现了几样主义。其一，是坚壁清野主义。

"坚壁清野"是兵家言，兵家非我的素业，所以这话不是从兵家得来，乃是从别的书上看来，或社会上听来的。听说这回的欧洲战争时最要紧的是壕堑战，那么，虽现在也还使用着这战法——坚壁。至于清野，世界史上就有着有趣的事例：相传十九世纪初拿破仑进攻俄国，到了墨斯科时，俄人便大发挥其清野手段，同时在这地方纵火，将生活所需的东西烧个干净，请拿破仑和他的雄兵猛将在空城里吸西北风，吸不到一个月，他们便退走了。

中国虽说是儒教国，年年祭孔，"俎豆之事，则尝闻之矣，军旅之事，丘未之学也"。但上上下下却都使用着这兵法，引导我看出来的是本月的报纸上的一条新闻。据说，教育当局因为公共娱乐场中常常发生有伤风化情事，所以令行各校，禁止女学生往游艺场和公园，并通知女生家属，协同禁止。自然，我并不深知这事是否确实，更未见明令的原文，也不明白教育当局之意，是因为娱乐场中的"有伤风化"情事，即从女生发生，所以不许其去，还是只要女生不去，别人也不发生，抑或即使发生，也就管他妈的了。

或者后一种的推测庶几近之。我们的古哲和今贤，虽然满口"正本清源""澄清天下"，但大概是有口无心的，"未有己不正，而能正人者"，所以结果是：收起来。第一，是"以己之心，度人之心"，想专以"不见可欲，使民心不乱"。第二，是器宇只有这么大，实在并没有"澄清天下"之才，正如富翁唯一的经济法，只有将钱埋在自己的地下一样。古圣人所教的"慢藏诲盗,冶容诲淫",就是说子女玉帛的处理方法,是应该坚壁清野的。

其实这种方法,中国早就奉行的了,我所到过的地方,除北京外,一路大抵只看见男人和卖力气的女人,很少见所谓上流妇女。但我先在此声明,我之不满于这种现象者,并非因为预备遍历中国,去窥窥一切太太小姐们,我并没有积下一文川资,就是最确的证据。今年是"流言"鼎盛时代,稍一不慎,《现代评论》上就会弯弯曲曲地登出来的,所以特地先行预告。至于一到名儒,则家里的男女也不给容易见面,霍渭厓的《家训》里,就有那非常麻烦的分隔男女的房子构造图。似乎有志于圣贤者,便是自己的家里也应该看作游艺场和公园,现在究竟是二十世纪,而且有"少负不羁之名,长习自由之说"的教育总长,实在宽大得远了。

北京倒是不大禁锢妇女,走在外面,也不很加侮蔑的地方,但这和我们的古哲和今贤之意相左,或者这种风气,倒是满洲[1]人输入的罢。满洲人曾经做过我们的"圣上",那习俗也应该遵从的。然而我想,现在却也并非排满,如民元之剪辫子,乃是老脾气复发了,只要看旧历过年的放鞭爆[2],就日见其多。可惜不再出一个魏忠贤来试验试验我们,看可有人去作干儿,并将他配享孔庙。

要风化好,是在解放人性,普及教育,尤其是性教育,这正是教育者所当为之事,"收起来"却是管牢监的禁卒哥哥的专门。况且社会上的事不比牢监那样简单,修了长城,胡人仍然源源而至,深沟高垒,都没有用处的。未有游艺场和公园以前,闺秀不出门,小家女也逛庙会,看祭赛,谁能说"有伤风化"情事比高门大族为

1　该词的使用并无贬义,共有两种含义。一是满族的旧称。1635年皇太极改女真为满洲,辛亥革命后称满族。二是旧时指我国东北一带,清末日俄势力入侵,称东三省为满洲。——编者注

2　现代汉语常用"鞭炮"。——编者注

多呢？

　　总之，社会不改良，"收起来"便无用，以"收起来"为改良社会的手段，是坐了津浦车往奉天。这道理很浅显：壁虽坚固，也会冲倒的。兵匪的"绑急票"、抢妇女，于风化何如？没有知道呢，还是知而不能言，不敢言呢？倒是歌功颂德的！

　　其实，"坚壁清野"虽然是兵家的一法，但这究竟是退守，不是进攻。或者就因为这一点，适与一般人的退婴主义相称，于是见得志同道合的罢。但在兵事上，是别有所待的，待援军的到来，或敌军的引退，倘单是困守孤城，那结果就只有灭亡，教育上的"坚壁清野"法，所待的是什么呢？照历来的女教来推测，所待的只有一件事：死。

　　天下太平或还能苟安时候，所谓男子者俨然地教贞顺，说幽娴，"内言不出于阃"，"男女授受不亲"。好！都听你，外事就拜托足下罢。但是天下弄得鼎沸，暴力袭来了，足下将何以见教呢？曰：做烈妇呀！

　　宋以来，对付妇女的方法，只有这一个，直到现在，还是这一个。

　　如果这女教当真大行，则我们中国历来多少内乱，多少外患，兵燹频仍，妇女不是死尽了么？不，也有幸免的，也有不死的，易代之际，就和男人一同降伏，做奴才。于是生育子孙，祖宗的香火幸而不断，但到现在还很有带着奴气的人物，大概也就是这个流弊罢。"有利必有弊"，是十口相传，大家都知道的。

　　但似乎除此之外，儒者、名臣、富翁、武人、阔人以至小百姓，都想不出什么善法来，因此还只得奉这为至宝。更昏庸的，便以为只要意见和这些歧异者，就是土匪了。和官相反的是匪，也正是当然的事。但最近，孙美瑶据守抱犊崮，其实倒是"坚壁"，至于"清野"的通品，则我要推举张献忠。

　　张献忠在明末的屠戮百姓，是谁也知道，谁也觉得可骇的，譬如他使 ABC 三枝兵杀完百姓之后，便令 AB 杀 C，又令 A 杀 B，又令 A 自相杀。为什么呢？是李自成已经入北京，做皇帝了。做皇帝是要百姓的，他就要杀完他的百姓，使他无皇帝可做。正如伤风化是要女生的，现在关起一切女生，也就无风化可伤一般。

　　连土匪也有坚壁清野主义，中国的妇女实在已没有解放的路。听说现在的乡民，于兵匪也已经辨别不清了。

一九二五年十一月二十二日

寡妇主义

范源廉[1]先生是现在许多青年所钦仰的。各人有各人的意思，我当然无从推度那些缘由。但我个人所叹服的，是在他当前清光绪末年，首先发明了"速成师范"。一门学术而可以速成，迂执的先生们也许要觉得离奇罢，殊不知那时中国正闹着"教育荒"，所以这正是一宗急赈的款子。半年以后，从日本留学回来的师资就不在少数了，还带着教育上的各种主义，如军国民主义、尊王攘夷主义之类。在女子教育，则那时候最时行、常常听到嚷着的是贤母良妻主义。

我倒并不一定以为这主义错，愚母恶妻是谁也不希望的。然而现在有几个急进的人们，却以为女子也不专是家庭中物，因而很攻击中国至今还钞了日本旧刊文来教育自己的女子的谬误。人们真容易被听惯的讹传所迷，例如近来有人说：谁是卖国的，谁是只为子孙计的。于是许多人也都这样说。其实如果真能卖国，还该得点更大的利，如果真为子孙计，也还算较有良心，现在的所谓谁者，大抵不过是送国，也何尝想到子孙。这贤母良妻主义也不在例外，急进者虽然引以为病，而事实上又何尝有这么一回事，所有的不过是"寡妇主义"罢了。

这"寡妇"二字，应该用纯粹的中国思想来解释，不能比附欧、美、印度或亚剌伯的，倘要翻成洋文，也决不宜意译或神译，只能译音：Kuofuism。

我生以前不知道怎样，我生以后，儒教却已经颇"杂"了："奉母命权作道场"者有之，"神道设教"者有之，佩服《文昌帝君功过

1　即"范源濂"。——编者注

格》者又有之，我还记得那《功过格》，是给"谈人闺阃"者以很大的罚。我未出户庭，中国也未有女学校以前不知道怎样，自从我涉足社会，中国也有了女校，却常听到读书人谈论女学生的事，并且照例是坏事。有时实在太谬妄了，但倘若指出它的矛盾，则说的听的都大不悦，仇恨简直是"若杀其父兄"。这种言动，自然也许是合于"儒行"的罢，因为圣道广博，无所不包，或者不过是小节，不要紧的。

我曾经也略略猜想过这些谣诼的由来：反改革的老先生、色情狂气味的幻想家、制造流言的名人、连常识也没有或别有作用的新闻访事和记者、被学生赶走的校长和教员、谋做校长的教育家、跟着一犬而群吠的邑犬……但近来却又发见了一种另外的，是"寡妇"或"拟寡妇"的校长及舍监。

这里所谓"寡妇"，是指和丈夫死别的，所谓"拟寡妇"，是指和丈夫生离以及不得已而抱独身主义的。

中国的女性出而在社会上服务，是最近才有的，但家族制度未曾改革，家务依然纷繁，一经结婚，即难于兼做别的事。于是社会上的事业，在中国，则大抵还只有教育，尤其是女子教育，便多半落在上文所说似的独身者的掌中。这在先前，是道学先生所占据的，继而以顽固无识等恶名失败，她们即以曾受新教育，曾往国外留学，同是女性等好招牌，起而代之。社会上也因为她们并不与任何男性相关，又无儿女系累，可以专心于神圣的事业，便漫然加以信托。但从此而青年女子之遭灾，就远在于往日在道学先生治下之上了。

即使是贤母良妻，即使是东方式，对于夫和子女，也不能说可以没有爱情。爱情虽说是天赋的东西，但倘没有相当的刺戟[2]和

2　现代汉语常用"刺激"。——编者注

运用，就不发达。譬如同是手脚，坐着不动的人将自己的和铁匠挑夫的一比较，就非常明白。在女子，是从有了丈夫，有了情人，有了儿女，而后真的爱情才觉醒的。否则，便潜藏着，或者竟会萎落，甚且至于变态。所以托独身者来造贤母良妻，简直是请盲人骑瞎马上道，更何论于能否适合现代的新潮流。自然，特殊的独身的女性，世上也并非没有，如那过去的有名的数学家 Sophie Kowalewsky，现在的思想家 Ellen Key 等，但那是一则欲望转了向，一则思想已经透澈的。然而当学士会院以奖金表彰 Kowalewsky 的学术上的名誉时，她给朋友的信里却有这样的话："我收到各方面的贺信。运命的奇异的讥刺呀，我从来没有感到过这样的不幸。"

至于因为不得已而过着独身生活者，则无论男女，精神上常不免发生变化，有着执拗猜疑阴险的性质者居多。欧洲中世的教士、日本维新前的御殿女中（女内侍）、中国历代的宦官，那冷酷险狠都超出常人许多倍。别的独身者也一样，生活既不合自然，心状也就大变，觉得世事都无味，人物都可憎，看见有些天真欢乐的人，便生恨恶。尤其是因为压抑性欲之故，所以于别人的性底事件就敏感、多疑、欣羡，因而妒嫉[3]。其实这也是势所必至的事：为社会所逼迫，表面上固不能不装作纯洁，但内心却终于逃不掉本能之力的牵掣，不自主地蠢动着缺憾之感的。

然而学生是青年，只要不是童养媳或继母治下出身，大抵涉世不深，觉得万事都有光明，思想言行，即与此辈正相反。此辈倘能回忆自己的青年时代，本来就可以了解的。然而天下所多的是愚妇人，那里能想到这些事，始终用了她多年炼就[4]的眼光观察一切：见一封信，疑心是情书了；闻一声笑，以为是怀春了；只要男人来访，

3　现代汉语常用"妒忌"。——编者注
4　现代汉语常用"练就"。——编者注

就是情夫；为什么上公园呢？总该是赴密约。被学生反对，专一运用这种策略的时候不待言，虽在平时，也不免如此。加以中国本是流言的出产地方，"正人君子"也常以这些流言作谈资、扩势力，自造的流言尚且奉为至宝，何况是真出于学校当局者之口的呢？自然就更有价值地传布起来了。

我以为在古老的国度里，老于世故者和许多青年，在思想言行上，似乎有很远的距离，倘观以一律的眼光，结果即往往谬误。譬如中国有许多坏事，各有专名，在书籍上又偏多关于它的别名和隐语。当我编辑周刊时，所收的文稿中每有直犯这些别名和隐语的，在我，是向来避而不用。但细一查考，作者实茫无所知，因此也坦然写出，其咎却在中国的坏事的别名隐语太多，而我亦太有所知道，疑虑及避忌。看这些青年，仿佛中国的将来还有光明，但再看所谓学士大夫，却又不免令人气塞。他们的文章或者古雅，但内心真是干净者有多少。即以今年的士大夫的文言而论，章士钊呈文中的"荒学逾闲恣为无忌"，"两性衔接之机缄缔构"，"不受检制竟体忘形"，"谨愿者尽丧所守"等，可谓臻媟黩之极致了。但其实，被侮辱的青年学生们是不懂的，即使仿佛懂得，也大概不及我读过一些古文者的深切地看透作者的居心。

言归正传罢。因为人们因境遇而思想性格能有这样不同，所以在寡妇或拟寡妇所办的学校里，正当的青年是不能生活的。青年应当天真烂漫，非如她们的阴沉，她们却以为中邪了；青年应当有朝气，敢作为，非如她们的萎缩，她们却以为不安本分了：都有罪。只有极和她们相宜——说得冠冕一点罢，就是极其"婉顺"的，以她们为师法，使眼光呆滞，面肌固定，在学校所化成的阴森的家庭里屏息而行，这才能敷衍到毕业；拜领一张纸，以证明自己在这里被多年陶冶之余，已经失了青春的本来面目，成为精神上的"未字先寡"的人物,自此又要到社会上传布此道去了。

虽然是中国,自然也有一些解放之机,虽然是中国妇女,自然也有一些自立的倾向。所可怕的是幸而自立之后,又转而凌虐还未自立的人,正如童养媳一做婆婆,也就像她的恶姑一样毒辣。我并非说凡在教育界的独身女子,一定都得去配一个男人,无非愿意她们能放开思路,再去较为远大地加以思索。一面,则希望留心教育者,想到这事乃是一个女子教育上的大问题,而有所挽救,因为我知道凡有教育学家,是决不肯说教育是没有效验的。大约中国此后这种独身者还要逐渐增加,倘使没有善法补救,则寡妇主义教育的声势也就要逐渐浩大,许多女子都要在那冷酷险狠的陶冶之下失其活泼的青春,无法复活了。全国受过教育的女子,无论已嫁未嫁,有夫无夫,个个心如古井,脸若严霜,自然倒也怪好看的罢,但究竟也太不像真要人模样地生活下去了。为他帖身[5]的使女、亲生的女儿着想,倒是还在其次的事。

我是不研究教育的,但这种危害,今年却因为或一机会深切地感到了,所以就趁《妇女周刊》征文的机会,将我的所感说出。

一九二五年十一月二十三日

---

5 现代汉语常用"贴身"。——编者注

论"费厄泼赖"应该缓行

一　解题

《语丝》五七期上语堂先生曾经讲起"费厄泼赖"(Fair play),以为此种精神在中国最不易得,我们只好努力鼓励,又谓不"打落水狗",即足以补充"费厄泼赖"的意义。我不懂英文,因此也不明这字的函义究竟怎样,如果不"打落水狗"也即这种精神之一体,则我却很想有所议论。但题目上不直书"打落水狗"者,乃为回避触目起见,即并不一定要在头上强装"义角"之意。总而言之,不过说是"落水狗"未始不可打,或者简直应该打而已。

二　论"落水狗"有三种,大都在可打之列

今之论者,常将"打死老虎"与"打落水狗"相提并论,以为都近于卑怯。我以为"打死老虎"者,装怯作勇,颇含滑稽,虽然不免有卑怯之嫌,却怯得令人可爱。至于"打落水狗",则并不如此简单,当看狗之怎样,以及如何落水而定。考落水原因,大概可有三种:(1)狗自己失足落水者;(2)别人打落者;(3)亲自打落者。倘遇前二种,便即附和去打,自然过于无聊,或者竟近于卑怯,但若与狗奋战,亲手打其落水,则虽用竹竿又在水中从而痛打之,似乎也非已甚,不得与前二者同论。

听说刚勇的拳师,决不再打那已经倒地的敌手,这实足使我们奉为楷模。但我以为尚须附加一事,即敌手也须是刚勇的斗士,一

败之后，或自愧自悔而不再来，或尚须堂皇地来相报复，那当然都无不可。而于狗，却不能引此为例，与对等的敌手齐观，因为无论它怎样狂嗥，其实并不解什么"道义"。况且狗是能浮水的，一定仍要爬到岸上，倘不注意，它先就耸身一摇，将水点洒得人们一身一脸，于是夹着尾巴逃走了。但后来性情还是如此。老实人将它的落水认作受洗，以为必已忏悔，不再出而咬人，实在是大错而特错的事。

总之，倘是咬人之狗，我觉得都在可打之列，无论它在岸上或在水中。

三　论叭儿狗[1]尤非打落水里，又从而打之不可

叭儿狗一名哈吧狗[2]，南方却称为西洋狗了，但是，听说倒是中国的特产，在万国赛狗会里常常得到金奖牌，《大不列颠百科全书》的狗照相上，就很有几匹是咱们中国的叭儿狗。这也是一种国光。但是，狗和猫不是仇敌么？它却虽然是狗，又很像猫，折中、公允、调和、平正之状可掬，悠悠然摆出别个无不偏激，惟独自己得了"中庸之道"似的脸来。因此也就为阔人、太监、太太、小姐们所钟爱，种子绵绵不绝。它的事业，只是以伶俐的皮毛获得贵人豢养，或者中外的娘儿们上街的时候，脖子上拴了细链子跟在脚后跟。

这些就应该先行打它落水，又从而打之。如果它自坠入水，其实也不妨又从而打之，但若是自己过于要好，自然不打亦可，然而也不必为之叹息。叭儿狗如可宽容，别的狗也大可不必打了，因为它们虽然非常势利，但究竟还有些像狼，带着野性，不至于如此骑墙。

以上是顺便说及的话，似乎和本题没有大关系。

1　现代汉语常用"巴儿狗"，也作"叭儿狗"。——编者注
2　现代汉语常用"哈巴狗"。——编者注

四　论不"打落水狗"是误人子弟的

总之，落水狗的是否该打，第一是在看它爬上岸了之后的态度。

狗性总不大会改变的，假使一万年之后，或者也许要和现在不同，但我现在要说的是现在。如果以为落水之后，十分可怜，则害人的动物，可怜者正多，便是霍乱病菌，虽然生殖得快，那性格却何等地老实，然而医生是决不肯放过它的。

现在的官僚和土绅士或洋绅士，只要不合自意的，便说是赤化，是共产。民国元年以前稍不同，先是说康党，后是说革党，甚至于到官里去告密，一面固然在保全自己的尊荣，但也未始没有那时所谓"以人血染红顶子"之意。可是革命终于起来了，一群臭架子的绅士们，便立刻皇皇然若丧家之狗，将小辫子盘在头顶上。革命党也一派新气——绅士们先前所深恶痛绝的新气，"文明"得可以说是"咸与维新"了，我们是不打落水狗的，听凭它们爬上来罢。于是它们爬上来了，伏到民国二年下半年，二次革命的时候，就突出来帮着袁世凯咬死了许多革命人，中国又一天一天沉入黑暗里，一直到现在，遗老不必说，连遗少也还是那么多。这就因为先烈的好心，对于鬼蜮的慈悲，使它们繁殖起来，而此后的明白青年为反抗黑暗计，也就要花费更多更多的气力和生命。

秋瑾女士就是死于告密的，革命后暂时称为"女侠"，现在是不大听见有人提起了。革命一起，她的故乡就到了一个都督——等于现在之所谓督军——也是她的同志：王金发。他捉住了杀害她的谋主，调集了告密的案卷，要为她报仇。然而终于将那谋主释放了，据说是因为已经成了民国，大家不应该再修旧怨罢。但等到二次革命失败后，王金发却被袁世凯的走狗枪决了，与有力的是他所释放的杀过秋瑾的谋主。

这人现在也已"寿终正寝"了，但在那里继续跋扈出没着的也还是这一流人，所以秋瑾的故乡也还是那样的故乡，年复一年，丝毫没有长进。从这一点看起来，生长在可为中国模范的名城里的杨荫榆女士和陈西滢先生，真是洪福齐天。

五 论塌台人物不当与"落水狗"相提并论

"犯而不校"是恕道，"以眼还眼，以牙还牙"是直道。中国最多的却是枉道：不打落水狗，反被狗咬了。但是，这其实是老实人自己讨苦吃。

俗语说："忠厚是无用的别名"，也许太刻薄一点罢，但仔细想来，却也觉得并非唆人作恶之谈，乃是归纳了许多苦楚的经历之后的警句。譬如不打落水狗说，其成因大概有二：一是无力打；二是比例错。前者且勿论；后者的大错就又有二：一是误将塌台人物和落水狗齐观；二是不辨塌台人物又有好有坏，于是视同一律，结果反成为纵恶。即以现在而论，因为政局的不安定，真是此起彼伏如转轮，坏人靠着冰山，恣行无忌，一旦失足，忽而乞怜，而曾经亲见或亲受其噬啮的老实人，乃忽以"落水狗"视之，不但不打，甚至于还有哀矜之意，自以为公理已伸，侠义这时正在我这里。殊不知它何尝真是落水，巢窟是早已造好的了，食料是早经储足的了，并且都在租界里。虽然有时似乎受伤，其实并不，至多不过是假装跛脚，聊以引起人们的侧隐之心，可以从容避匿罢了。他日复来，仍旧先咬老实人开手，"投石下井"，无所不为，寻起原因来，一部分就正因为老实人不"打落水狗"之故。所以，要是说得苛刻一点，也就是自家掘坑自家埋，怨天尤人，全是错误的。

六　论现在还不能一味"费厄"

仁人们或者要问：那么，我们竟不要"费厄泼赖"么？我可以立刻回答：当然是要的，然而尚早。这就是"请君入瓮"法。虽然仁人们未必肯用，但我还可以言之成理。土绅士或洋绅士们不是常常说，中国自有特别国情，外国的平等自由等等，不能适用么？我以为这"费厄泼赖"也是其一。否则，他对你不"费厄"，你却对他去"费厄"，结果总是自己吃亏，不但要"费厄"而不可得，并且连要不"费厄"而亦不可得。所以要"费厄"，最好是首先看清对手，倘是些不配承受"费厄"的，大可以老实不客气，待到它也"费厄"了，然后再与它讲"费厄"不迟。

这似乎很有主张二重道德之嫌，但是也出于不得已，因为倘不如此，中国将不能有较好的路。中国现在有许多二重道德，主与奴、男与女，都有不同的道德，还没有划一。要是对"落水狗"和"落水人"独独一视同仁，实在未免太偏、太早，正如绅士们之所谓自由平等并非不好，在中国却微嫌太早一样。所以倘有人要普遍施行"费厄泼赖"精神，我以为至少须俟所谓"落水狗"者带有人气之后。但现在自然也非绝不可行，就是，有如上文所说：要看清对手。而且还要有等差，即"费厄"必视对手之如何而施，无论其怎样落水，为人也则帮之，为狗也则不管之，为坏狗也则打之。一言以蔽之，"党同伐异"而已矣。

满心"婆理"而满口"公理"的绅士们的名言暂且置之不论不议之列，即使真心人所大叫的公理，在现今的中国，也还不能救助好人，甚至于反而保护坏人。因为当坏人得志，虐待好人的时候，即使有人大叫公理，他决不听从，叫喊仅止于叫喊，好人仍然受苦。

然而偶有一时，好人或稍稍蹶起，则坏人本该落水了，可是，真心的公理论者又"勿报复"呀、"仁恕"呀、"勿以恶抗恶"呀……的大嚷起来。这一次却发生实效，并非空嚷了：好人正以为然，而坏人于是得救。但他得救之后，无非以为占了便宜，何尝改悔，并且因为是早已营就三窟，又善于钻谋的，所以不多时，也就依然声势赫奕，作恶又如先前一样。这时候，公理论者自然又要大叫，但这回他却不听你了。

但是，"疾恶太严"，"操之过急"，汉的清流和明的东林，却正以这一点倾败，论者也常常这样责备他们。殊不知那一面，何尝不"疾善如仇"呢？人们却不说一句话。假使此后光明和黑暗还不能作彻底的战斗，老实人误将纵恶当作宽容，一味姑息下去，则现在似的混沌状态，是可以无穷无尽的。

七　论"即以其人之道还治其人之身"

中国人或信中医或信西医，现在较大的城市中往往并有两种医，使他们各得其所，我以为这确是极好的事。倘能推而广之，怨声一定还要少得多，或者天下竟可以臻于郅治。例如民国的通礼是鞠躬，但若有人以为不对的，就独使他磕头。民国的法律是没有笞刑的，倘有人以为肉刑好，则这人犯罪时就特别打屁股。碗筷饭菜是为今人而设的，有愿为燧人氏以前之民者，就请他吃生肉，再造几千间茅屋，将在大宅子里仰慕尧、舜的高士都拉出来，给住在那里面。反对物质文明的，自然更应该不使他衔冤坐汽车。这样一办，真所谓"求仁得仁又何怨"，我们的耳根也就可以清净许多罢。

但可惜大家总不肯这样办，偏要以己律人，所以天下就多事。"费厄泼赖"尤其有流弊，甚至于可以变成弱点，反给恶势力占便宜。例如刘百昭殴曳女师大学生,《现代评论》上连屁也不放,一到女师大恢复,陈西滢鼓动女大学生占据校舍时,却道"要是她们不肯走便怎样呢?你们总不好意思用强力把她们的东西搬走了罢?"殴而且拉,而且搬,是有刘百昭的先例的,何以这一回独独"不好意思"?这就因为给他嗅到了女师大这一面有些"费厄"气味之故。但这"费厄"却又变成弱点,反而给人利用了来替章士钊的"遗泽"保镖[3]。

八　结末

或者要疑我上文所言,会激起新旧或什么两派之争,使恶感更深或相持更烈罢。但我敢断言,反改革者对于改革者的毒害,向来就并未放松过,手段的厉害也已经无以复加了。只有改革者却还在睡梦里,总是吃亏,因而中国也总是没有改革,自此以后,是应该改换些态度和方法的。

一九二五年十二月二十九日

3　现代汉语常用"保镖"。——编者注

写在《坟》后面

在听到我的杂文已经印成一半的消息的时候，我曾经写了几行题记，寄往北京去。当时想到便写，写完便寄，到现在还不满二十天，早已记不清说了些甚么了。今夜周围是这么寂静，屋后面的山脚下腾起野烧的微光，南普陀寺还在做牵丝傀儡戏，时时传来锣鼓声，每一间隔中，就更加显得寂静。电灯自然是辉煌着，但不知怎地忽有淡淡的哀愁来袭击我的心，我似乎有些后悔印行我的杂文了。我很奇怪我的后悔，这在我是不大遇到的，到如今，我还没有深知道所谓悔者究竟是怎么一回事。但这心情也随即逝去，杂文当然仍在印行，只为想驱逐自己目下的哀愁，我还要说几句话。

记得先已说过：这不过是我的生活中的一点陈迹。如果我的过往，也可以算作生活，那么，也就可以说，我也曾工作过了。但我并无喷泉一般的思想，伟大华美的文章，既没有主义要宣传，也不想发起一种什么运动。不过我曾经尝得，失望无论大小，是一种苦味，所以几年以来，有人希望我动动笔的，只要意见不很相反，我的力量能够支撑，就总要勉力写几句东西，给来者一些极微末的欢喜。人生多苦辛，而人们有时却极容易得到安慰，又何必惜一点笔墨，给多尝些孤独的悲哀呢？于是除小说杂感之外，逐渐又有了长长短短的杂文十多篇。其间自然也有为卖钱而作的，这回就都混在一处。我的生命的一部分，就这样地用去了，也就是做了这样的工作。然而我至今终于不明白我一向是在做什么。比方做土工的罢，做着做着，而不明白是在筑台呢还在掘坑。所知道的是即使是筑台，也无非要将自己从那上面跌下来或者显示老死，倘是掘坑，那就当然不过是埋掉自己。总之，逝去，逝去，一切一切，和光阴一同早逝去，在逝去，要逝去了——不过如此，但也为我所十分甘愿的。

然而这大约也不过是一句话。当呼吸还在时，只要是自己的，我有时却也喜欢将陈迹收存起来，明知不值一文，总不能绝无眷恋，集杂文而名之曰《坟》，究竟还是一种取巧的掩饰。刘伶喝得酒气熏天，使人荷锸跟在后面，道：死便埋我。虽然自以为放达，其实是只能骗骗极端老实人的。

所以这书的印行，在自己就是这么一回事。至于对别人，记得在先也已说过，还有愿使偏爱我的文字的主顾得到一点喜欢，憎恶我的文字的东西得到一点呕吐——我自己知道，我并不大度，那些东西因我的文字而呕吐，我也很高兴的。别的就什么意思也没有了。倘若硬要说出好处来，那么，其中所介绍的几个诗人的事，或者还不妨一看。最末的论"费厄泼赖"这一篇，也许可供参考罢，因为这虽然不是我的血所写，却是见了我的同辈和比我年幼的青年们的血而写的。

偏爱我的作品的读者，有时批评说，我的文字是说真话的。这其实是过誉，那原因就因为他偏爱。我自然不想太欺骗人，但也未尝将心里的话照样说尽，大约只要看得可以交卷就算完。我的确时时解剖别人，然而更多的是更无情面地解剖我自己，发表一点，酷爱温暖的人物已经觉得冷酷了，如果全露出我的血肉来，末路正不知要到怎样。我有时也想就此驱除旁人，到那时还不唾弃我的，即使是枭蛇鬼怪，也是我的朋友，这才真是我的朋友。倘使并这个也没有，则就是我一个人也行。但现在我并不。因为，我还没有这样勇敢，那原因就是我还想生活，在这社会里。还有一种小缘故，先前也曾屡次声明，就是偏要使所谓正人君子也者之流多不舒服几天，所以自己便特地留几片铁甲在身上，站着，给他们的世界上多有一点缺陷，到我自己厌倦了，要脱掉了的时候为止。

倘说为别人引路，那就更不容易了，因为连我自己还不明白应当怎么走。中国大概很有些青年的"前辈"和"导师"罢，但那不是我，我也不相信他们。我只很确切地知道一个终点，就是：坟。然而这是大家都知道的，无须谁指引。问题是在从此到那的道路，那当然不只[1]一条，我可正不知那一条好，虽然至今有时也还在寻求。在寻求中，我就怕我未熟的果实偏偏毒死了偏爱我的果实的人，而憎恨我的东西如所谓正人君子也者偏偏都矍铄，所以我说话常不免含胡[2]，中止，心里想：对于偏爱我的读者的赠献，或者最好倒不如是一个"无所有"。我的译著的印本，最初，印一次是一千，后来加五百，近时是二千至四千，每一增加，我自然是愿意的，因为能赚钱，但也伴着哀愁，怕于读者有害，因此作文就时常更谨慎、更踌蹰[3]。有人以为我信笔写来，直抒胸臆，其实是不尽然的，我的顾忌并不少。我自己早知道毕竟不是什么战士了，而且也不能算前驱，就有这么多的顾忌和回忆。还记得三四年前，有一个学生来买我的书，从衣袋里掏出钱来放在我手里，那钱上还带着体温。这体温便烙印了我的心，至今要写文字时，还常使我怕毒害了这类的青年，迟疑不敢下笔。我毫无顾忌地说话的日子，恐怕要未必有了罢。但也偶尔想，其实倒还是毫无顾忌地说话，对得起这样的青年。但至今也还没有决心这样做。

今天所要说的话也不过是这些，然而比较的却可以算得真实。此外，还有一点余文。

记得初提倡白话的时候，是得到各方面剧烈的攻击的。后来白话渐渐通行了，势不可遏，有些人便一转而引为自己之功，美其名

1　现代汉语常用"不止"。——编者注
2　现代汉语常用"含糊"。——编者注
3　现代汉语常用"踌躇"。——编者注

曰"新文化运动"。又有些人便主张白话不妨作通俗之用,又有些人却道白话要做得好,仍须看古书。前一类早已二次转舵,又反过来嘲骂"新文化"了;后二类是不得已的调和派,只希图多留几天僵尸,到现在还不少,我曾在杂感上掊击[4]过的。

新近看见一种上海出版的期刊,也说起要做好白话须读好古文,而举例为证的人名中,其一却是我。这实在使我打了一个寒噤。别人我不论,若是自己,则曾经看过许多旧书,是的确的,为了教书,至今也还在看。因此耳濡目染,影响到所做的白话上,常不免流露出它的字句,体格来。但自己却正苦于背了这些古老的鬼魂,摆脱不开,时常感到一种使人气闷的沉重。就是思想上,也何尝不中些庄周、韩非的毒,时而很随便,时而很峻急。孔孟的书我读得最早、最熟,然而倒似乎和我不相干。大半也因为懒惰罢,往往自己宽解,以为一切事物,在转变中是总有多少中间物的。动植之间、无脊椎和脊椎动物之间,都有中间物,或者简直可以说,在进化的链子上,一切都是中间物。当开首改革文章的时候,有几个不三不四的作者,是当然的,只能这样,也需要这样。他的任务,是在有些警觉之后,喊出一种新声,又因为从旧垒中来,情形看得较为分明,反戈一击,易制强敌的死命。但仍应该和光阴偕逝,逐渐消亡,至多不过是桥梁中的一木一石,并非什么前途的目标,范本。跟着起来便该不同了,倘非天纵之圣,积习当然也不能顿然荡除,但总得更有新气象。以文字论,就不必更在旧书里讨生活,却将活人的唇舌作为源泉,使文章更加接近语言,更加有生气。至于对于现在人民的语言的穷乏欠缺,如何救济,使他丰富起来,那也是一个很大的问题,或者也须在旧文中取得若干资料,以供使役,但这并不在我现在所要说的范围以内,姑且不论。

---

4 现代汉语常用"抨击"。——编者注

　　我以为我倘十分努力，大概也还能够博采口语，来改革我的文章。但因为懒而且忙，至今没有做。我常疑心这和读了古书很有些关系，因为我觉得古人写在书上的可恶思想，我的心里也常有，能否忽而奋勉，是毫无把握的。我常常诅咒我的这思想，也希望不再见于后来的青年。去年我主张青年少读，或者简直不读中国书，乃是用许多苦痛换来的真话，决不是聊且快意，或什么玩笑、愤激之辞。古人说，不读书便成愚人，那自然也不错的。然而世界却正由愚人造成，聪明人决不能支持世界，尤其是中国的聪明人。现在呢，思想上且不说，便是文辞，许多青年作者又在古文、诗词中摘些好看而难懂的字面，作为变戏法的手巾，来装潢自己的作品了。我不知这和劝读古文说可有相关，但正在复古，也就是新文艺的试行自杀，是显而易见的。

　　不幸我的古文和白话合成的杂集，又恰在此时出版了，也许又要给读者若干毒害。只是在自己，却还不能毅然决然将他毁灭，还想借此暂时看看逝去的生活的余痕。惟愿偏爱我的作品的读者也不过将这当作一种纪念，知道这小小的丘陇中，无非埋着曾经活过的躯壳。待再经若干岁月，又当化为烟埃，并纪念也从人间消去，而我的事也就完毕了。上午也正在看古文，记起了几句陆士衡的吊曹孟德文，便拉来给我的这一篇作结——

　　　　既睎古以遗累，信简礼而薄葬。
　　　　彼裘绂于何有，贻尘谤于后王。
　　　　嗟大恋之所存，故虽哲而不忘。
　　　　览遗籍以慷慨，献兹文而凄伤！

　　一九二六年，一一，一一，夜。鲁迅。

呐喊

自序

　　我在年青[1]时候也曾经做过许多梦，后来大半忘却了，但自己也并不以为可惜。所谓回忆者，虽说可以使人欢欣，有时也不免使人寂寞，使精神的丝缕还牵着已逝的寂寞的时光，又有什么意味呢？而我偏苦于不能全忘却，这不能全忘的一部分，到现在便成了《呐喊》的来由。

　　我有四年多，曾经常常——几乎是每天，出入于质铺和药店里，年纪可是忘却了，总之是药店的柜台正和我一样高，质铺的是比我高一倍，我从一倍高的柜台外送上衣服或首饰去，在侮蔑里接了钱，再到一样高的柜台上给我久病的父亲去买药。回家之后，又须忙别的事了，因为开方的医生是最有名的，以此所用的药引也奇特：冬天的芦根、经霜三年的甘蔗、蟋蟀要原对的、结子的平地木……多不是容易办到的东西。然而我的父亲终于日重一日的亡故了。

　　有谁从小康人家而坠入困顿的么？我以为在这途路[2]中，大概可以看见世人的真面目。我要到N进K学堂去了，仿佛是想走异路，逃异地，去寻求别样的人们。我的母亲没有法，办了八元的川资，说是由我的自便。然而伊哭了，这正是情理中的事，因为那时读书应试是正路，所谓学洋务，社会上便以为是一种走投无路的人，只得将灵魂卖给鬼子，要加倍的奚落而且排斥的，而况伊又看不见自己的儿子了。然而我也顾不得这些事，终于到N去进了K学堂了，

1　现代汉语常用"年轻"。——编者注
2　现代汉语常用"路途"。——编者注

在这学堂里，我才知道世上还有所谓格致、算学、地理、历史、绘图和体操。生理学并不教，但我们却看到些木版的《全体新论》和《化学卫生论》之类了。我还记得先前的医生的议论和方药，和现在所知道的比较起来，便渐渐的悟得中医不过是一种有意的或无意的骗子，同时又很起了对于被骗的病人和他的家族的同情，而且从译出的历史上，又知道了日本维新是大半发端于西方医学的事实。

因为这些幼稚的知识，后来便使我的学籍列在日本一个乡间的医学专门学校里了。我的梦很美满，预备卒业回来，救治像我父亲似的被误的病人的疾苦，战争时候便去当军医，一面又促进了国人对于维新的信仰。我已不知道教授微生物学的方法现在又有了怎样的进步了，总之那时是用了电影来显示微生物的形状的，因此有时讲义的一段落已完，而时间还没有到，教师便映些风景或时事的画片给学生看，以用去这多余的光阴。其时正当日俄战争的时候，关于战事的画片自然也就比较的多了，我在这一个讲堂中，便须常常随喜我那同学们的拍手和喝采[3]。有一回，我竟在画片上忽然会见我久违的许多中国人了，一个绑在中间，许多站在左右，一样是强壮的体格，而显出麻木的神情。据解说，则绑着的是替俄国做了军事上的侦探，正要被日军砍下头颅来示众，而围着的便是来赏鉴这示众的盛举的人们。

这一学年没有完毕，我已经到了东京了，因为从那一回以后，我便觉得医学并非一件紧要事，凡是愚弱的国民，即使体格如何健全，如何茁壮，也只能做毫无意义的示众的材料和看客，病死多少是不必以为不幸的。所以我们的第一要著是在改变他们的精神，而善于改变精神的是，我那时以为当然要推文艺，于是想提倡文艺运动了。在东京的留学生很有学法政理化以至警察工业的，但没有人

3　现代汉语常用"喝彩"。——编者注

治文学和美术。可是在冷淡的空气中，也幸而寻到几个同志了，此外又邀集了必须的几个人，商量之后，第一步当然是出杂志，名目是取"新的生命"的意思，因为我们那时大抵带些复古的倾向，所以只谓之《新生》。

《新生》的出版之期接近了，但最先就隐去了若干担当文字的人，接着又逃走了资本，结果只剩下不名一钱的三个人。创始时候既已背时，失败时候当然无可告语，而其后却连这三个人也都为各自的运命所驱策，不能在一处纵谈将来的好梦了，这就是我们的并未产生的《新生》的结局。

我感到未尝经验的无聊，是自此以后的事，我当初是不知其所以然的。后来想，凡有一人的主张得了赞和，是促其前进的，得了反对，是促其奋斗的，独有叫喊于生人中，而生人并无反应，既非赞同，也无反对，如置身毫无边际的荒原，无可措手的了，这是怎样的悲哀呵？我于是以我所感到者为寂寞。

这寂寞又一天一天的长大起来，如大毒蛇，缠住了我的灵魂了。

然而我虽然自有无端的悲哀，却也并不愤懑，因为这经验使我反省，看见自己了，就是我决不是一个振臂一呼应者云集的英雄。

只是我自己的寂寞是不可不驱除的，因为这于我太痛苦。我于是用了种种法，来麻醉自己的灵魂，使我沉入于国民中，使我回到古代去，后来也亲历或旁观过几样更寂寞、更悲哀的事，都为我所不愿追怀，甘心使他们和我的脑一同消灭在泥土里的，但我的麻醉法却也似乎已经奏了功，再没有青年时候的慷慨激昂的意思了。

S会馆里有三间屋，相传是往昔曾在院子里的槐树上缢死过一个女人的，现在槐树已经高不可攀了，而这屋还没有人住，许多年，我便寓在这屋里钞古碑。客中少有人来，古碑中也遇不到什么问题和主义，而我的生命却居然暗暗的消去了，这也就是我惟一的愿望。夏夜，蚊子多了，便摇着蒲扇坐在槐树下，从密叶缝里看那一点一点的青天，晚出的槐蚕又每每冰冷的落在头颈上。

那时偶或来谈的是一个老朋友金心异，将手提的大皮夹放在破桌上，脱下长衫，对面坐下了，因为怕狗，似乎心房还在怦怦的跳动。

"你钞了这些有什么用？"有一夜，他翻着我那古碑的钞本，发了研究的质问了。

"没有什么用。"

"那么，你钞他是什么意思呢？"

"没有什么意思。"

"我想，你可以做点文章……"

我懂得他的意思了，他们正办《新青年》，然而那时仿佛不特没有人来赞同，并且也还没有人来反对，我想，他们许是感到寂寞了，但是说：

"假如一间铁屋子，是绝无窗户而万难破毁的，里面有许多熟睡的人们，不久都要闷死了，然而是从昏睡入死灭，并不感到就死的悲哀。现在你大嚷起来，惊起了较为清醒的几个人，使这不幸的少数者来受无可挽救的临终的苦楚，你倒以为对得起他们么？"

"然而几个人既然起来，你不能说决没有毁坏这铁屋的希望。"

是的。我虽然自有我的确信，然而说到希望，却是不能抹杀的，因为希望是在于将来，决不能以我之必无的证明，来折服他之所谓可有，于是我终于答应他也做文章了，这便是最初的一篇《狂人日记》。从此以后，便一发而不可收，每写些小说模样的文章，以敷衍朋友们的嘱托，积久就有了十余篇。

在我自己，本以为现在是已经并非一个切迫[4]而不能已于言的

4　现代汉语常用"迫切"。——编者注

人了，但或者也还未能忘怀于当日自己的寂寞的悲哀罢，所以有时候仍不免呐喊几声，聊以慰藉那在寂寞里奔驰的猛士，使他不惮于前驱。至于我的喊声是勇猛或是悲哀，是可憎或是可笑，那倒是不暇顾及的。但既然是呐喊，则当然须听将令的了，所以我往往不恤用了曲笔，在《药》的瑜儿的坟上平空⁵添上一个花环，在《明天》里也不叙单四嫂子竟没有做到看见儿子的梦，因为那时的主将是不主张消极的。至于自己，却也并不愿将自以为苦的寂寞，再来传染给也如我那年青时候似的正做着好梦的青年。

这样说来，我的小说和艺术的距离之远，也就可想而知了，然而到今日还能蒙着小说的名，甚而至于且有成集的机会，无论如何总不能不说是一件侥幸的事，但侥幸虽使我不安于心，而悬揣人间暂时还有读者，则究竟也仍然是高兴的。

所以我竟将我的短篇小说结集起来，而且付印了，又因为上面所说的缘由，便称之为《呐喊》。

一九二二年十二月三日，鲁迅记于北京。

---

5 现代汉语常用"凭空"。——编者注

狂人日记

　　某君昆仲，今隐其名，皆余昔日在中学校时良友，分隔多年，消息渐阙。日前偶闻其一大病，适归故乡，迂道往访，则仅晤一人，言病者其弟也。劳君远道来视，然已早愈，赴某地候补矣。因大笑，出示日记二册，谓可见当日病状，不妨献诸旧友。持归阅一过，知所患盖"迫害狂"之类。语颇错杂无伦次，又多荒唐之言，亦不著月日，惟墨色字体不一，知非一时所书。间亦有略具联络者，今撮录一篇，以供医家研究。记中语误，一字不易，惟人名虽皆村人，不为世间所知，无关大体，然亦悉易去。至于书名，则本人愈后所题，不复改也。七年四月二日识。

一

　　今天晚上，很好的月光。

　　我不见他，已是三十多年，今天见了，精神分外爽快。才知道以前的三十多年，全是发昏。然而须十分小心，不然，那赵家的狗，何以看我两眼呢？

　　我怕得有理。

二

　　今天全没月光，我知道不妙。早上小心出门，赵贵翁的眼色便怪：似乎怕我，似乎想害我。还有七八个人，交头接耳的议论我，又怕我看见。一路上的人，都是如此。其中最凶的一个人，张着嘴，对我笑了一笑，我便从头直冷到脚跟，晓得他们布置，都已妥当了。

我可不怕，仍旧走我的路。前面一伙小孩子，也在那里议论我，眼色也同赵贵翁一样，脸色也都铁青。我想我同小孩子有什么仇，他也这样。忍不住大声说："你告诉我！"他们可就跑了。

我想：我同赵贵翁有什么仇？同路上的人又有什么仇？只有廿年以前，把古久先生的陈年流水簿子踹了一脚，古久先生很不高兴。赵贵翁虽然不认识他，一定也听到风声，代抱不平，约定路上的人，同我作冤对。但是小孩子呢？那时候，他们还没有出世，何以今天也睁着怪眼睛，似乎怕我，似乎想害我。这真教我怕，教我纳罕而且伤心。

我明白了，这是他们娘老子教的！

三

晚上总是睡不着。凡事须得研究，才会明白。

他们——也有给知县打枷过的，也有给绅士掌过嘴的，也有衙役占了他妻子的，也有老子娘被债主逼死的。他们那时候的脸色，全没有昨天这么怕，也没有这么凶。

最奇怪的是昨天街上的那个女人，打他儿子，嘴里说道："老子呀！我要咬你几口才出气！"他眼睛却看着我。我出了一惊，遮掩不住，那青面獠牙的一伙人，便都哄笑起来。陈老五赶上前，硬把我拖回家中了。

拖我回家，家里的人都装作不认识我，他们的眼色，也全同别人一样。进了书房，便反扣上门，宛然是关了一只鸡鸭。这一件事，越教我猜不出底细。

前几天，狼子村的佃户来告荒，对我大哥说，他们村里的一个大恶人，给大家打死了，几个人便挖出他的心肝来，用油煎炒了吃，可以壮壮胆子。我插了一句嘴，佃户和大哥便都看我几眼。今天才晓得他们的眼光，全同外面的那伙人一模一样。

想起来，我从顶上直冷到脚跟。

他们会吃人，就未必不会吃我。

你看那女人"咬你几口"的话，和一伙青面獠牙人的笑，和前天佃户的话，明明是暗号。我看出他话中全是毒，笑中全是刀，他们的牙齿，全是白厉厉的排着，这就是吃人的家伙。

照我自己想，虽然不是恶人，自从踹了古家的簿子，可就难说了。他们似乎别有心思，我全猜不出。况且他们一翻脸，便说人是恶人。我还记得大哥教我做论，无论怎样好人，翻他几句，他便打上几个圈；原谅坏人几句，他便说："翻天妙手，与众不同。"我那里猜得到他们的心思究竟怎样？况且是要吃的时候。

凡事总须研究，才会明白，古来时常吃人，我也还记得，可是不甚清楚。我翻开历史一查，这历史没有年代，歪歪斜斜的每叶上都写着"仁义道德"几个字。我横竖睡不着，仔细看了半夜，才从字缝里看出字来，满本都写着两个字是"吃人"！

书上写着这许多字，佃户说了这许多话，却都笑吟吟的睁着怪眼睛看我。

我也是人，他们想要吃我了！

四

早上，我静坐了一会。陈老五送进饭来，一碗菜、一碗蒸鱼。这鱼的眼睛，白而且硬，张着嘴，同那一伙想吃人的人一样。吃了几筷，滑溜溜的不知是鱼是人，便把他兜肚连肠的吐出。

我说："老五，对大哥说，我闷得慌，想到园里走走。"老五不答应，走了。停一会，可就来开了门。

我也不动，研究他们如何摆布我，知道他们一定不肯放松。果然！我大哥引了一个老头子，慢慢走来。他满眼凶光，怕我看出，只是低头向着地，从眼镜横边暗暗看我。大哥说："今天你仿佛很好。"我说："是的。"大哥说："今天请何先生来，给你诊一诊。"我说："可以！"其实我岂不知道这老头子是刽子手扮的！无非借了看脉这名目，揣一揣肥瘠，因这功劳，也分一片肉吃。我也不怕，虽然不吃人，胆子却比他们还壮，伸出两个拳头，看他如何下手。老头子坐着，闭了眼睛，摸了好一会，呆了好一会，便张开他鬼眼睛说："不要乱想。静静的养几天，就好了。"

不要乱想，静静的养！养肥了，他们是自然可以多吃。我有什么好处，怎么会"好了"？他们这群人，又想吃人，又是鬼鬼祟祟，想法子遮掩，不敢直捷[1]下手，真要令我笑死。我忍不住，便放声大笑起来，十分快活。自己晓得这笑声里面，有的是义勇和正气。老头子和大哥都失了色，被我这勇气正气镇压住了。

但是我有勇气，他们便越想吃我，沾光一点这勇气。老头子跨出门，走不多远，便低声对大哥说道，"赶紧吃罢！"大哥点点头。原来也有你！这一件大发见，虽似意外，也在意中：合伙吃我的人，便是我的哥哥！

吃人的是我哥哥！

我是吃人的人的兄弟！

我自己被人吃了，可仍然是吃人的人的兄弟！

---

1 现代汉语常用"直接"。——编者注

五

这几天是退一步想：假使那老头子不是刽子手扮的，真是医生，也仍然是吃人的人。他们的祖师李时珍做的"本草什么"上，明明写着人肉可以煎吃，他还能说自己不吃人么？

至于我家大哥，也毫不冤枉他。他对我讲书的时候，亲口说过可以"易子而食"，又一回偶然议论起一个不好的人，他便说不但该杀，还当"食肉寝皮"。我那时年纪还小，心跳了好半天。前天狼子村佃户来说吃心肝的事，他也毫不奇怪，不住的点头。可见心思是同从前一样狠。既然可以"易子而食"，便什么都易得，什么人都吃得。我从前单听他讲道理，也胡涂过去，现在晓得他讲道理的时候，不但唇边还抹着人油，而且心里满装着吃人的意思。

六

黑漆漆的，不知是日是夜。赵家的狗又叫起来了。

狮子似的凶心，兔子的怯弱，狐狸的狡猾……

七

我晓得他们的方法，直捷杀了，是不肯的，而且也不敢，怕有祸祟。所以他们大家连络²，布满了罗网，逼我自戕。试看前几天街上男女的样子，和这几天我大哥的作为，便足可悟出八九分了。最好是解下腰带，挂在梁上，自己紧紧勒死。他们没有杀人的罪名，

2 现代汉语常用"联络"。——编者注

又偿了心愿,自然都欢天喜地的发出一种呜呜咽咽的笑声。否则惊吓忧愁死了,虽则略瘦,也还可以首肯几下。

他们是只会吃死肉的!记得什么书上说,有一种东西,叫"海乙那"的,眼光和样子都很难看,时常吃死肉,连极大的骨头都细细嚼烂,咽下肚子去,想起来也教人害怕。"海乙那"是狼的亲眷,狼是狗的本家。前天赵家的狗,看我几眼,可见他也同谋,早已接洽。老头子眼看着地,岂能瞒得我过。

最可怜的是我的大哥,他也是人,何以毫不害怕,而且合伙吃我呢?还是历来惯了,不以为非呢?还是丧了良心,明知故犯呢?

我诅咒吃人的人,先从他起头;要劝转吃人的人,也先从他下手。

八

其实这种道理,到了现在,他们也该早已懂得……

忽然来了一个人,年纪不过二十左右,相貌是不很看得清楚,满面笑容,对了我点头,他的笑也不像真笑。我便问他:"吃人的事,对么?"他仍然笑着说:"不是荒年,怎么会吃人?"我立刻就晓得,他也是一伙,喜欢吃人的,便自勇气百倍,偏要问他。

"对么?"

"这等事问他甚么。你真会……说笑话……今天天气很好。"

天气是好,月色也很亮了。可是我要问你:"对么?"

他不以为然了。含含胡胡的答道:"不……"

"不对?他们何以竟吃!"

"没有的事……"

"没有的事?狼子村现吃,还有书上都写着,通红斩新[3]!"

---

3 现代汉语常用"崭新"。——编者注

他便变了脸，铁一般青。睁着眼说："也许有的，这是从来如此……"

"从来如此，便对么？"

"我不同你讲这些道理。总之你不该说，你说便是你错！"

我直跳起来，张开眼，这人便不见了。全身出了一大片汗，他的年纪，比我大哥小得远，居然也是一伙，这一定是他娘老子先教的。还怕已经教给他儿子了，所以连小孩子，也都恶狠狠的看我。

九

自己想吃人，又怕被别人吃了，都用着疑心极深的眼光，面面相觑……

去了这心思，放心做事、走路、吃饭、睡觉，何等舒服。这只是一条门槛，一个关头。他们可是父子兄弟夫妇朋友师生仇敌和各不相识的人，都结成一伙，互相劝勉，互相牵掣，死也不肯跨过这一步。

十

大清早，去寻我大哥，他立在堂门外看天，我便走到他背后，拦住门，格外沉静，格外和气的对他说：

"大哥，我有话告诉你。"

"你说就是。"他赶紧回过脸来，点点头。

"我只有几句话，可是说不出来。大哥，大约当初野蛮的人，都吃过一点人。后来因为心思不同，有的不吃人了，一味要好，便变了人，变了真的人。有的却还吃——也同虫子一样，有的变了鱼鸟猴子，一直变到人。有的不要好，至今还是虫子。这吃人的人比不吃人的人，何等惭愧。怕比虫子的惭愧猴子，还差得很远很远。

"易牙蒸了他儿子，给桀纣吃，还是一直从前的事。谁晓得从盘古开辟天地以后，一直吃到易牙的儿子；从易牙的儿子，一直吃到徐锡林；从徐锡林，又一直吃到狼子村捉住的人。去年城里杀了犯人，还有一个生痨病的人，用馒头蘸血舐。

"他们要吃我，你一个人，原也无法可想，然而又何必去入伙？吃人的人，什么事做不出？他们会吃我，也会吃你，一伙里面，也会自吃。但只要转一步，只要立刻改了，也就人人太平。虽然从来如此，我们今天也可以格外要好，说是不能！大哥，我相信你能说，前天佃户要减租，你说过不能。"

当初，他还只是冷笑，随后眼光便凶狠起来，一到说破他们的隐情，那就满脸都变成青色了。大门外立着一伙人，赵贵翁和他的狗也在里面，都探头探脑的挨进来。有的是看不出面貌，似乎用布蒙着，有的是仍旧青面獠牙，抿着嘴笑。我认识他们是一伙，都是吃人的人。可是也晓得他们心思很不一样，一种是以为从来如此，应该吃的；一种是知道不该吃，可是仍然要吃，又怕别人说破他，所以听了我的话，越发气愤不过，可是抿着嘴冷笑。

这时候，大哥也忽然显出凶相，高声喝道：

"都出去！疯子有什么好看！"

这时候，我又懂得一件他们的巧妙了。他们岂但不肯改，而且早已布置，预备下一个疯子的名目罩上我。将来吃了，不但太平无事，怕还会有人见情。佃户说的大家吃了一个恶人，正是这方法。这是他们的老谱！

陈老五也气愤愤的直走进来。如何按得住我的口，我偏要对这伙人说：

"你们可以改了，从真心改起！要晓得将来容不得吃人的人，活在世上。

"你们要不改，自己也会吃尽。即使生得多，也会给真的人除灭了，同猎人打完狼子一样！同虫子一样！"

那一伙人都被陈老五赶走了，大哥也不知那里去了。陈老五劝我回屋子里去。屋里面全是黑沉沉的，横梁和椽子都在头上发抖，抖了一会，就大起来，堆在我身上。

万分沉重，动弹不得，他的意思是要我死。我晓得他的沉重是假的，便挣扎出来，出了一身汗。可是偏要说：

"你们立刻改了，从真心改起！你们要晓得将来是容不得吃人的人……"

十一

太阳也不出，门也不开，日日是两顿饭。

我捏起筷子，便想起我大哥，晓得妹子死掉的缘故，也全在他。那时我妹子才五岁，可爱可怜的样子还在眼前。母亲哭个不住，他却劝母亲不要哭，大约因为自己吃了，哭起来不免有点过意不去。如果还能过意不去……

妹子是被大哥吃了，母亲知道没有，我可不得而知。

母亲想也知道，不过哭的时候，却并没有说明，大约也以为应当的了。记得我四五岁时，坐在堂前乘凉，大哥说爷娘生病，做儿子的须割下一片肉来，煮熟了请他吃，才算好人，母亲也没有说不行。一片吃得，整个的自然也吃得。但是那天的哭法，现在想起来，实在还教人伤心，这真是奇极的事！

十二

不能想了。

四千年来时时吃人的地方，今天才明白，我也在其中混了多年。大哥正管着家务，妹子恰恰死了，他未必不和在饭菜里，暗暗给我们吃。

我未必无意之中，不吃了我妹子的几片肉，现在也轮到我自己……

有了四千年吃人履历的我，当初虽然不知道，现在明白，难见真的人！

十三

没有吃过人的孩子，或者还有？

救救孩子……

一九一八年四月

孔乙己

鲁镇的酒店的格局，是和别处不同的：都是当街一个曲尺形的大柜台，柜里面预备着热水，可以随时温酒。做工的人，傍午傍晚散了工，每每花四文铜钱，买一碗酒——这是二十多年前的事，现在每碗要涨到十文——靠柜外站着，热热的喝了休息。倘肯多花一文，便可以买一碟盐煮笋，或者茴香豆，做下酒物了，如果出到十几文，那就能买一样荤菜，但这些顾客，多是短衣帮，大抵没有这样阔绰。只有穿长衫的，才踱进店面隔壁的房子里，要酒要菜，慢慢地坐喝。

我从十二岁起，便在镇口的咸亨酒店里当伙计，掌柜说，样子太傻，怕侍候不了长衫主顾，就在外面做点事罢。外面的短衣主顾，虽然容易说话，但唠唠叨叨缠夹不清的也很不少。他们往往要亲眼看着黄酒从坛子里舀出，看过壶子底里有水没有，又亲看将壶子放在热水里，然后放心：在这严重监督之下，羼水也很为难。所以过了几天，掌柜又说我干不了这事。幸亏荐头的情面大，辞退不得，便改为专管温酒的一种无聊职务了。

我从此便整天的站在柜台里，专管我的职务。虽然没有什么失职，但总觉有些单调，有些无聊。掌柜是一副凶脸孔，主顾也没有好声气，教人活泼不得，只有孔乙己到店，才可以笑几声，所以至今还记得。

孔乙己是站着喝酒而穿长衫的唯一的人。他身材很高大，青白脸色，皱纹间时常夹些伤痕，一部乱蓬蓬的花白的胡子。穿的虽然是长衫，可是又脏又破，似乎十多年没有补，也没有洗。他对人说话，总是满口之乎者也，教人半懂不懂的。因为他姓孔，别人便从描红纸上的"上大人孔乙己"这半懂不懂的话里，替他取下一个绰号，叫作孔乙己。孔乙己一到店，所有喝酒的人便都看着他笑，有的叫道："孔乙己，你脸上又添上新伤疤了！"他不回答，对柜里说："温两碗酒，要一碟茴香豆。"便排出九文大钱。他们又故意的高声嚷道："你一定又偷了人家的东西了！"孔乙己睁大眼睛说："你怎么这样凭空污人清白……""什么清白？我前天亲眼见你偷了何家的书，吊着打。"孔乙己便涨红了脸，额上的青筋条条绽出，争辩道："窃书不能算偷……窃书！……读书人的事，能算偷么？"接连便是难懂的话，什么"君子固穷"，什么"者乎"之类，引得众人都哄笑起来：店内外充满了快活的空气。

听人家背地里谈论，孔乙己原来也读过书，但终于没有进学，又不会营生，于是愈过愈穷，弄到将要讨饭了。幸而写得一笔好字，便替人家钞钞书，换一碗饭吃。可惜他又有一样坏脾气，便是好喝懒做。坐不到几天，便连人和书籍纸张笔砚一齐失踪。如是几次，叫他钞书的人也没有了。孔乙己没有法，便免不了偶然做些偷窃的事。但他在我们店里，品行却比别人都好，就是从不拖欠，虽然间或没有现钱，暂时记在粉板上，但不出一月，定然还清，从粉板上拭去了孔乙己的名字。

孔乙己喝过半碗酒，涨红的脸色渐渐复了原，旁人便又问道："孔乙己，你当真认识字么？"孔乙己看着问他的人，显出不屑置辩的神气。他们便接着说道："你怎的连半个秀才也捞不到呢？"孔乙己立刻显出颓唐不安模样，脸上笼上了一层灰色，嘴里说些话，这回可是全是之乎者也之类，一些不懂了。在这时候，众人也都哄笑起来，店内外充满了快活的空气。

在这些时候，我可以附和着笑，掌柜是决不责备的。而且掌柜见了孔乙己，也每每这样问他，引人发笑。孔乙己自己知道不能和他们谈天，便只好向孩子说话。有一回对我说道："你读过书么？"我略略点一点头。他说："读过书，……我便考你一考。茴香豆的茴字，怎样写的？"我想，讨饭一样的人，也配考我么？便回过脸去，不再理会。孔乙己等了许久，很恳切的说道："不能写罢？……我教给你，记着！这些字应该记着。将来做掌柜的时候，写账要用。"我暗想我和掌柜的等级还很远呢，而且我们掌柜也从不将茴香豆上账，又好笑，又不耐烦，懒懒的答他道："谁要你教，不是草头底下一个来回的回字么？"孔乙己显出极高兴的样子，将两个指头的长指甲敲着柜台，点头说："对呀对呀！……回字有四样写法，你知道么？"我愈不耐烦了，努着嘴走远。孔乙己刚用指甲蘸了酒，想在柜上写字，见我毫不热心，便又叹一口气，显出极惋惜的样子。

有几回，邻舍孩子听得笑声，也赶热闹，围住了孔乙己，他便给他们茴香豆吃，一人一颗。孩子吃完豆，仍然不散，眼睛都望着碟子。孔乙己着了慌，伸开五指将碟子罩住，弯腰下去说道："不多了，我已经不多了。"直起身又看一看豆，自己摇头说："不多不多！多乎哉？不多也。"于是这一群孩子都在笑声里走散了。

孔乙己是这样的使人快活，可是没有他，别人也便这么过。

有一天，大约是中秋前的两三天，掌柜正在慢慢的结账，取下粉板，忽然说："孔乙己长久没有来了。还欠十九个钱呢！"我才也觉得他的确长久没有来了。一个喝酒的人说道："他怎么会来？……他打折了腿了。"掌柜说："哦！""他总仍旧是偷。这一回，是自己发昏，竟偷到丁举人家里去了。他家的东西，偷得的么？""后来怎么样？""怎么样？先写服辩，后来是打，打了大半夜，再打折了腿。""后来呢？""后来打折了腿了。""打折了怎样呢？""怎样？……谁晓得？许是死了。"掌柜也不再问，仍然慢慢的算他的账。

中秋过后，秋风是一天凉比一天，看看将近初冬，我整天的靠着火，也须穿上棉袄了。一天的下半天，没有一个顾客，我正合了眼坐着。忽然间听得一个声音："温一碗酒。"这声音虽然极低，却很耳熟。看时又全没有人。站起来向外一望，那孔乙己便在柜台下对了门槛坐着。他脸上黑而且瘦，已经不成样子，穿一件破夹袄，盘着两腿，下面垫一个蒲包，用草绳在肩上挂住，见了我，又说道："温一碗酒。"掌柜也伸出头去，一面说："孔乙己么？你还欠十九个钱呢！"孔乙己很颓唐的仰面答道："这……下回还清罢。这一回是现钱，酒要好。"掌柜仍然同平常一样，笑着对他说："孔乙己，你又偷了东西了！"但他这回却不十分分辩，单说了一句："不要取笑！""取笑？要是不偷，怎么会打断腿？"孔乙己低声说道："跌断，跌，跌……"他的眼色很像恳求掌柜不要再提。此时已经聚集了几个人，便和掌柜都笑了。我温了酒，端出去，放在门槛上。他从破衣袋里摸出四文大钱，放在我手里，见他满手是泥，原来他便用这手走来的。不一会，他喝完酒，便又在旁人的说笑声中，坐着用这手慢慢走去了。

自此以后，又长久没有看见孔乙己。到了年关，掌柜取下粉板说："孔乙己还欠十九个钱呢！"到第二年的端午，又说："孔乙己还欠十九个钱呢！"到中秋可是没有说，再到年关也没有看见他。

我到现在终于没有见——大约孔乙己的确死了。

一九一九年三月

药

一

秋天的后半夜，月亮下去了，太阳还没有出，只剩下一片乌蓝的天，除了夜游的东西，什么都睡着。华老栓忽然坐起身，擦着火柴，点上遍身油腻的灯盏，茶馆的两间屋子里，便弥满[1]了青白的光。

"小栓的爹，你就去么？"是一个老女人的声音。里边的小屋子里，也发出一阵咳嗽。

"唔，"老栓一面听，一面应，一面扣上衣服，伸手过去说，"你给我罢。"

华大妈在枕头底下掏了半天，掏出一包洋钱，交给老栓，老栓接了，抖抖的装入衣袋，又在外面按了两下，便点上灯笼，吹熄灯盏，走向里屋子去了。那屋子里面，正在窸窸窣窣的响，接着便是一通咳嗽。老栓候他平静下去，才低低的叫道："小栓……你不要起来……店么？你娘会安排的。"

老栓听得儿子不再说话，料他安心睡了，便出了门，走到街上。街上黑沉沉的一无所有，只有一条灰白的路，看得分明。灯光照着他的两脚，一前一后的走。有时也遇到几只狗，可是一只也没有叫。天气比屋子里冷得多了，老栓倒觉爽快，仿佛一旦变了少年，得了神通，有给人生命的本领似的，跨步格外高远。而且路也愈走愈分明，天也愈走愈亮了。

老栓正在专心走路，忽然吃了一惊，远远里看见一条丁字街，明明白白横着。他便退了几步，寻到一家关着门的铺子，蹩进檐

1　现代汉语常用"弥漫"。——编者注

下,靠门立住了。好一会,身上觉得有些发冷。

"哼,老头子。"

"倒高兴……"

老栓又吃一惊,睁眼看时,几个人从他面前过去了。一个还回头看他,样子不甚分明,但很像久饿的人见了食物一般,眼里闪出一种攫取的光。老栓看看灯笼,已经熄了。按一按衣袋,硬硬的还在。仰起头两面一望,只见许多古怪的人,三三两两,鬼似的在那里徘徊;定睛再看,却也看不出什么别的奇怪。

没有多久,又见几个兵,在那边走动;衣服前后的一个大白圆圈,远地里也看得清楚,走过面前的,并且看出号衣上暗红色的镶边。一阵脚步声响,一眨眼,已经拥过了一大簇人。那三三两两的人,也忽然合作一堆,潮一般向前赶;将到丁字街口,便突然立住,簇成一个半圆。

老栓也向那边看,却只见一堆人的后背;颈项都伸得很长,仿佛许多鸭,被无形的手捏住了的,向上提着。静了一会,似乎有点声音,便又动摇起来,轰的一声,都向后退;一直散到老栓立着的地方,几乎将他挤倒了。

"喂!一手交钱,一手交货!"一个浑身黑色的人,站在老栓面前,眼光正像两把刀,刺得老栓缩小了一半。那人一只大手,向他摊着;一只手却撮着一个鲜红的馒头,那红的还是一点一点的往下滴。

老栓慌忙摸出洋钱,抖抖的想交给他,却又不敢去接他的东西。那人便焦急起来,嚷道:"怕什么?怎的不拿!"老栓还踌躇着;黑的人便抢过灯笼,一把扯下纸罩,裹了馒头,塞与老栓,一手抓过洋钱,捏一捏,转身去了。嘴里哼着说:"这老东西……"

"这给谁治病的呀?"老栓也似乎听得有人问他,但他并不答应;他的精神,现在只在一个包上,仿佛抱着一个十世单传的婴儿,别的事情都已置之度外了。他现在要将这包里的新的生命,移植到他家里，收获许多幸福。太阳也出来了，在他面前，显出一条大道，直到他家中，后面也照见丁字街头破匾上"古□亭口"这四个黯淡的金字。

二

老栓走到家，店面早经收拾干净，一排一排的茶桌，滑溜溜的发光。但是没有客人，只有小栓坐在里排的桌前吃饭，大粒的汗，从额上滚下，夹袄也帖住²了脊心，两块肩胛骨高高凸出，印成一个阳文的"八"字。老栓见这样子，不免皱一皱展开的眉心。他的女人，从灶下急急走出，睁着眼睛，嘴唇有些发抖。

"得了么？"

"得了。"

两个人一齐走进灶下，商量了一会。华大妈便出去了，不多时，拿着一片老荷叶回来，摊在桌上。老栓也打开灯笼罩，用荷叶重新包了那红的馒头。小栓也吃完饭，他的母亲慌忙说：

"小栓——你坐着，不要到这里来。"

一面整顿了灶火，老栓便把一个碧绿的包，一个红红白白的破灯笼，一同塞在灶里，一阵红黑的火焰过去时，店屋里散满了一种奇怪的香味。

"好香！你们吃什么点心呀？"这是驼背五少爷到了。这人每天总在茶馆里过日，来得最早，去得最迟，此时恰恰蹩到临街的壁角的桌边，便坐下问话，然而没有人答应他。"炒米粥么？"仍然没有人应。老栓匆匆走出，给他泡上茶。

"小栓进来罢！"华大妈叫小栓进了里面的屋子，中间放好一条凳，小栓坐了。他的母亲端过一碟乌黑的圆东西，轻轻说：

"吃下去罢，病便好了。"

<hr>
2　现代汉语常用"贴住"。——编者注

小栓撮起这黑东西,看了一会,似乎拿着自己的性命一般,心里说不出的奇怪。十分小心的拗开了,焦皮里面窜[3]出一道白气,白气散了,是两半个白面的馒头。不多工夫,已经全在肚里了,却全忘了什么味,面前只剩下一张空盘。他的旁边,一面立着他的父亲,一面立着他的母亲,两人的眼光,都仿佛要在他身里注进什么又要取出什么似的,便禁不住心跳起来,按着胸膛,又是一阵咳嗽。

"睡一会罢,便好了。"

小栓依他母亲的话,咳着睡了。华大妈候他喘气平静,才轻轻的给他盖上了满幅补钉[4]的夹被。

三

店里坐着许多人,老栓也忙了,提着大铜壶,一趟一趟的给客人冲茶,两个眼眶,都围着一圈黑线。

"老栓,你有些不舒服么?你生病么?"一个花白胡子的人说。

"没有。"

"没有?我想笑嘻嘻的,原也不像……"花白胡子便取消了自己的话。

"老栓只是忙。要是他的儿子……"驼背五少爷话还未完,突然闯进了一个满脸横肉的人,披一件玄色布衫,散着纽扣,用很宽的玄色腰带,胡乱捆在腰间。刚进门,便对老栓嚷道:

"吃了么?好了么?老栓,就是运气了你!你运气,要不是我信息灵……"

老栓一手提了茶壶,一手恭恭敬敬的垂着,笑嘻嘻的听。满座的人也都恭恭敬敬的听。华大妈也黑着眼眶,笑嘻嘻的送出茶碗茶

---

3 现代汉语常用"蹿"。——编者注
4 现代汉语常用"补丁"。——编者注

叶来，加上一个橄榄，老栓便去冲了水。

"这是包好！这是与众不同的。你想，趁热的拿来，趁热吃下。"横肉的人只是嚷。

"真的呢，要没有康大叔照顾，怎么会这样……"华大妈也很感激的谢他。

"包好，包好！这样的趁热吃下。这样的人血馒头，什么痨病都包好！"

华大妈听到"痨病"这两个字，变了一点脸色，似乎有些不高兴，但又立刻堆上笑，搭赸[5]着走开了。这康大叔却没有觉察，仍然提高了喉咙只是嚷，嚷得里面睡着的小栓也合伙咳嗽起来。

"原来你家小栓碰到了这样的好运气了。这病自然一定全好，怪不得老栓整天的笑着呢。"花白胡子一面说，一面走到康大叔面前，低声下气的问道："康大叔，听说今天结果的一个犯人，便是夏家的孩子，那是谁的孩子？究竟是什么事？"

"谁的？不就是夏四奶奶的儿子么？那个小家伙！"康大叔见众人都耸起耳朵听他，便格外高兴，横肉块块饱绽，越发大声说："这小东西不要命，不要就是了。我可是这一回一点没有得到好处，连剥下来的衣服，都给管牢的红眼睛阿义拿去了。第一要算我们栓叔运气；第二是夏三爷赏了二十五两雪白的银子，独自落腰包，一文不花。"

小栓慢慢的从小屋子走出，两手按了胸口，不住的咳嗽，走到灶下，盛出一碗冷饭，泡上热水，坐下便吃。华大妈跟着他走，轻轻的问道："小栓，你好些么？你仍旧只是肚饿？……"

"包好，包好！"康大叔瞥了小栓一眼，仍然回过脸，对众人说："夏三爷真是乖角儿，要是他不先告官，连他满门抄斩。现在怎样？银子！这小东西也真不成东西！关在牢里，还要劝牢头造反。"

5　现代汉语常用"搭讪"。——编者注

"阿呀[6]，那还了得。"坐在后排的一个二十多岁的人很现出气愤模样。

"你要晓得红眼睛阿义是去盘盘底细的，他却和他攀谈了。他说：这大清的天下是我们大家的。你想：这是人话么？红眼睛原知道他家里只有一个老娘，可是没有料到他竟会那么穷，榨不出一点油水，已经气破肚皮了。他还要老虎头上搔痒，便给他两个嘴巴！"

"义哥是一手好拳棒，这两下，一定够他受用了。"壁角的驼背忽然高兴起来。

"他这贱骨头打不怕，还要说可怜可怜哩。"

花白胡子的人说："打了这种东西，有什么可怜呢？"

康大叔显出看他不上的样子，冷笑着说："你没有听清我的话；看他神气，是说阿义可怜哩！"

听着的人的眼光，忽然有些板滞，话也停顿了，小栓已经吃完饭，吃得满身流汗，头上都冒出蒸气来。

"阿义可怜——疯话，简直是发了疯了。"花白胡子恍然大悟似的说。

"发了疯了。"二十多岁的人也恍然大悟的说。

店里的坐客便又现出活气，谈笑起来。小栓也趁着热闹，拼命咳嗽，康大叔走上前，拍他肩膀说：

"包好！小栓——你不要这么咳。包好！"

"疯了。"驼背五少爷点着头说。

四

西关外靠着城根的地面，本是一块官地，中间歪歪斜斜一条细路，是贪走便道的人，用鞋底造成的，但却成了自然的界限。路的

---

6 现代汉语常用"哎呀"。——编者注

左边都埋着死刑和瘐毙的人，右边是穷人的丛冢。两面都已埋到层层叠叠，宛然阔人家里祝寿时候的馒头。

这一年的清明分外寒冷，杨柳才吐出半粒米大的新芽。天明未久，华大妈已在右边的一座新坟前面排出四碟菜、一碗饭，哭了一场。化过纸，呆呆的坐在地上，仿佛等候什么似的，但自己也说不出等候什么。微风起来，吹动他短发，确乎比去年白得多了。

小路上又来了一个女人，也是半白头发，褴褛的衣裙，提一个破旧的朱漆圆篮，外挂一串纸锭，三步一歇的走。忽然见华大妈坐在地上看他，便有些踌躇，惨白的脸上，现出些羞愧的颜色，但终于硬着头皮，走到左边的一坐[7]坟前，放下了篮子。

那坟与小栓的坟一字儿排着，中间只隔一条小路。华大妈看他排好四碟菜、一碗饭，立着哭了一通，化过纸锭，心里暗暗地想："这坟里的也是儿子了。"那老女人徘徊观望了一回，忽然手脚有些发抖，跄跄踉踉[8]退下几步，瞪着眼只是发怔。

华大妈见这样子，生怕他伤心到快要发狂了，便忍不住立起身，跨过小路，低声对他说："你这位老奶奶不要伤心了，我们还是回去罢。"

那人点一点头，眼睛仍然向上瞪着，也低声吃吃的说道："你看，看这是什么呢？"

华大妈跟了他指头看去，眼光便到了前面的坟，这坟上草根还没有全合，露出一块一块的黄土，煞是难看。再往上仔细看时，却不觉也吃一惊——分明有一圈红白的花，围着那尖圆的坟顶。

他们的眼睛都已老花多年了，但望这红白的花，却还能明白看见。花也不很多，圆圆的排成一个圈，不很精神，倒也整齐。华大妈忙看他儿子和别人的坟，却只有不怕冷的几点青白小花，零星开

7　现代汉语常用"座"。——编者注
8　现代汉语常用"踉踉跄跄"。——编者注

着，便觉得心里忽然感到一种不足和空虚，不愿意根究。那老女人又走近几步，细看了一遍，自言自语的说："这没有根，不像自己开的。这地方有谁来呢？孩子不会来玩，亲戚本家早来了。这是怎么一回事呢？"他想了又想，忽又流下泪来，大声说道：

"瑜儿，他们都冤枉了你，你还是忘不了，伤心不过，今天特意显点灵，要我知道么？"他四面一看，只见一只乌鸦，站在一株没有叶的树上，便接着说："我知道了。瑜儿，可怜他们坑了你，他们将来总有报应，天都知道，你闭了眼睛就是了。你如果真在这里，听到我的话，便教这乌鸦飞上你的坟顶，给我看罢。"

微风早经停息了，枯草支支直立，有如铜丝。一丝发抖的声音在空气中愈颤愈细，细到没有，周围便都是死一般静。两人站在枯草丛里，仰面看那乌鸦，那乌鸦也在笔直的树枝间缩着头，铁铸一般站着。

许多的工夫过去了，上坟的人渐渐增多，几个老的小的在土坟间出没。

华大妈不知怎的，似乎卸下了一挑重担，便想到要走，一面劝着说："我们还是回去罢。"

那老女人叹一口气，无精打采的收起饭菜，又迟疑了一刻，终于慢慢地走了，嘴里自言自语的说："这是怎么一回事呢？"

他们走不上二三十步远，忽听得背后"哑——"的一声大叫，两个人都竦然的回过头，只见那乌鸦张开两翅，一挫身，直向着远处的天空箭也似的飞去了。

一九一九年四月

明天

"没有声音——小东西怎了？"

红鼻子老拱手里擎了一碗黄酒，说着，向间壁努一努嘴。蓝皮阿五便放下酒碗，在他脊梁上用死劲的打了一掌，含含糊糊嚷道：

"你……你你又在想心思……"

原来鲁镇是僻静地方，还有些古风：不上一更，大家便都关门睡觉。深更半夜没有睡的只有两家：一家是咸亨酒店，几个酒肉朋友围着柜台，吃喝得正高兴；一家便是间壁的单四嫂子，他自从前年守了寡，便须专靠着自己的一双手纺出棉纱来，养活他自己和他三岁的儿子，所以睡的也迟。

这几天，确凿没有纺纱的声音了。但夜深没有睡的既然只有两家，这单四嫂子家有声音，便自然只有老拱们听到，没有声音，也只有老拱们听到。

老拱挨了打，仿佛很舒服似的喝了一大口酒，呜呜的唱起小曲来。

这时候，单四嫂子正抱着他的宝儿，坐在床沿上，纺车静静的立在地上。黑沉沉的灯光照着宝儿的脸，绯红里带一点青。单四嫂子心里计算：神签也求过了，愿心也许过了，单方也吃过了，要是还不见效，怎么好？那只有去诊何小仙了。但宝儿也许是日轻夜重，到了明天，太阳一出，热也会退，气喘也会平的：这实在是病人常有的事。

单四嫂子是一个粗笨女人，不明白这"但"字的可怕：许多坏事固然幸亏有了他才变好，许多好事却也因为有了他都弄糟。夏天夜短,老拱们呜呜的唱完了不多时,东方已经发白,不一会,窗缝里透进了银白色的曙光。

单四嫂子等候天明,却不像别人这样容易,觉得非常之慢,宝儿的一呼吸,几乎长过一年。现在居然明亮了,天的明亮,压倒了灯光,看见宝儿的鼻翼已经一放一收的扇动。

单四嫂子知道不妙,暗暗叫一声"阿呀!"心里计算:怎么好?只有去诊何小仙这一条路了。他虽然是粗笨女人,心里却有决断,便站起身,从木柜子里掏出每天节省下来的十三个小银元和一百八十铜钱,都装在衣袋里,锁上门,抱着宝儿直向何家奔过去。

天气还早,何家已经坐着四个病人了。他摸出四角银元,买了号签,第五个便轮到宝儿。何小仙伸开两个指头按脉,指甲足有四寸多长,单四嫂子暗地纳罕,心里计算:宝儿该有活命了。但总免不了着急,忍不住要问,便局局促促的说:

"先生,我家的宝儿什么病呀?"

"他中焦塞着。"

"不妨事么?他……"

"先去吃两帖。"

"他喘不过气来,鼻翅子都扇着呢。"

"这是火克金……"

何小仙说了半句话,便闭上眼睛。单四嫂子也不好意思再问。在何小仙对面坐着的一个三十多岁的人,此时已经开好一张药方,指着纸角上的几个字说道:

"这第一味保婴活命丸,须是贾家济世老店才有!"

单四嫂子接过药方,一面走,一面想。他虽是粗笨女人,却知道何家与济世老店与自己的家,正是一个三角点,自然是买了药回去便宜了，于是又径向济世老店奔过去。店伙也翘了长指甲慢慢的看方，慢慢的包药。单四嫂子抱了宝儿等着，宝儿忽然擎起小手来，用力拔他散乱着的一绺头发，这是从来没有的举动，单四嫂子怕得发怔。

太阳早出了。单四嫂子抱了孩子，带着药包，越走觉得越重，孩子又不住的挣扎，路也觉得越长。没奈何坐在路旁一家公馆的门槛上，休息了一会，衣服渐渐的冰着肌肤，才知道自己出了一身汗，宝儿却仿佛睡着了。他再起来慢慢地走，仍然支撑不得，耳朵边忽然听得人说：

"单四嫂子，我替你抱勃罗！"似乎是蓝皮阿五的声音。

他抬头看时，正是蓝皮阿五，睡眼朦胧的跟着他走。

单四嫂子在这时候，虽然很希望降下一员天将，助他一臂之力，却不愿是阿五。但阿五有点侠气，无论如何，总是偏要帮忙，所以推让了一会，终于得了许可了。他便伸开臂膊，从单四嫂子的乳房和孩子中间，直伸下去，抱去了孩子。单四嫂子便觉乳房上发了一条热，刹时间[1]直热到脸上和耳根。

他们两人离开了二尺五寸多地，一同走着。阿五说些话，单四嫂子却大半没有答。走了不多时候，阿五又将孩子还给他，说是昨天与朋友约定的吃饭时候到了，单四嫂子便接了孩子。幸而不远便是家，早看见对门的王九妈在街边坐着，远远地说话：

"单四嫂子，孩子怎了？看过先生了么？"

"看是看了。王九妈，你有年纪，见的多，不如请你老法眼看一看，怎样……"

"唔……"

"怎样？"

---

1 现代汉语常用"霎时间"。——编者注

"唔……"王九妈端详了一番，把头点了两点，摇了两摇。

宝儿吃下药，已经是午后了。单四嫂子留心看他神情，似乎仿佛平稳了不少。到得下午，忽然睁开眼叫一声"妈！"又仍然合上眼，像是睡去了。他睡了一刻，额上鼻尖都沁出一粒一粒的汗珠，单四嫂子轻轻一摸，胶水般粘着手，慌忙去摸胸口，便禁不住呜咽起来。

宝儿的呼吸从平稳变到没有，单四嫂子的声音也就从呜咽变成号啕[2]。这时聚集了几堆人：门内是王九妈蓝皮阿五之类，门外是咸亨的掌柜和红鼻子老拱之类。王九妈便发命令，烧了一串纸钱，又将两条板凳和五件衣服作抵，替单四嫂子借了两块洋钱，给帮忙的人备饭。

第一个问题是棺木。单四嫂子还有一副银耳环和一支裹金的银簪，都交给了咸亨的掌柜，托他作一个保，半现半赊的买一具棺木。蓝皮阿五也伸出手来，很愿意自告奋勇，王九妈却不许他，只准他明天抬棺材的差使，阿五骂了一声"老畜生"，怏怏的努了嘴站着。掌柜便自去了，晚上回来，说棺木须得现做，后半夜才成功。

掌柜回来的时候，帮忙的人早吃过饭，因为鲁镇还有些古风，所以不上一更，便都回家睡觉了。只有阿五还靠着咸亨的柜台喝酒，老拱也呜呜的唱。

这时候，单四嫂子坐在床沿上哭着，宝儿在床上躺着，纺车静静的在地上立着。许多工夫，单四嫂子的眼泪宣告完结了，眼睛张得很大，看看四面的情形，觉得奇怪：所有的都是不会有的事。他心里计算：不过是梦罢了，这些事都是梦。明天醒过来，自己好好的睡在床上，宝儿也好好的睡在自己身边。他也醒过来，叫一声"妈"，生龙活虎似的跳去玩了。

2　现代汉语常用"号啕"。——编者注

　　老拱的歌声早经寂静，咸亨也熄了灯。单四嫂子张着眼，总不信所有的事。鸡也叫了，东方渐渐发白，窗缝里透进了银白色的曙光。

　　银白的曙光又渐渐显出绯红，太阳光接着照到屋脊。单四嫂子张着眼，呆呆坐着，听得打门声音，才吃了一吓，跑出去开门。门外一个不认识的人，背了一件东西，后面站着王九妈。

　　哦，他们背了棺材来了。

　　下半天，棺木才合上盖：因为单四嫂子哭一回，看一回，总不肯死心塌地的盖上，幸亏王九妈等得不耐烦，气愤愤的跑上前，一把拖开他，才七手八脚的盖上了。

　　但单四嫂子待他的宝儿，实在已经尽了心，再没有什么缺陷。昨天烧过一串纸钱，上午又烧了四十九卷《大悲咒》，收敛的时候，给他穿上顶新的衣裳，平日喜欢的玩意儿——一个泥人、两个小木碗、两个玻璃瓶——都放在枕头旁边。后来王九妈掐着指头仔细推敲，也终于想不出一些什么缺陷。

　　这一日里，蓝皮阿五简直整天没有到，咸亨掌柜便替单四嫂子雇了两名脚夫，每名二百另十个大钱，抬棺木到义冢地上安放。王九妈又帮他煮了饭，凡是动过手开过口的人都吃了饭。太阳渐渐显出要落山的颜色，吃过饭的人也不觉都显出要回家的颜色——于是他们终于都回了家。

　　单四嫂子很觉得头眩，歇息了一会，倒居然有点平稳了。但他接连着便觉得很异样：遇到了平生没有遇到过的事，不像会有的事，然而的确出现了。他越想越奇，又感到一件异样的事——这屋子忽然太静了。

　　他站起身，点上灯火，屋子越显得静。他昏昏的走去关上门，回来坐在床沿上，纺车静静的立在地上。他定一定神，四面一看，更觉得坐立不得，屋子不但太静，而且也太大了，东西也太空了。太大的屋子四面包围着他，太空的东西四面压着他，叫他喘气不得。

他现在知道他的宝儿确乎死了，不愿意见这屋子，吹熄了灯，躺着。他一面哭，一面想：想那时候，自己纺着棉纱，宝儿坐在身边吃茴香豆，瞪着一双小黑眼睛想了一刻，便说："妈——爹卖馄饨，我大了也卖馄饨，卖许多许多钱——我都给你。"那时候，真是连纺出的棉纱，也仿佛寸寸都有意思，寸寸都活着。但现在怎么了？现在的事，单四嫂子却实在没有想到什么——我早经说过：他是粗笨女人。他能想出什么呢？他单觉得这屋子太静、太大、太空罢了。

但单四嫂子虽然粗笨，却知道还魂是不能有的事，他的宝儿也的确不能再见了。叹一口气，自言自语的说："宝儿，你该还在这里，你给我梦里见见罢。"于是合上眼，想赶快睡去，会他的宝儿，苦苦的呼吸通过了静和大和空虚，自己听得明白。

单四嫂子终于朦朦胧胧的走入睡乡，全屋子都很静。这时红鼻子老拱的小曲，也早经唱完，跄跄踉踉出了咸亨，却又提尖了喉咙，唱道：

"我的冤家呀！——可怜你——孤另另[3]的……"

蓝皮阿五便伸手揪住了老拱的肩头，两个人七歪八斜的笑着挤着走去。

单四嫂子早睡着了，老拱们也走了，咸亨也关上门了。这时的鲁镇，便完全落在寂静里。只有那暗夜为想变成明天，却仍在这寂静里奔波，另有几条狗，也躲在暗地里呜呜的叫。

一九二〇年六月

3　现代汉语常用"孤零零"。——编者注

一件小事

我从乡下跑到京城里,一转眼已经六年了。其间耳闻目睹的所谓国家大事,算起来也很不少,但在我心里,都不留什么痕迹,倘要我寻出这些事的影响来说,便只是增长了我的坏脾气——老实说,便是教我一天比一天的看不起人。

但有一件小事,却于我有意义,将我从坏脾气里拖开,使我至今忘记不得。

这是民国六年的冬天,大北风刮得正猛,我因为生计关系,不得不一早在路上走。一路几乎遇不见人,好容易才雇定了一辆人力车,教他拉到 S 门去。不一会,北风小了,路上浮尘早已刮净,剩下一条洁白的大道来,车夫也跑得更快。刚近 S 门,忽而车把上带着一个人,慢慢地倒了。

跌倒的是一个女人,花白头发,衣服都很破烂。伊从马路边上突然向车前横截过来。车夫已经让开道,但伊的破棉背心没有上扣,微风吹着,向外展开,所以终于兜着车把。幸而车夫早有点停步,否则伊定要栽一个大斤斗[1],跌到头破血出了。

伊伏在地上,车夫便也立住脚。我料定这老女人并没有伤,又没有别人看见,便很怪他多事,要自己惹出是非,也误了我的路。

我便对他说:"没有什么的。走你的罢!"

车夫毫不理会——或者并没有听到——却放下车子,扶那老女人慢慢起来,搀着臂膊立定,问伊说:

"你怎么啦?"

---

1 现代汉语常用"筋斗"。——编者注

“我摔坏了。”

我想，我眼见你慢慢倒地，怎么会摔坏呢？装腔作势罢了，这真可憎恶。车夫多事，也正是自讨苦吃，现在你自己想法去。

车夫听了这老女人的话，却毫不踌躇，仍然搀着伊的臂膊，便一步一步的向前走。我有些诧异，忙看前面，是一所巡警分驻所，大风之后，外面也不见人。这车夫扶着那老女人，便正是向那大门走去。

我这时突然感到一种异样的感觉，觉得他满身灰尘的后影刹时高大了，而且愈走愈大，须仰视才见。而且他对于我，渐渐的又几乎变成一种威压，甚而至于要榨出皮袍下面藏着的“小”来。

我的活力这时大约有些凝滞了，坐着没有动，也没有想，直到看见分驻所里走出一个巡警，才下了车。

巡警走近我说：“你自己雇车罢，他不能拉你了。”

我没有思索的从外套袋里抓出一大把铜元，交给巡警，说：“请你给他……”

风全住了，路上还很静。我走着，一面想，几乎怕敢想到我自己。以前的事姑且搁起，这一大把铜元又是什么意思？奖他么？我还能裁判车夫么？我不能回答自己。

这事到了现在，还是时时记起。我因此也时时熬了苦痛，努力的要想到我自己。几年来的文治武力，在我早如幼小时候所读过的“子曰诗云”一般，背不上半句了。独有这一件小事，却总是浮在我眼前，有时反更分明，教我惭愧，催我自新，并且增长我的勇气和希望。

一九二〇年七月

头发的故事

星期日的早晨，我揭去一张隔夜的日历，向着新的那一张上看了又看的说：

"阿，十月十日，今天原来正是双十节。这里却一点没有记载！"

我的一位前辈先生 N，正走到我的寓里来谈闲天，一听这话，便很不高兴的对我说：

"他们对！他们不记得，你怎样他？你记得，又怎样呢？"

这位 N 先生本来脾气有点乖张，时常生些无谓的气，说些不通世故的话。当这时候，我大抵任他自言自语，不赞一辞。他独自发完议论，也就算了。

他说：

"我最佩服北京双十节的情形。早晨，警察到门，吩咐道'挂旗。''是，挂旗！'各家大半懒洋洋的踱出一个国民来，撅起一块斑驳陆离的洋布。这样一直到夜——收了旗关门，几家偶然忘却的，便挂到第二天的上午。

"他们忘却了纪念，纪念也忘却了他们！

"我也是忘却了纪念的一个人。倘使纪念起来，那第一个双十节前后的事，便都上我的心头，使我坐立不稳了。

"多少故人的脸都浮在我眼前。几个少年辛苦奔走了十多年，暗地里一颗弹丸要了他的性命；几个少年一击不中，在监牢里身受一个多月的苦刑；几个少年怀着远志，忽然踪影全无，连尸首也不知那里去了——

"他们都在社会的冷笑恶骂迫害倾陷里过了一生，现在他们的坟墓也早在忘却里渐渐平塌下去了。

"我不堪纪念这些事。

"我们还是记起一点得意的事来谈谈罢。"

N 忽然现出笑容，伸手在自己头上一摸，高声说：

"我最得意的是自从第一个双十节以后，我在路上走，不再被人笑骂了。

"老兄，你可知道头发是我们中国人的宝贝和冤家，古今来多少人在这上头吃些毫无价值的苦呵！

"我们的很古的古人，对于头发似乎也还看轻。据刑法看来，最要紧的自然是脑袋，所以大辟是上刑，次要便是生殖器了，所以宫刑和幽闭也是一件吓人的罚，至于髡，那是微乎其微了。然而推想起来，正不知道曾有多少人们因为光着头皮便被社会践踏了一生世。

"我们讲革命的时候，大谈什么扬州十日，嘉定屠城，其实也不过一种手段。老实说，那时中国人的反抗，何尝因为亡国，只是因为拖辫子。

"顽民杀尽了，遗老都寿终了，辫子早留定了，洪杨又闹起来了。我的祖母曾对我说，那时做百姓才难哩，全留着头发的被官兵杀，还是辫子的便被长毛杀！

"我不知道有多少中国人只因为这不痛不痒的头发而吃苦，受难，灭亡。"

N 两眼望着屋梁，似乎想些事，仍然说：

"谁知道头发的苦轮到我了。

"我出去留学，便剪掉了辫子，这并没有别的奥妙，只为他太不便当罢了。不料有几位辫子盘在头顶上的同学们便很厌恶我，监督也大怒，说要停了我的官费，送回中国去。

"不几天，这位监督却自己被人剪去辫子逃走了。去剪的人们里面，一个便是做《革命军》的邹容，这人也因此不能再留学，回到上海来，后来死在西牢里。你也早已忘却了罢？

"过了几年，我的家景大不如前了，非谋点事做便要受饿，只得也回到中国来。我一到上海，便买定一条假辫子，那时是二元的市价，带着回家。我的母亲倒也不说什么，然而旁人一见面，便都首先研究这辫子，待到知道是假，就一声冷笑，将我拟为杀头的罪名。有一位本家，还预备去告官，但后来因为恐怕革命党的造反或者要成功，这才中止了。

"我想，假的不如真的直截爽快，我便索性废了假辫子，穿着西装在街上走。

"一路走去，一路便是笑骂的声音，有的还跟在后面骂：'这冒失鬼！''假洋鬼子！'

"我于是不穿洋服了，改了大衫，他们骂得更利害。

"在这日暮途穷的时候，我的手里才添出一支手杖来，拼命的打了几回，他们渐渐的不骂了，只是走到没有打过的生地方还是骂。

"这件事很使我悲哀，至今还时时记得哩。我在留学的时候，曾经看见日报上登载一个游历南洋和中国的本多博士的事。这位博士是不懂中国和马来语的，人问他，你不懂话，怎么走路呢？他拿起手杖来说，这便是他们的话，他们都懂！我因此气愤了好几天，谁知道我竟不知不觉的自己也做了，而且那些人都懂了……

"宣统初年，我在本地的中学校做监学，同事是避之惟恐不远，官僚是防之惟恐不严，我终日如坐在冰窖子里，如站在刑场旁边，其实并非别的，只因为缺少了一条辫子！

"有一日，几个学生忽然走到我的房里来，说：'先生，我们要剪辫子了。'我说：'不行！''有辫子好呢，没有辫子好呢？''没有辫子好……''你怎么说不行呢？''犯不上，你们还是不剪上算，等一等罢。'他们不说什么，撅着嘴唇走出房去。然而终于剪掉了。

"呵！不得了了，人言啧啧了，我却只装作不知道，一任他们光着头皮，和许多辫子一齐上讲堂。

"然而这剪辫病传染了，第三天，师范学堂的学生忽然也剪下了六条辫子，晚上便开除了六个学生。这六个人留校不能，回家不得，一直挨到第一个双十节之后又一个多月，才消去了犯罪的火烙印。

"我呢? 也一样，只是元年冬天到北京，还被人骂过几次，后来骂我的人也被警察剪去了辫子，我就不再被人辱骂了，但我没有到乡间去。"

N 显出非常得意模样，忽而又沉下脸来:

"现在你们这些理想家，又在那里嚷什么女子剪发了，又要造出许多毫无所得而痛苦的人!

"现在不是已经有剪掉头发的女人，因此考不进学校去，或者被学校除了名么?

"改革么，武器在那里? 工读么，工厂在那里?

"仍然留起，嫁给人家做媳妇去: 忘却了一切还是幸福，倘使伊记着些平等自由的话便要苦痛一生世!

"我要借了阿尔志跋绥夫的话问你们: 你们将黄金时代的出现预约给这些人们的子孙了，但有什么给这些人们自己呢?

"阿，造物的皮鞭没有到中国的脊梁上时，中国便永远是这一样的中国，决不肯自己改变一枝毫毛!

"你们的嘴里既然并无毒牙，何以偏要在额上帖起'蝮蛇'两个大字，引乞丐来打杀……"

N 愈说愈离奇了，但一见到我不很愿听的神情，便立刻闭了口，站起来取帽子。

我说: "回去么?"

他答道: "是的，天要下雨了。"

我默默的送他到门口。

他戴上帽子说:

"再见! 请你恕我打搅，好在明天便不是双十节，我们统可以忘却了。"

一九二○年十月

风波

临河的土场上，太阳渐渐的收了他通黄的光线了。场边靠河的乌柏树叶，干巴巴的才喘过气来，几个花脚蚊子在下面哼着飞舞。面河的农家的烟突[1]里逐渐减少了炊烟，女人孩子们都在自己门口的土场上泼些水，放下小桌子和矮凳；人知道，这已经是晚饭时候了。

老人男人坐在矮凳上，摇着大芭蕉扇闲谈，孩子飞也似的跑，或者蹲在乌柏树下赌玩石子。女人端出乌黑的蒸干菜和松花黄的米饭，热蓬蓬冒烟。河里驶过文人的酒船，文豪见了，大发诗兴，说："无思无虑，这真是田家乐呵！"

但文豪的话有些不合事实，就因为他们没有听到九斤老太的话。这时候，九斤老太正在大怒，拿破芭蕉扇敲着凳脚说：

"我活到七十九岁了，活够了，不愿意眼见这些败家相，还是死的好。立刻就要吃饭了，还吃炒豆子，吃穷了一家子！"

伊的曾孙女儿六斤捏着一把豆，正从对面跑来，见这情形，便直奔河边，藏在乌柏树后，伸出双丫角的小头，大声说："这老不死的！"

九斤老太虽然高寿，耳朵却还不很聋，但也没有听到孩子的话，仍旧自己说："这真是一代不如一代！"

这村庄的习惯有点特别，女人生下孩子，多喜欢用秤称了轻重，便用斤数当作小名。九斤老太自从庆祝了五十大寿以后，便渐渐的变了不平家，常说伊年青的时候，天气没有现在这般热，豆子也没有现在这般硬：总之现在的时世是不对了。何况六斤比伊的曾祖，少了三斤，比伊父亲七斤，又少了一斤，这真是一条颠扑不破的实例。所以伊又用劲说："这真是一代不如一代！"

1　现代汉语常用"烟囱"。——编者注

伊的儿媳七斤嫂子正捧着饭篮走到桌边,便将饭篮在桌上一摔,愤愤的说:"你老人家又这么说了。六斤生下来的时候,不是六斤五两么?你家的秤又是私秤,加重称,十八两秤,用了准十六,我们的六斤该有七斤多哩。我想便是太公和公公,也不见得正是九斤八斤十足,用的秤也许是十四两……"

"一代不如一代!"

七斤嫂还没有答话,忽然看见七斤从小巷口转出,便移了方向,对他嚷道:"你这死尸怎么这时候才回来,死到那里去了!不管人家等着你开饭!"

七斤虽然住在农村,却早有些飞黄腾达的意思。从他的祖父到他,三代不捏锄头柄了。他也照例的帮人撑着航船,每日一回,早晨从鲁镇进城,傍晚又回到鲁镇,因此很知道些时事:例如什么地方雷公劈死了蜈蚣精,什么地方闺女生了一个夜叉之类。他在村人里面的确已经是一名出场人物了。但夏天吃饭不点灯,却还守着农家习惯,所以回家太迟,是该骂的。

七斤一手捏着象牙嘴、白铜斗、六尺多长的湘妃竹烟管,低着头,慢慢地走来,坐在矮凳上。六斤也趁势溜出,坐在他身边,叫他爹爹。七斤没有应。

"一代不如一代!"九斤老太说。

七斤慢慢地抬起头来,叹一口气说:"皇帝坐了龙庭了。"

七斤嫂呆了一刻,忽而恍然大悟的道:"这可好了,这不是又要皇恩大赦了么!"

七斤又叹一口气,说:"我没有辫子。"

"皇帝要辫子么?"

"皇帝要辫子。"

"你怎么知道呢?"七斤嫂有些着急,赶忙的问。

"咸亨酒店里的人都说要的。"

七斤嫂这时从直觉上觉得事情似乎有些不妙了，因为咸亨酒店是消息灵通的所在。伊一转眼瞥见七斤的光头，便忍不住动怒，怪他恨他怨他，忽然又绝望起来，装好一碗饭，搡在七斤的面前道："还是赶快吃你的饭罢！哭丧着脸，就会长出辫子来么？"

太阳收尽了他最末的光线了，水面暗暗地回复过凉气来，土场上一片碗筷声响，人人的脊梁上又都吐出汗粒。七斤嫂吃完三碗饭，偶然抬起头，心坎里便禁不住突突地发跳。伊透过乌桕叶，看见又矮又胖的赵七爷正从独木桥上走来，而且穿着宝蓝色竹布的长衫。

赵七爷是邻村茂源酒店的主人，又是这三十里方圆以内的唯一的出色人物兼学问家，因为有学问，所以又有些遗老的臭味。他有十多本金圣叹批评的《三国志》，时常坐着一个字一个字的读，他不但能说出五虎将姓名，甚而至于还知道黄忠表字汉升和马超表字孟起。革命以后，他便将辫子盘在顶上，像道士一般，常常叹息说，倘若赵子龙在世，天下便不会乱到这地步了。七斤嫂眼睛好，早望见今天的赵七爷已经不是道士，却变成光滑头皮，乌黑发顶。伊便知道这一定是皇帝坐了龙庭，而且一定须有辫子，而且七斤一定是非常危险。因为赵七爷的这件竹布长衫轻易是不常穿的，三年以来，只穿过两次。一次是和他呕气[2]的麻子阿四病了的时候，一次是曾经砸烂他酒店的鲁大爷死了的时候；现在是第三次了，这一定又是于他有庆，于他的仇家有殃了。

七斤嫂记得，两年前七斤喝醉了酒，曾经骂过赵七爷是"贱胎"，所以这时便立刻直觉到七斤的危险，心坎里突突地发起跳来。

赵七爷一路走来，坐着吃饭的人都站起身，拿筷子点着自己的饭碗说："七爷，请在我们这里用饭！"七爷也一路点头，说道"请请"，却一径走到七斤家的桌旁。七斤们连忙招呼，七爷也微笑着

2　现代汉语常用"怄气"。——编者注

说"请请",一面细细的研究他们的饭菜。

"好香的干菜——听到了风声了么?"赵七爷站在七斤的后面七斤嫂的对面说。

"皇帝坐了龙庭了。"七斤说。

七斤嫂看着七爷的脸,竭力陪笑[3]道:"皇帝已经坐了龙庭,几时皇恩大赦呢?"

"皇恩大赦?大赦是慢慢的总要大赦罢。"七爷说到这里,声色忽然严厉起来,"但是你家七斤的辫子呢,辫子?这倒是要紧的事。你们知道,长毛时候,留发不留头,留头不留发……"

七斤和他的女人没有读过书,不很懂得这古典的奥妙,但觉得有学问的七爷这么说,事情自然非常重大,无可挽回,便仿佛受了死刑宣告似的,耳朵里嗡的一声,再也说不出一句话。

"一代不如一代——"九斤老太正在不平,趁这机会,便对赵七爷说,"现在的长毛,只是剪人家的辫子,僧不僧,道不道的。从前的长毛,这样的么?我活到七十九岁了,活够了。从前的长毛是——整匹的红缎子裹头,拖下去,拖下去,一直拖到脚跟。王爷是黄缎子,拖下去,黄缎子。红缎子,黄缎子——我活够了,七十九岁了。"

七斤嫂站起身,自言自语的说:"这怎么好呢?这样的一班老小,都靠他养活的人……"

赵七爷摇头道:"那也没法。没有辫子,该当何罪,书上都一条一条明明白白写着的。不管他家里有些什么人。"

七斤嫂听到书上写着,可真是完全绝望了,自己急得没法,便忽然又恨到七斤。伊用筷子指着他的鼻尖说:"这死尸自作自受!造反的时候,我本来说,不要撑船了,不要上城了。他偏要死进城去,滚进城去,进城便被人剪去了辫子。从前是绢光乌黑的辫子,

---

3 现代汉语常用"赔笑"。——编者注

现在弄得僧不僧道不道的。这囚徒自作自受，带累了我们又怎么说呢？这活死尸的囚徒……"

村人看见赵七爷到村，都赶紧吃完饭，聚在七斤家饭桌的周围，七斤自己知道是出场人物，被女人当大众这样辱骂，很不雅观，便只得抬起头，慢慢地说道：

"你今天说现成话，那时你……"

"你这活死尸的囚徒……"

看客中间，八一嫂是心肠最好的人，抱着伊的两周岁的遗腹子，正在七斤嫂身边看热闹，这时过意不去，连忙解劝说："七斤嫂，算了罢。人不是神仙，谁知道未来事呢？便是七斤嫂，那时不也说，没有辫子倒也没有什么丑么？况且衙门里的大老爷也还没有告示……"

七斤嫂没有听完，两个耳朵早通红了，便将筷子转过向来，指着八一嫂的鼻子说："阿呀，这是什么话呵！八一嫂，我自己看来倒还是一个人，会说出这样昏诞胡涂话么？那时我是，整整哭了三天，谁都看见，连六斤这小鬼也都哭……"六斤刚吃完一大碗饭，拿了空碗，伸手去嚷着要添。七斤嫂正没好气，便用筷子在伊的双丫角中间，直扎下去，大喝道："谁要你来多嘴！你这偷汉的小寡妇！"

扑的一声，六斤手里的空碗落在地上了，恰巧又碰着一块砖角，立刻破成一个很大的缺口。七斤直跳起来，检⁴起破碗，合上了检查一回，也喝道："入娘的！"一巴掌打倒了六斤。六斤躺着哭，九斤老太拉了伊的手，连说着"一代不如一代"，一同走了。

八一嫂也发怒，大声说："七斤嫂，你'恨棒打人'……"

赵七爷本来是笑着旁观的，但自从八一嫂说了"衙门里的大老爷没有告示"这话以后，却有些生气了。这时他已经绕出桌旁，接着说："'恨棒打人'，算什么呢？大兵是就要到的。你可知道，这回

4　现代汉语常用"捡"。——编者注

保驾的是张大帅，张大帅就是燕人张翼德的后代，他一支丈八蛇矛就有万夫不当之勇，谁能抵挡他？"他两手同时捏起空拳，仿佛握着无形的蛇矛模样，向八一嫂抢进几步道，"你能抵挡他么？"

八一嫂正气得抱着孩子发抖，忽然见赵七爷满脸油汗，瞪着眼，准对伊冲过来，便十分害怕，不敢说完话，回身走了。赵七爷也跟着走去，众人一面怪八一嫂多事，一面让开路，几个剪过辫子重新留起的便赶快躲在人丛后面，怕他看见。赵七爷也不细心察访，通过人丛，忽然转入乌柏树后，说道"你能抵挡他么！"跨上独木桥，扬长去了。

村人们呆呆站着，心里计算，都觉得自己确乎抵不住张翼德，因此也决定七斤便要没有性命。七斤既然犯了皇法，想起他往常对人谈论城中的新闻的时候，就不该含着长烟管显出那般骄傲模样，所以对于七斤的犯法，也觉得有些畅快。他们也仿佛想发些议论，却又觉得没有什么议论可发。嗡嗡的一阵乱嚷，蚊子都撞过赤膊身子，闯到乌柏树下去做市，他们也就慢慢地走散回家，关上门去睡觉。七斤嫂咕哝着，也收了家伙和桌子矮凳回家，关上门睡觉了。

七斤将破碗拿回家里，坐在门槛上吸烟，但非常忧愁，忘却了吸烟，象牙嘴、六尺多长湘妃竹烟管的白铜斗里的火光，渐渐发黑了。他心里但觉得事情似乎十分危急，也想想些方法，想些计画[5]，但总是非常模糊，贯穿不得："辫子呢？辫子？丈八蛇矛。一代不如一代！皇帝坐龙庭。破的碗须得上城去钉好。谁能抵挡他？书上一条一条写着。入娘的！"

第二日清晨，七斤依旧从鲁镇撑航船进城，傍晚回到鲁镇，又拿着六尺多长的湘妃竹烟管和一个饭碗回村。他在晚饭席上，对九斤老太说，这碗是在城内钉合的，因为缺口大，所以要十六个铜钉，

5　现代汉语常用"计划"。——编者注

三文一个，一总用了四十八文小钱。

九斤老太很不高兴的说："一代不如一代，我是活够了。三文钱一个钉，从前的钉，这样的么？从前的钉是……我活了七十九岁了——"

此后七斤虽然是照例日日进城，但家景总有些黯淡，村人大抵回避着，不再来听他从城内得来的新闻。七斤嫂也没有好声气，还时常叫他"囚徒"。

过了十多日，七斤从城内回家，看见他的女人非常高兴，问他说："你在城里可听到些什么？"

"没有听到些什么。"

"皇帝坐了龙庭没有呢？"

"他们没有说。"

"咸亨酒店里也没有人说么？"

"也没人说。"

"我想皇帝一定是不坐龙庭了。我今天走过赵七爷的店前，看见他又坐着念书了，辫子又盘在顶上了，也没有穿长衫。"

"……"

"你想，不坐龙庭了罢？"

"我想，不坐了罢。"

现在的七斤，是七斤嫂和村人又都早给他相当的尊敬，相当的待遇了。到夏天，他们仍旧在自家门口的土场上吃饭，大家见了，都笑嘻嘻的招呼。九斤老太早已做过八十大寿，仍然不平而且康健。六斤的双丫角已经变成一支大辫子了，伊虽然新近裹脚，却还能帮同七斤嫂做事，捧着十八个铜钉的饭碗，在土场上一瘸一拐的往来。

一九二〇年十月

故乡

　　我冒了严寒，回到相隔二千余里，别了二十余年的故乡去。

　　时候既然是深冬，渐近故乡时，天气又阴晦了，冷风吹进船舱中，呜呜的响，从篷隙向外一望，苍黄的天底下，远近横着几个萧索的荒村，没有一些活气。我的心禁不住悲凉起来了。

　　阿！这不是我二十年来时时记得的故乡？

　　我所记得的故乡全不如此，我的故乡好得多了，但要我记起他的美丽，说出他的佳处来，却又没有影像，没有言辞了，仿佛也就如此。于是我自己解释说，故乡本也如此，虽然没有进步，也未必有如我所感的悲凉，这只是我自己心情的改变罢了，因为我这次回乡，本没有什么好心绪。

　　我这次是专为了别他而来的。我们多年聚族而居的老屋，已经公同卖给别姓了，交屋的期限只在本年，所以必须赶在正月初一以前永别了熟识的老屋，而且远离了熟识的故乡，搬家到我在谋食的异地去。

　　第二日清早晨我到了我家的门口了。瓦楞上许多枯草的断茎当风抖着，正在说明这老屋难免易主的原因。几房的本家大约已经搬走了，所以很寂静。我到了自家的房外，我的母亲早已迎着出来了，接着便飞出了八岁的侄儿宏儿。

　　我的母亲很高兴，但也藏着许多凄凉的神情，教我坐下，歇息，喝茶，且不谈搬家的事。宏儿没有见过我，远远的对面站着只是看。

　　但我们终于谈到搬家的事。我说外间的寓所已经租定了，又买了几件家具，此外须将家里所有的木器卖去，再去增添。母亲也说好，而且行李也略已齐集，木器不便搬运的，也小半卖去了，只是收不起钱来。

"你休息一两天，去拜望亲戚本家一回，我们便可以走了。"母亲说。

"是的。"

"还有闰土，他每到我家来时，总问起你，很想见你一回面。我已经将你到家的大约日期通知他，他也许就要来了。"

这时候，我的脑里忽然闪出一幅神异的图画来：深蓝的天空中挂着一轮金黄的圆月，下面是海边的沙地，都种着一望无际的碧绿的西瓜，其间有一个十一二岁的少年，项带银圈，手捏一柄钢叉，向一匹猹尽力的刺去，那猹却将身一扭，反从他的胯下逃走了。

这少年便是闰土。我认识他时，也不过十多岁，离现在将有三十年了，那时我的父亲还在世，家景也好，我正是一个少爷。那一年，我家是一件大祭祀的值年。这祭祀，说是三十多年才能轮到一回，所以很郑重。正月里供祖像，供品很多，祭器很讲究，拜的人也很多，祭器也很要防偷去。我家只有一个忙月（我们这里给人做工的分三种：整年给一定人家做工的叫长年；按日给人做工的叫短工；自己也种地，只在过年过节以及收租时候来给一定的人家做工的称忙月），忙不过来，他便对父亲说，可以叫他的儿子闰土来管祭器的。

我的父亲允许了，我也很高兴，因为我早听到闰土这名字，而且知道他和我仿佛年纪，闰月生的，五行缺土，所以他的父亲叫他闰土。他是能装弶捉小鸟雀的。

我于是日日盼望新年，新年到，闰土也就到了。好容易到了年末，有一日，母亲告诉我，闰土来了，我便飞跑的去看。他正在厨房里，紫色的圆脸，头戴一顶小毡帽，颈上套一个明晃晃的银项圈，这可见他的父亲十分爱他，怕他死去，所以在神佛面前许下愿心，用圈子将他套住了。他见人很怕羞，只是不怕我，没有旁人的时候，便和我说话，于是不到半日，我们便熟识了。

我们那时候不知道谈些什么，只记得闰土很高兴，说是上城之后，见了许多没有见过的东西。

第二日，我便要他捕鸟。他说：

"这不能。须大雪下了才好。我们沙地上，下了雪，我扫出一块空地来，用短棒支起一个大竹匾，撒下秕谷，看鸟雀来吃时，我远远地将缚在棒上的绳子只一拉，那鸟雀就罩在竹匾下了。什么都有：稻鸡、角鸡、鹁鸪、蓝背……"

我于是又很盼望下雪。

闰土又对我说：

"现在太冷，你夏天到我们这里来，我们日里到海边检贝壳去，红的绿的都有，鬼见怕也有，观音手也有。晚上我和爹管西瓜去，你也去。"

"管贼么？"

"不是。走路的人口渴了摘一个瓜吃，我们这里是不算偷的。要管的是獾猪、刺猬、猹。月亮地下，你听，啦啦的响了，猹在咬瓜了。你便捏了胡叉，轻轻地走去……"

我那时并不知道这所谓猹的是怎么一件东西——便是现在也没有知道——只是无端的觉得状如小狗而很凶猛。

"他不咬人么？"

"有胡叉呢。走到了，看见猹了，你便刺。这畜生很伶俐，倒向你奔来，反从胯下窜了。他的皮毛是油一般的滑……"

我素不知道天下有这许多新鲜事：海边有如许五色的贝壳，西瓜有这样危险的经历，我先前单知道他在水果店里出卖罢了。

"我们沙地里,潮汛要来的时候,就有许多跳鱼儿只是跳,都有青蛙似的两个脚……"

阿!闰土的心里有无穷无尽的希奇[1]的事,都是我往常的朋友所不知道的。他们不知道一些事,闰土在海边时,他们都和我一样只看见院子里高墙上的四角的天空。

可惜正月过去了,闰土须回家里去,我急得大哭,他也躲到厨房里,哭着不肯出门,但终于被他父亲带走了。他后来还托他的父亲带给我一包贝壳和几枝很好看的鸟毛,我也曾送他一两次东西,但从此没有再见面。

现在我的母亲提起了他,我这儿时的记忆,忽而全都闪电似的苏生过来,似乎看到了我的美丽的故乡了。我应声说:

"这好极!他,怎样?"

"他?他景况也很不如意……"母亲说着,便向房外看,"这些人又来了,说是买木器,顺手也就随便拿走的,我得去看看。"

母亲站起身,出去了。门外有几个女人的声音,我便招宏儿走近面前,和他闲话:问他可会写字,可愿意出门。

"我们坐火车去么?"

"我们坐火车去。"

"船呢?"

"先坐船……"

"哈!这模样了!胡子这么长了!"一种尖利的怪声突然大叫起来。

我吃了一吓,赶忙抬起头,却见一个凸颧骨、薄嘴唇、五十岁上下的女人站在我面前,两手搭在髀间,没有系裙,张着两脚,正像一个画图仪器里细脚伶仃的圆规。

---

1 现代汉语常用"稀奇"。——编者注

我愕然了。

"不认识了么？我还抱过你咧！"

我愈加愕然了。幸而我的母亲也就进来，从旁说：

"他多年出门，统忘却了。你该记得罢，"便向着我说，"这是斜对门的杨二嫂，开豆腐店的。"

哦，我记得了。我孩子时候，在斜对门的豆腐店里确乎终日坐着一个杨二嫂，人都叫伊"豆腐西施"。但是擦着白粉，颧骨没有这么高，嘴唇也没有这么薄。而且终日坐着，我也从没有见过这圆规式的姿势。那时人说：因为伊，这豆腐店的买卖非常好。但这大约因为年龄的关系，我却并未蒙着一毫感化，所以竟完全忘却了。然而圆规很不平，显出鄙夷的神色，仿佛嗤笑法国人不知道拿破仑，美国人不知道华盛顿似的，冷笑说：

"忘了？这真是贵人眼高……"

"那有这事……我……"我惶恐着，站起来说。

"那么，我对你说，迅哥儿，你阔了，搬动又笨重，你还要什么这些破烂木器，让我拿去罢。我们小户人家，用得着。"

"我并没有阔哩，我须卖了这些，再去……"

"阿呀呀，你放了道台了，还说不阔？你现在有三房姨太太，出门便是八抬的大轿，还说不阔？吓，什么都瞒不过我。"

我知道无话可说了，便闭了口，默默的站着。

"阿呀阿呀，真是愈有钱，便愈是一毫不肯放松，愈是一毫不肯放松，便愈有钱……"圆规一面愤愤的回转身，一面絮絮的说，慢慢向外走，顺便将我母亲的一副手套塞在裤腰里，出去了。

此后又有近处的本家和亲戚来访问我。我一面应酬，偷空便收拾些行李，这样的过了三四天。

一日是天气很冷的午后，我吃过午饭，坐着喝茶，觉得外面有人进来了，便回头去看。我看时，不由的非常出惊，慌忙站起身，迎着走去。

这来的便是闰土。虽然我一见便知道是闰土，但又不是我这记忆上的闰土了。他身材增加了一倍，先前的紫色的圆脸已经变作灰黄，而且加上了很深的皱纹，眼睛也像他父亲一样，周围都肿得通红，这我知道，在海边种地的人，终日吹着海风，大抵是这样的。他头上是一顶破毡帽，身上只一件极薄的棉衣，浑身瑟索着，手里提着一个纸包和一支长烟管，那手也不是我所记得的红活圆实的手，却又粗又笨而且开裂，像是松树皮了。

我这时很兴奋，但不知道怎么说才好，只是说：

"阿！闰土哥，你来了……"

我接着便有许多话，想要连珠一般涌出：角鸡、跳鱼儿、贝壳、猹……但又总觉得被什么挡着似的，单在脑里面回旋，吐不出口外去。

他站住了，脸上现出欢喜和凄凉的神情，动着嘴唇，却没有作声。他的态度终于恭敬起来了，分明的叫道：

"老爷！"

我似乎打了一个寒噤，我就知道，我们之间已经隔了一层可悲的厚障壁了，我也说不出话。

他回过头去说："水生，给老爷磕头。"便拖出躲在背后的孩子来，这正是一个廿年前的闰土，只是黄瘦些，颈子上没有银圈罢了。"这是第五个孩子，没有见过世面，躲躲闪闪……"

母亲和宏儿下楼来了，他们大约也听到了声音。

"老太太，信是早收到了，我实在喜欢的了不得，知道老爷回来……"闰土说。

"阿，你怎的这样客气起来？你们先前不是哥弟称呼么？还是照旧：迅哥儿。"母亲高兴的说。

"阿呀，老太太真是……这成什么规矩？那时是孩子，不懂事……"闰土说着，又叫水生上来打拱，那孩子却害羞，紧紧的只贴在他背后。

"他就是水生？第五个？都是生人，怕生也难怪的，还是宏儿和他去走走。"母亲说。

宏儿听得这话，便来招水生，水生却松松爽爽同他一路出去了。母亲叫闰土坐，他迟疑了一回，终于就了坐，将长烟管靠在桌旁，递过纸包来，说：

"冬天没有什么东西了，这一点干青豆倒是自家晒在那里的，请老爷……"

我问问他的景况，他只是摇头。

"非常难。第六个孩子也会帮忙了，却总是吃不够……又不太平……什么地方都要钱，没有定规……收成又坏。种出东西来，挑去卖，总要捐几回钱，折了本，不去卖，又只能烂掉……"

他只是摇头，脸上虽然刻着许多皱纹，却全然不动，仿佛石像一般。他大约只是觉得苦，却又形容不出，沉默了片时，便拿起烟管来默默的吸烟了。

母亲问他，知道他的家里事务忙，明天便得回去，又没有吃过午饭，便叫他自己到厨下炒饭吃去。

他出去了。母亲和我都叹息他的景况：多子、饥荒、苛税、兵、匪、官、绅，都苦得他像一个木偶人了。母亲对我说，凡是不必搬走的东西，尽可以送他，可以听他自己去拣择。

下午，他拣好了几件东西：两条长桌、四个椅子、一副香炉和烛台、一杆抬秤。他又要所有的草灰（我们这里煮饭是烧稻草的，那灰可以做沙地的肥料），待我们启程的时候，他用船来载去。

夜间，我们又谈些闲天，都是无关紧要的话。第二天早晨，他就领了水生回去了。

又过了九日，是我们启程的日期。闰土早晨便到了，水生没有同来，却只带着一个五岁的女儿管船只。我们终日很忙碌，再没有谈天的工夫。来客也不少，有送行的，有拿东西的，有送行兼拿东西的。待到傍晚我们上船的时候，这老屋里的所有破旧大小粗细东西，已经一扫而空了。

我们的船向前走，两岸的青山在黄昏中，都装成了深黛颜色，连着退向船后梢去。

宏儿和我靠着船窗，同看外面模糊的风景，他忽然问道：

"大伯！我们什么时候回来？"

"回来？你怎么还没有走就想回来了。"

"可是，水生约我到他家玩去咧……"他睁着大的黑眼睛，痴痴的想。

我和母亲也都有些惘然，于是又提起闰土来。母亲说，那豆腐西施的杨二嫂，自从我家收拾行李以来，本是每日必到的，前天伊在灰堆里掏出十多个碗碟来，议论之后，便定说是闰土埋着的，他可以在运灰的时候一齐搬回家里去。杨二嫂发见了这件事，自己很以为功，便拿了那狗气杀（这是我们这里养鸡的器具，木盘上面有着栅栏，内盛食料，鸡可以伸进颈子去啄，狗却不能，只能看着气死），飞也似的跑了，亏伊装着这么高底的小脚，竟跑得这样快。

老屋离我愈远了，故乡的山水也都渐渐远离了我，但我却并不感到怎样的留恋。我只觉得我四面有看不见的高墙，将我隔成孤身，使我非常气闷。那西瓜地上的银项圈的小英雄的影像，我本来十分清楚，现在却忽地模糊了，又使我非常的悲哀。

母亲和宏儿都睡着了。

我躺着，听船底潺潺的水声，知道我在走我的路，我想：我竟与闰土隔绝到这地步了，但我们的后辈还是一气，宏儿不是正在想念水生么？我希望他们不再像我，又大家隔膜起来……然而我又不愿意他们因为要一气，都如我的辛苦展转而生活，也不愿意他们都如闰土的辛苦麻木而生活，也不愿意都如别人的辛苦恣睢而生活。他们应该有新的生活，为我们所未经生活过的。

我想到希望，忽然害怕起来了。闰土要香炉和烛台的时候，我还暗地里笑他，以为他总是崇拜偶像，什么时候都不忘却。现在我所谓希望，不也是我自己手制的偶像么？只是他的愿望切近，我的愿望茫远罢了。

我在朦胧中，眼前展开一片海边碧绿的沙地来，上面深蓝的天空中挂着一轮金黄的圆月。我想：希望是本无所谓有，无所谓无的。这正如地上的路，其实地上本没有路，走的人多了，也便成了路。

一九二一年一月

阿 Q 正传

第一章　序

　　我要给阿 Q 做正传，已经不止一两年了。但一面要做，一面又往回想，这足见我不是一个"立言"的人，因为从来不朽之笔，须传不朽之人，于是人以文传，文以人传——究竟谁靠谁传，渐渐的不甚了然起来，而终于归结到传阿 Q，仿佛思想里有鬼似的。

　　然而要做这一篇速朽的文章，才下笔，便感到万分的困难了。第一是文章的名目。孔子曰，"名不正则言不顺。"这原是应该极注意的。传的名目很繁多：列传、自传、内传、外传、别传、家传、小传……而可惜都不合。"列传"么，这一篇并非和许多阔人排在"正史"里；"自传"么，我又并非就是阿 Q。说是"外传"，"内传"在那里呢？倘用"内传"，阿 Q 又决不是神仙。"别传"呢，阿 Q 实在未曾有大总统上谕宣付国史馆立"本传"——虽说英国正史上并无"博徒列传"，而文豪狄更斯也做过《博徒别传》这一部书，但文豪则可，在我辈却不可的。其次是"家传"，则我既不知与阿 Q 是否同宗，也未曾受他子孙的拜托；或"小传"，则阿 Q 又更无别的"大传"了。总而言之，这一篇也便是"本传"，但从我的文章着想，因为文体卑下，是"引车卖浆者流"所用的话，所以不敢僭称，便从不入三教九流的小说家所谓"闲话休题，言归正传"这一句套话里，取出"正传"两个字来，作为名目，即使与古人所撰《书法正传》的"正传"字面上很相混，也顾不得了。

　　第二，立传的通例，开首大抵该是"某，字某，某地人也"，而我并不知道阿Q姓什么。有一回，他似乎是姓赵，但第二日便模糊了。那是赵太爷的儿子进了秀才的时候，锣声镗镗的报到村里来，阿Q正喝了两碗黄酒，便手舞足蹈的说，这于他也很光采，因为他和赵太爷原来是本家，细细的排起来他还比秀才长三辈呢。其时几个旁听人倒也肃然的有些起敬了。那知道第二天，地保便叫阿Q到赵太爷家里去。太爷一见，满脸溅朱，喝道：

"阿Q，你这浑小子！你说我是你的本家么？"

阿Q不开口。

赵太爷愈看愈生气了，抢进几步说："你敢胡说！我怎么会有你这样的本家？你姓赵么？"

阿Q不开口，想往后退了，赵太爷跳过去，给了他一个嘴巴。

"你怎么会姓赵！——你那里配姓赵！"

阿Q并没有抗辩他确凿姓赵，只用手摸着左颊，和地保退出去了，外面又被地保训斥了一番，谢了地保二百文酒钱。知道的人都说阿Q太荒唐，自己去招打。他大约未必姓赵，即使真姓赵，有赵太爷在这里，也不该如此胡说的。此后便再没有人提起他的氏族来，所以我终于不知道阿Q究竟什么姓。

第三，我又不知道阿Q的名字是怎么写的。他活着的时候，人都叫他阿Quei，死了以后，便没有一个人再叫阿Quei了，那里还会有"著之竹帛"的事。若论"著之竹帛"，这篇文章要算第一次，所以先遇着了这第一个难关。我曾经仔细想：阿Quei，阿桂还是阿贵呢？倘使他号叫月亭，或者在八月间做过生日，那一定是阿桂了。而他既没有号——也许有号，只是没有人知道他——又未尝散过生日征文的帖子：写作阿桂，是武断的。又倘若他有一位老兄或令弟叫阿富，那一定是阿贵了，而他又只是一个人：写作阿贵，也没有佐证的。其余音Quei的偏僻字样，更加凑不上了。先前，我也曾问过赵太爷的儿子茂才先生，谁料博雅如此公，竟也茫然，但据结论说，是因为陈独秀办了《新青年》提倡洋字，所以国粹沦亡，无可查考了。我的最后的手段，只有托一个同乡去查阿Q犯事的案卷，八个月之后才有回信，说案卷里并无与阿Quei的声音相近的人。我虽不知道是真没有，还是没有查，然而也再没有别的方法了。生怕注音字母还未通行，只好用了"洋字"，照英国流行的拼法写他为阿Quei，略作阿Q。这近于盲从《新青年》，自己也很抱歉，但茂才公尚且不知，我还有什么好办法呢。

第四，是阿Q的籍贯了，倘他姓赵，则据现在好称郡望的老例，可以照《郡名百家姓》上的注解，说是"陇西天水人也"，但可惜这姓是不甚可靠的，因此籍贯也就有些决不定。他虽然多住未庄，然而也常常宿在别处，不能说是未庄人，即使说是"未庄人也"，也仍然有乖史法的。

我所聊以自慰的，是还有一个"阿"字非常正确，绝无附会假借的缺点，颇可以就正于通人。至于其余，却都非浅学所能穿凿，只希望有"历史癖与考据癖"的胡适之先生的门人们，将来或者能够寻出许多新端绪来，但是我这《阿Q正传》到那时却又怕早经消灭了。

以上可以算是序。

第二章　优胜记略

阿Q不独是姓名、籍贯有些渺茫，连他先前的"行状"也渺茫。因为未庄的人们之于阿Q，只要他帮忙，只拿他玩笑，从来没有留心他的"行状"的。而阿Q自己也不说，独有和别人口角的时候，间或瞪着眼睛道：

"我们先前——比你阔的多啦！你算是什么东西！"

阿Q没有家，住在未庄的土谷祠里，也没有固定的职业，只给人家做短工，割麦便割麦，舂米便舂米，撑船便撑船。工作略长久时，他也或住在临时主人的家里，但一完就走了。所以，人们忙碌的时候，也还记起阿Q来，然而记起的是做工，并不是"行状"，一闲空，连阿Q都早忘却，更不必说"行状"了。只是有一回，有一个老头子颂扬说："阿Q真能做！"这时阿Q赤着膊，懒洋洋的瘦伶仃的正在他面前，别人也摸不着这话是真心还是讥笑，然而阿Q很喜欢。

阿Q又很自尊，所有未庄的居民全不在他眼睛里，甚而至于对于两位"文童"也有以为不值一笑的神情。夫文童者，将来恐怕要变秀才者也。赵太爷、钱太爷大受居民的尊敬，除有钱之外，就因为都是文童的爹爹，而阿Q在精神上独不表格外的崇奉，他想：我的儿子会阔得多啦！加以进了几回城，阿Q自然更自负，然而他又很鄙薄城里人，譬如用三尺长三寸宽的木板做成的凳子，未庄叫"长凳"，他也叫"长凳"，城里人却叫"条凳"，他想：这是错的，可笑！油煎大头鱼，未庄都加上半寸长的葱叶，城里却加上切细的葱丝，他想：这也是错的，可笑！然而未庄人真是不见世面的可笑的乡下人呵，他们没有见过城里的煎鱼！

阿Q"先前阔"，见识高，而且"真能做"，本来几乎是一个"完人"了，但可惜他体质上还有一些缺点，最恼人的是在他头皮上颇有几处不知起于何时的癞疮疤。这虽然也在他身上，而看阿Q的意思，倒也似乎以为不足贵的，因为他讳说"癞"以及一切近于"赖"的音，后来推而广之，"光"也讳，"亮"也讳，再后来，连"灯""烛"都讳了。一犯讳，不问有心与无心，阿Q便全疤通红的发起怒来，估量了对手，口讷的他便骂，气力小的他便打，然而不知怎么一回事，总还是阿 Q 吃亏的时候多，于是他渐渐的变换了方针，大抵改为怒目而视了。

谁知道阿 Q 采用怒目主义之后，未庄的闲人们便愈喜欢玩笑他。一见面，他们便假作吃惊的说：

"唏，亮起来了。"

阿 Q 照例的发了怒，他怒目而视了。

"原来有保险灯在这里！"他们并不怕。

阿 Q 没有法，只得另外想出报复的话来：

"你还不配⋯⋯"这时候，又仿佛在他头上的是一种高尚的光荣的癞头疮，并非平常的癞头疮了。但上文说过，阿 Q 是有见识的，他立刻知道和"犯忌"有点抵触，便不再往底下说。

闲人还不完，只撩他，于是终而至于打。阿 Q 在形式上打败了，被人揪住黄辫子，在壁上碰了四五个响头，闲人这才心满意足的得胜的走了，阿 Q 站了一刻，心里想："我总算被儿子打了，现在的世界真不像样⋯⋯"于是也心满意足的得胜的走了。

阿 Q 想在心里的，后来每每说出口来，所以凡有和阿 Q 玩笑的人们，几乎全知道他有这一种精神上的胜利法，此后每逢揪住他黄辫子的时候，人就先一着对他说：

"阿Q，这不是儿子打老子，是人打畜生。自己说：人打畜生！"

阿 Q 两只手都捏住了自己的辫根，歪着头，说道：

"打虫豸，好不好？我是虫豸——还不放么？"

但虽然是虫豸，闲人也并不放，仍旧在就近什么地方给他碰了五六个响头，这才心满意足的得胜的走了，他以为阿 Q 这回可遭了瘟。然而不到十秒钟，阿 Q 也心满意足的得胜的走了，他觉得他是第一个能够自轻自贱的人，除了"自轻自贱"不算外，余下的就是"第一个"。状元不也是"第一个"么？"你算是什么东西"呢？

阿Q以如是等等妙法克服怨敌之后，便愉快的跑到酒店里喝几碗酒，又和别人调笑一通，口角一通，又得了胜，愉快的回到土谷祠，放倒头睡着了。假使有钱，他便去押牌宝，一堆人蹲在地面上，阿Q即汗流满面的夹在这中间，声音他最响：

"青龙四百！"

"咳~~~~开~~~~啦！"桩家揭开盒子盖，也是汗流满面的唱。"天门啦~~~~角回啦~~~~！人和穿堂空在那里啦~~~~！阿Q的铜钱拿过来~~~~！"

"穿堂一百—— 一百五十！"

阿Q的钱便在这样的歌吟之下，渐渐的输入别个汗流满面的人物的腰间。他终于只好挤出堆外，站在后面看，替别人着急，一直到散场，然后恋恋的回到土谷祠，第二天，肿着眼睛去工作。

但真所谓"塞翁失马安知非福"罢，阿Q不幸而赢了一回，他倒几乎失败了。

这是未庄赛神的晚上。这晚上照例有一台戏，戏台左近，也照例有许多的赌摊。做戏的锣鼓，在阿Q耳朵里仿佛在十里之外，他只听得桩家的歌唱了。他赢而又赢，铜钱变成角洋，角洋变成大洋，大洋又成了叠。他兴高采烈得非常：

"天门两块！"

他不知道谁和谁为什么打起架来了。骂声打声脚步声，昏头昏脑的一大阵，他才爬起来，赌摊不见了，人们也不见了，身上有几处很似乎有些痛，似乎也挨了几拳几脚似的，几个人诧异的对他看。他如有所失的走进土谷祠，定一定神，知道他的一堆洋钱不见了。赶赛会的赌摊多不是本村人，还到那里去寻根柢呢？

很白很亮的一堆洋钱！而且是他的——现在不见了！说是算被儿子拿去了罢，总还是忽忽不乐；说自己是虫豸罢，也还是忽忽不乐：他这回才有些感到失败的苦痛了。

但他立刻转败为胜了。他擎起右手，用力的在自己脸上连打了两个嘴巴，热刺刺[1]的有些痛。打完之后，便心平气和起来，似乎打的是自己，被打的是别一个自己，不久也就仿佛是自己打了别个一般——虽然还有些热刺刺——心满意足的得胜的躺下了。

他睡着了。

第三章　续优胜记略

然而阿Q虽然常优胜，却直待蒙赵太爷打他嘴巴之后，这才出了名。

他付过地保二百文酒钱，忿忿[2]的躺下了，后来想："现在的世界太不成话，儿子打老子……"于是忽而想到赵太爷的威风，而现在是他的儿子了，便自己也渐渐的得意起来，爬起身，唱着《小孤孀上坟》到酒店去。这时候，他又觉得赵太爷高人一等了。

说也奇怪，从此之后，果然大家也仿佛格外尊敬他。这在阿Q，或者以为因为他是赵太爷的父亲，而其实也不然。未庄通例，倘如阿七打阿八，或者李四打张三，向来本不算一件事，必须与一位名人如赵太爷者相关，这才载上他们的口碑。一上口碑，则打的既有名，被打的也就托庇有了名。至于错在阿Q，那自然是不必说。所以者何？就因为赵太爷是不会错的。但他既然错，为什么大家又仿佛格外尊敬他呢？这可难解，穿凿起来说，或者因为阿Q说是赵太爷的本家，虽然挨了打，大家也还怕有些真，总不如尊敬一些稳当。否则，也如孔庙里的太牢一般，虽然与猪羊一样，同是畜生，但既

1　现代汉语常用"热辣辣"。——编者注
2　现代汉语常用"愤愤"。——编者注

经圣人下箸，先儒们便不敢妄动了。

阿 Q 此后倒得意了许多年。

有一年的春天，他醉醺醺的在街上走，在墙根的日光下，看见王胡在那里赤着膊捉虱子，他忽然觉得身上也痒起来了。这王胡，又癞又胡，别人都叫他王癞胡，阿 Q 却删去了一个癞字，然而非常渺视 [3] 他。阿 Q 的意思，以为癞是不足为奇的，只有这一部络腮胡子，实在太新奇，令人看不上眼。他于是并排坐下去了，倘是别的闲人们，阿 Q 本不敢大意坐下去。但这王胡旁边，他有什么怕呢？老实说：他肯坐下去，简直还是抬举他。

阿 Q 也脱下破夹袄来，翻检了一回，不知道因为新洗呢还是因为粗心，许多工夫，只捉到三四个。他看那王胡，却是一个又一个，两个又三个，只放在嘴里毕毕剥剥的响。

阿 Q 最初是失望，后来却不平了：看不上眼的王胡尚且那么多，自己倒反这样少，这是怎样的大失体统的事呵！他很想寻一两个大的，然而竟没有，好容易才捉到一个中的，恨恨的塞在厚嘴唇里，狠命一咬，劈的一声，又不及王胡响。

他癞疮疤块块通红了，将衣服摔在地上，吐一口唾沫，说：

"这毛虫！"

"癞皮狗，你骂谁？"王胡轻蔑的抬起眼来说。

阿 Q 近来虽然比较的受人尊敬，自己也更高傲些，但和那些打惯的闲人们见面还胆怯，独有这回却非常武勇了。这样满脸胡子的东西，也敢出言无状么？

"谁认便骂谁！"他站起来，两手叉在腰间说。

"你的骨头痒了么？"王胡也站起来，披上衣服说。

阿 Q 以为他要逃了，抢进去就是一拳，这拳头还未达到身上，

---

3 现代汉语常用"藐视"。——编者注

已经被他抓住了，只一拉，阿Q跄跄踉踉的跌进去，立刻又被王胡扭住了辫子，要拉到墙上照例去碰头。

"'君子动口不动手'！"阿Q歪着头说。

王胡似乎不是君子，并不理会，一连给他碰了五下，又用力的一推，至于阿Q跌出六尺多远，这才满足的去了。

在阿Q的记忆上，这大约要算是生平第一件的屈辱，因为王胡以络腮胡子的缺点，向来只被他奚落，从没有奚落他，更不必说动手了。而他现在竟动手，很意外，难道真如市上所说，皇帝已经停了考，不要秀才和举人了，因此赵家减了威风，因此他们也便小觑了他么？

阿Q无可适从的站着。

远远的走来了一个人，他的对头又到了。这也是阿Q最厌恶的一个人，就是钱太爷的大儿子。他先前跑上城里去进洋学堂，不知怎么又跑到东洋去了，半年之后他回到家里来，腿也直了，辫子也不见了，他的母亲大哭了十几场，他的老婆跳了三回井。后来，他的母亲到处说："这辫子是被坏人灌醉了酒剪去的。本来可以做大官，现在只好等留长再说了。"然而阿Q不肯信，偏称他"假洋鬼子"，也叫作"里通外国的人"，一见他，一定在肚子里暗暗的咒骂。

阿Q尤其"深恶而痛绝之"的，是他的一条假辫子。辫子而至于假，就是没有了做人的资格；他的老婆不跳第四回井，也不是好女人。

这"假洋鬼子"近来了。

"秃儿、驴……"阿Q历来本只在肚子里骂，没有出过声，这回因为正气忿[4]，因为要报仇，便不由的轻轻的说出来了。

不料这秃儿却拿着一支黄漆的棍子——就是阿Q所谓哭丧

4　现代汉语常用"气愤"。——编者注

棒——大踏步走了过来。阿Q在这刹那，便知道大约要打了，赶紧抽紧筋骨，耸了肩膀等候着，果然，拍⁵的一声，似乎确凿打在自己头上了。

"我说他！"阿Q指着近旁的一个孩子，分辩说。

拍！拍拍！

在阿Q的记忆上，这大约要算是生平第二件的屈辱。幸而拍拍的响了之后，于他倒似乎完结了一件事，反而觉得轻松些，而且"忘却"这一件祖传的宝贝也发生了效力，他慢慢的走，将到酒店门口，早已有些高兴了。

但对面走来了静修庵里的小尼姑。阿Q便在平时，看见伊也一定要唾骂，而况在屈辱之后呢？他于是发生了回忆，又发生了敌忾了。

"我不知道我今天为什么这样晦气，原来就因为见了你！"他想。

他迎上去，大声的吐一口唾沫：

"咳，呸！"

小尼姑全不睬，低了头只是走。阿Q走近伊身旁，突然伸出手去摩着伊新剃的头皮，呆笑着，说：

"秃儿！快回去，和尚等着你……"

"你怎么动手动脚……"尼姑满脸通红的说，一面赶快走。

酒店里的人大笑了。阿Q看见自己的勋业得了赏识，便愈加兴高采烈起来：

"和尚动得，我动不得？"他扭住伊的面颊。

酒店里的人大笑了。阿Q更得意，而且为满足那些赏鉴家起见，再用力的一拧，才放手。

他这一战，早忘却了王胡，也忘却了假洋鬼子，似乎对于今天

---

5 现代汉语常用"啪"。——编者注

的一切"晦气"都报了仇。而且奇怪,又仿佛全身比拍拍的响了之后更轻松,飘飘然的似乎要飞去了。

"这断子绝孙的阿Q!"远远地听得小尼姑的带哭的声音。

"哈哈哈!"阿Q十分得意的笑。

"哈哈哈!"酒店里的人也九分得意的笑。

第四章　恋爱的悲剧

有人说,有些胜利者,愿意敌手如虎,如鹰,他才感得胜利的欢喜,假使如羊,如小鸡,他便反觉得胜利的无聊。又有些胜利者,当克服一切之后,看见死的死了,降的降了,"臣诚惶诚恐死罪死罪",他于是没有了敌人,没有了对手,没有了朋友,只有自己在上,一个,孤另另,凄凉,寂寞,便反而感到了胜利的悲哀。然而我们的阿Q却没有这样乏,他是永远得意的:这或者也是中国精神文明冠于全球的一个证据了。

看哪,他飘飘然的似乎要飞去了!

然而这一次的胜利却又使他有些异样,他飘飘然的飞了大半天,飘进土谷祠,照例应该躺下便打鼾。谁知道这一晚,他很不容易合眼,他觉得自己的大拇指和第二指有点古怪,仿佛比平常滑腻些。不知道是小尼姑的脸上有一点滑腻的东西粘在他指上,还是他的指头在小尼姑脸上磨得滑腻了?

"断子绝孙的阿Q!"

阿Q的耳朵里又听到这句话。他想,不错,应该有一个女人,断子绝孙便没有人供一碗饭……应该有一个女人。夫"不孝有三,无后为大",而"若敖之鬼馁而",也是一件人生的大哀,所以他那思想其实是样样合于圣经贤传的,只可惜后来有些"不能收其放心"了。

"女人，女人……"他想。

"……和尚动得……女人，女人……女人！"他又想。

我们不能知道这晚上阿Q在什么时候才打鼾，但大约他从此总觉得指头有些滑腻，所以他从此总有些飘飘然。"女……"他想。

即此一端，我们便可以知道女人是害人的东西。

中国的男人，本来大半都可以做圣贤，可惜全被女人毁掉了。商是妲己闹亡的；周是褒姒弄坏的；秦……虽然史无明文，我们也假定他因为女人，大约未必十分错；而董卓可是的确给貂蝉害死了。

阿Q本来也是正人，我们虽然不知道他曾蒙什么明师指授过，但他对于"男女之大防"却历来非常严，也很有排斥异端——如小尼姑及假洋鬼子之类——的正气。他的学说是：凡尼姑，一定与和尚私通；一个女人在外面走，一定想引诱野男人；一男一女在那里讲话，一定要有勾当了。为惩治他们起见，所以他往往怒目而视，或者大声说几句"诛心"话，或者在冷僻处，便从后面掷一块小石头。

谁知道他将到"而立"之年，竟被小尼姑害得飘飘然了。这飘飘然的精神，在礼教上是不应该有的——所以女人真可恶，假使小尼姑的脸上不滑腻，阿Q便不至于被蛊，又假使小尼姑的脸上盖一层布，阿Q便也不至于被蛊了——他五六年前，曾在戏台下的人丛中拧过一个女人的大腿，但因为隔一层裤，所以此后并不飘飘然——而小尼姑并不然，这也足见异端之可恶。

"女……"阿Q想。

他对于以为"一定想引诱野男人"的女人，时常留心看，然而伊并不对他笑。他对于和他讲话的女人，也时常留心听，然而伊又并不提起关于什么勾当的话来。哦，这也是女人可恶之一节：伊们全都要装"假正经"的。

这一天，阿Q在赵太爷家里春了一天米，吃过晚饭，便坐在厨房里吸旱烟。倘在别家，吃过晚饭本可以回去的了，但赵府上晚饭早，虽说定例不准掌灯，一吃完便睡觉，然而偶然也有一些例外：其一，是赵大爷未进秀才的时候，准其点灯读文章；其二，便是阿Q来做短工的时候，准其点灯春米。因为这一条例外，所以阿Q在动手春米之前，还坐在厨房里吸旱烟。

吴妈，是赵太爷家里唯一的女仆，洗完了碗碟，也就在长凳上坐下了，而且和阿Q谈闲天：

"太太两天没有吃饭哩，因为老爷要买一个小的……"

"女人……吴妈……这小孤孀……"阿Q想。

"我们的少奶奶是八月里要生孩子了……"

"女人……"阿Q想。

阿Q放下烟管，站了起来。

"我们的少奶奶……"吴妈还唠叨说。

"我和你困觉，我和你困觉！"阿Q忽然抢上去，对伊跪下了。

一刹时中很寂然。

"阿呀！"吴妈楞[6]了一息，突然发抖，大叫着往外跑，且跑且嚷，似乎后来带哭了。

阿Q对了墙壁跪着也发楞，于是两手扶着空板凳，慢慢的站起来，仿佛觉得有些糟。他这时确也有些志忑了，慌张的将烟管插在裤带上，就想去春米。蓬[7]的一声，头上着了很粗的一下，他急忙回转身去，那秀才便拿了一支大竹杠站在他面前。

"你反了……你这……"

6　现代汉语常用"愣"。——编者注
7　现代汉语常用"砰"。——编者注

大竹杠又向他劈下来了。阿Q两手去抱头，拍的正打在指节上，这可很有一些痛。他冲出厨房门，仿佛背上又着了一下似的。

"忘八蛋[8]！"秀才在后面用了官话这样骂。

阿Q奔入舂米场，一个人站着，还觉得指头痛，还记得"忘八蛋"，因为这话是未庄的乡下人从来不用，专是见过官府的阔人用的，所以格外怕，而印象也格外深。但这时，他那"女……"的思想却也没有了。而且打骂之后，似乎一件事已经收束，倒反觉得一无挂碍似的，便动手去舂米。舂了一会，他热起来了，又歇了手脱衣服。

脱下衣服的时候，他听得外面很热闹，阿Q生平本来最爱看热闹，便即寻声走出去了。寻声渐渐的寻到赵太爷的内院里，虽然在昏黄中，却辨得出许多人，赵府一家连两日不吃饭的太太也在内，还有间壁的邹七嫂，真正本家的赵白眼，赵司晨。

少奶奶正拖着吴妈走出下房来，一面说：

"你到外面来……不要躲在自己房里想……"

"谁不知道你正经，短见是万万寻不得的。"邹七嫂也从旁说。

吴妈只是哭，夹些话，却不甚听得分明。

阿Q想："哼，有趣，这小孤孀不知道闹着什么玩意儿了。"他想打听，走近赵司晨的身边。这时他猛然间看见赵大爷向他奔来，而且手里捏着一支大竹杠。他看见这一支大竹杠，便猛然间悟到自己曾经被打，和这一场热闹似乎有点相关。他翻身便走，想逃回舂米场，不图这支竹杠阻了他的去路，于是他又翻身便走，自然而然的走出后门，不多工夫，已在土谷祠内了。

阿Q坐了一会，皮肤有些起粟，他觉得冷了，因为虽在春季，而夜间颇有余寒，尚不宜于赤膊。他也记得布衫留在赵家，但倘若

8　现代汉语常用"王八蛋"。——编者注

去取，又深怕秀才的竹杠。然而地保进来了。

"阿Q，你的妈妈的！你连赵家的用人都调戏起来，简直是造反。害得我晚上没有觉睡，你的妈妈的！……"

如是云云的教训了一通，阿Q自然没有话。临末，因为在晚上，应该送地保加倍酒钱四百文，阿Q正没有现钱，便用一顶毡帽做抵押，并且订定了五条件：

一，明天用红烛——要一斤重的——一对，香一封，到赵府上去赔罪。

二，赵府上请道士祓除缢鬼，费用由阿Q负担。

三，阿Q从此不准踏进赵府的门槛。

四，吴妈此后倘有不测，惟阿Q是问。

五，阿Q不准再去索取工钱和布衫。

阿Q自然都答应了，可惜没有钱。幸而已经春天，棉被可以无用，便质了二千大钱，履行条约。赤膊磕头之后，居然还剩几文，他也不再赎毡帽，统统喝了酒了。但赵家也并不烧香点烛，因为太太拜佛的时候可以用，留着了。那破布衫是大半做了少奶奶八月间生下来的孩子的衬尿布，那小半破烂的便都做了吴妈的鞋底。

第五章　生计问题

阿Q礼毕之后，仍旧回到土谷祠，太阳下去了，渐渐觉得世上有些古怪。他仔细一想，终于省悟过来：其原因盖在自己的赤膊。他记得破夹袄还在，便披在身上，躺倒了，待张开眼睛，原来太阳又已经照在西墙上头了。他坐起身，一面说道："妈妈的……"

他起来之后，也仍旧在街上逛，虽然不比赤膊之有切肤之痛，却又渐渐的觉得世上有些古怪了。仿佛从这一天起，未庄的女人们

245

忽然都怕了羞,伊们一见阿 Q 走来,便个个躲进门里去。甚而至于将近五十岁的邹七嫂,也跟着别人乱钻,而且将十一岁的女儿都叫进去了。阿 Q 很以为奇,而且想:"这些东西忽然都学起小姐模样来了,这娼妇们……"

但他更觉得世上有些古怪,却是许多日以后的事。其一,酒店不肯赊欠了;其二,管土谷祠的老头子说些废话,似乎叫他走;其三,他虽然记不清多少日,但确乎有许多日,没有一个人来叫他做短工。酒店不赊,熬着也罢了,老头子催他走,噜苏一通也就算了,只是没有人来叫他做短工,却使阿 Q 肚子饿:这委实是一件非常"妈妈的"的事情。

阿 Q 忍不下去了,他只好到老主顾的家里去探问——但独不许踏进赵府的门槛——然而情形也异样:一定走出一个男人来,现了十分烦厌的相貌,像回复乞丐一般的摇手道:

"没有没有!你出去!"

阿 Q 愈觉得稀奇了。他想,这些人家向来少不了要帮忙,不至于现在忽然都无事,这总该有些蹊跷在里面了。他留心打听,才知道他们有事都去叫小 Don。这小 D,是一个穷小子,又瘦又乏,在阿 Q 的眼睛里,位置是在王胡之下的,谁料这小子竟谋了他的饭碗去。所以阿 Q 这一气,更与平常不同,当气愤愤的走着的时候,忽然将手一扬,唱道:

"我手执钢鞭将你打!……"

几天之后,他竟在钱府的照壁前遇见了小 D。"仇人相见分外眼明",阿 Q 便迎上去,小 D 也站住了。

"畜生!"阿 Q 怒目而视的说,嘴角上飞出唾沫来。

"我是虫豸,好么?……"小 D 说。

这谦逊反使阿 Q 更加愤怒起来,但他手里没有钢鞭,于是只得扑上去，伸手去拔小 D 的辫子。小 D 一手护住了自己的辫根，一手也来拔阿 Q 的辫子，阿 Q 便也将空着的一只手护住了自己的辫根。从先前的阿 Q 看来，小 D 本来是不足齿数的，但他近来挨了饿，又瘦又乏已经不下于小 D，所以便成了势均力敌的现象，四只手拔着两颗头，都弯了腰，在钱家粉墙上映出一个蓝色的虹形，至于半点钟之久了。

"好了，好了！"看的人们说，大约是解劝的。

"好，好！"看的人们说，不知道是解劝，是颂扬，还是煽动。

然而他们都不听。阿 Q 进三步，小 D 便退三步，都站着；小 D 进三步，阿 Q 便退三步，又都站着。大约半点钟——未庄少有自鸣钟，所以很难说，或者二十分——他们的头发里便都冒烟，额上便都流汗，阿 Q 的手放松了，在同一瞬间，小 D 的手也正放松了，同时直起，同时退开，都挤出人丛去。

"记着罢，妈妈的……"阿 Q 回过头去说。

"妈妈的，记着罢……"小 D 也回过头来说。

这一场"龙虎斗"似乎并无胜败，也不知道看的人可满足，都没有发什么议论，而阿 Q 却仍然没有人来叫他做短工。

有一日很温和，微风拂拂的颇有些夏意了，阿 Q 却觉得寒冷起来，但这还可担当，第一倒是肚子饿。棉被、毡帽、布衫早已没有了，其次就卖了棉袄；现在有裤子，却万不可脱的；有破夹袄，又除了送人做鞋底之外，决定卖不出钱。他早想在路上拾得一注钱，但至今还没有见；他想在自己的破屋里忽然寻到一注钱，慌张的四顾，但屋内是空虚而且了然。于是他决计出门求食去了。

他在路上走着要"求食"，看见熟识的酒店，看见熟识的馒头，但他都走过了，不但没有暂停，而且并不想要。他所求的不是这类东西了，他求的是什么东西，他自己不知道。

未庄本不是大村镇，不多时便走尽了。村外多是水田，满眼是新秧的嫩绿，夹着几个圆形的活动的黑点，便是耕田的农夫。阿Q并不赏鉴这田家乐，却只是走，因为他直觉的知道这与他的"求食"之道是很辽远的，但他终于走到静修庵的墙外了。

庵周围也是水田，粉墙突出在新绿里，后面的低土墙里是菜园。阿Q迟疑了一会，四面一看，并没有人。他便爬上这矮墙去，扯着何首乌藤，但泥土仍然簌簌的掉，阿Q的脚也索索的抖。终于攀着桑树枝跳到里面了。里面真是郁郁葱葱，但似乎并没有黄酒馒头，以及此外可吃的之类。靠西墙是竹丛，下面许多笋，只可惜都是并未煮熟的，还有油菜早经结子，芥菜已将开花，小白菜也很老了。

阿Q仿佛文童落第似的觉得很冤屈，他慢慢走近园门去，忽而非常惊喜了，这分明是一畦老萝卜。他于是蹲下便拔，而门口突然伸出一个很圆的头来，又即缩回去了，这分明是小尼姑。小尼姑之流是阿Q本来视若草芥的，但世事须"退一步想"，所以他便赶紧拔起四个萝卜，拧下青叶，兜在大襟里，然而老尼姑已经出来了。

"阿弥陀佛，阿Q，你怎么跳进园里来偷萝卜！……阿呀，罪过呵，阿唷，阿弥陀佛！……"

"我什么时候跳进你的园里来偷萝卜？"阿Q且看且走的说。

"现在……这不是？"老尼姑指着他的衣兜。

"这是你的？你能叫得他答应你么？你……"

阿Q没有说完话，拔步便跑，追来的是一匹很肥大的黑狗。这本来在前门的，不知怎的到后园来了。黑狗哼而且追，已经要咬着阿Q的腿，幸而从衣兜里落下一个萝卜来，那狗给一吓，略略一停，阿Q已经爬上桑树，跨到土墙，连人和萝卜都滚出墙外面了。只剩着黑狗还在对着桑树嗥，老尼姑念着佛。

阿Q怕尼姑又放出黑狗来，拾起萝卜便走，沿路又检了几块小石头，但黑狗却并不再出现。阿Q于是抛了石块，一面走一面吃，而且想道，这里也没有什么东西寻，不如进城去……

待三个萝卜吃完时，他已经打定了进城的主意了。

第六章　从中兴到末路

在未庄再看见阿Q出现的时候，是刚过了这年的中秋。人们都惊异，说是阿Q回来了，于是又回上去想道，他先前那里去了呢？阿Q前几回的上城，大抵早就兴高采烈的对人说，但这一次却并不，所以也没有一个人留心到。他或者也曾告诉过管土谷祠的老头子，然而未庄老例，只有赵太爷、钱太爷和秀才大爷上城才算一件事。假洋鬼子尚且不足数，何况是阿Q？因此老头子也就不替他宣传，而未庄的社会上也就无从知道了。

但阿Q这回的回来，却与先前大不同，确乎很值得惊异。天色将黑，他睡眼朦胧的在酒店门前出现了，他走近柜台，从腰间伸出手来，满把是银的和铜的，在柜上一扔说："现钱！打酒来！"穿的是新夹袄，看去腰间还挂着一个大搭连[9]，沉钿钿[10]的将裤带坠成了很弯很弯的弧线。未庄老例，看见略有些醒目的人物，是与其慢也宁敬的，现在虽然明知道是阿Q，但因为和破夹袄的阿Q有些两样了，古人云："士别三日，便当刮目相待。"所以堂倌、掌柜、酒客、路人便自然显出一种疑而且敬的形态来。掌柜既先之以点头，又继之以谈话：

"嚄，阿Q，你回来了！"

"回来了。"

9　现代汉语常用"褡裢"。——编者注
10　现代汉语常用"沉甸甸"。——编者注

"发财发财，你是——在……"

"上城去了！"

这一件新闻第二天便传遍了全未庄。人人都愿意知道现钱和新夹袄的阿Ｑ的中兴史，所以在酒店里、茶馆里、庙檐下便渐渐的探听出来了。这结果，是阿Ｑ得了新敬畏。

据阿Ｑ说，他是在举人老爷家里帮忙，这一节，听的人都肃然了。这老爷本姓白，但因为合城里只有他一个举人，所以不必再冠姓，说起举人来就是他。这也不独在未庄是如此，便是一百里方圆之内也都如此，人们几乎多以为他的姓名就叫举人老爷的了。在这人的府上帮忙，那当然是可敬的。但据阿Ｑ又说，他却不高兴再帮忙了，因为这举人老爷实在太"妈妈的"了。这一节，听的人都叹息而且快意，因为阿Ｑ本不配在举人老爷家里帮忙，而不帮忙是可惜的。

据阿Ｑ说，他的回来，似乎也由于不满意城里人，这就在他们将长凳称为条凳，而且煎鱼用葱丝，加以最近观察所得的缺点，是女人的走路也扭得不很好。然而也偶有大可佩服的地方，即如未庄的乡下人不过打三十二张的竹牌，只有假洋鬼子能够叉"麻酱"，城里却连小乌龟子都叉得精熟的。什么假洋鬼子，只要放在城里的十几岁的小乌龟子的手里，也就立刻是"小鬼见阎王"。这一节，听的人都赧然了。

"你们可看见过杀头么？"阿Ｑ说，"咳，好看。杀革命党。唉，好看好看……"他摇摇头，将唾沫飞在正对面的赵司晨的脸上。这一节，听的人都凛然了。但阿Ｑ又四面一看，忽然扬起右手，照着伸长脖子听得出神的王胡的后项窝上直劈下去道：

"嚓！"

王胡惊得一跳，同时电光石火似的赶快缩了头，而听的人又都悚然而且欣然了。从此王胡瘟头瘟脑的许多日，并且再不敢走近阿Q的身边，别的人也一样。

阿Q这时在未庄人眼睛里的地位，虽不敢说超过赵太爷，但谓之差不多，大约也就没有什么语病的了。

然而不多久，这阿Q的大名忽又传遍了未庄的闺中。虽然未庄只有钱赵两姓是大屋，此外十之九都是浅闺，但闺中究竟是闺中，所以也算得一件神异。女人们见面时一定说，邹七嫂在阿Q那里买了一条蓝绸裙，旧固然是旧的，但只化[11]了九角钱。还有赵白眼的母亲——一说是赵司晨的母亲，待考——也买了一件孩子穿的大红洋纱衫，七成新，只用三百大钱九二串。于是伊们都眼巴巴的想见阿Q，缺绸裙的想问他买绸裙，要洋纱衫的想问他买洋纱衫，不但见了不逃避，有时阿Q已经走过了，也还要追上去叫住他，问道：

"阿Q，你还有绸裙么？没有？纱衫也要的，有罢？"

后来这终于从浅闺传进深闺里去了。因为邹七嫂得意之余，将伊的绸裙请赵太太去鉴赏，赵太太又告诉了赵太爷而且着实恭维了一番。赵太爷便在晚饭桌上，和秀才大爷讨论，以为阿Q实在有些古怪，我们门窗应该小心些，但他的东西，不知道可还有什么可买，也许有点好东西罢。加以赵太太也正想买一件价廉物美的皮背心。于是家族决议，便托邹七嫂即刻去寻阿Q，而且为此新辟了第三种的例外：这晚上也姑且特准点油灯。

油灯干了不少了，阿Q还不到。赵府的全眷都很焦急，打着呵欠[12]，或恨阿Q太飘忽，或怨邹七嫂不上紧。赵太太还怕他因为春天的条件不敢来，而赵太爷以为不足虑，因为这是"我"去叫他的。

11　现代汉语常用"花"。——编者注
12　现代汉语常用"哈欠"。——编者注

果然，到底赵太爷有见识，阿 Q 终于跟着邹七嫂进来了。

"他只说没有没有，我说你自己当面说去，他还要说，我说……"邹七嫂气喘吁吁的走着说。

"太爷！"阿 Q 似笑非笑的叫了一声，在檐下站住了。

"阿 Q，听说你在外面发财，"赵太爷踱开去，眼睛打量着他的全身，一面说，"那很好，那很好的。这个……听说你有些旧东西……可以都拿来看一看……这也并不是别的，因为我倒要……"

"我对邹七嫂说过了。都完了。"

"完了？"赵太爷不觉失声的说，"那里会完得这样快呢？"

"那是朋友的，本来不多。他们买了些……"

"总该还有一点罢。"

"现在，只剩了一张门幕了。"

"就拿门幕来看看罢。"赵太太慌忙说。

"那么，明天拿来就是，"赵太爷却不甚热心了，"阿 Q，你以后有什么东西的时候，你尽先送来给我们看……"

"价钱决不会比别家出得少！"秀才说。秀才娘子忙一瞥阿 Q 的脸，看他感动了没有。

"我要一件皮背心。"赵太太说。

阿 Q 虽然答应着，却懒洋洋的出去了，也不知道他是否放在心上。这使赵太爷很失望，气忿而且担心，至于停止了打呵欠。秀才对于阿 Q 的态度也很不平，于是说，这忘八蛋要提防，或者竟不如吩咐地保，不许他住在未庄。但赵太爷以为不然，说这也怕要结怨，况且做这路生意的大概是"老鹰不吃窝下食"，本村倒不必担心的，只要自己夜里警醒点就是了。秀才听了这"庭训"，非常之以为然，便即刻撤消 13 了驱逐阿 Q 的提议，而且叮嘱邹七嫂，请伊万不

13　现代汉语常用"撤销"。——编者注

要向人提起这一段话。

但第二日，邹七嫂便将那蓝裙去染了皂，又将阿Q可疑之点传扬出去了，可是确没有提起秀才要驱逐他这一节，然而这已经于阿Q很不利。最先，地保寻上门了，取了他的门幕去，阿Q说是赵太太要看的，而地保也不还，并且要议定每月的孝敬钱。其次，是村人对于他的敬畏忽而变相了，虽然还不敢来放肆，却很有远避的神情，而这神情和先前的防他来"嚓"的时候又不同，颇混着"敬而远之"的分子了。

只有一班闲人们却还要寻根究底的去探阿Q的底细。阿Q也并不讳饰，傲然的说出他的经验来。从此他们才知道，他不过是一个小脚色[14]，不但不能上墙，并且不能进洞，只站在洞外接东西。有一夜，他刚才接到一个包，正手再进去，不一会，只听得里面大嚷起来，他便赶紧跑，连夜爬出城，逃回未庄来了，从此不敢再去做。然而这故事却于阿Q更不利，村人对于阿Q的"敬而远之"者，本因为怕结怨，谁料他不过是一个不敢再偷的偷儿呢？这实在是"斯亦不足畏也矣"。

第七章 革命

宣统三年九月十四日——即阿Q将搭连卖给赵白眼的这一天——三更四点，有一只大乌篷船到了赵府上的河埠头。这船从黑魆魆中荡来，乡下人睡得熟，都没有知道，出去时将近黎明，却很有几个看见的了。据探头探脑的调查来的结果，知道那竟是举人老爷的船！

那船便将大不安载给了未庄，不到正午，全村的人心就很摇

---

14 现代汉语常用"角色"。——编者注

动。船的使命，赵家本来是很秘密的，但茶坊酒肆里却都说，革命党要进城，举人老爷到我们乡下来逃难了。惟有邹七嫂不以为然，说那不过是几口破衣箱，举人老爷想来寄存的，却已被赵太爷回复转去。其实举人老爷和赵秀才素不相能，在理本不能有"共患难"的情谊，况且邹七嫂又和赵家是邻居，见闻较为切近，所以大概该是伊对的。

然而谣言很旺盛，说举人老爷虽然似乎没有亲到，却有一封长信，和赵家排了"转折亲"。赵太爷肚里一轮，觉得于他总不会有坏处，便将箱子留下了，现就塞在太太的床底下。至于革命党，有的说是便在这一夜进了城，个个白盔白甲：穿着崇正皇帝的素。

阿Q的耳朵里，本来早听到过革命党这一句话，今年又亲眼见过杀掉革命党。但他有一种不知从那里来的意见，以为革命党便是造反，造反便是与他为难，所以一向是"深恶而痛绝之"的。殊不料这却使百里闻名的举人老爷有这样怕，于是他未免也有些"神往"了，况且未庄的一群鸟男女的慌张的神情也使阿Q更快意。

"革命也好罢，"阿Q想，"革这伙妈妈的命[15]，太可恶！太可恨！……便是我，也要投降革命党了。"

阿Q近来用度窘，大约略略有些不平，加以午间喝了两碗空肚酒，愈加醉得快，一面想一面走，便又飘飘然起来。不知怎么一来，忽而似乎革命党便是自己，未庄人却都是他的俘虏了，他得意之余，禁不住大声的嚷道：

"造反了！造反了！"

未庄人都用了惊惧的眼光对他看。这一种可怜的眼光，是阿Q从来没有见过的，一见之下，又使他舒服得如六月里喝了雪水。他更加高兴的走而且喊道：

15　原文为"革这伙妈妈的的命"，疑为原文多字，故更正。——编者注

"好……我要什么就是什么，我欢喜谁就是谁。

"得得，锵锵！

"悔不该，酒醉错斩了郑贤弟，

"悔不该，呀呀呀……

"得得，锵锵，得，锵令锵！

"我手执钢鞭将你打……"

赵府上的两位男人和两个真本家也正站在大门口论革命。阿Q没有见，昂了头直唱过去：

"得得……"

"老Q。"赵太爷怯怯的迎着低声的叫。

"锵锵，"阿Q料不到他的名字会和"老"字联结起来，以为是一句别的话，与己无干，只是唱，"得，锵，锵令锵，锵！"

"老Q。"

"悔不该……"

"阿Q！"秀才只得直呼其名了。

阿Q这才站住，歪着头问道："什么？"

"老Q，现在……"赵太爷却又没有话，"现在……发财么？"

"发财？自然，要什么就是什么……"

"阿……Q哥，像我们这样穷朋友是不要紧的……"赵白眼惴惴的说，似乎想探革命党的口风。

"穷朋友？你总比我有钱。"阿Q说着自去了。

大家都怃然，没有话，赵太爷父子回家，晚上商量到点灯。赵白眼回家，便从腰间扯下搭连来，交给他女人藏在箱底里。

阿Q飘飘然的飞了一通，回到土谷祠，酒已经醒透了。这晚上，管祠的老头子也意外的和气，请他喝茶，阿Q便向他要了两个饼，吃完之后，又要了一支点过的四两烛和一个树烛台，点起来，独自躺在自己的小屋里。他说不出的新鲜而且高兴，烛火像元夜似的闪闪的跳，他的思想也迸跳起来了：

"造反？有趣……来了一阵白盔白甲的革命党，都拿着板刀、钢鞭、炸弹、洋炮、三尖两刃刀、钩镰枪，走过土谷祠，叫道：'阿Q！同去同去！'于是一同去……

"这时未庄的一伙鸟男女才好笑哩，跪下叫道，'阿Q，饶命！'谁听他！第一个该死的是小D和赵太爷，还有秀才，还有假洋鬼子……留几条么？王胡本来还可留，但也不要了……

"东西……直走进去打开箱子来，元宝、洋钱、洋纱衫……秀才娘子的一张宁式床先搬到土谷祠，此外便摆了钱家的桌椅——或者也就用赵家的罢。自己是不动手的了，叫小D来搬，要搬得快，搬得不快打嘴巴……

"赵司晨的妹子真丑。邹七嫂的女儿过几年再说。假洋鬼子的老婆会和没有辫子的男人睡觉，吓，不是好东西！秀才的老婆是眼胞上有疤的……吴妈长久不见了，不知道在那里——可惜脚太大。"

阿Q没有想得十分停当，已经发了鼾声，四两烛还只点去了小半寸，红焰焰的光照着他张开的嘴。

"荷荷！"阿Q忽而大叫起来，抬了头仓皇的四顾，待到看见四两烛，却又倒头睡去了。

第二天他起得很迟，走出街上看时，样样都照旧。他也仍然肚饿，他想着，想不起什么来，但他忽而似乎有了主意了，慢慢的跨开步，有意无意的走到静修庵。

庵和春天时节一样静，白的墙壁和漆黑的门。他想了一想，前去打门，一只狗在里面叫。他急急拾了几块断砖，再上去较为用力的打，打到黑门上生出许多麻点的时候，才听得有人来开门。

阿Q连忙捏好砖头，摆开马步，准备和黑狗来开战。但庵门只开了一条缝，并无黑狗从中冲出，望进去只有一个老尼姑。

"你又来什么事？"伊大吃一惊的说。

"革命了……你知道？……"阿Q说得很含胡。

"革命革命，革过一革的……你们要革得我们怎么样呢？"老尼姑两眼通红的说。

"什么？……"阿Q诧异了。

"你不知道，他们已经来革过了！"

"谁？……"阿Q更其诧异了。

"那秀才和洋鬼子！"

阿Q很出意外，不由的一错愕。老尼姑见他失了锐气，便飞速的关了门，阿Q再推时，牢不可开，再打时，没有回答了。

那还是上午的事。赵秀才消息灵，一知道革命党已在夜间进城，便将辫子盘在顶上，一早去拜访那历来也不相能的钱洋鬼子。这是"咸与维新"的时候了，所以他们便谈得很投机，立刻成了情投意合的同志，也相约去革命。他们想而又想，才想出静修庵里有一块"皇帝万岁万万岁"的龙牌，是应该赶紧革掉的，于是又立刻同到庵里去革命。因为老尼姑来阻挡，说了三句话，他们便将伊当作满政府，在头上很给了不少的棍子和栗凿。尼姑待他们走后，定了神来检点，龙牌固然已经碎在地上了，而且又不见了观音娘娘座前的一个宣德炉。

这事阿Q后来才知道。他颇悔自己睡着，但也深怪他们不来招呼他。他又退一步想道：

"难道他们还没有知道我已经投降了革命党么？"

第八章　不准革命

未庄的人心日见其安静了。据传来的消息，知道革命党虽然进了城，倒还没有什么大异样。知县大老爷还是原官，不过改称了什么，而且举人老爷也做了什么——这些名目，未庄人都说不明白——官，带兵的也还是先前的老把总。只有一件可怕的事是另有几个不好的革命党夹在里面捣乱，第二天便动手剪辫子，听说那邻村的航船七斤便着了道儿，弄得不像人样子了。但这却还不算大[16]恐怖，因为未庄人本来少上城，即使偶有想进城的，也就立刻变了计，碰不着这危险。阿 Q 本也想进城去寻他的老朋友，一得这消息，也只得作罢了。

但未庄也不能说是无改革。几天之后，将辫子盘在顶上的逐渐增加起来了，早经说过，最先自然是茂才公，其次便是赵司晨和赵白眼，后来是阿 Q。倘在夏天，大家将辫子盘在头顶上或者打一个结，本不算什么稀奇事，但现在是暮秋，所以这"秋行夏令"的情形，在盘辫家不能不说是万分的英断，而在未庄也不能说无关于改革了。

赵司晨脑后空荡荡的走来，看见的人大嚷说：

"嚄，革命党来了！"

阿 Q 听到了很羡慕。他虽然早知道秀才盘辫的大新闻，但总没有想到自己可以照样做，现在看见赵司晨也如此，才有了学样的意思，定下实行的决心。他用一支竹筷将辫子盘在头顶上，迟疑多时，这才放胆的走去。

他在街上走，人也看他，然而不说什么话，阿 Q 当初很不快，后来便很不平，他近来很容易闹脾气了。其实他的生活，倒也并不

16　现代汉语常用"太"。——编者注

比造反之前反艰难，人见他也客气，店铺也不说要现钱。而阿Q总觉得自己太失意：既然革了命，不应该只是这样的。况且有一回看见小D，愈使他气破肚皮了。

小D也将辫子盘在头顶上了，而且也居然用一支竹筷。阿Q万料不到他也敢这样做，自己也决不准他这样做！小D是什么东西呢？他很想即刻揪住他，拗断他的竹筷，放下他的辫子，并且批他几个嘴巴，聊且惩罚他忘了生辰八字，也敢来做革命党的罪。但他终于饶放了，单是怒目而视的吐一口唾沫道："呸！"

这几日里，进城去的只有一个假洋鬼子。赵秀才本也想靠着寄存箱子的渊源，亲身去拜访举人老爷的，但因为有剪辫的危险，所以也就中止了。他写了一封"黄伞格"的信，托假洋鬼子带上城，而且托他给自己绍介绍介，去进自由党。假洋鬼子回来时，向秀才讨还了四块洋钱，秀才便有一块银桃子挂在大襟上了，未庄人都惊服，说这是柿油党的顶子，抵得一个翰林。赵太爷因此也骤然大阔，远过于他儿子初隽秀才的时候，所以目空一切，见了阿Q，也就很有些不放在眼里了。

阿Q正在不平，又时时刻刻感着冷落，一听得这银桃子的传说，他立即悟出自己之所以冷落的原因了：要革命，单说投降，是不行的，盘上辫子，也不行的，第一着仍然要和革命党去结识。他生平所知道的革命党只有两个，城里的一个早已"嚓"的杀掉了，现在只剩了一个假洋鬼子。他除却赶紧去和假洋鬼子商量之外，再没有别的道路了。

钱府的大门正开着，阿Q便怯怯的蹩进去。他一到里面，很吃了惊，只见假洋鬼子正站在院子的中央，一身乌黑的大约是洋衣，身上也挂着一块银桃子，手里是阿Q曾经领教过的棍子，已经留到一尺多长的辫子都拆开了披在肩背上，蓬头散发的像一个刘海仙。

对面挺直的站着赵白眼和三个闲人，正在必恭必敬 [17] 的听说话。

阿 Q 轻轻的走进了，站在赵白眼的背后，心里想招呼，却不知道怎么说才好：叫他假洋鬼子固然是不行的了，洋人也不妥，革命党也不妥，或者就应该叫洋先生了罢。

洋先生却没有见他，因为白着眼睛讲得正起劲：

"我是性急的，所以我们见面，我总是说：洪哥！我们动手罢！他却总说道 No——这是洋话，你们不懂的。否则早已成功了，然而这正是他做事小心的地方。他再三再四的请我上湖北，我还没有肯，谁愿意在这小县城里做事情……"

"唔……这个……"阿 Q 候他略停，终于用十二分的勇气开口了，但不知道因为什么，又并不叫他洋先生。

听着说话的四个人都吃惊的回顾他。洋先生也才看见：

"什么？"

"我……"

"出去！"

"我要投……"

"滚出去！"洋先生扬起哭丧棒来了。

赵白眼和闲人们便都吆喝道："先生叫你滚出去，你还不听么！"

阿 Q 将手向头上一遮，不自觉的逃出门外，洋先生倒也没有追。他快跑了六十多步，这才慢慢的走，于是心里便涌起了忧愁：洋先生不准他革命，他再没有别的路，从此决不能望有白盔白甲的人来叫他，他所有的抱负、志向、希望、前程，全被一笔勾销了。至于闲人们传扬开去，给小 D 王胡等辈笑话，倒是还在其次的事。

他似乎从来没有经验过这样的无聊。他对于自己的盘辫子，仿佛也觉得无意味，要侮蔑，为报仇起见，很想立刻放下辫子来，但

17　现代汉语常用"毕恭毕敬"。——编者注

也没有竟放。他游到夜间，赊了两碗酒，喝下肚去，渐渐的高兴起来了，思想里才又出现白盔白甲的碎片。

有一天，他照例的混到夜深，待酒店要关门，才踱回土谷祠去。

拍，吧～～～！

他忽而听得一种异样的声音，又不是爆竹。阿Q本来是爱看热闹、爱管闲事的，便在暗中直寻过去。似乎前面有些脚步声，他正听，猛然间一个人从对面逃来了。阿Q一看见，便赶紧翻身跟着逃。那人转弯，阿Q也转弯，既转弯，那人站住了，阿Q也站住。他看后面并无什么，看那人便是小D。

"什么？"阿Q不平起来了。

"赵……赵家遭抢了！"小D气喘吁吁的说。

阿Q的心怦怦的跳了。小D说了便走，阿Q却逃而又停的两三回，但他究竟是做过"这路生意"的人，格外胆大，于是躄出路角，仔细的听，似乎有些嚷嚷，又仔细的看，似乎许多白盔白甲的人，络绎的将箱子抬出了，器具抬出了，秀才娘子的宁式床也抬出了，但是不分明，他还想上前，两只脚却没有动。

这一夜没有月，未庄在黑暗里很寂静，寂静到像羲皇时候一般太平。阿Q站着看到自己发烦，也似乎还是先前一样，在那里来来往往的搬，箱子抬出了，器具抬出了，秀才娘子的宁式床也抬出了……抬得他自己有些不信他的眼睛了。但他决计不再上前，却回到自己的祠里去了。

土谷祠里更漆黑。他关好大门，摸进自己的屋子里。他躺了好一会，这才定了神，而且发出关于自己的思想来：白盔白甲的人明明到了，并不来打招呼，搬了许多好东西，又没有自己的份——这全是假洋鬼子可恶，不准我造反，否则，这次何至于没有我的份呢？阿Q越想越气，终于禁不住满心痛恨起来，毒毒的点一点头："不准我造反，只准你造反？妈妈的假洋鬼子——好，你造反！造反是杀头的罪名呵，我总要告一状，看你抓进县里去杀头——满门抄斩——嚓！嚓！"

第九章　大团圆

赵家遭抢之后，未庄人大抵很快意而且恐慌，阿Q也很快意而且恐慌。但四天之后，阿Q在半夜里忽被抓进县城里去了。那时恰是暗夜，一队兵、一队团丁、一队警察、五个侦探，悄悄地到了未庄，乘昏暗围住土谷祠，正对门架好机关枪，然而阿Q不冲出。许多时没有动静，把总焦急起来了，悬了二十千的赏，才有两个团丁冒了险，逾垣进去，里应外合，一拥而入，将阿Q抓出来，直待擒出祠外面的机关枪左近，他才有些清醒了。

到进城，已经是正午，阿Q见自己被搡进一所破衙门，转了五六个弯，便推在一间小屋里。他刚刚一跄踉[18]，那用整株的木料做成的栅栏门便跟着他的脚跟阖上了，其余的三面都是墙壁，仔细看时，屋角上还有两个人。

阿Q虽然有些忐忑，却并不很苦闷，因为他那土谷祠里的卧室也并没有比这间屋子更高明。那两个也仿佛是乡下人，渐渐和他兜搭起来了，一个说是举人老爷要追他祖父欠下来的陈租，一个不知道为了什么事。他们问阿Q，阿Q爽利的答道："因为我想造反。"

他下半天便又被抓出栅栏门去了，到得大堂，上面坐着一个满头剃得精光的老头子。阿Q疑心他是和尚，但看见下面站着一排兵，两旁又站着十几个长衫人物，也有满头剃得精光像这老头子的，也有将一尺来长的头发披在背后像那假洋鬼子的，都是一脸横

18　现代汉语常用"踉跄"。——编者注

肉，怒目而视的看他，他便知道这人一定有些来历，膝关节立刻自然而然的宽松，便跪了下去了。

"站着说！不要跪！"长衫人物都吆喝说。

阿Q虽然似乎懂得，但总觉得站不住，身不由己的蹲了下去，而且终于趁势改为跪下了。

"奴隶性！……"长衫人物又鄙夷似的说，但也没有叫他起来。

"你从实招来罢，免得吃苦。我早都知道了。招了可以放你。"那光头的老头子看定了阿Q的脸，沉静的清楚的说。

"招罢！"长衫人物也大声说。

"我本来要……来投……"阿Q胡里胡涂的想了一通，这才断断续续的说。

"那么，为什么不来的呢？"老头子和气的问。

"假洋鬼子不准我！"

"胡说！此刻说，也迟了。现在你的同党在那里？"

"什么？……"

"那一晚打劫赵家的一伙人。"

"他们没有来叫我，他们自己搬走了。"阿Q提起来便愤愤。

"走到那里去了呢？说出来便放你了。"老头子更和气了。

"我不知道……他们没有来叫我……"

然而老头子使了一个眼色，阿Q便又被抓进栅栏门里了。他第二次抓出栅栏门，是第二天的上午。

大堂的情形都照旧。上面仍然坐着光头的老头子，阿Q也仍然下了跪。

老头子和气的问道："你还有什么话说么？"

阿Q一想，没有话，便回答说："没有。"

于是一个长衫人物拿了一张纸，并一支笔送到阿Q的面前，要将笔塞在他手里。阿Q这时很吃惊，几乎"魂飞魄散"了，因为他的手和笔相关，这回是初次。他正不知怎样拿，那人却又指着一处地方教他画花押。

"我……我……不认得字。"阿Q一把抓住了笔，惶恐而且惭愧的说。

"那么，便宜你，画一个圆圈！"

阿Q要画圆圈了，那手捏着笔却只是抖。于是那人替他将纸铺在地上，阿Q伏下去，使尽了平生的力画圆圈。他生怕被人笑话，立志要画得圆，但这可恶的笔不但很沉重，并且不听话，刚刚一抖一抖的几乎要合缝，却又向外一耸，画成瓜子模样了。

阿Q正羞愧自己画得不圆，那人却不计较，早已掣了纸笔去，许多人又将他第二次抓进栅栏门。

他第二次进了栅栏，倒也并不十分懊恼。他以为人生天地之间，大约本来有时要抓进抓出，有时要在纸上画圆圈的，惟有圈而不圆，却是他"行状"上的一个污点。但不多时也就释然了，他想：孙子才画得很圆的圆圈呢。于是他睡着了。

然而这一夜，举人老爷反而不能睡：他和把总呕了气了。举人老爷主张第一要追赃，把总主张第一要示众。把总近来很不将举人老爷放在眼里了，拍案打凳的说道："惩一儆百！你看，我做革命党还不上二十天，抢案就是十几件，全不破案，我的面子在那里？破了案，你又来迁。不成！这是我管的！"举人老爷窘急了，然而还坚持，说是倘若不追赃，他便立刻辞了帮办民政的职务。而把总却道："请便罢！"于是举人老爷在这一夜竟没有睡，但幸而第二天倒也没有辞。

阿Q第三次抓出栅栏门的时候，便是举人老爷睡不着的那一夜的明天的上午了。他到了大堂，上面还坐着照例的光头老头子，阿Q也照例的下了跪。

老头子很和气的问道："你还有什么话么？"

阿Q一想，没有话，便回答说："没有。"

许多长衫和短衫人物，忽然给他穿上一件洋布的白背心，上面有些黑字。阿Q很气苦，因为这很象是带孝[19]，而带孝是晦气的。然而同时他的两手反缚了，同时又被一直抓出衙门外去了。

阿Q被抬上了一辆没有篷的车，几个短衣人物也和他同坐在一处。这车立刻走动了，前面是一班背着洋炮的兵们和团丁，两旁是许多张着嘴的看客，后面怎样，阿Q没有见。但他突然觉到了：这岂不是去杀头么？他一急，两眼发黑，耳朵里喤的一声，似乎发昏了。然而他又没有全发昏，有时虽然着急，有时却也泰然，他意思之间，似乎觉得人生天地间，大约本来有时也未免要杀头的。

他还认得路，于是有些诧异了：怎么不向着法场走呢？他不知道这是在游街，在示众。但即使知道也一样，他不过以为人生天地间，大约本来有时也未免要游街要示众罢了。

他省悟了，这是绕到法场去的路，这一定是"嚓"的去杀头。他惘惘的向左右看，全跟着蚂蚁似的人，而在无意中，却在路旁的人丛中发见了一个吴妈。很久违，伊原来在城里做工了。阿Q忽然很羞愧自己没志气：竟没有唱几句戏。他的思想仿佛旋风似的在脑里一回旋：《小孤孀上坟》欠堂皇，《龙虎斗》里的"悔不该……"也太乏，还是"手执钢鞭将你打"罢。他同时想将手一扬，才记得这两手原来都捆着，于是"手执钢鞭"也不唱了。

"过了二十年又是一个……"阿Q在百忙中，"无师自通"的说出半句从来不说的话。

"好！"从人丛里便发出豺狼的嗥叫一般的声音来。

19　现代汉语常用"戴孝"。——编者注

车子不住的前行，阿 Q 在喝采声中，轮转眼睛去看吴妈，似乎伊一向并没有见他，却只是出神的看着兵们背上的洋炮。

阿 Q 于是再看那些喝采的人们。

这刹那中，他的思想又仿佛旋风似的在脑里一回旋了。四年之前，他曾在山脚下遇见一只饿狼，永是不近不远的跟定他，要吃他的肉。他那时吓得几乎要死，幸而手里有一柄斫柴刀，才得仗这壮了胆，支持到未庄，可是永远记得那狼眼睛，又凶又怯，闪闪的像两颗鬼火，似乎远远的来穿透了他的皮肉。而这回他又看见从来没有见过的更可怕的眼睛了，又钝又锋利，不但已经咀嚼了他的话，并且还要咀嚼他皮肉以外的东西，永是不远不近的跟他走。

这些眼睛们似乎连成一气，已经在那里咬他的灵魂。

"救命……"

然而阿 Q 没有说。他早就两眼发黑，耳朵里嗡的一声，觉得全身仿佛微尘似的迸散了。

至于当时的影响，最大的倒反在举人老爷，因为终于没有追赃，他全家都号咷了。其次是赵府，非特秀才因为上城去报官，被不好的革命党剪了辫子，而且又破费了二十千的赏钱，所以全家也号咷了。从这一天以来，他们便渐渐的都发生了遗老的气味。

至于舆论，在未庄是无异议，自然都说阿 Q 坏，被枪毙便是他的坏的证据，不坏又何至于被枪毙呢？而城里的舆论却不佳，他们多半不满足，以为枪毙并无杀头这般好看，而且那是怎样的一个可笑的死囚呵，游了那么久的街，竟没有唱一句戏：他们白跟一趟了。

一九二一年十二月

端午节

方玄绰近来爱说"差不多"这一句话，几乎成了"口头禅"似的，而且不但说，的确也盘据[1]在他脑里了。他最初说的是"都一样"，后来大约觉得欠稳当了，便改为"差不多"，一直使用到现在。

他自从发见了这一句平凡的警句以后，虽然引起了不少的新感慨，同时却也得到许多新慰安。譬如看见老辈威压青年，在先是要愤愤的，但现在却就转念道，将来这少年有了儿孙时，大抵也要摆这架子的罢，便再没有什么不平了。又如看见兵士打车夫，在先也要愤愤的，但现在也就转念道，倘使这车夫当了兵，这兵拉了车，大抵也就这么打，便再也不放在心上了。他这样想着的时候，有时也疑心是因为自己没有和恶社会奋斗的勇气，所以瞒心昧己的故意造出来的一条逃路，很近乎于"无是非之心"，远不如改正了好。然而这意见，总反而在他脑里生长起来。

他将这"差不多说"最初公表的时候是在北京首善学校的讲堂上，其时大概是提起关于历史上的事情来，于是说到"古今人不相远"，说到各色人等的"性相近"，终于牵扯到学生和官僚身上，大发其议论道：

"现在社会上时髦的都通行骂官僚，而学生骂得尤利害。然而官僚并不是天生的特别种族，就是平民变就的。现在学生出身的官僚就不少，和老官僚有什么两样呢？'易地则皆然'，思想、言论、举动、丰采[2]都没有什么大区别……便是学生团体新办的许多事业，

1　现代汉语常用"盘踞"。——编者注
2　现代汉语常用"风采"。——编者注

267

不是也已经难免出弊病，大半烟消火灭了么？差不多的。但中国将来之可虑就在此……"

散坐在讲堂里的二十多个听讲者，有的怅然了，或者是以为这话对；有的勃然了，大约是以为侮辱了神圣的青年；有几个却对他微笑了，大约以为这是他替自己的辩解，因为方玄绰就是兼做官僚的。

而其实却是都错误，这不过是他的一种新不平，虽说不平，又只是他的一种安分的空论。他自己虽然不知道是因为懒，还是因为无用，总之觉得是一个不肯运动、十分安分守己的人。总长冤他有神经病，只要地位还不至于动摇，他决不开一开口；教员的薪水欠到大半年了，只要别有官俸支持，他也决不开一开口。不但不开口，当教员联合索薪的时候，他还暗地里以为欠斟酌，太嚷嚷，直到听得同寮[3]过分的奚落他们了，这才略有些小感慨，后来一转念，这或者因为自己正缺钱，而别的官并不兼做教员的缘故罢，于是也就释然了。

他虽然也缺钱，但从没有加入教员的团体内，大家议决罢课，可是不去上课了。政府说"上了课才给钱"，他才略恨他们的类乎用果子耍猴子；一个大教育家说道"教员一手挟书包一手要钱不高尚"，他才对于他的太太正式的发牢骚了。

"喂，怎么只有两盘？"听了"不高尚说"这一日的晚餐时候，他看着菜蔬说。

他们是没有受过新教育的，太太并无学名或雅号，所以也就没有什么称呼了，照老例虽然也可以叫"太太"，但他又不愿意太守旧，于是就发明了一个"喂"字。太太对他却连"喂"字也没有，只要脸向着他说话，依据习惯法，他就知道这话是对他而发的。

"可是上月领来的一成半都完了……昨天的米，也还是好容易才赊来的呢。"伊站在桌旁，脸对着他说。

3　现代汉语常用"同僚"。——编者注

"你看，还说教书的要薪水是卑鄙哩。这种东西似乎连人要吃饭，饭要米做，米要钱买这一点粗浅事情都不知道……"

"对啦。没有钱怎么买米？没有米怎么煮？"

他两颊都鼓起来了，仿佛气恼这答案正和他的议论"差不多"，近乎随声附和模样，接着便将头转向别一面去了，依据习惯法，这是宣告讨论中止的表示。

待到凄风冷雨这一天，教员们因为向政府去索欠薪，在新华门前烂泥里被国军打得头破血出之后，倒居然也发了一点薪水。方玄绰不费一举手之劳的领了钱，酌还些旧债，却还缺一大笔款，这是因为官僚也颇有些拖欠了。当是时，便是廉吏清官们也渐以为薪之不可不索，而况兼做教员的方玄绰，自然更表同情于学界起来，所以大家主张继续罢课的时候，他虽然仍未到场，事后却尤其心悦诚服的确守了公共的决议。

然而政府竟又付钱，学校也就开课了。但在前几天，却有学生总会上一个呈文给政府，说："教员倘若不上课，便不要付欠薪。"这虽然并无效，而方玄绰却忽而记起前回政府所说的"上了课才给钱"的话来，"差不多"这一个影子在他眼前又一幌[4]，而且并不消灭，于是他便在讲堂上公表了。

准此，可见如果将"差不多说"锻炼罗织起来，自然也可以判作一种挟带私心的不平，但总不能说是专为自己做官的辩解。只是每到这些时，他又常常喜欢拉上中国将来的命运之类的问题，一不小心，便连自己也以为是一个忧国的志士：人们是每苦于没有"自知之明"的。

但是"差不多"的事实又发生了，政府当初虽只不理那些招人头痛的教员，后来竟不理到无关痛痒的官吏，欠而又欠，终于逼得

4　现代汉语常用"晃"。——编者注

先前鄙薄教员要钱的好官也很有几员化为索薪大会里的骁将了。惟有几种日报上却很发了些鄙薄讥笑他们的文字。方玄绰也毫不为奇,毫不介意,因为他根据了他的"差不多说",知道这是新闻记者还未缺少润笔的缘故,万一政府或是阔人停了津贴,他们多半也要开大会的。

他既已表同情于教员的索薪,自然也赞成同寮的索俸,然而他仍然安坐在衙门中,照例的并不一同去讨债。至于有人疑心他孤高,那可也不过是一种误解罢了。他自己说,他是自从出世以来,只有人向他来要债,他从没有向人去讨过债,所以这一端是"非其所长"。而且他最不敢见手握经济之权的人物,这种人待到失了权势之后,捧着一本《大乘起信论》讲佛学的时候,固然也很是"蔼然可亲"的了,但还在宝座上时,却总是一副阎王脸,将别人都当奴才看,自以为手操着你们这些穷小子们的生杀之权。他因此不敢见,也不愿见他们。这种脾气,虽然有时连自己也觉得是孤高,但往往同时也疑心这其实是没本领。

大家左索右索,总算一节一节的挨过去了,但比起先前来,方玄绰究竟是万分的拮据,所以使用的小厮和交易的店家不消说,便是方太太对于他也渐渐的缺了敬意,只要看伊近来不很附和,而且常常提出独创的意见,有些唐突的举动,也就可以了然了。到了阴历五月初四的午前,他一回来,伊便将一叠账单塞在他的鼻子跟前,这也是往常所没有的。

"一总总得一百八十块钱才够开消[5]……发了么?"伊并不对着他看的说。

"哼,我明天不做官了。钱的支票是领来的了,可是索薪大会的代表不发放,先说是没有同去的人都不发,后来又说是要到他们

5 现代汉语常用"开销"。——编者注

跟前去亲领。他们今天单捏着支票，就变了阎王脸了，我实在怕看见……我钱也不要了，官也不做了，这样无限量的卑屈……"

方太太见了这少见的义愤，倒有些愕然了，但也就沉静下来。

"我想，还不如去亲领罢，这算什么呢？"伊看着他的脸说。

"我不去！这是官俸，不是赏钱，照例应该由会计科送来的。"

"可是不送来又怎么好呢……哦，昨夜忘记说了，孩子们说那学费，学校里已经催过好几次了，说是倘若再不缴……"

"胡说！做老子的办事教书都不给钱，儿子去念几句书倒要钱？"

伊觉得他已经不很顾忌道理，似乎就要将自己当作校长来出气，犯不上，便不再言语了。

两个默默的吃了午饭。他想了一会，又懊恼的出去了。

照旧例，近年是每逢节根或年关的前一天，他一定须在夜里的十二点钟才回家，一面走，一面掏着怀中，一面大声的叫道："喂，领来了！"于是递给伊一叠簇新的中交票，脸上很有些得意的形色。谁知道初四这一天却破了例，他不到七点钟便回家来。方太太很惊疑，以为他竟已辞了职了，但暗暗地察看他脸上，却也并不见有什么格外倒运的神情。

"怎么了？……这样早？……"伊看定了他说。

"发不及了，领不出了，银行已经关了门，得等初八。"

"亲领？……"伊惴惴的问。

"亲领这一层，倒也已经取消了，听说仍旧由会计科分送。可是银行今天已经关了门，休息三天，得等到初八的上午。"他坐下，眼睛看着地面了，喝过一口茶，才又慢慢的开口说："幸而衙门里也没有什么问题了，大约到初八就准有钱……向不相干的亲戚朋友去借钱，实在是一件烦难事。我午后硬着头皮去寻金永生，谈了一会，他先恭维我不去索薪，不肯亲领，非常之清高，一个人正应该这样做。待到知道我想要向他通融五十元，就像我在他嘴里塞了一大把盐似的，凡有脸上可以打皱的地方都打起皱来，说房租怎样的收不起，买卖怎样的赔本，在同事面前亲身领款，也不算什么的，即刻将我支使出来了。”

“这样紧急的节根，谁还肯借出钱去呢？”方太太却只淡淡的说，并没有什么慨然。

方玄绰低下头来了，觉得这也无怪其然的，况且自己和金永生本来很疏远。他接着就记起去年年关的事来，那时有一个同乡来借十块钱，他其时明明已经收到了衙门的领款凭单的了，因为恐怕这人将来未必会还钱，便装了一副为难的神色，说道衙门里既然领不到俸钱，学校里又不发薪水，实在“爱莫能助”，将他空手送走了。他虽然自己并不看见装了怎样的脸，但此时却觉得很局促，嘴唇微微一动，又摇一摇头。

然而不多久，他忽而恍然大悟似的发命令了：叫小厮即刻上街去赊一瓶莲花白。他知道店家希图明天多还账，大抵是不敢不赊的，假如不赊，则明天分文不还，正是他们应得的惩罚。

莲花白竟赊来了，他喝了两杯，青白色的脸上泛了红，吃完饭，又颇有些高兴了。他点上一枝大号哈德门香烟，从桌上抓起一本《尝试集》来，躺在床上就要看。

“那么，明天怎么对付店家呢？”方太太追上去，站在床面前，看着他的脸说。

“店家？教他们初八的下半天来。”

“我可不能这么说。他们不相信，不答应的。”

“有什么不相信。他们可以问去，全衙门里什么人也没有领到，都得初八！”他戟着第二个指头在帐子里的空中画了一个半圆，方太太跟着指头也看了一个半圆，只见这手便去翻开了《尝试集》。

方太太见他强横到出乎情理之外了，也暂时开不得口。

"我想，这模样是闹不下去的，将来总得想点法，做点什么别的事……"伊终于寻到了别的路，说。

"什么法呢？我'文不像誊录生，武不像救火兵'，别的做什么？"

"你不是给上海的书铺子做过文章么？"

"上海的书铺子？买稿要一个一个的算字，空格不算数。你看我做在那里的白话诗去，空白有多少，怕只值三百大钱一本罢。收版权税又半年六月没消息，'远水救不得近火'，谁耐烦。"

"那么，给这里的报馆里……"

"给报馆里？便在这里很大的报馆里，我靠着一个学生在那里做编辑的大情面，一千字也就是这几个钱，即使一早做到夜，能够养活你们么？况且我肚子里也没有这许多文章。"

"那么，过了节怎么办呢？"

"过了节么？仍旧做官……明天店家来要钱，你只要说初八的下午。"

他又要看《尝试集》了。方太太怕失了机会，连忙吞吞吐吐的说：

"我想，过了节，到了初八，我们……倒不如去买一张彩票……"

"胡说！会说出这样无教育的……"

这时候，他忽而又记起被金永生支使出来以后的事了。那时他惘惘的走过稻香村，看见店门口竖着许多斗大的字的广告道"头彩几万元"，仿佛记得心里也一动，或者也许放慢了脚步的罢，但似乎因为舍不得皮夹里仅存的六角钱，所以竟也毅然决然的走远了。他脸色一变，方太太料想他是在恼着伊的无教育，便赶紧退开，没有说完话。方玄绰也没有说完话，将腰一伸，咿咿呜呜的就念《尝试集》。

一九二二年六月

白光

陈士成看过县考的榜，回到家里的时候，已经是下午了。他去得本很早，一见榜，便先在这上面寻陈字。陈字也不少，似乎也都争先恐后的跳进他眼睛里来，然而接着的却全不是士成这两个字。他于是重新再在十二张榜的圆图里细细地搜寻，看的人全已散尽了，而陈士成在榜上终于没有见，单站在试院的照壁的面前。

凉风虽然拂拂的吹动他斑白的短发，初冬的太阳却还是很温和的来晒他。但他似乎被太阳晒得头晕了，脸色越加变成灰白，从劳乏的红肿的两眼里发出古怪的闪光。这时他其实早已不看到什么墙上的榜文了，只见有许多乌黑的圆圈在眼前泛泛的游走。

隽了秀才，上省去乡试，一径联捷上去……绅士们既然千方百计的来攀亲，人们又都像看见神明似的敬畏，深悔先前的轻薄、发昏……赶走了租住在自己破宅门里的杂姓——那是不劳说赶，自己就搬的——屋宇全新了，门口是旗竿 [1] 和扁额 [2] ……要清高可以做京官，否则不如谋外放……他平日安排停当的前程，这时候又像受潮的糖塔一般，刹时倒塌，只剩下一堆碎片了。他不自觉的旋转了觉得涣散了的身躯，惘惘的走向归家的路。

他刚到自己的房门口，七个学童便一齐放开喉咙，吱的念起书来。他大吃一惊，耳朵边似乎敲了一声磬，只见七个头拖了小辫子在眼前幌，幌得满房，黑圈子也夹着跳舞。他坐下了，他们送上晚课来，脸上都显出小觑他的神色。

---

1 现代汉语常用"旗杆"。——编者注
2 现代汉语常用"匾额"。——编者注

"回去罢。"他迟疑了片时，这才悲惨的说。

他们胡乱的包了书包，挟着，一溜烟跑走了。

陈士成还看见许多小头夹着黑圆圈在眼前跳舞，有时杂乱，有时也排成异样的阵图，然而渐渐的减少，模糊了。

"这回又完了！"

他大吃一惊，直跳起来，分明就在耳朵边的话，回过头去却并没有什么人，仿佛又听得嗡的敲了一声磬，自己的嘴也说道：

"这回又完了！"

他忽而举起一只手来，屈指计数着想，十一、十三回，连今年是十六回，竟没有一个考官懂得文章，有眼无珠，也是可怜的事，便不由嘻嘻的失了笑。然而他愤然了，蓦地从书包布底下抽出誊真的制艺和试帖来，拿着往外走，刚近房门，却看见满眼都明亮，连一群鸡也正在笑他，便禁不住心头突突的狂跳，只好缩回里面了。

他又就了坐，眼光格外的闪烁。他目睹着许多东西，然而很模糊——是倒塌了的糖塔一般的前程躺在他面前，这前程又只是广大起来，阻住了他的一切路。

别家的炊烟早消歇了，碗筷也洗过了，而陈士成还不去做饭。寓在这里的杂姓是知道老例的，凡遇到县考的年头，看见发榜后的这样的眼光，不如及早关了门，不要多管事。最先就绝了人声，接着是陆续的熄了灯火，独有月亮，却缓缓的出现在寒夜的空中。

空中青碧到如一片海，略有些浮云，仿佛有谁将粉笔洗在笔洗里似的摇曳。月亮对着陈士成注下寒冷的光波来，当初也不过像是一面新磨的铁镜罢了，而这镜却诡秘的照透了陈士成的全身，就在他身上映出铁的月亮的影。

他还在房外的院子里徘徊，眼里颇清净了，四近也寂静。但这寂静忽又无端的纷扰起来，他耳边又确凿听到急促的低声说：

"左弯右弯……"

他耸然了,倾耳听时,那声音却又提高的复述道:

"右弯!"

他记得了。这院子,是他家还未如此彫零³的时候,一到夏天的夜间,夜夜和他的祖母在此纳凉的院子。那时他不过十岁有零的孩子,躺在竹榻上,祖母便坐在榻旁边,讲给他有趣的故事听。伊说是曾经听得伊的祖母说,陈氏的祖宗是巨富的,这屋子便是祖基,祖宗埋着无数的银子,有福气的子孙一定会得到的罢,然而至今还没有现。至于处所,那是藏在一个谜语的中间:

"左弯右弯,前走后走,量金量银不论斗。"

对于这谜语,陈士成便在平时,本也常常暗地里加以揣测的,可惜大抵刚以为可通,却又立刻觉得不合了。有一回,他确有把握,知道这是在租给唐家的房底下的了,然而总没有前去发掘的勇气,过了几时,可又觉得太不相像了。至于他自己房子里的几个掘过的旧痕迹,那却全是先前几回下第以后的发了征忡的举动,后来自己一看到,也还感到惭愧而且羞人。

但今天铁的光罩住了陈士成,又软软的来劝他了,他或者偶一迟疑,便给他正经的证明,又加上阴森的催逼,使他不得不又向自己的房里转过眼光去。

白光如一柄白团扇,摇摇摆摆的闪起在他房里了。

"也终于在这里!"

他说着,狮子似的赶快走进那房里去,但跨进里面的时候,便不见了白光的影踪,只有莽苍苍的一间旧房和几个破书桌都没在昏暗里。他爽然的站着,慢慢的再定睛,然而白光却分明的又起来了,这回更广大,比硫黄火更白净,比朝雾更霏微,而且便在靠东

---

3 现代汉语常用"凋零"。——编者注

墙的一张书桌下。

陈士成狮子似的奔到门后边，伸手去摸锄头，撞着一条黑影。他不知怎的有些怕了，张惶[4]的点了灯，看锄头无非倚着。他移开桌子，用锄头一气掘起四块大方砖，蹲身一看，照例是黄澄澄的细沙，揎了袖爬开细沙，便露出下面的黑土来。他极小心的、幽静的，一锄一锄往下掘，然而深夜究竟太寂静了，尖铁触土的声音，总是钝重的不肯瞒人的发响。

土坑深到二尺多了，并不见有瓮口，陈士成正心焦，一声脆响，颇震得手腕痛，锄尖碰着什么坚硬的东西了，他急忙抛下锄头，摸索着看时，一块大方砖在下面。他的心抖得很利害，聚精会神的挖起那方砖来，下面也满是先前一样的黑土，爬松了许多土，下面似乎还无穷。但忽而又触着坚硬的小东西了，圆的，大约是一个锈铜钱，此外也还有几片破碎的磁片。

陈士成心里仿佛觉得空虚了，浑身流汗，急躁的只爬搔，这其间，心在空中一抖动，又触着一种古怪的小东西了，这似乎约略有些马掌形的，但触手很松脆。他又聚精会神的挖起那东西来，谨慎的撮着，就灯光下仔细的看时，那东西斑斑剥剥的象是烂骨头，上面还带着一排零落不全的牙齿。他已经悟到这许是下巴骨了，而那下巴骨也便在他手里索索的动弹起来，而且笑吟吟的显出笑影，终于听得他开口道：

"这回又完了！"

他栗然的发了大冷，同时也放了手，下巴骨轻飘飘的回到坑底里不多久，他也就逃到院子里了。他偷看房里面，灯火如此辉煌，下巴骨如此嘲笑，异乎寻常的怕人，便再不敢向那边看。他躲在远处的檐下的阴影里，觉得较为平安了，但在这平安中，忽而耳朵边

---

4 现代汉语常用"张皇"。——编者注

又听得窃窃的低声说：

"这里没有……到山里去……"

陈士成似乎记得白天在街上也曾听得有人说这种话，他不待再听完，已经恍然大悟了。他突然仰面向天，月亮已向西高峰这方面隐去，远想离城三十五里的西高峰正在眼前，朝笋一般黑魆魆的挺立着，周围便放出浩大闪烁的白光来。

而且这白光又远远的就在前面了。

"是的，到山里去！"

他决定的想，惨然的奔出去了。几回的开门声之后，门里面便再不闻一些声息。灯火结了大灯花照着空屋和坑洞，毕毕剥剥的炸了几声之后，便渐渐的缩小以至于无有，那是残油已经烧尽了。

"开城门来~~"

含着大希望的恐怖的悲声，游丝似的在西关门前的黎明中，战战兢兢的叫喊。

第二天的日中，有人在离西门十五里的万流湖里看见一个浮尸，当即传扬开去，终于传到地保的耳朵里了，便叫乡下人捞将上来。那是一个男尸，五十多岁，"身中面白无须"，浑身也没有什么衣裤，或者说这就是陈士成。但邻居懒得去看，也并无尸亲认领，于是经县委员相验之后，便由地保抬埋了。至于死因，那当然是没有问题的，剥取死尸的衣服本来是常有的事，够不上疑心到谋害去，而且仵作也证明是生前的落水，因为他确凿曾在水底里挣命，所以十个指甲里都满嵌着河底泥。

一九二二年六月

兔和猫

住在我们后进院子里的三太太，在夏间买了一对白兔，是给伊的孩子们看的。

这一对白兔，似乎离娘并不久，虽然是异类，也可以看出他们的天真烂熳[1]来。但也竖直了小小的通红的长耳朵，动着鼻子，眼睛里颇现些惊疑的神色，大约究竟觉得人地生疏，没有在老家时候的安心了。这种东西，倘到庙会日期自己出去买，每个至多不过两吊钱，而三太太却花了一元，因为是叫小使上店买来的。

孩子们自然大得意了，嚷着围住了看，大人也都围着看，还有一匹[2]小狗名叫S的也跑来，闯过去一嗅，打了一个喷嚏，退了几步。三太太吆喝道："S，听着，不准你咬他！"于是在他头上打了一掌，S便退开了，从此并不咬。

这一对兔总是关在后窗后面的小院子里的时候多，听说是因为太喜欢撕壁纸，也常常啃木器脚。这小院子里有一株野桑树，桑子落地，他们最爱吃，便连喂他们的波菜[3]也不吃了。乌鸦喜鹊想要下来时，他们便躬着身子用后脚在地上使劲的一弹，砉的一声直跳上来，像飞起了一团雪，鸦鹊吓得赶紧走，这样的几回，再也不敢近来了。三太太说，鸦鹊倒不打紧，至多也不过抢吃一点食料，可恶的是一匹大黑猫，常在矮墙上恶狠狠的看，这却要防的，幸而S和猫是对头，或者还不至于有什么罢。

孩子们时时捉他们来玩耍，他们很和气，竖起耳朵，动着鼻子，驯良的站在小手的圈子里，但一有空，却也就溜开去了。他们夜里

1　现代汉语常用"天真烂漫"。——编者注
2　现代汉语常用"条"。——编者注
3　现代汉语常用"菠菜"。——编者注

的卧榻是一个小木箱，里面铺些稻草，就在后窗的房檐下。

这样的几个月之后，他们忽而自己掘土了，掘得非常快，前脚一抓，后脚一踢，不到半天，已经掘成一个深洞。大家都奇怪，后来仔细看时，原来一个的肚子比别一个的大得多了。他们第二天便将干草和树叶衔进洞里去，忙了大半天。

大家都高兴，说又有小兔可看了，三太太便对孩子们下了戒严令，从此不许再去捉。我的母亲也很喜欢他们家族的繁荣，还说待生下来的离了乳，也要去讨两匹来养在自己的窗外面。

他们从此便住在自造的洞府里，有时也出来吃些食，后来不见了，可不知道他们是预先运粮存在里面呢，还是竟不吃。过了十多天，三太太对我说，那两匹又出来了，大约小兔是生下来又都死掉了，因为雌的一匹的奶非常多，却并不见有进去哺养孩子的形迹。伊言语之间颇气愤，然而也没有法。

有一天，太阳很温暖，也没有风，树叶都不动，我忽听得许多人在那里笑，寻声看时，却见许多人都靠着三太太的后窗看：原来有一个小兔，在院子里跳跃了。这比他的父母买来的时候还小得远，但也已经能用后脚一弹地，迸跳起来了。孩子们争着告诉我说，还看见一个小兔到洞口来探一探头，但是即刻缩回去了，那该是他的弟弟罢。

那小的也检些草叶吃，然而大的似乎不许他，往往夹口的抢去了，而自己并不吃。孩子们笑得响，那小的终于吃惊了，便跳着钻进洞里去，大的也跟到洞门口，用前脚推着他的孩子的脊梁，推进之后，又爬⁴开泥土来封了洞。

从此小院子里更热闹，窗口也时时有人窥探了。

然而竟又全不见了那小的和大的。这时是连日的阴天，三太太又虑到遭了那大黑猫的毒手的事去。我说不然，那是天气冷，当然都躲着，太阳一出，一定出来的。

4　现代汉语常用"扒"。——编者注

太阳出来了，他们却都不见，于是大家就忘却了。

惟有三太太是常在那里喂他们波菜的，所以常想到。伊有一回走进窗后的小院子去，忽然在墙角上发见了一个别的洞，再看旧洞口，却依稀的还见有许多爪痕。这爪痕倘说是大兔的，爪该不会有这样大，伊又疑心到那常在墙上的大黑猫去了，伊于是也就不能不定下发掘的决心了。伊终于出来取了锄子，一路掘下去，虽然疑心，却也希望着意外的见了小白兔的，但是待到底，却只见一堆烂草夹些兔毛，怕还是临蓐时候所铺的罢，此外是冷清清的，全没有什么雪白的小兔的踪迹，以及他那只一探头未出洞外的弟弟了。

气忿和失望和凄凉使伊不能不再掘那墙角上的新洞了。一动手，那大的两匹便先窜出洞外面。伊以为他们搬了家了，很高兴，然而仍然掘，待见底，那里面也铺着草叶和兔毛，而上面却睡着七个很小的兔，遍身肉红色，细看时，眼睛全都没有开。

一切都明白了，三太太先前的预料果不错。伊为预防危险起见，便将七个小的都装在木箱中，搬进自己的房里，又将大的也捺进箱里面，勒令伊去哺乳。

三太太从此不但深恨黑猫，而且颇不以大兔为然了。据说当初那两个被害之先，死掉的该还有，因为他们生一回，决不至于只两个，但为了哺乳不匀，不能争食的就先死了。这大概也不错的，现在七个之中，就有两个很瘦弱。所以三太太一有闲空，便捉住母兔，将小兔一个一个轮流的摆在肚子上来喝奶，不准有多少。

母亲对我说，那样麻烦的养兔法，伊历来连听也未曾听到过，恐怕是可以收入《无双谱》的。

白兔的家族更繁荣，大家也又都高兴了。

但自此之后，我总觉得凄凉。夜半在灯下坐着想，那两条小性命，竟是人不知鬼不觉的早在不知什么时候丧失了，生物史上不着一些痕迹，并 S 也不叫一声。我于是记起旧事来，先前我住在会馆里，清早起身，只见大槐树下一片散乱的鸽子毛，这明明是膏于鹰吻的了，上午长班来一打扫，便什么都不见，谁知道曾有一个生命断送在这里呢？我又曾路过西四牌楼，看见一匹小狗被马车轧得快死，待回来时，什么也不见了，搬掉了罢，过往行人憧憧的走着，谁知道曾有一个生命断送在这里呢？夏夜，窗外面，常听到苍蝇的悠长的吱吱的叫声，这一定是给蝇虎咬住了，然而我向来无所容心于其间，而别人并且不听到……

假使造物也可以责备，那么，我以为他实在将生命造得太滥，毁得太滥了。

嗥的一声，又是两条猫在窗外打起架来。

"迅儿！你又在那里打猫了？"

"不，他们自己咬，他那里会给我打呢？"

我的母亲是素来很不以我的虐待猫为然的，现在大约疑心我要替小兔抱不平，下什么辣手，便起来探问了。而我在全家的口碑上，却的确算一个猫敌。我曾经害过猫，平时也常打猫，尤其是在他们配合的时候。但我之所以打的原因并非因为他们配合，是因为他们嚷，嚷到使我睡不着，我以为配合是不必这样大嚷而特嚷的。

况且黑猫害了小兔，我更是"师出有名"的了。我觉得母亲实在太修善，于是不由的就说出模棱的近乎不以为然的答话来。

造物太胡闹，我不能不反抗他了，虽然也许是倒是帮他的忙。

那黑猫是不能久在矮墙上高视阔步的了，我决定的想，于是又不由的一瞥那藏在书箱里的一瓶青酸钾[5]。

一九二二年十月

---

5 现代汉语常用"氰酸钾"。——编者注

鸭的喜剧

俄国的盲诗人爱罗先珂君带了他那六弦琴到北京之后不多久，便向我诉苦说：

"寂寞呀，寂寞呀，在沙漠上似的寂寞呀！"

这应该是真实的，但在我却未曾感得，我住得久了，"入芝兰之室，久而不闻其香"，只以为很是嚷嚷罢了。然而我之所谓嚷嚷，或者也就是他之所谓寂寞罢。

我可是觉得在北京仿佛没有春和秋。老于北京的人说，地气北转了，这里在先是没有这么和暖。只是我总以为没有春和秋，冬末和夏初衔接起来，夏才去，冬又开始了。

一日就是这冬末夏初的时候，而且是夜间，我偶而[1]得了闲暇，去访问爱罗先珂君。他一向寓在仲密君的家里，这时一家的人都睡了觉了，天下很安静。他独自靠在自己的卧榻上，很高的眉棱在金黄色的长发之间微蹙了，是在想他旧游之地的缅甸，缅甸的夏夜。

"这样的夜间，"他说，"在缅甸是遍地是音乐。房里、草间、树上都有昆虫吟叫，各种声音成为合奏，很神奇。其间时时夹着蛇鸣：'嘶嘶！'可是也与虫声相和协[2]……"他沉思了，似乎想要追想起那时的情景来。

我开不得口。这样奇妙的音乐，我在北京确乎未曾听到过，所以即使如何爱国，也辩护不得，因为他虽然目无所见，耳朵是没有聋的。

"北京却连蛙鸣也没有……"他又叹息说。

---

1 现代汉语常用"偶尔"。——编者注
2 现代汉语常用"和谐"。——编者注

"蛙鸣是有的!"这叹息却使我勇猛起来了,于是抗议说:"到夏天,大雨之后,你便能听到许多虾蟆叫,那是都在沟里面的,因为北京到处都有沟。"

"哦……"

过了几天,我的话居然证实了,因为爱罗先珂君已经买到了十几个科斗[3]子,他买来便放在他窗外的院子中央的小池里。那池的长有三尺,宽有二尺,是仲密所掘,以种荷花的荷池。从这荷池里,虽然从来没有见过养出半朵荷花来,然而养虾蟆却实在是一个极合式的处所。

科斗成群结队的在水里面游泳,爱罗先珂君也常常踱来访他们。有时候,孩子告诉他说:"爱罗先珂先生,他们生了脚了。"他便高兴的微笑道:"哦!"

然而养成池沼的音乐家却只是爱罗先珂君的一件事。他是向来主张自食其力的,常说女人可以畜牧,男人就应该种田。所以遇到很熟的友人,他便要劝诱他就在院子里种白菜,也屡次对仲密夫人劝告,劝伊养蜂,养鸡,养猪,养牛,养骆驼。后来仲密家里果然有了许多小鸡,满院飞跑,啄完了铺地锦的嫩叶,大约也许就是这劝告的结果了。

从此卖小鸡的乡下人也时常来,来一回便买几只,因为小鸡是容易积食,发痧,很难得长寿的,而且有一匹还成了爱罗先珂君在北京所作唯一的小说《小鸡的悲剧》里的主人公。有一天的上午,那乡下人竟意外的带了小鸭来了,咻咻的叫着,但是仲密夫人说不要。爱罗先珂君也跑出来,他们就放一个在他两手里,而小鸭便在他两手里咻咻的叫。他以为这也很可爱,于是又不能不买了,一共

3　现代汉语常用"蝌蚪"。——编者注

买了四个，每个八十文。

小鸭也诚然是可爱，遍身松花黄，放在地上，便蹒跚的走，互相招呼，总是在一处。大家都说好，明天去买泥鳅来喂他们罢。爱罗先珂君说："这钱也可以归我出的。"

他于是教书去了，大家也走散。不一会，仲密夫人拿冷饭来喂他们时，在远处已听得泼水的声音，跑到一看，原来那四个小鸭都在荷池里洗澡了，而且还翻筋斗，吃东西呢。等到拦他们上了岸，全池已经是浑水，过了半天，澄清了，只见泥里露出几条细藕来，而且再也寻不出一个已经生了脚的科斗了。

"伊和希珂先，没有了，虾蟆的儿子。"傍晚时候，孩子们一见他回来，最小的一个便赶紧说。

"唔，虾蟆？"

仲密夫人也出来了，报告了小鸭吃完科斗的故事。

"唉，唉……"他说。

待到小鸭褪了黄毛，爱罗先珂君却忽而渴念着他的"俄罗斯母亲"了，便匆匆的向赤塔去。

待到四处蛙鸣的时候，小鸭也已经长成，两个白的，两个花的，而且不复"啾啾"的叫，都是"鸭鸭"的叫了。荷花池也早已容不下他们盘桓了，幸而仲密的住家的地势是很低的，夏雨一降，院子里满积了水，他们便欣欣然，游水，钻水，拍翅子，"鸭鸭"的叫。

现在又从夏末交了冬初，而爱罗先珂君还是绝无消息，不知道究竟在那里了。

只有四个鸭，却还在沙漠上"鸭鸭"的叫。

一九二二年十月

社戏

我在倒数上去的二十年中，只看过两回中国戏，前十年是绝不看，因为没有看戏的意思和机会，那两回全在后十年，然而都没有看出什么来就走了。

第一回是民国元年我初到北京的时候，当时一个朋友对我说，北京戏最好，你不去见见世面么？我想，看戏是有味的，而况在北京呢。于是都兴致勃勃的跑到什么园，戏文已经开场了，在外面也早听到冬冬[1]地响。我们挨进门，几个红的绿的在我的眼前一闪烁，便又看见戏台下满是许多头，再定神四面看，却见中间也还有几个空座，挤过去要坐时，又有人对我发议论，我因为耳朵已经嗡嗡的响着了，用了心，才听到他是说"有人，不行！"

我们退到后面，一个辫子很光的却来领我们到了侧面，指出一个地位来。这所谓地位者，原来是一条长凳，然而他那坐板比我的上腿要狭到四分之三，他的脚比我的下腿要长过三分之二。我先是没有爬上去的勇气，接着便联想到私刑拷打的刑具，不由的毛骨悚然的走出了。

走了许多路，忽听得我的朋友的声音道："究竟怎的？"我回过脸去，原来他也被我带出来了。他很诧异的说："怎么总是走，不答应？"我说："朋友，对不起，我耳朵只在冬冬喤喤的响，并没有听到你的话。"

后来我每一想到，便很以为奇怪，似乎这戏太不好——否则便是我近来在戏台下不适于生存了。

1　现代汉语常用"咚咚"。——编者注

　　第二回忘记了那一年，总之是募集湖北水灾捐而谭叫天还没有死。捐法是两元钱买一张戏票，可以到第一舞台去看戏，扮演的多是名角，其一就是小叫天。我买了一张票，本是对于劝募人聊以塞责的，然而似乎又有好事家乘机对我说了些叫天不可不看的大法要了。我于是忘了前几年的冬冬喤喤之灾，竟到第一舞台去了，但大约一半也因为重价购来的宝票，总得使用了才舒服。我打听得叫天出台是迟的，而第一舞台却是新式构造，用不着争座位，便放了心，延宕到九点钟才出去，谁料照例，人都满了，连立足也难，我只得挤在远处的人丛中看一个老旦在台上唱。那老旦嘴边插着两个点火的纸捻子，旁边有一个鬼卒，我费尽思量，才疑心他或者是目连的母亲，因为后来又出来了一个和尚。然而我又不知道那名角是谁，就去问挤小在我的左边的一位胖绅士。他很看不起似的斜瞥了我一眼，说道："龚云甫！"我深愧浅陋而且粗疏，脸上一热，同时脑里也制出了决不再问的定章，于是看小旦唱，看花旦唱，看老生唱，看不知什么角色唱，看一大班人乱打，看两三个人互打，从九点多到十点，从十点到十一点，从十一点到十一点半，从十一点半到十二点——然而叫天竟还没有来。

　　我向来没有这样忍耐的等候过什么事物，而况这身边的胖绅士的吁吁的喘气，这台上的冬冬喤喤的敲打，红红绿绿的晃荡，加之以十二点，忽而使我省悟到在这里不适于生存了。我同时便机械的拧转身子，用力往外只一挤，觉得背后便已满满的，大约那弹性的胖绅士早在我的空处胖开了他的右半身了。我后无回路，自然挤而又挤，终于出了大门。街上除了专等看客的车辆之外，几乎没有什么行人了，大门口却还有十几个人昂着头看戏目，别有一堆人站着并不看什么，我想：他们大概是看散戏之后出来的女人们的，而叫天却还没有来……

　　然而夜气很清爽，真所谓"沁人心脾"，我在北京遇着这样的好空气,仿佛这是第一遭了。

这一夜,就是我对于中国戏告了别的一夜,此后再没有想到他,即使偶而经过戏园,我们也漠不相关,精神上早已一在天之南一在地之北了。

但是前几天,我忽在无意之中看到一本日本文的书,可惜忘记了书名和著者,总之是关于中国戏的。其中有一篇,大意仿佛说,中国戏是大敲,大叫,大跳,使看客头昏脑眩,很不适于剧场,但若在野外散漫的所在,远远的看起来,也自有他的风致。我当时觉着这正是说了在我意中而未曾想到的话,因为我确记得在野外看过很好的好戏,到北京以后的连进两回戏园去,也许还是受了那时的影响哩。可惜我不知道怎么一来,竟将书名忘却了。

至于我看那好戏的时候,却实在已经是"远哉遥遥"的了,其时恐怕我还不过十一二岁。我们鲁镇的习惯,本来是凡有出嫁的女儿,倘自己还未当家,夏间便大抵回到母家去消夏。那时我的祖母虽然还康健,但母亲也已分担了些家务,所以夏期便不能多日的归省了,只得在扫墓完毕之后,抽空去住几天,这时我便每年跟了我的母亲住在外祖母的家里。那地方叫平桥村,是一个离海边不远、极偏僻的、临河的小村庄,住户不满三十家,都种田,打鱼,只有一家很小的杂货店。但在我是乐土,因为我在这里不但得到优待,又可以免念"秩秩斯干幽幽南山"了。

和我一同玩的是许多小朋友,因为有了远客,他们也都从父母那里得了减少工作的许可,伴我来游戏。在小村里,一家的客几乎也就是公共的。我们年纪都相仿,但论起行辈来,却至少是叔子,有几个还是太公,因为他们合村都同姓,是本家。然而我们是朋友,即使偶而吵闹起来,打了太公,一村的老老小小也决没有一个会想出"犯上"这两个字来,而他们也百分之九十九不识字。

我们每天的事情大概是掘蚯蚓，掘来穿在铜丝做的小钩上，伏在河沿上去钓虾。虾是水世界里的呆子，决不惮用了自己的两个钳捧着钩尖送到嘴里去的，所以不半天便可以钓到一大碗。这虾照例是归我吃的。其次便是一同去放牛，但或者因为高等动物了的缘故罢，黄牛水牛都欺生，敢于欺侮我，因此我也总不敢走近身，只好远远地跟着，站着。这时候，小朋友们便不再原谅我会读"秩秩斯干"，却全都嘲笑起来了。

至于我在那里所第一盼望的，却在到赵庄去看戏。赵庄是离平桥村五里的较大的村庄。平桥村太小，自己演不起戏，每年总付给赵庄多少钱，算作合做的。当时我并不想到他们为什么年年要演戏。现在想，那或者是春赛，是社戏了。

就在我十一二岁时候的这一年，这日期也看看等到了。不料这一年真可惜，在早上就叫不到船。平桥村只有一只早出晚归的航船是大船，决没有留用的道理。其余的都是小船，不合用，央人到邻村去问，也没有，早都给别人定下了。外祖母很气恼，怪家里的人不早定，絮叨起来。母亲便宽慰伊，说我们鲁镇的戏比小村里的好得多，一年看几回，今天就算了。只有我急得要哭，母亲却竭力的嘱咐我，说万不能装模装样，怕又招外祖母生气，又不准和别人一同去，说是怕外祖母要担心。

总之，是完了。到下午，我的朋友都去了，戏已经开场了，我似乎听到锣鼓的声音，而且知道他们在戏台下买豆浆喝。

这一天我不钓虾，东西也少吃。母亲很为难，没有法子想。到晚饭时候，外祖母也终于觉察了，并且说我应当不高兴，他们太怠慢，是待客的礼数里从来所没有的。吃饭之后，看过戏的少年们也都聚拢来了，高高兴兴的来讲戏，只有我不开口，他们都叹息而且表同情。忽然间，一个最聪明的双喜大悟似的提议了，他说："大船？八叔的航船不是回来了么？"十几个别的少年也大悟，立刻撺掇起来，说可以坐了这航船和我一同去。我高兴了。然而外祖母又怕都是孩子们，不可靠，母亲又说是若叫大人一同去，他们白天全有工作，要他熬夜，是不合情理的。在这迟疑之中，双喜可又看出底细来了，便又大声的说道："我写包票！船又大，迅哥儿向来不乱跑，我们又都是识水性的！"

诚然！这十多个少年，委实没有一个不会凫水的，而且两三个还是弄潮的好手。

外祖母和母亲也相信，便不再驳回，都微笑了。我们立刻一哄的出了门。

我的很重的心忽而轻松了，身体也似乎舒展到说不出的大。一出门，便望见月下的平桥内泊着一只白篷的航船，大家跳下船，双喜拔前篙，阿发拔后篙，年幼的都陪我坐在舱中，较大的聚在船尾。母亲送出来吩咐"要小心"的时候，我们已经点开船，在桥石上一磕，退后几尺，即又上前出了桥。于是架起两枝橹，一枝两人，一里一换，有说笑的，有嚷的，夹着潺潺的船头激水的声音，在左右都是碧绿的豆麦田地的河流中，飞一般径向赵庄前进了。

两岸的豆麦和河底的水草所发散出来的清香，夹杂在水气中扑面的吹来，月色便朦胧在这水气[2]里。淡黑的起伏的连山，仿佛是踊跃的铁的兽脊似的，都远远地向船尾跑去了，但我却还以为船慢。他们换了四回手，渐望见依稀的赵庄，而且似乎听到歌吹了，还有几点火，料想便是戏台，但或者也许是渔火。

那声音大概是横笛，宛转，悠扬，使我的心也沉静，然而又自失起来，觉得要和他弥散在含着豆麦蕴藻之香的夜气里。

那火接近了，果然是渔火，我才记得先前望见的也不是赵庄。

2　现代汉语常用"水汽"。——编者注

那是正对船头的一丛松柏林，我去年也曾经去游玩过，还看见破的石马倒在地下，一个石羊蹲在草里呢。过了那林，船便弯进了叉港，于是赵庄便真在眼前了。

最惹眼的是屹立在庄外临河的空地上的一座戏台，模糊在远处的月夜中，和空间几乎分不出界限，我疑心画上见过的仙境，就在这里出现了。这时船走得更快，不多时，在台上显出人物来，红红绿绿的动，近台的河里一望乌黑的是看戏的人家的船篷。

"近台没有什么空了，我们远远的看罢。"阿发说。

这时船慢了，不久就到，果然近不得台旁，大家只能下了篙，比那正对戏台的神棚还要远。其实我们这白篷的航船，本也不愿意和乌篷的船在一处，而况并没有空地呢……

在停船的匆忙中，看见台上有一个黑的长胡子的背上插着四张旗，捏着长枪，和一群赤膊的人正打仗。双喜说，那就是有名的铁头老生，能连翻八十四个筋斗，他日里亲自数过的。

我们便都挤在船头上看打仗，但那铁头老生却又并不翻筋斗，只有几个赤膊的人翻，翻了一阵，都进去了，接着走出一个小旦来，咿咿呀呀的唱，双喜说："晚上看客少，铁头老生也懈了，谁肯显本领给白地看呢？"我相信这话对，因为其时台下已经不很有人，乡下人为了明天的工作，熬不得夜，早都睡觉去了，疏疏朗朗的站着的不过是几十个本村和邻村的闲汉，乌篷船里的那些土财主的家眷固然在，然而他们也不在乎看戏，多半是专到戏台下来吃糕饼水果和瓜子的。所以简直可以算白地。

然而我的意思却也并不在乎看翻筋斗。我最愿意看的是一个人蒙了白布，两手在头上捧着一支棒似的蛇头的蛇精，其次是套了黄布衣跳老虎。但是等了许多时都不见，小旦虽然进去了，立刻又出来了一个很老的小生。我有些疲倦了，托桂生买豆浆去。他去了一刻，回来说："没有。卖豆浆的聋子也回去了。日里倒有，我还喝了两碗呢，现在去舀一瓢水来给你喝罢。"

我不喝水，支撑着仍然看，也说不出见了些什么，只觉得戏子的脸都渐渐的有些稀奇了，那五官渐不明显，似乎融成一片的再没有什么高低。年纪小的几个多打呵欠了，大的也各管自己谈话。忽而一个红衫的小丑被绑在台柱子上，给一个花白胡子的用马鞭打起来了，大家才又振作精神的笑着看。在这一夜里，我以为这实在要算是最好的一折。

然而老旦终于出台了。老旦本来是我所最怕的东西，尤其是怕他坐下了唱。这时候，看见大家也都很扫兴，才知道他们的意见是和我一致的。那老旦当初还只是踱来踱去的唱，后来竟在中间的一把交椅上坐下了。我很担心，双喜他们却就破口喃喃的骂。我忍耐的等着，许多工夫，只见那老旦将手一抬，我以为就要站起来了，不料他却又慢慢的放下在原地方，仍旧唱。全船里几个人不住的呼气，其余的也打起呵欠来。双喜终于熬不住了，说道，怕他会唱到天明还不完，还是我们走的好罢。大家立刻都赞成，和开船时候一样踊跃，三四人径奔船尾，拔了篙，点退几丈，回转船头，架起橹，骂着老旦，又向那松柏林前进了。

月还没有落，仿佛看戏也并不很久似的，而一离赵庄，月光又显得格外的皎洁。回望戏台在灯火光中，却又如初来未到时候一般，又漂渺[3]得像一座仙山楼阁，满被红霞罩着了，吹到耳边来的又是横笛，很悠扬。我疑心老旦已经进去了，但也不好意思说再回去看。

不多久，松柏林早在船后了，船行也并不慢，但周围的黑暗只是浓，可知已经到了深夜。他们一面议论着戏子，或骂，或笑，一面加紧的摇船。这一次船头的激水声更其响亮了，那航船，就像一

3　现代汉语常用"飘渺"。——编者注

条大白鱼背着一群孩子在浪花里蹿,连夜渔的几个老渔父也停了艇子看着喝采起来。

离平桥村还有一里模样,船行却慢了,摇船的都说很疲乏,因为太用力,而且许久没有东西吃。这回想出来的是桂生,说是罗汉豆正旺相,柴火又现成,我们可以偷一点来煮吃的,大家都赞成,立刻近岸停了船。岸上的田里,乌油油的便都是结实的罗汉豆。

“阿阿,阿发,这边是你家的,这边是老六一家的,我们偷那一边的呢?”双喜先跳下去了,在岸上说。

我们也都跳上岸。阿发一面跳,一面说道:“且慢,让我来看一看罢。”他于是往来的摸了一回,直起身来说道:“偷我们的罢,我们的大得多呢。”一声答应,大家便散开在阿发家的豆田里,各摘了一大捧,抛入船舱中。双喜以为再多偷,倘给阿发的娘知道是要哭骂的,于是各人便到六一公公的田里又各偷了一大捧。

我们中间几个年长的仍然慢慢的摇着船,几个到后舱去生火,年幼的和我都剥豆。不久豆熟了,便任凭航船浮在水面上,都围起来用手撮着吃。吃完豆,又开船,一面洗器具,豆荚豆壳全抛在河水里,什么痕迹也没有了。双喜所虑的是用了八公公船上的盐和柴,这老头子很细心,一定要知道,会骂的。然而大家议论之后,归结是不怕。他如果骂,我们便要他归还去年在岸边拾去的一枝枯柏树,而且当面叫他“八癞子”。

“都回来了!那里会错?我原说过写包票的!”双喜在船头上忽而大声的说。

我向船头一望,前面已经是平桥,桥脚上站着一个人,却是我的母亲,双喜便是对伊说着话。我走出前舱去,船也就进了平桥了,停了船,我们纷纷都上岸。母亲颇有些生气,说是过了三更了,怎么回来得这样迟,但也就高兴了,笑着邀大家去吃炒米。

大家都说已经吃了点心，又渴睡，不如及早睡的好，各自回去了。

第二天，我向午才起来，并没有听到什么关系八公公盐柴事件的纠葛，下午仍然去钓虾。

"双喜，你们这班小鬼，昨天偷了我的豆了罢？又不肯好好的摘，踏坏了不少。"我抬头看时，是六一公公棹着小船，卖了豆回来了，船肚里还有剩下的一堆豆。

"是的，我们请客。我们当初还不要你的呢。你看，你把我的虾吓跑了！"双喜说。

六一公公看见我，便停了楫，笑道："请客？这是应该的。"于是对我说："迅哥儿，昨天的戏可好么？"

我点一点头，说道："好。"

"豆可中吃呢？"

我又点一点头，说道："很好。"

不料六一公公竟非常感激起来，将大拇指一翘，得意的说道："这真是大市镇里出来的读过书的人才识货！我的豆种是粒粒挑选过的，乡下人不识好歹，还说我的豆比不上别人的呢。我今天也要送些给我们的姑奶奶尝尝去……"他于是打着楫子过去了。

待到母亲叫我回去吃晚饭的时候，桌上便有一大碗煮熟了的罗汉豆，就是六一公公送给母亲和我吃的。听说他还对母亲极口夸奖我，说"小小年纪便有见识，将来一定要中状元。姑奶奶，你的福气是可以写包票的了。"但我吃了豆，却并没有昨夜的豆那么好。

真的，一直到现在，我实在再没有吃到那夜似的好豆——也不再看到那夜似的好戏了。

一九二二年十月

野草

题辞 [1]

当我沉默着的时候，我觉得充实。我将开口，同时感到空虚。

过去的生命已经死亡，我对于这死亡有大欢喜，因为我借此知道它曾经存活。死亡的生命已经朽腐 [2]，我对于这朽腐有大欢喜，因为我借此知道它还非空虚。

生命的泥委弃在地面上，不生乔木，只生野草，这是我的罪过。

野草，根本不深，花叶不美，然而吸取露，吸取水，吸取陈死人的血和肉，各各夺取它的生存。当生存时，还是将遭践踏，将遭删刈，直至于死亡而朽腐。

但我坦然，欣然。我将大笑，我将歌唱。

我自爱我的野草，但我憎恶这以野草作装饰的地面。

地火在地下运行，奔突，熔岩一旦喷出，将烧尽一切野草，以及乔木，于是并且无可朽腐。

但我坦然，欣然。我将大笑，我将歌唱。

天地有如此静穆，我不能大笑而且歌唱。天地即不如此静穆，我或者也将不能。我以这一丛野草，在明与暗，生与死，过去与未来之际，献于友与仇、人与兽、爱者与不爱者之前作证。

为我自己，为友与仇、人与兽、爱者与不爱者，我希望这野草的死亡与朽腐火速到来。要不然，我先就未曾生存，这实在比死亡与朽腐更其不幸。

去罢，野草，连着我的题辞！

一九二七年四月二十六日，鲁迅记于广州之白云楼上。

1　一九三八年版《鲁迅全集》中无此篇，今据一九二七年七月《野草》初版本补入。
2　现代汉语常用"腐朽"。——编者注

秋夜

在我的后园，可以看见墙外有两株树，一株是枣树，还有一株也是枣树。

这上面的夜的天空，奇怪而高，我生平没有见过这样的奇怪而高的天空。他仿佛要离开人间而去，使人们仰面不再看见。然而现在却非常之蓝，闪闪地眨着几十个星星的眼，冷眼。他的口角上现出微笑，似乎自以为大有深意，而将繁霜洒在我的园里的野花草上。

我不知道那些花草真叫什么名字，人们叫他们什么名字。我记得有一种开过极细小的粉红花，现在还开着，但是更极细小了，她在冷的夜气中，瑟缩地做梦，梦见春的到来，梦见秋的到来，梦见瘦的诗人将眼泪擦在她最末的花瓣上，告诉她秋虽然来，冬虽然来，而此后接着还是春，胡蝶[1]乱飞，蜜蜂都唱起春词来了。她于是一笑，虽然颜色冻得红惨惨地，仍然瑟缩着。

枣树，他们简直落尽了叶子。先前，还有一两个孩子来打他们别人打剩的枣子，现在是一个也不剩了，连叶子也落尽了。他知道小粉红花的梦，秋后要有春；他也知道落叶的梦，春后还是秋。他简直落尽叶子，单剩干子，然而脱了当初满树是果实和叶子时候的弧形，欠伸得很舒服。但是，有几枝还低亚[2]着，护定他从打枣的竿梢所得的皮伤，而最直最长的几枝，却已默默地铁似的直刺着奇怪而高的天空，使天空闪闪地鬼眨眼，直刺着天空中圆满的月亮，使月亮窘得发白。

1　现代汉语常用"蝴蝶"。——编者注
2　现代汉语常用"低压"。——编者注

　　鬼䀹眼的天空越加非常之蓝，不安了，仿佛想离去人间，避开枣树，只将月亮剩下。然而月亮也暗暗地躲到东边去了，而一无所有的干子却仍然默默地铁似的直刺着奇怪而高的天空，一意要制他的死命，不管他各式各样地䀹着许多蛊惑的眼睛。

　　哇的一声，夜游的恶鸟飞过了。

　　我忽而听到夜半的笑声，吃吃地，似乎不愿意惊动睡着的人，然而四围的空气都应和着笑。夜半，没有别的人，我即刻听出这声音就在我嘴里，我也即刻被这笑声所驱逐，回进自己的房。灯火的带子也即刻被我旋高了。

　　后窗的玻璃上丁丁地响，还有许多小飞虫乱撞。不多久，几个进来了，许是从窗纸的破孔进来的。他们一进来，又在玻璃的灯罩上撞得丁丁地响。一个从上面撞进去了，他于是遇到火，而且我以为这火是真的。两三个却休息在灯的纸罩上喘气。那罩是昨晚新换的罩，雪白的纸，折出波浪纹的叠痕，一角还画出一枝猩红色的栀子。

　　猩红的栀子开花时，枣树又要做小粉红花的梦，青葱地弯成弧形了……我又听到夜半的笑声，我赶紧砍断我的心绪，看那老在白纸罩上的小青虫，头大尾小，向日葵子似的，只有半粒小麦那么大，遍身的颜色苍翠得可爱，可怜。

　　我打一个呵欠，点起一支纸烟，喷出烟来，对着灯默默地敬奠这些苍翠精致的英雄们。

一九二四年九月十五日

影的告别

人睡到不知道时候的时候，就会有影来告别，说出那些话——

有我所不乐意的在天堂里，我不愿去；有我所不乐意的在地狱里，我不愿去；有我所不乐意的在你们将来的黄金世界里，我不愿去。

然而你就是我所不乐意的。

朋友，我不想跟随你了，我不愿住。

我不愿意！

呜乎[1]呜乎，我不愿意，我不如彷徨于无地。

我不过一个影，要别你而沉没在黑暗里了。然而黑暗又会吞并我，然而光明又会使我消失。

然而我不愿彷徨于明暗之间，我不如在黑暗里沉没。

然而我终于彷徨于明暗之间，我不知道是黄昏还是黎明。我姑且举灰黑的手装作喝干一杯酒，我将在不知道时候的时候独自远行。

呜乎呜乎，倘若黄昏，黑夜自然会来沉没我，否则我要被白天消失，如果现是黎明。

朋友，时候近了。

1　现代汉语常用"呜呼"。——编者注

我将向黑暗里彷徨于无地。

你还想我的赠品。我能献你甚么呢？无已，则仍是黑暗和虚空而已。但是，我愿意只是黑暗，或者会消失于你的白天；我愿意只是虚空，决不占你的心地。

我愿意这样，朋友——

我独自远行，不但没有你，并且再没有别的影在黑暗里。只有我被黑暗沉没，那世界全属于我自己。

一九二四年九月二十四日

求乞者

我顺着剥落的高墙走路，踏着松的灰土。另外有几个人，各自走路。微风起来，露在墙头的高树的枝条带着还未干枯的叶子在我头上摇动。

微风起来，四面都是灰土。

一个孩子向我求乞，也穿着夹衣，也不见得悲戚，而拦着磕头，追着哀呼。

我厌恶他的声调、态度。我憎恶他并不悲哀，近于儿戏，我烦厌他这追着哀呼。

我走路。另外有几个人各自走路。微风起来，四面都是灰土。

一个孩子向我求乞，也穿着夹衣，也不见得悲戚，但是哑的，摊开手，装着手势。

我就憎恶他这手势。而且，他或者并不哑，这不过是一种求乞的法子。

我不布施，我无布施心，我但居布施者之上，给与烦腻、疑心、憎恶。

我顺着倒败的泥墙走路，断砖叠在墙缺口，墙里面没有什么。微风起来，送秋寒穿透我的夹衣，四面都是灰土。

我想着我将用什么方法求乞：发声，用怎样声调？装哑，用怎样手势？……

另外有几个人各自走路。

我将得不到布施，得不到布施心，我将得到自居于布施之上者的烦腻、疑心、憎恶。

我将用无所为和沉默求乞……

我至少将得到虚无。

微风起来，四面都是灰土。另外有几个人各自走路。

灰土，灰土……

……

灰土……

一九二四年九月二十四日

我的失恋

——拟古的新打油诗

我的所爱在山腰；
想去寻她山太高，
低头无法泪沾袍。
爱人赠我百蝶巾；
回她什么：猫头鹰。
从此翻脸不理我，
不知何故兮使我心惊。

我的所爱在闹市；
想去寻她人拥挤，
仰头无法泪沾耳。
爱人赠我双燕图；
回她什么：冰糖壶卢 [1]。
从此翻脸不理我，
不知何故兮使我胡涂。

我的所爱在河滨；
想去寻她河水深，
歪头无法泪沾襟。
爱人赠我金表索；

1　现代汉语常用"冰糖葫芦"。——编者注

回她什么：发汗药。

从此翻脸不理我，

不知何故兮使我神经衰弱。

我的所爱在豪家；

想去寻她兮没有汽车，

摇头无法泪如麻。

爱人赠我玫瑰花；

回她什么：赤练蛇。

从此翻脸不理我，

不知何故兮——由她去罢。

一九二四年十月三日

复仇

人的皮肤之厚,大概不到半分,鲜红的热血,就循着那后面,在比密密层层地爬在墙壁上的槐蚕更其密的血管里奔流,散出温热。于是各以这温热互相蛊惑、煽动、牵引,拼命地希求偎倚,接吻、拥抱,以得生命的沉酣的大欢喜。

但倘若用一柄尖锐的利刃,只一击,穿透这桃红色的、菲薄的皮肤,将见那鲜红的热血激箭似的以所有温热直接灌溉杀戮者;其次,则给以冰冷的呼吸,示以淡白的嘴唇,使之人性茫然,得到生命的飞扬的极致的大欢喜,而其自身则永远沉浸于生命的飞扬的极致的大欢喜中。

这样,所以,有他们俩裸着全身,捏着利刃,对立于广漠的旷野之上。

他们俩将要拥抱,将要杀戮……

路人们从四面奔来,密密层层地,如槐蚕爬上墙壁,如马蚁要扛鲞头。衣服都漂亮,手倒空的。然而从四面奔来,而且拼命地伸长颈子,要赏鉴这拥抱或杀戮。他们已经预觉着事后的自己的舌上的汗或血的鲜味。

然而他们俩对立着,在广漠的旷野之上,裸着全身,捏着利刃,然而也不拥抱,也不杀戮,而且也不见有拥抱或杀戮之意。

他们俩这样地至于永久,圆活的身体已将干枯,然而毫不见有拥抱或杀戮之意。

路人们于是乎无聊,觉得有无聊钻进他们的毛孔,觉得有无聊从他们自己的心中由毛孔钻出,爬满旷野,又钻进别人的毛孔中。

他们于是觉得喉舌干燥，脖子也乏了，终至于面面相觑，慢慢走散，甚而至于居然觉得干枯到失了生趣。

于是只剩下广漠的旷野，而他们俩在其间裸着全身，捏着利刃，干枯地立着，以死人似的眼光，赏鉴这路人们的干枯，无血的大戮，而永远沉浸于生命的飞扬的极致的大欢喜中。

一九二四年十二月二十日

复仇（其二）

因为他自以为神之子，以色列的王，所以去钉十字架。

兵丁们给他穿上紫袍，戴上荆冠，庆贺他，又拿一根苇子打他的头，吐他，屈膝拜他，戏弄完了，就给他脱了紫袍，仍穿他自己的衣服。

看哪，他们打他的头，吐他，拜他……

他不肯喝那用没药调和的酒，要分明地玩味以色列人怎样对付他们的神之子，而且较永久地悲悯他们的前途，然而仇恨他们的现在。

四面都是敌意，可悲悯的，可咒诅的。

丁丁地响，钉尖从掌心穿透，他们要钉杀他们的神之子了，可悯的人们呵，使他痛得柔和。丁丁地响，钉尖从脚背穿透，钉碎了一块骨，痛楚也透到心髓中，然而他们自己钉杀着他们的神之子了，可咒诅的人们呵，这使他痛得舒服。

十字架竖起来了，他悬在虚空中。

他没有喝那用没药调和的酒，要分明地玩味以色列人怎样对付他们的神之子，而且较永久地悲悯他们的前途，然而仇恨他们的现在。

路人都辱骂他，祭司长和文士也戏弄他，和他同钉的两个强盗也讥诮他。

看哪，和他同钉的……

四面都是敌意，可悲悯的，可咒诅的。

他在手足的痛楚中，玩味着可悯的人们的钉杀神之子的悲哀和可咒诅的人们要钉杀神之子，而神之子就要被钉杀了的欢喜。突然间，碎骨的大痛楚透到心髓了，他即沉酣于大欢喜和大悲悯中。

他腹部波动了，悲悯和咒诅的痛楚的波。

遍地都黑暗了。

"以罗伊，以罗伊，拉马撒巴各大尼？"（翻出来，就是：我的上帝，你为甚么离弃我？）

上帝离弃了他，他终于还是一个"人之子"，然而以色列人连"人之子"都钉杀了。

钉杀了"人之子"的人们的身上，比钉杀了"神之子"的尤其血污、血腥。

一九二四年十二月二十日

希望

我的心分外地寂寞。

然而我的心很平安：没有爱憎，没有哀乐，也没有颜色和声音。

我大概老了。我的头发已经苍白，不是很明白的事么？我的手颤抖着，不是很明白的事么？那么，我的魂灵的手一定也颤抖着，头发也一定苍白了。

然而这是许多年前的事了。

这以前，我的心也曾充满过血腥的歌声：血和铁，火焰和毒，恢复和报仇。而忽而这些都空虚了，但有时故意地填以没奈何的自欺的希望。希望，希望，用这希望的盾，抗拒那空虚中的暗夜的袭来，虽然盾后面也依然是空虚中的暗夜。然而就是如此，陆续地耗尽了我的青春。

我早先岂不知我的青春已经逝去了？但以为身外的青春固在：星、月光、僵坠的胡蝶、暗中的花、猫头鹰的不祥之言、杜鹃的啼血、笑的渺茫、爱的翔舞……虽然是悲凉漂渺的青春罢，然而究竟是青春。

然而现在何以如此寂寞？难道连身外的青春也都逝去，世上的青年也多衰老了么？

我只得由我来肉薄[1]这空虚中的暗夜了。我放下了希望之盾，我听到 Petöfi Sándor（1823—49）的"希望"之歌：

希望是甚么？是娼妓：

1　现代汉语常用"肉搏"。——编者注

她对谁都蛊惑，将一切都献给；

待你牺牲了极多的宝贝——

你的青春——她就弃掉你。

这伟大的抒情诗人，匈牙利的爱国者，为了祖国而死在可萨克兵的矛尖上，已经七十五年了。悲哉死也，然而更可悲的是他的诗至今没有死。

但是，可惨的人生！桀骜英勇如 Petöfi，也终于对了暗夜止步，回顾着茫茫的东方了。他说：

绝望之为虚妄，正与希望相同。

倘使我还得偷生在不明不暗的这"虚妄"中，我就还要寻求那逝去的悲凉漂渺的青春，但不妨在我的身外。因为身外的青春倘一消灭，我身中的迟暮也即凋零了。

然而现在没有星和月光，没有僵坠的胡蝶以至笑的渺茫、爱的翔舞。然而青年们很平安。

我只得由我来肉薄这空虚中的暗夜了，纵使寻不到身外的青春，也总得自己来一掷我身中的迟暮。但暗夜又在那里呢？现在没有星，没有月光以至笑的渺茫和爱的翔舞，青年们很平安，而我的面前又竟至于并且没有真的暗夜。

绝望之为虚妄，正与希望相同！

一九二五年一月一日

雪

　　暖国的雨，向来没有变过冰冷的、坚硬的、灿烂的雪花。博识的人们觉得他单调，他自己也以为不幸否耶？江南的雪，可是滋润美艳之至了，那是还在隐约着的青春的消息，是极壮健的处子的皮肤。雪野中有血红的宝珠山茶，白中隐青的单瓣梅花，深黄的磬口的蜡梅花，雪下面还有冷绿的杂草。胡蝶确乎没有，蜜蜂是否来采山茶花和梅花的蜜，我可记不真切了。但我的眼前仿佛看见冬花开在雪野中，有许多蜜蜂们忙碌地飞着，也听得他们嗡嗡地闹着。

　　孩子们呵着冻得通红，像紫芽姜一般的小手，七八个一齐来塑雪罗汉。因为不成功，谁的父亲也来帮忙了。罗汉就塑得比孩子们高得多，虽然不过是上小下大的一堆，终于分不清是壶卢还是罗汉。然而很洁白，很明艳，以自身的滋润相粘结，整个地闪闪地生光。孩子们用龙眼核给他做眼珠，又从谁的母亲的脂粉奁中偷得胭脂来涂在嘴唇上。这回确是一个大阿罗汉了，他也就目光灼灼地嘴唇通红地坐在雪地里。

　　第二天还有几个孩子来访问他，对了他拍手、点头、嬉笑[1]。但他终于独自坐着了。晴天又来消释他的皮肤，寒夜又使他结一层冰，化作不透明的水晶模样，连续的晴天又使他成为不知道算什么，而嘴上的胭脂也褪尽了。

　　但是，朔方的雪花在纷飞之后，却永远如粉、如沙，他们决不粘连，撒在屋上、地上、枯草上，就是这样。屋上的雪是早已就有消化了的，因为屋里居人的火的温热。别的，在晴天之下，旋风忽

1　现代汉语常用"嬉笑"。——编者注

来，便蓬勃地奋飞，在日光中灿灿地生光，如包藏火焰的大雾，旋转而且升腾，弥漫太空，使太空旋转而且升腾地闪烁。

在无边的旷野上，在凛冽的天宇下，闪闪地旋转升腾着的是雨的精魂……

是的，那是孤独的雪，是死掉的雨，是雨的精魂。

一九二五年一月十八日

风筝

北京的冬季，地上还有积雪，灰黑色的秃树枝丫叉于晴朗的天空中，而远处有一二风筝浮动，在我是一种惊异和悲哀。

故乡的风筝时节是春二月，倘听到沙沙的风轮声，仰头便能看见一个淡墨色的蟹风筝或嫩蓝色的蜈蚣风筝。还有寂寞的瓦片风筝，没有风轮，又放得很低，伶仃地显出憔悴可怜模样。但此时地上的杨柳已经发芽，早的山桃也多吐蕾，和孩子们的天上的点缀相照应，打成一片春日的温和。我现在在那里呢？四面都还是严冬的肃杀，而久经诀别的故乡的久经逝去的春天，却就在这天空中荡漾了。

但我是向来不爱放风筝的，不但不爱，并且嫌恶他，因为我以为这是没出息孩子所做的玩艺。和我相反的是我的小兄弟，他那时大概十岁内外罢，多病，瘦得不堪，然而最喜欢风筝，自己买不起，我又不许放，他只得张着小嘴，呆看着空中出神，有时至于小半日。远处的蟹风筝突然落下来了，他惊呼，两个瓦片风筝的缠绕解开了，他高兴得跳跃。他的这些，在我看来都是笑柄，可鄙的。

有一天，我忽然想起，似乎多日不很看见他了，但记得曾见他在后园拾枯竹。我恍然大悟似的，便跑向少有人去的一间堆积杂物的小屋去，推开门，果然就在尘封的什物堆中发见了他。他向着大方凳，坐在小凳上，便很惊惶地站了起来，失了色瑟缩着。大方凳旁靠着一个胡蝶风筝的竹骨，还没有糊上纸，凳上是一对做眼睛用的小风轮，正用红纸条装饰着，将要完工了。我在破获秘密的满足中，又很愤怒他的瞒了我的眼睛，这样苦心孤诣地来偷做没出息孩子的玩艺。我即刻伸手折断了胡蝶的一支翅骨，又将风轮掷在地下，踏扁了。论长幼，论力气，他是都敌不过我的，我当然得到完全的胜利，于是傲然走出，留他绝望地站在小屋里。后来他怎样，我不知道，也没有留心。

然而我的惩罚终于轮到了，在我们离别得很久之后，我已经是中年。我不幸偶而看了一本外国的讲论儿童的书，才知道游戏是儿童最正当的行为，玩具是儿童的天使。于是二十年来毫不忆及的幼小时候对于精神的虐杀的这一幕，忽地在眼前展开，而我的心也仿佛同时变了铅块，很重很重的堕下去了。

但心又不竟堕下去而至于断绝，他只是很重很重地堕着，堕着。

我也知道补过的方法的：送他风筝，赞成他放，劝他放，我和他一同放。我们嚷着、跑着、笑着——然而他其时已经和我一样，早已有了胡子了。

我也知道还有一个补过的方法的：去讨他的宽恕，等他说，"我可是毫不怪你呵。"那么，我的心一定就轻松了，这确是一个可行的方法。有一回，我们会面的时候，是脸上都已添刻了许多"生"的辛苦的条纹，而我的心很沉重。我们渐渐谈起儿时的旧事来，我便叙述到这一节，自说少年时代的胡涂。"我可是毫不怪你呵。"我想，他要说了，我即刻便受了宽恕，我的心从此也宽松了罢。

"有过这样的事么？"他惊异地笑着说，就像旁听着别人的故事一样。他什么也不记得了。

全然忘却，毫无怨恨，又有什么宽恕之可言呢？无怨的恕，说谎罢了。

我还能希求什么呢？我的心只得沉重着。

现在，故乡的春天又在这异地的空中了，既给我久经逝去的儿时的回忆，而一并也带着无可把握的悲哀。我倒不如躲到肃杀的严冬中去罢——但是，四面又明明是严冬，正给我非常的寒威和冷气。

一九二五年一月二十四日

好的故事

灯火渐渐地缩小了，在预告石油的已经不多，石油又不是老牌，早熏得灯罩很昏暗。鞭爆的繁响在四近，烟草的烟雾在身边：是昏沉的夜。

我闭了眼睛，向后一仰，靠在椅背上，捏着《初学记》的手搁在膝髁上。

我在蒙胧[1]中，看见一个好的故事。

这故事很美丽、幽雅、有趣。许多美的人和美的事，错综起来像一天云锦，而且万颗奔星似的飞动着，同时又展开去，以至于无穷。

我仿佛记得曾坐小船经过山阴道，两岸边的乌桕、新禾、野花、鸡、狗、丛树和枯树、茅屋、塔、伽蓝、农夫和村妇、村女、晒着的衣裳、和尚、蓑笠、天、云、竹……都倒影在澄碧的小河中，随着每一打桨，各各夹带了闪烁的日光，并水里的萍藻游鱼，一同荡漾。诸影诸物，无不解散，而且摇动，扩大，互相融和[2]，刚一融和，却又退缩，复近于原形。边缘都参差如夏云头，镶着日光，发出水银色焰。凡是我所经过的河，都是如此。

现在我所见的故事也如此。水中的青天的底子，一切事物统在上面交错，织成一篇，永是生动，永是展开，我看不见这一篇的结束。

河边枯柳树下的几株瘦削的一丈红，该是村女种的罢。大红花和斑红花都在水里面浮动，忽而碎散，拉长了，如缕缕的胭脂水，然而没有晕。茅屋、狗、塔、村女、云……也都浮动着。大红花一

1　现代汉语常用"朦胧"。——编者注
2　现代汉语常用"融合"。——编者注

朵朵全被拉长了，这时是泼剌奔迸的红锦带。带织入狗中，狗织入白云中，白云织入村女中……在一瞬间，他们又将退缩了。但斑红花影也已碎散、伸长，就要织进塔、村女、狗、茅屋、云里去。

现在我所见的故事清楚起来了，美丽、幽雅、有趣，而且分明。青天上面有无数美的人和美的事，我一一看见，一一知道。

我就要凝视他们……

我正要凝视他们时，骤然一惊，睁开眼，云锦也已皱蹙、凌乱，仿佛有谁掷一块大石下河水中，水波陡然起立，将整篇的影子撕成片片了。我无意识地赶忙捏住几乎坠地的《初学记》，眼前还剩着几点虹霓色的碎影。

我真爱这一篇好的故事，趁碎影还在，我要追回他，完成他，留下他。我抛了书，欠身伸手去取笔——何尝有一丝碎影？只见昏暗的灯光，我不在小船里了。

但我总记得见过这一篇好的故事，在昏沉的夜……

一九二五年二月二十四日

过客

时：

    或一日的黄昏。

地：

    或一处。

人：

    老翁——约七十岁，白须发，黑长袍。

    女孩——约十岁，紫发，乌眼珠，白地[1]黑方格长衫。

    过客——约三四十岁，状态困顿倔强，眼光阴沉，黑须，乱发，黑色短衣裤皆破碎，赤足著[2]破鞋，胁下挂一个口袋，支着等身的竹杖。

东，是几株杂树和瓦砾，西，是荒凉破败的丛莽，其间有一条似路非路的痕迹。一间小土屋向这痕迹开着一扇门，门侧有一段枯树根。

    （女孩正要将坐在树根上的老翁搀起。）

翁——孩子。喂，孩子！怎么不动了呢？

孩——（向东望着）有谁走来了，看一看罢。

翁——不用看他。扶我进去罢。太阳要下去了。

孩——我——看一看。

---

1 现代汉语常用"底"。——编者注
2 现代汉语常用"着"。——编者注

翁——唉，你这孩子！天天看见天，看见土，看见风，还不够好看么？什么也不比这些好看。你偏是要看谁。太阳下去时候出现的东西，不会给你什么好处的……还是进去罢。

孩——可是，已经近来了。阿阿，是一个乞丐。

翁——乞丐？不见得罢。

（过客从东面的杂树间跄踉走出，暂时踌躇之后，慢慢地走近老翁去。）

客——老丈，你晚上好？

翁——阿，好！托福。你好？

客——老丈，我实在冒昧，我想在你那里讨一杯水喝，我走得渴极了。这地方又没有一个池塘，一个水洼。

翁——唔，可以可以。你请坐罢。（向女孩）孩子，你拿水来，杯子要洗干净。

（女孩默默地走进土屋去。）

翁——客官，你请坐。你是怎么称呼的？

客——称呼？我不知道。从我还能记得的时候起，我就只一个人。我不知道我本来叫什么。我一路走，有时人们也随便称呼我，各式各样地，我也记不清楚了，况且相同的称呼也没有听到过第二回。

翁——阿阿。那么，你是从那里来的呢？

客——（略略迟疑）我不知道。从我还能记得的时候起，我就在这么走。

翁——对了，那么，我可以问你到那里去么？

客——自然可以——但是，我不知道。从我还能记得的时候起，我就在这么走，要走到一个地方去，这地方就在前面。我单记得走了许多路，现在来到这里了。我接着就要走向那边去（西指），前面！

（女孩小心地捧出一个木杯来，递去。）

客——（接杯）多谢，姑娘。（将水两口喝尽，还杯）多谢，姑
娘。这真是少有的好意，我真不知道应该怎样感激！

翁——不要这么感激，这于你是没有好处的。

客——是的，这于我没有好处。可是我现在很恢复了些力气
了，我就要前去。老丈，你大约是久住在这里的，你可知道
前面是怎么一个所在么？

翁——前面？前面是坟。

客——（诧异地）坟？

孩——不，不，不的。那里有许多许多野百合、野蔷薇，我常
常去玩、去看他们的。

客——（西顾，仿佛微笑）不错。那些地方有许多许多野百合、
野蔷薇，我也常常去玩过，去看过的。但是，那是坟。（向老
翁）老丈，走完了那坟地之后呢？

翁——走完之后？那我可不知道，我没有走过。

客——不知道？

孩——我也不知道。

翁——我单知道南边、北边、东边，你的来路。那是我最熟悉
的地方，也许倒是于你们最好的地方。你莫怪我多嘴，据我
看来，你已经这么劳顿了，还不如回转去，因为你前去也料
不定可能走完。

客——料不定可能走完？……（沉思，忽然惊起）那不行！我
只得走。回到那里去，就没一处没有名目，没一处没有地主，
没一处没有驱逐和牢笼，没一处没有皮面的笑容，没一处没
有眶外的眼泪。我憎恶他们，我不回转去！

翁——那也不然。你也会遇见心底的眼泪,为你的悲哀。

客——不。我不愿看见他们心底的眼泪,不要他们为我的悲哀!

翁——那么,你,(摇头)你只得走了。

客——是的,我只得走了。况且还有声音常在前面催促我,叫唤我,使我息不下。可恨的是我的脚早经走破了,有许多伤,流了许多血。(举起一足给老人看)因此,我的血不够了,我要喝些血。但血在那里呢?可是我也不愿意喝无论谁的血。我只得喝些水,来补充我的血。一路上总有水,我倒也并不感到什么不足。只是我的力气太稀薄了,血里面太多了水的缘故罢。今天连一个小水洼也遇不到,也就是少走了路的缘故罢。

翁——那也未必。太阳下去了,我想,还不如休息一会的好罢,像我似的。

客——但是,那前面的声音叫我走。

翁——我知道。

客——你知道,你知道那声音么?

翁——是的。他似乎曾经也叫过我。

客——那也就是现在叫我的声音么?

翁——那我可不知道。他也就是叫过几声,我不理他,他也就不叫了,我也就记不清楚了。

客——唉唉,不理他……(沉思,忽然吃惊,倾听着)不行!我还是走的好,我息不下,可恨我的脚早经走破了。(准备走路)

孩——给你!(递给一片布)裹上你的伤去。

客——多谢,(接取)姑娘。这真是……这真是极少有的好意。这能使我可以走更多的路。(就断砖坐下,要将布缠在踝上)

但是，不行！（竭力站起）姑娘，还了你罢，还是裹不下。况且这太多的好意，我没法感激。

翁——你不要这么感激，这于你没有好处。

客——是的，这于我没有什么好处。但在我，这布施是最上的东西了。你看，我全身上可有这样的。

翁——你不要当真就是。

客——是的，但是我不能。我怕我会这样：倘使我得到了谁的布施，我就要像兀鹰看见死尸一样，在四近徘徊，祝愿她的灭亡，给我亲自看见，或者咒诅她以外的一切全都灭亡，连我自己，因为我就应该得到咒诅。但是我还没有这样的力量，即使有这力量，我也不愿意她有这样的境遇，因为她们大概总不愿意有这样的境遇。我想，这最稳当。（向女孩）姑娘，你这布片太好，可是太小一点了，还了你罢。

孩——（惊惧，退后）我不要了！你带走！

客——（似笑）哦哦……因为我拿过了？

孩——（点头，指口袋）你装在那里，去玩玩。

客——（颓唐地退后）但这背在身上，怎么走呢？

翁——你息不下，也就背不动——休息一会，就没有什么了。

客——对咧，休息……（默想，但忽然惊醒，倾听）不，我不能！我还是走好。

翁——你总不愿意休息么？

客——我愿意休息。

翁——那么，你就休息一会罢。

客——但是，我不能……

翁——你总还是觉得走好么？

客——是的，还是走好。

翁——那么你也还是走好罢。

客——（将腰一伸）好，我告别了，我很感谢你们。（向着女孩）姑娘，这还你，请你收回去。

（女孩惊惧，敛手，要躲进土屋里去。）

翁——你带去罢，要是太重了，可以随时抛在坟地里面的。

孩——（走向前）阿阿，那不行！

客——阿阿，那不行的。

翁——那么，你挂在野百合、野蔷薇上就是了。

孩——（拍手）哈哈！好！

客——哦哦……

（极暂时中，沉默。）

翁——那么，再见了，祝你平安。（站起，向女孩）孩子，扶我进去罢。你看，太阳早已下去了。（转身向门）

客——多谢你们。祝你们平安。（徘徊，沉思，忽然吃惊）然而我不能！我只得走，我还是走好罢……（即刻昂了头，奋然向西走去）

（女孩扶老人走进土屋，随即阖了门。过客向野地里跄踉地闯进去，夜色跟在他后面。）

一九二五年三月二日

死火

我梦见自己在冰山间奔驰。

这是高大的冰山，上接冰天，天上冻云弥漫，片片如鱼鳞模样。山麓有冰树林，枝叶都如松杉。一切冰冷，一切青白。

但我忽然坠在冰谷中。

上下四旁无不冰冷，青白。而一切青白冰上却有红影无数，纠结如珊瑚网。我俯看脚下，有火焰在。

这是死火。有炎炎的形，但毫不摇动，全体冰结，像珊瑚枝，尖端还有凝固的黑烟，疑这才从火宅中出，所以枯焦。这样映在冰的四壁，而且互相反映，化为无量数影，使这冰谷成红珊瑚色。

哈哈！

当我幼小的时候，本就爱看快舰激起的浪花，洪炉喷出的烈焰。不但爱看，还想看清。可惜他们都息息变幻，永无定形。虽然凝视又凝视，总不留下怎样一定的迹象。

死的火焰，现在先得到了你了！

我拾起死火，正要细看，那冷气已使我的指头焦灼，但是，我还熬着，将他塞入衣袋中间。冰谷四面，登时完全青白。我一面思索着走出冰谷的法子。

我的身上喷出一缕黑烟，上升如铁线蛇。冰谷四面，又登时满有红焰流动，如大火聚，将我包围。我低头一看，死火已经燃烧，烧穿了我的衣裳，流在冰地上了。

"唉，朋友！你用了你的温热，将我惊醒了。"他说。

我连忙和他招呼，问他名姓。

"我原先被人遗弃在冰谷中,"他答非所问地说,"遗弃我的早已灭亡,消尽了,我也被冰冻冻得要死。倘使你不给我温热,使我重行烧起,我不久就须灭亡。"

"你的醒来使我欢喜,我正在想着走出冰谷的方法,我愿意携带你去,使你永不冰结,永得燃烧。"

"唉唉! 那么,我将烧完! "

"你的烧完,使我惋惜。我便将你留下,仍在这里罢。"

"唉唉! 那么,我将冻灭了! "

"那么,怎么办呢? "

"但你自己,又怎么办呢? "他反而问。

"我说过了:我要出这冰谷……"

"那我就不如烧完! "

他忽而跃起,如红彗星,并我都出冰谷口外。有大石车突然驰来,我终于碾死在车轮底下,但我还来得及看见那车就坠入冰谷中。

"哈哈! 你们是再也遇不着死火了! "我得意地笑着说,仿佛就愿意这样似的。

一九二五年四月二十三日

狗的驳诘

我梦见自己在隘巷中行走，衣履破碎，像乞食者。

一条狗在背后叫起来了。

我傲慢地回顾，叱咤说：

"呔！住口！你这势利的狗！"

"嘻嘻！"他笑了，还接着说，"不敢，愧不如人呢。"

"什么？"我气愤了，觉得这是一个极端的侮辱。

"我惭愧：我终于还不知道分别铜和银，还不知道分别布和绸，还不知道分别官和民，还不知道分别主和奴，还不知道……"

我逃走了。

"且慢！我们再谈谈……"他在后面大声挽留。

我一径逃走，尽力地走，直到逃出梦境，躺在自己的床上。

一九二五年四月二十三日

失掉的好地狱

　　我梦见自己躺在床上，在荒寒的野外、地狱的旁边。一切鬼魂们的叫唤无不低微，然有秩序，与火焰的怒吼、油的沸腾、钢叉的震颤相和鸣，造成醉心的大乐，布告三界：地下太平。

　　有一伟大的男子站在我面前，美丽，慈悲，遍身有大光辉，然而我知道他是魔鬼。

　　"一切都已完结，一切都已完结！可怜的鬼魂们将那好的地狱失掉了！"他悲愤地说，于是坐下，讲给我一个他所知道的故事——

　　"天地作蜂蜜色的时候，就是魔鬼战胜天神，掌握了主宰一切的大威权的时候。他收得天国，收得人间，也收得地狱。他于是亲临地狱，坐在中央，遍身发大光辉，照见一切鬼众。

　　"地狱原已废弛得很久了：剑树消却光芒；沸油的边际早不腾涌；大火聚有时不过冒些青烟，远处还萌生曼陀罗花，花极细小，惨白可怜——那是不足为奇的，因为地上曾经大被焚烧，自然失了他的肥沃。

　　"鬼魂们在冷油温火里醒来，从魔鬼的光辉中看见地狱小花，惨白可怜，被大蛊惑，倏忽间记起人世，默想至不知几多年，遂同时向着人间发一声反狱的绝叫。

　　"人类便应声而起，仗义执言，与魔鬼战斗。战声遍满三界，远过雷霆。终于运大谋略，布大网罗，使魔鬼并且不得不从地狱出走。最后的胜利，是地狱门上也竖了人类的旌旗！

　　"当鬼魂们一齐欢呼时，人类的整饬地狱使者已临地狱，坐在中央，用了人类的威严，叱咤一切鬼众。

"当鬼魂们又发一声反狱的绝叫时,即已成为人类的叛徒,得到永劫沉沦的罚,迁入剑树林的中央。

"人类于是完全掌握了主宰地狱的大威权,那威棱且在魔鬼以上。人类于是整顿废弛,先给牛首阿旁以最高的俸草,而且,添薪加火,磨砺刀山,使地狱全体改观,一洗先前颓废的气象。

"曼陀罗花立即焦枯了。油一样沸,刀一样铦,火一样热,鬼众一样呻吟,一样宛转,至于都不暇记起失掉的好地狱。

"这是人类的成功,是鬼魂的不幸……

"朋友,你在猜疑我了。是的,你是人! 我且去寻野兽和恶鬼……"

一九二五年六月十六日

墓碣文

我梦见自己正和墓碣对立，读着上面的刻辞。那墓碣似是沙石所制，剥落很多，又有苔藓丛生，仅存有限的文句——

于浩歌狂热之际中寒，于天上看见深渊，于一切眼中看见无所有，于无所希望中得救……

有一游魂，化为长蛇，口有毒牙。不以啮人，自啮其身，终以殒颠……

离开！……

我绕到碣后，才见孤坟，上无草木，且已颓坏。即从大阙口中，窥见死尸，胸腹俱破，中无心肝。而脸上却绝不显哀乐之状，但蒙蒙如烟然。

我在疑惧中不及回身，然而已看见墓碣阴面的残存的文句——

抉心自食，欲知本味。创痛酷烈，本味何能知？……

痛定之后，徐徐食之。然其心已陈旧，本味又何由知？……

答我。否则，离开！……

我就要离开，而死尸已在坟中坐起，口唇不动，然而说——

"待我成尘时，你将见我的微笑！"

我疾走，不敢反顾，生怕看见他的追随。

一九二五年六月十七日

颓败线的颤动

　　我梦见自己在做梦。自身不知所在，眼前却有一间在深夜中紧闭的小屋的内部，但也看见屋上瓦松的茂密的森林。

　　板桌上的灯罩是新拭的，照得屋子里分外明亮。在光明中，在破榻上，在初不相识的披毛的强悍的肉块底下，有瘦弱渺小的身躯，为饥饿、苦痛、惊异、羞辱、欢欣而颤动。弛缓，然而尚且丰腴的皮肤光润了，青白的两颊泛出轻红，如铅上涂了胭脂水。

　　灯火也因惊惧而缩小了，东方已经发白。

　　然而空中还弥漫地摇动着饥饿、苦痛、惊异、羞辱、欢欣的波涛……

　　"妈！"约略两岁的女孩被门的开阖声惊醒，在草席围着的屋角的地上叫起来了。

　　"还早哩，再睡一会罢！"她惊惶地说。

　　"妈！我饿，肚子痛。我们今天能有什么吃的？"

　　"我们今天有吃的了。等一会有卖烧饼的来，妈就买给你。"她欣慰地更加紧捏着掌中的小银片，低微的声音悲凉地发抖，走近屋角去一看她的女儿，移开草席，抱起来放在破榻上。

　　"还早哩，再睡一会罢。"她说着，同时抬起眼睛，无可告诉地一看破旧的屋顶以上的天空。

　　空中突然另起了一个很大的波涛，和先前的相撞击，回旋而成旋涡，将一切并我尽行淹没，口鼻都不能呼吸。

　　我呻吟着醒来，窗外满是如银的月色，离天明还很辽远似的。

我自身不知所在，眼前却有一间在深夜中紧闭的小屋的内部，我自己知道是在续着残梦，可是梦的年代隔了许多年了。屋的内外已经这样整齐，里面是青年的夫妻、一群小孩子，都怨恨鄙夷地对着一个垂老的女人。

"我们没有脸见人，就只因为你，"男人气忿地说，"你还以为养大了她，其实正是害苦了她，倒不如小时候饿死的好！"

"使我委屈一世的就是你！"女的说。

"还要带累了我！"男的说。

"还要带累他们哩！"女的说，指着孩子们。

最小的一个正玩着一片干芦叶，这时便向空中一挥，仿佛一柄钢刀，大声说道：

"杀！"

那垂老的女人口角正在痉挛，登时一怔，接着便都平静，不多时候，她冷静地，骨立的石像似的站起来了。她开开板门，迈步在深夜中走出，遗弃了背后一切的冷骂和毒笑。

她在深夜中尽走，一直走到无边的荒野，四面都是荒野，头上只有高天，并无一个虫鸟飞过。她赤身露体地，石像似的站在荒野的中央，于一刹那间照见过往的一切：饥饿、苦痛、惊异、羞辱、欢欣，于是发抖；害苦、委屈、带累，于是痉挛；杀，于是平静……又于一刹那间将一切并合[1]：眷念与决绝、爱抚与复仇、养育与歼除、祝福与咒诅……她于是举两手尽量向天，口唇间漏出人与兽的、非人间所有、所以无词的言语。

当她说出无词的言语时，她那伟大如石像，然而已经荒废的，颓败的身躯的全面都颤动了。这颤动点点如鱼鳞，每一鳞都起伏如沸水在烈火上，空中也即刻一同振颤，仿佛暴风雨中的荒海的波涛。

1　现代汉语常用"合并"。——编者注

她于是抬起眼睛向着天空，并无词的言语也沉默尽绝，惟有颤动，辐射若太阳光，使空中的波涛立刻回旋，如遭飓风，汹涌奔腾于无边的荒野。

我梦魇了，自己却知道是因为将手搁在胸脯上了的缘故，我梦中还用尽平生之力，要将这十分沉重的手移开。

一九二五年六月二十九日

立论

我梦见自己正在小学校的讲堂上预备作文,向老师请教立论的方法。

"难!"老师从眼镜圈外斜射出眼光来,看着我,说,"我告诉你一件事——

"一家人家生了一个男孩,合家高兴透顶了。满月的时候,抱出来给客人看——大概自然是想得一点好兆头。

"一个说:'这孩子将来要发财的。'他于是得到一番感谢。

"一个说:'这孩子将来要做官的。'他于是收回几句恭维。

"一个说:'这孩子将来是要死的。'他于是得到一顿大家合力的痛打。

"说要死的必然,说富贵的许谎。但说谎的得好报,说必然的遭打。你……"

"我愿意既不谎人,也不遭打。那么,老师,我得怎么说呢?"

"那么,你得说:'啊呀!这孩子呵!您瞧!多么……阿唷!哈哈!Hehe!he,hehehehe!'"

一九二五年七月八日

死后

我梦见自己死在道路上。

这是那里，我怎么到这里来，怎么死的，这些事我全不明白。总之，待到我自己知道已经死掉的时候，就已经死在那里了。

听到几声喜鹊叫，接着是一阵乌老鸦。空气很清爽——虽然也带些土气息——大约正当黎明时候罢。我想睁开眼睛来，他却丝毫也不动，简直不象是我的眼睛，于是想抬手，也一样。

恐怖的利镞忽然穿透我的心了。在我生存时，曾经玩笑地设想：假使一个人的死亡，只是运动神经的废灭，而知觉还在，那就比全死了更可怕。谁知道我的预想竟的中了，我自己就在证实这预想。

听到脚步声，走路的罢。一辆独轮车从我的头边推过，大约是重载的，轧轧地叫得人心烦，还有些牙齿齼。很觉得满眼绯红，一定是太阳上来了。那么，我的脸是朝东的，但那都没有什么关系。切切嚓嚓的人声，看热闹的。他们踹起黄土来，飞进我的鼻孔，使我想打喷嚏了，但终于没有打，仅有想打的心。

陆陆续续地又是脚步声，都到近旁就停下，还有更多的低语声：看的人多起来了。我忽然很想听听他们的议论，但同时想，我生存时说的什么批评不值一笑的话，大概是违心之论罢：才死，就露了破绽了。然而还是听，然而毕竟得不到结论，归纳起来不过是这样——

"死了？……"

"嗡。这……"

"哼！……"

"啧……唉！……"

我十分高兴，因为始终没有听到一个熟识的声音。否则，或者害得他们伤心，或则要使他们快意；或则要使他们加添些饭后闲谈的材料，多破费宝贵的工夫，这都会使我很抱歉。现在谁也看不见，就是谁也不受影响。好了，总算对得起人了！

但是，大约是一个马蚁[1]，在我的脊梁上爬着，痒痒的。我一点也不能动，已经没有除去他的能力了，倘在平时，只将身子一扭，就能使他退避。而且，大腿上又爬着一个哩！你们是做什么的？虫豸？

事情可更坏了：嗡的一声，就有一个青蝇停在我的颧骨上，走了几步，又一飞，开口便舐我的鼻尖。我懊恼地想：足下，我不是什么伟人，你无须到我身上来寻做论的材料……但是不能说出来。它却从鼻尖跑下，又用冷舌头采舐我的嘴唇了，不知道可是表示亲爱。还有几个则聚在眉毛上，跨一步，我的毛根就一摇。实在使我烦厌得不堪——不堪之至。

忽然，一阵风，一片东西从上面盖下来，他们就一同飞开了，临走时还说——

"惜哉！……"

我愤怒得几乎昏厥过去。

木材摔在地上的钝重的声音同着地面的震动，使我忽然清醒，前额上感着芦席的条纹。但那芦席就被掀去了，又立刻感到了日光的灼热，还听得有人说——

"怎么要死在这里？……"

这声音离我很近，他正弯着腰罢。但人应该死在那里呢？我

1　现代汉语常用"蚂蚁"。——编者注

先前以为人在地上虽没有任意生存的权利，却总有任意死掉的权利的。现在才知道并不然，也很难适合人们的公意。可惜我久没了纸笔，即有也不能写，而且即使写了也没有地方发表了，只好就这样地抛开。

有人来抬我，也不知道是谁。听到刀鞘声，还有巡警在这里罢，在我所不应该"死在这里"的这里。我被翻了几个转身，便觉得向上一举，又往下一沉，又听得盖了盖，钉着钉。但是，奇怪，只钉了两个。难道这里的棺材钉，是只钉两个的么？

我想：这回是六面碰壁，外加钉子。真是完全失败，呜呼哀哉了！

"气闷……"我又想。

然而我其实却比先前已经宁静得多，虽然知不[2]清埋了没有。在手背上触到草席的条纹，觉得这尸衾倒也不恶，只不知道是谁给我化钱的，可惜！但是，可恶，收敛的小子们！我背后的小衫的一角皱起来了，他们并不给我拉平，现在抵得我很难受。你们以为死人无知，做事就这样地草率么？哈哈！

我的身体似乎比活的时候要重得多，所以压着衣皱便格外的不舒服。但我想，不久就可以习惯的，或者就要腐烂，不至于再有什么大麻烦。此刻还不如静静地静着想。

"您好？您死了么？"

是一个颇为耳熟的声音。睁眼看时，却是勃古斋旧书铺的跑外的小伙计。不见约有二十多年了，倒还是那一副老样子。我又看看六面的壁，委实太毛糙，简直毫没有加过一点修刮，锯绒还是毛毵毵的。

"那不碍事，那不要紧。"他说，一面打开暗蓝色布的包裹来。

---

2 现代汉语常用"不知"。——编者注

"这是明板《公羊传》，嘉靖黑口本，给您送来了。您留下他罢。这是……"

"你！"我诧异地看定他的眼睛，说，"你莫非真正胡涂了？你看我这模样，还要看什么明板？"

"那可以看，那不碍事。"

我即刻闭上眼睛，因为对他很烦厌。停了一会，没有声息，他大约走了。但是似乎一个马蚁又在脖子上爬起来，终于爬到脸上，只绕着眼眶转圈子。

万不料人的思想，是死掉之后也还会变化的。忽而，有一种力将我的心的平安冲破，同时，许多梦也都做在眼前了。几个朋友祝我安乐，几个仇敌祝我灭亡。我却总是既不安乐，也不灭亡地不上不下地生活下来，都不能副任何一面的期望。现在又影一般死掉了，连仇敌也不使知道，不肯赠给他们一点惠而不费的欢欣……

我觉得在快意中要哭出来，这大概是我死后第一次的哭。

然而终于也没有眼泪流下，只看见眼前仿佛有火花一闪，我于是坐了起来。

一九二五年七月十二日

这样的战士

要有这样的一种战士——

已不是蒙昧如非洲土人而背着雪亮的毛瑟枪的, 也并不疲惫如中国绿营兵而却佩着盒子炮。他毫无乞灵于牛皮和废铁的甲胄, 他只有自己, 但拿着蛮人所用的, 脱手一掷的投枪。

他走进无物之阵, 所遇见的都对他一式点头。他知道这点头就是敌人的武器, 是杀人不见血的武器, 许多战士都在此灭亡, 正如炮弹一般, 使猛士无所用其力。

那些头上有各种旗帜, 绣出各样好名称: 慈善家、学者、文士、长者、青年、雅人、君子……头下有各样外套, 绣出各式好花样: 学问、道德、国粹、民意、逻辑、公义、东方文明……

但他举起了投枪。

他们都同声立了誓来讲说, 他们的心都在胸膛的中央, 和别的偏心的人类两样。他们都在胸前放着护心镜, 就为自己也深信心在胸膛中央的事作证。

但他举起了投枪。

他微笑, 偏侧一掷, 却正中了他们的心窝。

一切都颓然倒地——然而只有一件外套, 其中无物。无物之物已经脱走, 得了胜利, 因为他这时成了戕害慈善家等类的罪人。

但他举起了投枪。

他在无物之阵中大踏步走, 再见一式的点头, 各种的旗帜, 各样的外套……

但他举起了投枪。

他终于在无物之阵中老衰，寿终。他终于不是战士，但无物之物则是胜者。

在这样的境地里，谁也不闻战叫：太平。

太平……

但他举起了投枪！

一九二五年十二月十四日

聪明人和傻子和奴才

奴才总不过是寻人诉苦。只要这样，也只能这样。有一日，他遇到一个聪明人。

"先生！"他悲哀地说，眼泪联成一线，就从眼角上直流下来。"你知道的，我所过的简直不是人的生活。吃的是一天未必有一餐，这一餐又不过是高粱皮，连猪狗都不要吃的，尚且只有一小碗……"

"这实在令人同情。"聪明人也惨然说。

"可不是么！"他高兴了，"可是做工是昼夜无休息的：清早担水晚烧饭，上午跑街夜磨面，晴洗衣裳雨张伞，冬烧汽炉夏打扇。半夜要煨银耳，侍候主人耍钱，头钱从来没分，有时还挨皮鞭……"

"唉唉……"聪明人叹息着，眼圈有些发红，似乎要下泪。

"先生！我这样是敷衍不下去的，我总得另外想法子，可是什么法子呢？"

"我想，你，总会好起来……"

"是么？但愿如此，可是我对先生诉了冤苦，又得你的同情和慰安，已经舒坦得不少了，可见天理没有灭绝……"

但是，不几日，他又不平起来了，仍然寻人去诉苦。

"先生！"他流着眼泪说，"你知道的，我住的简直比猪窠还不如。主人并不将我当人，他对他的叭儿狗还要好到几万倍……"

"混帐[1]！"那人大叫起来，使他吃惊了。那人是一个傻子。

"先生，我住的只是一间破小屋，又湿，又阴，满是臭虫，睡下去就咬得真可以。秽气冲着鼻子，四面又没有一个窗……"

---

1 现代汉语常用"混账"。——编者注

"你不会要你的主人开一个窗的么?"

"这怎么行?"

"那么,你带我去看去!"

傻子跟奴才到他屋外,动手就砸那泥墙。

"先生!你干什么?"他大惊地说。

"我给你打开一个窗洞来。"

"这不行!主人要骂的!"

"管他呢!"他仍然砸。

"人来呀!强盗在毁咱们的屋子了!快来呀!迟一点可要打出窟窿来了……"他哭嚷着,在地上团团地打滚。

一群奴才都出来了,将傻子赶走。

听到了喊声,慢慢地最后出来的是主人。

"有强盗要来毁咱们的屋子,我首先叫喊起来,大家一同把他赶走了。"他恭敬而得胜地说。

"你不错。"主人这样夸奖他。

这一天就来了许多慰问的人,聪明人也在内。

"先生,这回因为我有功,主人夸奖了我了。你先前说我总会好起来,实在是有先见之明……"他大有希望似的高兴地说。

"可不是么……"聪明人也代为高兴似的回答他。

一九二五年十二月二十六日

腊叶

灯下看《雁门集》，忽然翻出一片压干的枫叶来。

这使我记起去年的深秋。繁霜夜降，木叶多半凋零，庭前的一株小小的枫树也变成红色了。我曾绕树徘徊，细看叶片的颜色，当他青葱的时候是从没有这么注意的。他也并非全树通红，最多的是浅绛，有几片则在绯红地上，还带着几团浓绿。一片独有一点蛀孔，镶着乌黑的花边，在红、黄和绿的斑驳中，明眸似的向人凝视。我自念：这是病叶呵！便将他摘了下来，夹在刚才买到的《雁门集》里。大概是愿使这将坠的被蚀而斑斓的颜色，暂得保存，不即与群叶一同飘散罢。

但今夜他却黄蜡似的躺在我的眼前，那眸子也不复似去年一般灼灼。假使再过几年，旧时的颜色在我记忆中消去，怕连我也不知道他何以夹在书里面的原因了。将坠的病叶的斑斓，似乎也只能在极短时中相对，更何况是葱郁的呢？看看窗外，很能耐寒的树木也早经秃尽了，枫树更何消说得。当深秋时，想来也许有和这去年的模样相似的病叶的罢，但可惜我今年竟没有赏玩秋树的余闲。

一九二五年十二月二十六日

淡淡的血痕中

——记念几个死者和生者和未生者

目前的造物主还是一个怯弱者。

他暗暗地使天变地异，却不敢毁灭一个这地球；暗暗地使生物衰亡，却不敢长存一切尸体；暗暗地使人类流血，却不敢使血色永远鲜秾[1]；暗暗地使人类受苦，却不敢使人类永远记得。

他专为他的同类——人类中的怯弱者——设想，用废墟荒坟来衬托华屋，用时光来冲淡苦痛和血痕，日日斟出一杯微甘的苦酒，不太少，不太多，以能微醉为度，递给人间，使饮者可以哭，可以歌，也如醒，也如醉，若有知，若无知，也欲死，也欲生。他必须使一切也欲生，他还没有灭尽人类的勇气。

几片废墟和几个荒坟散在地上，映以淡淡的血痕，人们都在其间咀嚼着人我的渺茫的悲苦。但是不肯吐弃，以为究竟胜于空虚，各各自称为"天之僇民"，以作咀嚼着人我的渺茫的悲苦的辩解，而且悚息着静待新的悲苦的到来。新的，这就使他们恐惧，而又渴欲相遇。

这都是造物主的良民，他就需要这样。

叛逆的猛士出于人间，他屹立着，洞见一切已改和现有的废墟和荒坟，记得一切深广和久远的苦痛，正视一切重叠淤积的凝血，深知一切已死、方生、将生和未生。他看透了造化的把戏，他将要起来使人类苏生，或者使人类灭尽，这些造物主的良民们。

造物主、怯弱者羞惭了，于是伏藏。天地在猛士的眼中于是变色。

一九二六年四月八日

---

1 现代汉语常用"浓"。——编者注

一觉

　　飞机负了掷下炸弹的使命，像学校的上课似的，每日上午在北京城上飞行。每听得机件搏击空气的声音，我常觉到一种轻微的紧张，宛然目睹了"死"的袭来，但同时也深切地感着"生"的存在。

　　隐约听到一二爆发声以后，飞机嗡嗡地叫着，冉冉地飞去了。也许有人死伤了罢，然而天下却似乎更显得太平。窗外的白杨的嫩叶在日光下发乌金光，榆叶梅也比昨日开得更烂漫。收拾了散乱满床的日报，拂去昨夜聚在书桌上的苍白的微尘，我的四方的小书斋，今日也依然是所谓"窗明几净"。

　　因为或一种原因，我开手编校那历来积压在我这里的青年作者的文稿了，我要全都给一个清理。我照作品的年月看下去，这些不肯涂脂抹粉的青年们的魂灵便依次屹立在我眼前。他们是绰约的，是纯真的——阿，然而他们苦恼了，呻吟了，愤怒，而且终于粗暴了，我的可爱的青年们！

　　魂灵被风沙打击得粗暴，因为这是人的魂灵，我爱这样的魂灵，我愿意在无形无色的鲜血淋漓的粗暴上接吻。漂渺的名园中，奇花盛开着，红颜的静女正在超然无事地逍遥，鹤唳一声，白云郁然而起……这自然使人神往的罢，然而我总记得我活在人间。

　　我忽然记起一件事：两三年前，我在北京大学的教员预备室里，看见进来了一个并不熟识的青年，默默地给我一包书，便出去了，打开看时，是一本《浅草》。就在这默默中，使我懂得了许多话。阿，这赠品是多么丰饶呵！可惜那《浅草》不再出版了，似乎只成了《沉钟》的前身。那《沉钟》就在这风沙澒洞中，深深地在人海的底里寂寞地鸣动。

野蓟经了几乎致命的摧折，还要开一朵小花，我记得托尔斯泰曾受了很大的感动，因此写出一篇小说来。但是，草木在旱干的沙漠中间，拼命伸长他的根，吸取深地中的水泉，来造成碧绿的林莽，自然是为了自己的"生"的，然而使疲劳枯渴的旅人，一见就怡然觉得遇到了暂时息肩之所，这是如何的可以感激，而且可以悲哀的事？

《沉钟》的《无题》——代启事——说："有人说，我们的社会是一片沙漠——如果当真是一片沙漠，这虽然荒漠一点也还静肃；虽然寂寞一点也还会使你感觉苍茫。何至于像这样的混沌，这样的阴沉，而且这样的离奇变幻！"

是的，青年的魂灵屹立在我眼前，他们已经粗暴了，或者将要粗暴了，然而我爱这些流血和隐痛的魂灵，因为他使我觉得是在人间，是在人间活着。

在编校中夕阳居然西下，灯火给我接续的光。各样的青春在眼前一一驰去了，身外但有昏黄环绕。我疲劳着，捏着纸烟，在无名的思想中静静地合了眼睛，看见很长的梦。忽而惊觉，身外也还是环绕着昏黄，烟篆在不动的空气中上升，如几片小小夏云，徐徐幻出难以指名的形象。

一九二六年四月十日